In Cornwall verbringen fünf junge Leute im Sommer 1939 ihre Ferien. Noch wissen sie nicht, daß dies die letzten unbeschwert glücklichen Tage ihrer Jugend sein werden. Was wäre ein Sommer ohne erste Liebe und Ferienflirts ... Aber der Krieg wirft bereits seine Schatten voraus. Oliver hat als Freiwilliger im spanischen Bürgerkrieg gekämpft, die schöne Calypso ist wild entschlossen, einen reichen Mann zu heiraten, die Geschwister Polly und Walter sind ganz auf ein angenehmes Leben eingestellt. Und die kleine Sophie bewundert ihre großen Cousinen und Cousins zutiefst. Als dann der Krieg ausbricht, verändert sich ihr aller Leben dramatisch. Unter der allgegenwärtigen Bedrohung lösen sich gültige Konventionen auf, wird das Leben atemloser und intensiver. Erotische Abenteuer und Galgenhumor gehören zum guten Ton. »Wir haben Dinge getan, die wir sonst nie getan hätten. Und die Angst hat die Freuden noch größer gemacht.«

Mary Wesley wurde 1912 bei Windsor geboren und lebt heute in Devon. Mit siebzig Jahren veröffentlichte sie ihren ersten Roman. Inzwischen gehört sie zu den meistgelesenen englischen Schriftstellerinnen. Auf deutsch sind u. a. erschienen: ›Ein Leben nach Maß‹ (1991), ›Zweite Geige‹, ›Matildas letzter Sommer‹ (1992), ›Eine talentierte Frau‹, ›Führe mich in Versuchung‹ (1993).

Mary Wesley

Die letzten Tage der Unschuld

Roman

Deutsch von Irene Rumler

Deutscher Taschenbuch Verlag

Von Mary Wesley
sind im Deutschen Taschenbuch Verlag erschienen:
Eine talentierte Frau (11650)
Ein Leben nach Maß (11741)
Matildas letzter Sommer (11893)
Führe mich in Versuchung (12122)
Zweite Geige (25084)

Ungekürzte Ausgabe
September 1996
Deutscher Taschenbuch Verlag GmbH & Co. KG,
München

Titel der englischen Originalausgabe:
›The Camomile Lawn‹ (Macmillan London)

ISBN 3-471-79145-0
Umschlaggestaltung: Yvonne Linden
Umschlagfoto: © Charlotte March
Satz: Compusatz GmbH, München
Gedruckt auf säurefreiem, chlorfrei gebleichtem Papier
Druck und Bindung: C. H. Beck'sche Buchdruckerei,
Nördlingen
Printed in Germany · ISBN 3-423-12214-5

Für James Hale

1

Helena Cuthbertson hob die zerknitterte *Times* auf, die neben ihrem schlafenden Mann lag, und ging in den Wintergarten, um sie zu bügeln.

Als sie vorgeschlagen hatte, jeweils zwei Exemplare der Zeitung zu kaufen, damit beide sie in jungfräulichem Zustand genießen könnten, war Richard wütend geworden und hatte ihr wochenlang Vorwürfe wegen ihrer Verschwendungssucht gemacht; ihr Hinweis, daß die Zeitung von ihrem Geld bezahlt wurde, machte die Sache nur noch schlimmer.

Während sie die Seiten bügelte – eine selbstauferlegte Arbeit –, dachte sie voller Bedauern an ihre Witwenzeit nach dem Krieg zurück, in der sie die *Times* hatte lesen können, wann immer sie Lust hatte, ohne darauf warten zu müssen. Während sie die Seiten wieder richtig ordnete, überlegte sie, wie sonderbar es doch war, daß ein Mann für die Lektüre des Leitartikels und der Familienanzeigen so lange brauchen und dabei die Zeitung derart heillos durcheinanderbringen konnte. Sie sah sich im Wintergarten um; er war alles andere als aufgeräumt. Man müßte etwas dagegen tun, aber nicht jetzt gleich. Helena trat in den Garten hinaus, ging hinüber auf die Kamillenwiese und machte es sich in einem Liegestuhl bequem, um die Zeitung zu lesen. Richard würde noch eine Stunde schlafen, bevor er aufgeregt mit ihr zu debattieren anfinge, wer von ihnen beiden spätabends zum Bahnhof fahren sollte und wie die einzelnen Schlafzimmer auf seine Neffen und Nichten verteilt werden sollten, als würden diese das nicht jedesmal selbst entscheiden. Richard schrieb seine unausgeglichene und hektische Art der

Tatsache zu, daß er im Schützengraben Gas abbekommen hatte. Während Helena die Seiten umblätterte, wurde sie nachdenklich. Sie legte die Zeitung beiseite, schloß die Augen und wandte ihr Gesicht der Sonne zu. Im Augenblick gab es nur schlechte Nachrichten, und obwohl Richard ein rührendes Vertrauen zu Mr. Chamberlain hatte, sah es ganz danach aus, als müßten sich Calypso, Walter, Polly und Oliver auf die nächste Runde Gas gefaßt machen. Sophie natürlich auch. Sie neigte dazu, Sophie zu vergessen, so klein, so still, so jung war sie, verglichen mit den überschäumenden anderen. Helena wußte, daß sie sich mit Sophie Mühe hätte geben sollen. Sie hatte selbst nie ein Kind gehabt, und Richard auch nicht. Calypso, Walter, Polly und Oliver waren die Kinder von Richards Geschwistern. Calypso war das einzige Kind von Richards älterem Bruder John Cuthbertson, einem langweiligen Anwalt mit einer Kanzlei auf dem Lande und einer nichtssagenden, hübschen Frau. Polly und Walter waren die Kinder seines jüngeren Bruders Martin Cuthbertson, eines aufgehenden Sterns am Chirurgenhimmel, und Oliver das einzige Kind seiner älteren Schwester Sarah, verheiratet mit George Anstey, einem prominenten Staatsdiener.

Richard ärgerte sich über den Erfolg des tüchtigen Martin, empfand für John nur Verachtung und hatte vor seiner Schwester Sarah nicht nur ziemlich Angst, sondern war auch eifersüchtig auf sie. Die arme kleine Sophie war das Kind seiner Halbschwester, ein Fehltritt, den diese mit dem Leben bezahlt hatte, so daß Sophie ganz allein dastand. Helena mußte zugeben, wenn sie von Sophie gewußt hätte, dann hätte sie es sich zweimal überlegt, als Richard sie bestürmte, ihn zu heiraten. Die anderen Kinder waren alle älter und kamen nur zu Besuch; Sophie jedoch war notgedrungen immer da, wenn auch Gott sei Dank weitgehend unsichtbar.

Sophie, die bäuchlings auf einem Ast des Stechpalmenbaums lag, der über die Kamillenwiese ragte, sah zu ihrer Tante hinunter. Bis Helena sich zu entfernen geruhte, saß Sophie hier fest. Sie hatte einen perspektivisch verkürzten Blick auf Helena, die schlaff und entspannt mit gespreizten Beinen dalag und deren Baumwollkleid die Schenkel hochgerutscht war, und einen geradezu vollkommenen Blick über die Wiese bis zur Klippe, die zu der kleinen Bucht hin abfiel, und auf den Pfad, der sich an der Küstenlinie entlangschlängelte, in etwa einem Meter Abstand vom Steilabbruch zum Meer, das ruhig war an diesem heißen Augusttag. Sie fragte sich, ob Oliver, wie in den drei letzten Sommerferien, den Schreckenslauf machen würde und ob sie alt genug war mitzumachen. Der Schreckenslauf fand bei Vollmond statt und führte von der Landspitze unterhalb der Küstenwachstation den Pfad entlang. Im ersten Jahr hatte sich Walter den Knöchel verstaucht, und letztes Jahr hatte sich Polly an einem Dornengestrüpp böse Kratzer geholt. Bisher hielt Oliver den Rekord. Calypso kam immer unversehrt an, das feingeschnittene Gesicht nicht rosiger als sonst; nur ihre Brüste hoben sich beim Atmen, so daß die Jungen was zu schauen hatten. Während Sophie den Mann von der Küstenwache beobachtete, der auf dem Klippenpfad zum Dienst ging, überlegte sie, wie es wohl sein mochte, Brüste zu haben, wie es wohl sein mochte, so geliebt zu werden wie Calypso. Tante Helenas Brüste waren in ein Kleidungsstück gepackt, das man als Brustmieder bezeichnete und das Calypso und Polly zum Lachen brachte. Die beiden trugen Büstenhalter.

Der Mann erreichte die Küstenwachstation. Onkel Richard kam durch die Glastür angehumpelt und sagte überrascht: »Ah, da bist du ja«, als säße seine Frau nie auf der Wiese. Helena zog ihren Rock herunter.

»Möchtest du vielleicht Tee?« Sie wünschte, er würde nicht so ostentativ hinken. Dafür bestand kein Grund.

»Ja gerne, warum nicht? Soll ich Betty bitten?«

»Betty hat heute ihren freien Tag. Ich hole ihn gleich, er ist schon hergerichtet.«

Helena seufzte und stand auf. Auf dem Ast über ihnen robbte Sophie zu ihrem Fenster zurück.

»Ich würde ihn schon holen, wenn mein Bein nicht wäre.« Das sagte Richard Cuthbertson immer. Das Bein war irgendwo in Flandern, in einer Gegend, von der er aufgeregt und liebevoll sprach.

»Schone dich nur.« Das sagte Helena immer. Oliver hatte einmal bemerkt: »Als ich mit Mutter über die Schlachtfelder von Flandern fuhr, habe ich mir plötzlich vorgestellt, daß da irgendwo unter den Rüben Onkels Bein vergraben liegt. Damals habe ich mir abgewöhnt, Zucker in den Tee zu tun.« Daß Helena diese Bemerkung mitbekommen hatte, war ihm nicht bewußt. Calypso hatte ihr glucksendes Lachen gelacht.

»Stellt euch das mal im Bett vor! Arme Helena! Ich meine, als sie, also... wenn sie... und daneben steht das künstliche, lehnt da an der Wand, meist noch im Hosenbein. Ich könnte das nicht, ich könnte das einfach nicht.« Oliver und Walter hatten auch gelacht, sogar noch lauter, als Calypso hinzufügte: »Tun sie natürlich nicht. Sie hatten zwei Betten, und jetzt schläft er im Ankleidezimmer.«

Als Sophie fragte: »Was tun sie nicht?«, hatte Walter ausgerufen: »Ach, süße Unschuld der Jugend«, und Sophie hatte sich geärgert und war rot geworden.

Als Sophie über den Fenstersims vorsichtig in ihr Zimmer zurückglitt, sah sie Jack, den Postboten, den Pfad heraufkommen, der auf die Wiese führte.

»Major, ein Telegramm für Sie.« Onkel Richard riß den Umschlag mit dem Daumen auf, und nachdem er den Text gelesen hatte, funkelte er Jack an. »Dieser verfluchte Junge!« rief er, wobei er Jack fixierte, der ein paar Schritte zurückwich und fragte: »Eine Antwort, Sir?«

»Nein. Nein danke. Verdammt rücksichtslos.«

Jack ging zu seinem Fahrrad zurück.

»Helena«, rief Onkel Richard, »Helena, also ich muß schon sagen...«

»Was ist denn?« Helena kam durch die Verandatür. Sie schob einen Teewagen vor sich her. »Ich dachte, es wäre nett, hier draußen Tee zu trinken. Was ist denn los?« fragte sie und rollte den Wagen neben den Liegestuhl. »Ich hole noch einen Stuhl«, fügte sie hinzu, da ihr Mann auf dem Stuhl saß, den sie freigemacht hatte.

»Es ist wegen Oliver. Hat einen Termin in der Harley Street, kommt erst mit dem Zug um Mitternacht. Ziemlich rücksichtslos. Lästig ist das, bedeutet, daß wir zweimal zum Bahnhof fahren müssen. Also ich bitte dich.«

»Calypso könnte ihn abholen. Sie kann ja fahren.«

»Nicht mit meinem Wagen.« Onkel Richard nahm sich einen Scone. »Haben wir Sahne?«

»Da links.« Helena schenkte Tee ein. »Dann nimmt sie eben meinen.« Helena reichte ihrem Mann eine Tasse. Sie gestattete sich selten, auf die Tatsache hinzuweisen, daß nicht nur der Wagen, sondern auch das Haus und nahezu alles andere ihr gehörte. Bedauerlicherweise waren die Pensionen für Militärangehörige ziemlich bescheiden, aber ihr erster Mann hatte sie zum Glück gut versorgt zurückgelassen.

»Oliver ist in Spanien verwundet worden. Ich vermute, George möchte sich überzeugen, daß es ihm gutgeht.«

»George ist ein Esel. Warum hat er dem Jungen erlaubt, sich mit diesen Südländern einzulassen?«

»Ich glaube nicht, daß Oliver gefragt hat, er ist einfach gegangen. Ein Glück, daß er zurückgekommen ist. Der Sohn der Turnbulls ist umgekommen.«

»Wenigstens hat er auf der rechten Seite gekämpft.«

»Meinst du auf der richtigen oder auf der rechten?« Helena bestrich ihren Scone mit Marmelade.

»Wenn du gleich wieder so anfängst, weigere ich mich, überhaupt über diesen ... dieses Geplänkel in Spanien zu sprechen. Wo ist eigentlich das Kind? Sophie soll doch sicher mit uns Tee trinken. Sophie?« Er erhob die Stimme, wie er es gerne bei seiner Frau getan hätte, wenn er nicht Angst vor ihr gehabt hätte.

»Komme schon.« Sophie wischte sich eine Träne der Enttäuschung weg, kämmte sich die Harre und rief nochmals: »Komme schon.« Vielleicht nahm Calypso sie ja mit, wenn sie Oliver abholte – obwohl Helena sie sehr wahrscheinlich lange vor Mitternacht ins Bett schicken würde. Daß sie Oliver von ganzem Herzen liebte und immer lieben würde, war Sophies großer Kummer.

2

Als Helena zum Bahnhof fuhr, nahm sie Sophie mit, die stiller wirkte als sonst. Sophie war klein für ihre zehn Jahre, und ihr Gesicht hatte einen orientalischen Einschlag. Ließ einen nicht, wie Richard es ausdrücken würde, an Indianerblut denken, sondern an den Orient. Ihre Wangenknochen hätte man als slawisch bezeichnen können, nicht jedoch ihre Augen. Helena hoffte, daß sich das geben würde. Sie hatte nie genauer nachgeforscht, worauf und mit wem sich Richards Halbschwester eingelassen hatte und wo das gewesen war.

Der Zug aus London kroch in den Bahnhof von Penzance. Calypso, Walter und Polly sprangen übermütig heraus, küßten Helena, umarmten Sophie und riefen: »Ach wie schön, wie geht's euch denn? Herrlich ist das! Wunderbar! Was für eine Luft im Vergleich zu London! Kommt, wir holen das Gepäck raus und besorgen uns einen Träger. Wo steht das Auto? Wie geht es Onkel Richard? Was macht sein Bein?« Ihre Besorgnis galt stets dem künstlichen Bein, das in der Tat häufiger einen falschen Schritt machte als sein lebendiges Gegenstück.

Calypso sah atemberaubend aus, wie Helena erneut staunend feststellte. Mit ihren neunzehn Jahren war sie noch immer schlaksig. Der gräßlich rote Mund, die knalligen Fingernägel und der zu dick aufgetragene Puder konnten ihrer Schönheit nichts anhaben. Walter, inzwischen achtzehn, war in die Breite gegangen. Abgesehen von der Nase, die er sich als kleiner Junge gebrochen hatte, war er eine dunkelhaarige Version seines Vaters und seines Onkels. Polly hingegen schlug mit ihrem kantigen Kinn und den verblüffend grünen Augen unter den langen Wimpern nach ihrer Mutter. Ihre Zähne, die etwas aus der Reihe tanzten wie unaufmerksame Revuegirls, verliehen ihrem Lächeln eine besondere Fröhlichkeit. Sie war mit neunzehn bereits eine Schönheit.

»Habt ihr was von Oliver gehört?«

»Oliver kommt mit dem Nachtzug«, antwortete Helena, während sich die jungen Leute ins Auto zwängten. »Und daß mir ja keiner General Franco erwähnt.« Sie setzte sich hinters Steuer.

»Ach, Tante Helena, du bist ein Spielverderber. Komm, Sophie, setz dich auf meinen Schoß.« Calypso packte Sophie um die Taille und gab ihr einen Kuß auf den Nacken. »Schön, dich wiederzusehen.« Sie drückte das Kind an sich. »Kommst du mit, wenn ich Olly abhole? Darf ich ihn abholen, Tante?«

»Wenn du möchtest, aber Sophie gehört eigentlich ins Bett.«

»Ach, Tante, mach doch mal eine Ausnahme.«

»Sophie wächst noch, sie braucht ihren Schlaf. Sie sieht Oliver ja morgen.«

»Mutter hat mit Onkel George gesprochen, und der meinte, es hätte Oliver um ein Haar erwischt. Die Kugel hat ihn seitlich am Kopf gestreift.« Walter, der mit Polly auf dem Rücksitz saß, beugte sich vor, um mit seiner Tante zu reden, die ziemlich rücksichtslos fuhr. »Was hältst du vom Krieg, Tante?«

»Von welchem?« Helena trat kräftig auf die Bremse, um einem Lieferwagen auszuweichen. »Von dem, den dein Onkel als ›das Geplänkel in Spanien‹ bezeichnet, oder von dem kommenden?«

»Vom kommenden. Ich gehe zur Marine.«

»Aber dir wird doch immer schlecht.« Polly schloß die Augen, als Helena wieder aufs Gaspedal trat. »Sogar in einem Ruderboot.«

»Ich gehe zur U-Boot-Waffe. Unter Wasser kann einem nicht schlecht werden.«

»Du bist zu jung«, sagte Helena.

»Ich bin achtzehn. Ich bin mit der Schule fertig.«

»Und was wird aus Oxford?« Helena schaltete herunter und steuerte den Wagen den steilen Hügel hinauf und aus der Stadt hinaus.

»Das wird entweder zerstört oder es muß warten. Außerdem habe ich ja keinen Studienplatz wie Oliver. Ich bin gespannt, ob er jetzt hingeht.«

»Onkel George hat es überhaupt nicht gefallen, daß er sein Wartejahr damit verbracht hat, in Spanien zu kämpfen. Wenn es nach ihm gegangen wäre, hätte er Deutsch gelernt.«

»Deutschland hätte ihm nicht gefallen. Ich war an Ostern dort. Es war schlimm. Dieses ständige *Sieg heil* und die vielen Schilder, auf denen *Für Juden verboten* steht. Ein dreckiges Braunhemd in München hat mich angepöbelt, weil ich eine kurze Hose anhatte.« Calypso zuckte zusammen, als Helena auf der Hügelkuppe das Getriebe malträtierte.

»Wir wollen nicht über Politik reden und auch nicht über den Krieg. Wer weiß, vielleicht sind das unsere letzten Sommerferien«, sagte Polly eindringlich. »Aufhalten können wir den Krieg ohnehin nicht mehr.«

»Dein Onkel glaubt nicht, daß es Krieg geben wird. Mir wäre es lieber, ihr würdet dieses Thema nicht in seiner Anwesenheit erörtern.«

»Also wirklich, Tante!« Calypso warf den Kopf in den Nacken und lachte, hörte aber schlagartig auf, als sie Helenas Gesicht sah.

»Er möchte den letzten Krieg ganz für sich allein haben«, raunte Polly ihrem Bruder zu. »Dabei hat Tante Helena ihren ersten Mann komplett verloren, nicht nur ein Bein eingebüßt und eine Ladung Gas abgekriegt.«

»Da sind wir.« Helena kurvte mit Schwung in die Einfahrt, die zur Rückseite des Hauses führte, wo der windgeschützte Eingang lag. »Wenn ihr Richard begrüßt habt, könnt ihr euch eure Zimmer aussuchen.«

»Werden sie euch bis unters Dach mit evakuierten Leuten vollstopfen, Tante?« Walter schleppte die Koffer.

»Onkels Bein wird das verhindern.« Polly glitt aus dem Wagen. »O verdammt, jetzt hab ich mir eine Laufmasche gerissen.«

»Polly, bitte...« Helena hätte sie am liebsten geohrfeigt.

»Verzeih, Tante, tut mir leid. Hallo, Onkel Richard, wie geht es dir? Schöne Grüße von Vater und Mutter.«

Polly und Calypso gaben ihrem Onkel einen Kuß. Walter, inzwischen zu erwachsen, um Küßchen zu verteilen und dann darüber zu diskutieren, ob sein Onkel streng aus dem Mund roch oder nicht, streckte ihm die Hand entgegen.

Während Calypso auf den Mitternachtszug wartete, der Verspätung hatte, ging sie fröstelnd auf dem Bahnsteig auf und ab. Sie mußte an Pollys Bemerkung denken, daß dies womöglich ihre letzten Ferien waren. Sie und ihre Cousins und Cousinen verbrachten seit zehn Jahren jeden Sommer hier, seit Helena Richard geheiratet und dieses Haus gekauft hatte, behäbig und häßlich, aber in einer phantastischen Lage.

Seit Calypso in Sophies Alter gewesen war, waren Polly, Walter, Oliver und sie selbst jeden August hierhergekommen, um zu schwimmen, auf den Klippen herumzuklettern und sich auf Helenas Kosten vollzustopfen; sie hatten dieses Haus als ihr Eigentum betrachtet, waren dann wie ein Schwarm Stare verschwunden und hatten das Haus wieder Onkel Richard, Helena und, das ganze Jahr über, Sophie überlassen, die von Winterstürmen und heftigem Seegang zu berichten wußte, von peitschendem Regen, von Wind, gegen den sie sich nicht zu stemmen vermochte, und von Nebel. Calypso zog ihre Strickjacke enger um sich und hüpfte von einem Fuß auf den anderen. »Komm schon, Zug, na komm endlich, Oliver.« Ob er sich verändert hatte? Würde der gutaussehende, lustige Oliver, der sich alle möglichen Spiele ausdachte, noch derselbe sein? Was hatte er in diesem Krieg in Spanien, der bei den Leuten solche Emotionen weckte, erlebt und gemacht?

Oliver stieg steifbeinig aus dem Zug und sah sich um. Calypso rannte los.

»Oliver, mein Schatz, wie braungebrannt du bist! Du siehst phantastisch aus. Tut es weh?« Sein bandagierter Kopf sah merkwürdig aus. Oliver legte ihr den Arm um die Schulter. Es war alles genauso wie immer, nichts hatte sich verändert; dieselben Gepäckträger, derselbe Fahrscheinkontrolleur, dieselbe Reihe Taxis, der Hafen, das bei Flut anplätschernde Wasser, der lahme Zug.

»Tut es weh?« wiederholte sie.

»Nein, ich darf den Verband morgen abmachen. Fährst du? Wo steht das Auto?«

»Wo es immer steht.«

»Glaubst du, daß noch ein Pub offen hat?«

»Es ist viel zu spät. Hast du angefangen zu trinken?«

»Ich wollte die Ankunft nur hinauszögern.«

»Warum denn?«

»Wegen der Fragen.«

»Es wird nicht viele geben. Sie sind alle schon zu Bett gegangen. Außerdem meint Helena, wir sollen lieber nicht über Spanien oder den Krieg reden. Wann ist es soweit, Oliver? Wieviel Zeit haben wir noch?«

»Könnten wir an der Klippe anhalten, bevor wir zum Haus kommen?«

»Natürlich.« Calypso, etwas verlegen, fuhr durch die schlafende Stadt rasch hinaus auf die Straße, die zu den Klippen führte. »Gut so?« Sie hielt an. Oliver stieg aus, ging über den holprigen Boden und blickte hinunter aufs Meer. Er schien Calypso vergessen zu haben, die im Auto saß und ihn beobachtete. Er rührte sich nicht vom Fleck, also ging sie ihm nach.

»Der Schreckenslauf.« Sie zeigte auf den Klippenpfad. »Wollen wir dieses Jahr laufen? Polly meint, es könnten unsere letzten Ferien sein.«

»Darf ich dich vögeln? Jetzt, auf der Stelle? Calypso, ich möchte dich heiraten.« Sie sagte nichts. »Also?« Oliver sah aufs Meer hinunter. »Also, darf ich?«

»Nein, mein Schatz. Ich bin Jungfrau. Außerdem könnte ich ein Baby bekommen. Ich kann dich nicht heiraten. Ich heirate nur einen reichen Mann, das weißt du doch.«

»Der dir den Lebensstandard garantiert, an den du dich gewöhnen möchtest?«

»Ja. Ich habe dich wirklich sehr lieb, Oliver, das weißt du. Außerdem sind wir erst neunzehn.«

»Neunzehn!«

»Neunzehn ist für einen Mann zu jung zum Heiraten. Du mußt erst nach Oxford.«

»Oxford, mein Gott...«

»Verdirb uns nicht die Ferien.«

»Also gut, wir machen den Schreckenslauf.« Er ging zum Auto zurück. »Mein Gott, bin ich müde.« Calypso setzte sich neben ihn. »Dieser Geruch. Ich kann ihn dir nicht beschreiben.«

»Welcher Geruch?« Sie ließ den Motor an.

»Der Tod.«

»Menschliche Gliedmaßen, wie Onkel Richards Bein?«

»Genau. Der arme Kerl, und wir spotten über ihn.«

»Du hast dich verändert.« Sie versuchte unbeschwert zu klingen.

»Ich bin nur aus meiner Schale gekrochen, aufgewacht, erwachsen geworden.«

»Da sind wir.« Calypso brachte den Wagen neben dem Haus zum Stehen. »Es tut mir so leid, Oliver.«

»Gute Nacht. In welchem Zimmer schlafe ich?«

»Im roten.«

»Danke.« Oliver ging in sein Zimmer hinauf, ohne sich nochmals umzusehen. Er zog sich aus, ohne das Licht anzumachen, schlüpfte in seinen Schlafanzug, ging hinüber ans Fenster, um die Vorhänge zuzuziehen. Da entdeckte er Sophie.

»Sophie, was tust du denn hier?«

»Tante Helena hat nicht erlaubt, daß ich dich abhole. Calypso wollte mich zum Bahnhof mitnehmen.«

»Wollte sie das?«

»Ja, sie hat es vorgeschlagen, aber Tante Helena hat gesagt, ich muß ins Bett und könnte dich ja morgen früh begrüßen. Bist du mir böse?«

»Nein. Du frierst ja. Komm her.« Er nahm sie auf den Arm. »Komm, ich wärme dich.« Er trug das zitternde Kind in sein Bett. »Wärmen wir uns gegenseitig. Schlüpf zu mir unter die Decke.«

»Tut dir dein Kopf weh? Wie ist es passiert?«

»Nein, er tut nicht weh. Beweg dich nicht. Vielleicht können wir das Meer hören.«

»Oliver, du weinst ja.« Sie berührte sein feuchtes Gesicht. Er drückte sie an sich. Sie roch nach Seife.

»Laß mich einfach weinen...« Er weinte über die Grausamkeiten in Spanien und über Calypsos schroffe Zurückweisung.

3

»Dürfen wir die Zwillinge einladen?« fragte Walter seine Tante.

»Natürlich.« Helena warf einen flüchtigen Blick auf die Finger und den sich lichtenden Scheitel ihres Mannes, denn mehr war hinter der aufgeschlagenen *Times* nicht zu sehen. Sie bemerkte, wie die Finger die Zeitung fester umklammerten. »Ihr könnt sie für morgen oder für Freitag zum Lunch einladen.«

»An diesen Tagen bin ich nicht zu Hause.« Richard Cuthbertson faltete die Zeitung so heftig zusammen, daß die erste Seite einriß. Helena zuckte zusammen, und Walter und Polly lächelten sich zu.

»Ruf an und frag sie«, sagte Helena zu Polly, ohne den Kopf zu bewegen. »Sind wirklich nette Jungen.«

»Ganz erstaunlich, wenn man sich den Vater ansieht. Der Kerl ist ein Kriegsdienstverweigerer. Wie ich höre, hat er sein Pfarrhaus mit Deutschen vollgestopft. Was wird er sich wohl als nächstes leisten?«

»Genaugenommen sind die Erstweilers Österreicher. Der Mann hat am Sonntag wunderschön Orgel gespielt, obwohl sie reparaturbedürftig ist. Das war wirklich nett von ihm.«

»Er spielt für Kost und Logis, mehr nicht. Er ist Jude, soviel ich gehört habe.«

»Vermutlich sind sie deshalb hier.« Walter nahm sich mehr Butter, als er brauchte.

Polly angelte sich ein Stück Toast. »Haben sie auch Kinder, Tante Helena?«

»Einen Sohn. In einem Lager. Die Floyers haben erzählt, daß die Eltern Todesängste ausstehen.«

»Soll sich zusammenreißen, der Junge, kann ihm nicht schaden. Der General behauptet, das seien großartige Einrichtungen. Sein Freund von der Botschaft hat ihm angeboten, ihn herumzufahren, als er drüben war. Natürlich weiß er, daß das alles Propaganda ist.«

»Was ist Propaganda?« Calypso kam unausgeschlafen ins Zimmer. »Entschuldige, Tante, daß ich im Morgenmantel herunterkomme. Guten Morgen, Onkel.«

»Konzentrationslager.« Walter verschlang seinen Toast.

»Vater meint, General Peachum sei der leichtgläubigste Mann, den er je erlebt hat. Ist noch Reissalat da?«

»Ich hab ihn aufgegessen.« Polly stand vom Tisch auf.

»Alles?« flüsterte Calypso.

»War nicht viel da. Tut mir leid.«

»Schon gut. Dann eß ich eben ein Ei.« Calypso setzte sich neben ihren Onkel. »Ich dachte, es lohnt sich gar nicht, sich anzuziehen, nachdem ich ohnehin den ganzen Tag in der Sonne verbringen will. Oliver ist phantastisch braun.«

»Wir wollen die Zwillinge aus dem Pfarrhaus morgen zum Lunch einladen«, sagte Walter.

»Wenn sie auch Kriegsdienstverweigerer sind wie ihr Vater, will ich sie nicht in meinem Haus haben«, sagte Richard angriffslustig.

»Das Haus gehört Tante Helena, Onkel, und Vater sagt, wir sollten Menschen wie Mr. Floyer bewundern. Wenn es 1914 mehr solche wie ihn gegeben hätte, würden wir alle in einer besseren Welt leben.«

»Hör auf, Walter«, sagte Helena ruhig. »Er wird die *Times* noch ganz zerreißen, wenn du so stichelst!« Die drei jungen Leute brüllten vor Lachen. Helena unterdrückte ein Lächeln. Richard Cuthbertson verließ das Zimmer.

»Er ist schlimmer denn je, Tante Helena.« Calypso legte ihre Hand auf die ihrer Tante.

»Er will keinen neuen Krieg.« Helena tätschelte Calypsos Hand. »Er will nicht wahrhaben, daß das auf uns zukommt. Da ist ja Oliver. Du bist früh auf, das sieht dir gar nicht ähnlich.«

Oliver kam mit einem Handtuch in der Hand durch die Verandatür herein.

»Ich habe mir neue Gewohnheiten zugelegt, Tante. Nicht nur gute. Ich war mit den Zwillingen in der Bucht schwimmen. Ist noch Kaffee für uns übrig?«

»Kommt herein, ihr zwei, wir haben gerade von euch gesprochen. Wir wollten euch zum Lunch einladen.« Polly stand auf, um Kaffee einzuschenken. »Steht doch nicht so da.«

David und Paul traten schüchtern ein, murmelten »Guten Morgen«, »Danke« und »Hallo«. Sie waren hochaufgeschossen, mit verblüffend hellblonden Haaren und braunen Augen, nicht zu unterscheiden. Sie setzten sich hin, den Blick unverwandt auf Calypso gerichtet, von der sie fasziniert waren.

»Onkel Richard meinte, ihr würdet den Militärdienst verweigern, falls es Krieg gibt.« Polly reichte jedem eine Tasse Kaffee.

»Nein, nein«, sagten sie im Chor. »Nicht in diesem Krieg. Man sollte für die Juden kämpfen.«

»Zwei Mann sollten.« Calypso, die sich ihrer Blicke bewußt war, machte sich über sie lustig.

»Zwei werden«, sagte David.

»Zwei werden am Ende der Ferien einrücken«, fügte Paul hinzu.

»Oho«, sagte Walter erwartungsvoll, »und wo?«

»Luftwaffe«, sagten beide.

»Töten aus der Ferne.« Oliver sah sie an. »Schon mal von *Guernica* gehört?«

»Klar. Picasso.«

»Genauso schrecklich wie aus der Nähe. Ich gehe zur Marine, sobald sie mich nehmen.« Walter klang ungeduldig.

»Ach, hört auf, Kinder!« rief Helena und stand vom Tisch auf. »Vielleicht gibt es gar keinen Krieg. Vielleicht kommt es nicht so weit. Das Ganze wieder von vorne. Ich kann es nicht ertragen.« Sie verließ das Zimmer und machte die Tür hinter sich zu.

»Arme Tante Helena.« Oliver bestrich seinen Toast mit Butter. »Sie will der Tatsache nicht ins Auge sehen, daß in uns allen, auch in ihr, ein Mensch steckt, der imstande ist zu töten –

in dir, in dir und in dir.« Er deutete mit seinem Messer in die Runde. »Jeder von uns ist imstande, andere Menschen zu töten. Außer dem Schreckenslauf könnten wir auch ein Killerspiel machen. Was haltet ihr davon? Sollen wir Hölzchen ziehen? Ihr habt doch keine Angst, oder? Auf geht's zum Töten, auf jede Art, die euch gefällt. Sophie darf auch mitmachen. Dann sind wir sieben.«

»Du bist verrückt, Oliver.« Calypso wirkte erregt.

»Wir leben in einer verrückten Welt. Machst du mit?«

»Ich mache mit.« Calypso lächelte Oliver über den Tisch hinweg an. »Ich bin dabei.«

Sonst sprach niemand, bis Sophie, die Oliver und den Zwillingen ins Zimmer gefolgt war, fragte: »Welche Rolle spielt das denn überhaupt, wenn es Krieg gibt?«

»Kinder und Narren ...«, sagten die Zwillinge erleichtert, und Walter meinte: »Also gut, wir einigen uns darauf, daß jeder Killer innerhalb von fünf Jahren jemanden töten muß. Das gilt für uns alle. Sophie zählt eigentlich nicht.«

»Doch. Ich zähle schon, oder, Oliver?« schrie Sophie plötzlich.

»Ja, ja, freilich zählst du«, sagte Oliver beruhigend, ohne die Augen von Calypso abzuwenden. Calypso erwiderte seinen Blick, während sie an seine derben Worte vom Abend zuvor dachte, an ihre hastige Weigerung, eher aus Gewohnheit, als weil sie so empfand. Der aus Spanien zurückgekehrte Oliver hatte eine neue Seite.

4

Richard Cuthbertson bürstete sein Haar mit den Elfenbeinbürsten, die ihm Helena zur Hochzeit geschenkt hatte, und strich die grauen Haare an den Schläfen glatt. Er legte die Bürsten sorgfältig in eine Reihe mit der Flasche Haaröl, symmetrisch zu den dazu passenden Kleiderbürsten, und warf wie stets einen Blick auf die Photographie seiner ersten Frau Diana, die, den Blick von ihm abgewandt, einen Arm um ihren Hund gelegt hatte, einen normalen, wuscheligen Foxterrier, kein so rauhhaariges Ding mit langgezogener Schnauze und zitternden Beinen, wie man sie heutzutage häufig sah. Richard hatte jetzt, nachdem sein Retriever gestorben war, keinen Hund mehr. Helena waren die auf dem Teppich verstreuten Haare und der Gestank seiner Fürze zuwider gewesen. Sie fühlte sich wohler ohne Hund. Freilich würde sie Richard nicht daran hindern, sich einen Ersatz für seinen alten Kameraden zuzulegen, aber sie würde Schwierigkeiten machen, Bemerkungen fallen lassen. Dieses Spiel kann ich auch spielen, dachte er. »Ein Hund wäre gut für Sophie.« Seine Augen wanderten von dem Bild seiner ersten Frau – hatte sie wirklich so ausgesehen? – zu den Gruppenphotos mit seinen Offizierskameraden, lauter großartigen Kerlen, die zum Teil schon tot waren. Er ging die Namen durch, eine vertraute Litanei. Sie sahen so jung aus. Peter war jetzt Börsenmakler, Hugh Bierbrauer, Bunty der Geschäftsführer eines Golfclubs, Andrew ein Farmer, ihr Kommandeur ein General im Ruhestand, Präsident des hiesigen Gerichtshofes, oberster Jagdleiter, ein reicher Mann.

»Und ich lebe vom Geld meiner Frau und habe nur ein Bein.«

Richard betrachtete die Regimentskameraden von 1913 genauer, junge Männer ohne Angst. Er wischte sich mit einem edlen Taschentuch eine Träne aus dem rechten Auge, seine ständige Träne, die er dem Gas unmittelbar vor dem Verlust seines Beines verdankte und die ihm peinlich und lästig war. Er würde sich wieder einen Hund zulegen, zum Teufel mit Helena. Er rückte sein Tweedjackett an den Schultern sorgfältig zurecht, kniff die Bügelfalte an seinem künstlichen Bein gerade und ging zur Tür. Dabei warf er einen Blick aus dem Fenster und erspähte seine Nichten und Neffen, die, Handtücher und Badezeug in der Hand, in Begleitung der Pastorenzwillinge aus dem Haus und über die Wiese liefen.

»Wartet auf mich!« Sophies schriller Schrei veranlaßte Oliver, der mit Calypso das Ende der Prozession bildete, stehenzubleiben. »Wartet, wartet!« Ein irritierendes Kind. Er sah, wie Oliver stehenblieb, und bemerkte stirnrunzelnd, daß er und Calypso Händchen hielten. Oliver hatte den albernen Verband abgenommen, den er beim Frühstück getragen hatte und der natürlich reine Angeberei war. Oliver ließ Calypsos Hand los, fing das Kind auf und schwang es auf seine Schultern wie auf einen Sattel. Dabei flog Sophies Baumwollkleid hoch, und Richard sah, daß sie kein Höschen trug, dieser verfluchte kleine Bankert, ließ doch glatt ihr Hinterteil sehen.

»Helena?« schrie Richard und ging hinkend nach unten. »Helena, wo bist du?«

»Hier.«

»Helena, ich mische mich nicht oft in deine Angelegenheiten ein, aber diesmal muß ich darauf bestehen...«

»Was ist denn?« Helena war im Wohnzimmer und arrangierte Rosen in einem Pokal, den Richard vor dem Krieg beim Polo gewonnen hatte. Sie drehte sich nicht um.

»Dieser Pokal muß mal geputzt werden.«

»Wenn wir das Silber so oft putzen würden, wie du es verlangst, wäre bald nichts mehr davon übrig. Was ist denn los, Richard?«

»Das Kind trägt kein Höschen.«

»Woher zum Kuckuck weißt du das?« Helenas Blick verriet Besorgnis.

»Ich habe es gesehen, als Oliver sie hochhob.«

»Ist das alles?«

»Alles?« Er war verdutzt. »Es ist unanständig, ich bitte dich.«

»Richard«, sagte Helena lachend, »sie ist doch erst zehn. Sie trägt nie ein Höschen, wenn es heiß ist. Was regst du dich denn so auf? Früher hat sie mit den anderen zusammen in der Badewanne gesessen. Ein kleines Mädchen in Sophies Alter kann doch nicht unanständig sein.«

Helenas Lachen brachte Richard in Rage.

»Dein Freund der General möchte, daß du ihn anrufst.« Helena betitelte den General stets als »Richards Freund«.

»Hat er gesagt, weshalb?«

»Er will die Jagdhunde einschläfern lassen und meinte, du solltest Bescheid wissen, nachdem du im Jagdkomitee sitzt.«

»Gütiger Himmel!«

»Er sagt, wenn es Krieg gibt, dann einen totalen. Dann ist es aus und vorbei mit dem Jagen.«

»Gütiger Himmel! Demnach glaubt sogar er, daß es Krieg geben wird?« Richard war erschüttert.

»Ja, mein Liebling, das glaubt er.«

»Helena...« Er ergriff die Hand, die sie ihm entgegenstreckte. »Helena, ich bin nutzlos. Nutzlos.«

»Unsinn, Richard. Es gibt massenhaft Dinge, die du tun kannst.«

»Was zum Beispiel?«

»Organisieren, Luftschutzmaßnahmen, Sachen dieser Art.«

»Vielleicht Telefondienst machen? Also ich bitte dich. Ich bin doch verflucht noch mal kein Büroangestellter.«

»Ruf den General an. Sprich mit ihm, er steckt doch mitten drin.«

»Ich habe nur ein Bein.«

»Schließlich hältst du den Hörer nicht mit den Beinen«, sagte Helena brutal. »Ich muß mich jetzt beeilen, wenn die Köchin und ich deine ganze Sippschaft verköstigen sollen.«

»Was ist mit Sophies Höschen?«

»Es wird Krieg geben. Welche Rolle spielt da zum Teufel noch mal Sophies Höschen? Falls es dich interessiert, ich trage auch kein Höschen, wenn es sehr heiß ist. Unterhosen sind eine viktorianische Erfindung.« Helena nahm die Blumenschere, fegte ein paar Stengelenden in den Papierkorb und verließ das Zimmer. Warum bin ich nur so abscheulich zu Richard? fragte sie sich. Hätte Anthony nur ein Bein verloren, statt ganz verlorenzugehen, wäre ich dann zu ihm auch so gemein gewesen? Da sie keine Antwort auf ihre hypothetische Frage bekam, verbannte Helena ihren ersten Mann, dessen Knochen irgendwo in Frankreich lagen, aus ihren Gedanken und ging in die Küche, um mit der Köchin die Mahlzeiten zu planen. Es war erstaunlich, welche Mengen Calypso, Walter, Polly und Oliver vertilgten; nicht nur Frühstück, Lunch, Tee und Abendessen, sondern ständig irgendwelche Kleinigkeiten aus der Vorratskammer. Nach den Erfahrungen des letztes Krieges rechnete sie mit neuerlicher Lebensmittelrationierung, damals eines der Hauptgesprächsthemen im Freundes- und Verwandtenkreis. Die Kartoffelknappheit. Die Geschichte einer ihrer Tanten, der im Bus die Butterration gestohlen wurde, aufgebauscht zu einem Drama, als Tragödie empfunden, die beinahe dem Verlust eines geliebten Menschen im Schützengraben gleichkam. Helena stand unter der Küchentür und mußte an den Telegraphenjungen denken, der die Nachricht »Im Kampf gefallen« überbracht hatte, und an den physischen Schock in ihrer Brust. »Jetzt geht das alles wieder von vorne los.«

»Was, Madam?« fragte die Köchin.

»Ach nichts. Ich war nur in Gedanken. Was wollen wir denn der Meute des Majors zum Fraß vorwerfen?«

»Etwas Sättigendes.« Das sagte die Köchin jeden August. Helena wurde erschreckend klar, daß das Leben, an das sie sich gewöhnt hatte, dem Ende zuging, und sie fürchtete sich davor, daß eine drastische Veränderung ihr labiles Gleichgewicht ins Wanken bringen könnte. Frauen, die in die euphemistisch als »Wechseljahre« bezeichnete Phase kamen, waren nicht gerade berühmt dafür, daß sie anderen das Leben angenehm machten.

Ich muß mit Mildred reden, nahm sie sich vor, sie ist wie ein Fels. Und sie lächelte die Köchin an bei dem Gedanken an Mildred Floyer, knapp einsfünfzig groß, aber mit der Energie, die nötig war, um es mit einem Ehemann auszuhalten, der ein

Pastor der High-Church war, dessen Gemeinde jedoch im wesentlichen aus Low-Church und Dissenters bestand.

»Die arme Mrs. Floyer hat zwei Söhne«, sagte Helena.

»Sie kommen zum Lunch, nicht wahr?«

»Sie gehen in den Krieg.«

»Dann müssen wir dafür sorgen, daß sie einen anständigen Lunch bekommen«, sagte die Köchin, die ein Talent dafür besaß, im Augenblick zu leben.

5

»Wann ist Vollmond?« Polly lag neben Oliver auf den Felsen und beobachtete ihn dabei, wie er Calypso beobachtete, die mit Walter aus der Bucht hinausschwamm. Oliver schloß die Augen und legte sich auf den Rücken.

»Denkst du an den Lauf?«

»Ja. Sollen wir Sophie mitmachen lassen? Sie möchte so gerne.«

»Ich wüßte nicht, was dagegen spricht, wenn sie vorher ein bißchen übt.«

»Willst du es ihr sagen? Das wird ihr Glück vollkommen machen.«

»Beim letzten Vollmond«, sagte Oliver, »war ich am Ebro.« Polly schwieg.

»Einer meiner Freunde, ein Tscheche, wurde getötet. Ein Schuß durch die Drosselvene, hat keinen Laut von sich gegeben. Er und sein Freund haben einen Priester verbrannt, sie haben ein richtiges Feuer gemacht und ihn verbrannt. Ich möchte bloß wissen, wozu das gut war. Der Witz war, wie sich herausstellte, daß er einer von uns war, vielmehr gewesen war.«

»Witz?«

»Greueltaten sind Witze, anders kann man nicht überleben. Wir haben alle scheußliche Dinge getan, die andere Seite ebenso wie unsere, wir haben diese Grube ausgehoben und ein Feuer aufgeschichtet und dann haben wir sie hineingestoßen und verbrutzeln lassen.«

»Du auch?«

»Ich stand daneben. Das läuft auf dasselbe hinaus. Ich weiß

nicht mehr, ob ich tatsächlich jemanden geschubst habe, aber ich glaube, ich habe mitgemacht.«

»Du glaubst?«

»Wir waren alle betrunken, Polly. Wenn nicht Wein schuld war, dann die Angst oder die Wut oder einfach das Bedürfnis, irgendwas zu tun. Man hängt ewig herum und wartet und wartet. Um die Zeit totzuschlagen, legt man Brände, vergewaltigt, plündert.«

»Du hast vergewaltigt?«

»Ja. Also eigentlich war sie ausgesprochen willig, und später dachte ich, o Gott, vielleicht hab ich mir den Tripper geholt.«

»Und?«

»Nein, ich hatte Glück. Ich hab ihn nicht bekommen.«

»Nur dieses eine Mal?«

»Nein, Süße, sooft ich Gelegenheit hatte.« Oliver lachte.

»Deshalb behauptest du also, daß wir alle imstande sind zu töten. Du hast dich verändert.«

»Wen würdest du denn gerne töten?« Oliver stützte sich auf einen Ellbogen und betrachtete Polly, die ausgestreckt neben ihm lag; ihr Körper war beinahe so schön wie Calypsos.

Polly blickte an ihrer Nase entlang auf die hüpfenden Köpfe in der Bucht. »Ich glaube nicht, daß es jemanden gibt, den ich umbringen möchte, aber ich würde gerne die Macht haben, Menschen leiden zu lassen«, sagte sie leichthin; aber das war gelogen, denn es gab Zeiten, in denen es schön gewesen wäre, Calypso aus dem Weg zu haben. »Wie soll denn dein Killerspiel aussehen?«

»War nur so eine Idee. Ich muß es erst planen. Schau mal, wie weit die Zwillinge hinausgeschwommen sind. Sie haben Sophie dabei.«

»Sie werden sie schon nicht ertränken. Weißt du eigentlich, Olly, daß der Vater der beiden im Krieg Krankenträger war?«

»Ganz schön mutig. Er hat nie darüber gesprochen. Er geht einem wenigstens nicht ständig mit dem Krieg auf die Nerven.«

»Armer Onkel. Ich hoffe nur, daß keiner von uns mal so wird wie er.«

»Die Somme, die Marne, Ypres, das Britische Expeditionscorps, General Haig, General French, Schützengräben, Kriegsdienstverweigerer, Kriegsgewinnler, Yankees, Kameradschaft, und was kommt dabei heraus? Rote Stoffblumen und zweiminütiges Schweigen. Allmächtiger!«

»Irgendwie habe ich das Gefühl«, meinte Polly lachend, »daß er dich nicht gerade als brauchbares Offiziersmaterial bezeichnen würde, wenn er dich jetzt hören könnte.«

»Nur allzu wahr. Mir sind die Mannschaften lieber.«

»Wirklich? Trotz Offiziersausbildungscorps in der Schule?« Polly war fasziniert. »Ich hätte gedacht, daß du schnurstracks als Offizier zum Garderegiment wanderst.«

»Nicht nach der Internationalen Brigade.«

»Kann ich mir denken. Gab es dort so was wie Kameradschaft?«

»Jede Menge.«

»Mit Freudenfeuern und so?«

»Ja, ja, ja. Aber jetzt laß uns Pläne für das neue Spiel machen. Sophie!« schrie Oliver, die Hände trichterförmig an den Mund gelegt, in die Bucht hinunter, wo die Zwillinge auf den Strand zuschwammen, zwischen sich Sophie, die sich rechts und links an ihren Schultern festhielt. »Hast du Lust, dieses Jahr beim Schreckenslauf mitzumachen?«

»Was?« Sophie kletterte die Felsen herauf. »Was hast du gesagt?«

»Ich habe gefragt, ob du dieses Jahr gerne beim Schreckenslauf mitmachen möchtest?«

»Ja bitte.«

»Dann mußt du aber üben.«

»Ich kenne den Pfad. Ich kenne ihn besser als ihr alle zusammen.«

»Aber nicht im Dunkeln, nicht bei Mondlicht.«

»Doch.«

»Na gut, aber ich möchte zuerst sehen, wie du läufst, damit ich auch sicher sein kann.«

»Ich bin mir sicher. Es gibt dort einen Mann mit einer Schlange. Schaust du mir die ganze Strecke zu?«

»Ja. Wir behalten beide Enden und das Mittelstück im Auge, um zu sehen, wie du dich anstellst.«

»Danke, Oliver.«

»Da siehst du, was es heißt, jemanden glücklich zu machen.«

Calypso saß neben den Zwillingen, die Oliver beobachteten, der wiederum zusah, wie die Wassertropfen Calypsos Beine hinunter in ihren Schoß rannen.

»Lauft ihr mit?« fragte Polly die Zwillinge.

»Ja«, antworteten beide. »Wann ist es soweit?«

»Bei Vollmond, wann immer das ist.«

»Und das Killerspiel?« Calypso blickte in die Runde. »Macht ihr beiden auch mit?«

»Ja«, sagten sie zum Erstaunen der Cousins und Cousinen.

»Damit wären wir sechs«, sagte Walter.

»Sieben«, sagte Sophie. »Ich bin auch noch da.«

»Ach Sophie, du bist zu klein, um jemanden zu töten.«

»Oliver hat gesagt, ich darf, er hat es erlaubt.« Sophie blickte besorgt von einem Gesicht zum anderen. »Außerdem werde ich größer.«

»Ach, laßt sie doch.« Calypso wischte sich mit ausladenden Bewegungen das Salzwasser von den Armen. »Ich finde, wir sollten Tante Helena und Onkel Richard und Betty und die Köchin und den Pastor auch noch dazunehmen; dann wird daraus so eine Art Lotteriespiel.«

»Vater nicht«, sagten die Zwillinge.

»Also gut. Dann eben Tante und Onkel. Betty und die Köchin lieber auch nicht.«

»Warum denn nicht? Weil sie einfache Leute sind, nicht aus unserer Schicht?« Walter versetzte Oliver einen Rippenstoß. »Ich dachte, alle deine Kameraden wären klassenlos.«

»Weit gefehlt«, sagte Oliver lachend, »wie du wüßtest, wenn du dabeigewesen wärst. Nein, Betty und die Köchin könnten auf falsche Gedanken kommen.«

»Du meinst in bezug auf ihre gesellschaftliche Stellung?«

»Nein, Dummkopf. Es könnte leicht passieren, daß sie volle Pulle loslegen, daß sie die Sache ernst nehmen.«

»Und zur Polizei gehen?« meine Polly grinsend.

»Ach, vergiß es. Fordert sie einfach nicht zum Mitmachen auf.«

»Ich dachte, der Witz bei der Sache sollte der sein, daß es

wirklich ernst ist.« Calypso warf Oliver einen boshaften Blick zu. »Oder irre ich mich?«

»Darf ich meinen Übungslauf bald machen? Schaust du mir zu?« Sophie schob ihr bleiches Gesicht dicht an Olivers heran, so daß er in ihre großen schwarzen Augen blinzelte. Er hob eine Hand und strich ihr das Haar aus der Stirn, schwarz wie das einer Katze und seidig.

»Kätzchen.« Er streichelte sie wie ein kleines Tier. Calypso und Polly schauten amüsiert zu.

»Wie wär's mit heute nachmittag? Was hältst du davon?« Oliver tätschelte ihre blasse Wange, um zu signalisieren, daß die Sache für ihn erledigt war.

»Wir werden gut aufpassen müssen, daß sie nicht schummelt.« Walter streckte die Arme zum Himmel.

»Es ist fürchterlich heiß.« Polly rollte sich auf den Bauch.

»Wenn wir uns oben auf der Klippe aufstellen, ist es gar nicht mehr heiß. Da bekommen wir die Brise mit. Heiß wird es höchstens für Sophie.« Calypso schloß die Augen und wandte ihr Gesicht der Sonne zu. »Wird meine Nase schon rot?«

»Leg ein Blatt darauf.« Die Zwillinge sprachen im Chor.

»Schlau. Dann holt mir eins.« Sanft schmorten sie auf den Felsen, Calypso mit einem schattenspendenden Blatt auf der Nase.

Ihr einziger äußerlicher Makel, dachte Polly, während sie ihre Cousine betrachtete, bestand darin, daß die beiden Gesichtshälften symmetrisch waren, so daß ihr Gesicht wie eine Maske wirkte. Die meisten Menschen hatten zwei mehr oder minder unterschiedliche Seiten, eine gute und eine schlechte, eine glückliche und eine traurige. Bei Walter waren sie auffallend verschieden, als hätte sich bei der Geburt jemand auf seinen Kopf gesetzt, und sie selbst hatte eine leicht schräge Nase, während Oliver kaum merklich schielte.

An jenem Nachmittag stellten sie sich am Klippenrand auf. Walter und Polly sollten Sophie beim Start an der Landspitze unterhalb der Küstenwachstation beobachten, die Zwillinge waren auf halbem Weg oberhalb des Pfads postiert, Calypso und Oliver erwarteten sie am Ziel. Den größten Teil der Strecke würde Sophie zu sehen sein; außer Sichtweite war sie nur dort, wo der Pfad durch dichtes Dornengebüsch führte, und an einer Stelle direkt über dem Meer, wo er eine scharfe Biegung um hohe Granitblöcke machte.

An jenem Nachmittag saßen die Zwillinge oben auf der Klippe mit dem Rücken zum Zaun, der umherlaufendes Vieh davor bewahren sollte hinunterzufallen.

»Sie ist losgelaufen. Walter hat das Startzeichen gegeben.« Sie sahen zu Sophie hinunter, die soeben losrannte.

»Ich bin gespannt, wie die Welt aus der Luft aussieht.«

»Wir sind noch nie geflogen. Glaubst du, sie lassen uns beisammen?«

»Sie werden uns doch nicht trennen?« Paul sah David bestürzt an.

»Das könnte schon passieren.«

»Mein Gott, ich hoffe nicht.«

»Der Tod könnte uns trennen.«

»Uns doch nicht. Wir werden nicht umkommen.«

»He, wir haben Sophie ganz vergessen. Ich sehe sie nicht mehr.«

»Wahrscheinlich ist sie beim Dornengestrüpp.«

»Oder bei den Felsblöcken. Sie ist gelaufen wie der Blitz. Du glaubst doch nicht im Ernst, daß man uns trennen wird, oder?«

»Vater sagt, die Militärbehörden sind dazu verpflichtet. Vielleicht hat er recht. Denk doch bloß an die Verwechslungen in der Schule.«

Der andere Zwilling lachte. »Was auch geschieht, wir haben unseren Spaß gehabt.«

»Wenn du stirbst, sterbe ich auch.«

»Ach, du Miesepeter! Erst muß es überhaupt mal losgehen. Wo zum Teufel ist Sophie?«

»Vielleicht hat sie sich weh getan. Wir sollten ihr lieber nachgehen. Denk an Walters Knöchel.«

Sie kletterten durch Ginster und Heidekraut zum Pfad hinunter, auffallend große junge Männer mit schlaksigen Gliedmaßen wie junge Hunde, deren maisfarbenes Haar über den braunen, von fedrigen Wimpern umrandeten Augen flatterte, um so bemerkenswerter, weil es sie in doppelter Ausführung gab. Sie strichen sich das Haar aus der von Erfahrung unberührten Stirn und trabten den Pfad entlang.

»Wo sind Walter und Polly?«

»Sicher sind sie die Abkürzung zurückgegangen.«

Am Ziel saß Calypso mit Oliver und hielt dessen Hand.

»Ich will dir was sagen, Olly, auch wenn ich dich nicht heiraten werde, werde ich mit dir schlafen. Hast du es schon mal gemacht?«

»Ja, habe ich.«

»Ist es nett?«

»Nett.« Oliver schaute Calypso an und wiederholte: »Nett.« Ein Wort, das sich unmöglich auf Calypso anwenden ließ. »Ich möchte dich für mich allein haben. Ich werde warten.«

»Wenn es Krieg gibt, schlafe ich mit dir, bevor sie dich töten. Das jedenfalls tun die Jungfrauen in Büchern immer, und ich bin eine Jungfrau.«

»Hab dich doch nicht so mit deiner Jungfräulichkeit. Jungfräulichkeit bedeutet gar nichts. Du kannst sie beim Radfahren verlieren.«

»Das habe ich nicht gewußt. Dann muß ich vorsichtig sein. In London werde ich radfahren. Pa sagt, daß sie das Benzin rationieren werden.«

»Jungfräulichkeit nicht. Wie willst du deinen reichen Prinzen finden, wenn du Fahrrad fährst? Das ist furchtbar spießig.«

»Ich werde ihn finden. Wenn du etwas um jeden Preis willst, bekommst du es auch, und ich will nun mal einen richtig reichen Mann, den wollte ich schon immer.«

»Ach Calypso, tu's nicht.« Oliver umarmte sie. »Ach, mein Herz, irgendwann werde ich reich sein, sehr reich. Und dann wirst du mich heiraten.«

»Was ist das?« Calypso riß sich los und sprang auf. »Jemand hat geschrien. Sophie.«

»Irgendwas stimmt da nicht.« Sie liefen den Pfad hinunter, Sophie entgegen, die hastig auf sie zukam und sich heftig schluchzend in Calypsos Arme warf.

»Was ist denn? Was ist passiert? Hast du dir weh getan? Was ist denn los? Hör auf, Sophie, hör doch auf.« Aber Sophie, die sich an Calypso klammerte, konnte nicht aufhören. Ihre

Schluchzer steigerten sich zu Schreien, ihre Finger gruben sich schmerzlich in Calypsos Hals.

»Sophie, du tust ihr weh.« Oliver zog sie von Calypso weg und gab ihr eine Ohrfeige. »Hör endlich auf, Sophie. Was ist denn passiert?«

Mit weißen Lippen und nach Luft schnappend sagte Sophie: »Rosa. Eine rosa Schlange.«

»Was?« Oliver starrte das Kind an, über dessen bleiche Wangen Tränen rollten. »Jetzt rede schon.« Doch Sophie konnte und wollte nicht.

»Hat sie dich gebissen? Sie hat was von einer Schlange gesagt.« Calypso warf Oliver einen besorgten Blick zu. Sophie, die sich inzwischen beruhigt hatte, sagte kein Wort mehr.

»Ehrenwort, du bist eine gute Zeit gelaufen. Was ist denn bloß passiert?« Die Zwillinge kamen ganz außer Atem mit geröteten Gesichtern den Klippenpfad heraufgelaufen. »Sie hat einen Schreck bekommen, sagte was von einer Schlange. Habt ihr etwas gesehen?«

»Nein«, sagten sie. »Schauen wir doch mal nach, ob sie gebissen wurde.« Die Zwillinge untersuchten die Beine des Kindes, das quer auf Olivers Schoß lag und ab und zu einen erschöpften Hickser tat. »Nichts, nicht mal eine Schramme. Laß mal deine Arme sehen.« Sie untersuchten Sophie gründlich. »Du solltest aber wirklich ein Höschen tragen«, sagten sie, während sie ihren Rock herunterzogen.

»Ach, laßt sie doch in Ruhe. Irgendwas hat ihr einen Schreck eingejagt, und sie will es uns nicht sagen.« Calypso stand oberhalb von Oliver und den Zwillingen. »Komm schon, Sophie. Jetzt ist es vorbei. Zeit für den Tee.« Ihre Stimme klang erwachsen. Sie streckte ihr die Hand entgegen, Sophie ergriff sie und ließ Oliver los.

»Tut mir leid.« Das Kind schaute in die freundlichen Gesichter ringsum. »Es tut mir leid.«

»Du bist die Strecke ganz schön schnell gelaufen«, sagten die Zwillinge.

»In Rekordzeit.« Oliver gab Sophie beim Aufstehen einen freundlichen Klaps aufs Hinterteil.

»Ist das auch wahr?«

»Ja, da muß ich gut auf meinen Lorbeerkranz aufpassen.«

»Prima. Bei Mondlicht bin ich sogar noch schneller.« Sie sprang davon und rannte aufs Haus zu.

»Irgendwas ist passiert.« Oliver sah ihr nach. »Ich möchte bloß wissen, was.«

»Sieht nicht so aus, als würde sie es uns sagen.« Calypso setzte einen Schlußpunkt hinter die Angelegenheit, da sie das Gefühl hatte, daß sich Sophie nur interessant machen wollte.

6

Am Abend, an dem der Schreckenslauf stattfinden sollte, lud Helena Max Erstweiler und seine Frau Monika zum Abendessen ein. Sie kamen mit den Zwillingen über die Stoppelfelder oben auf der Klippe.

»Wie friedlich es hier ist«, sagte Monika. »Vor einem Jahr zur Erntezeit waren wir auf dem Land und hatten furchtbare Angst.«

»Wir haben noch immer große Angst. Aber nicht mehr um uns selbst.«

»Ich finde es schlimmer, daß wir in Sicherheit sind und Pauli nicht; er muß unbedingt nachkommen. Gott wird uns und unseren Freunden helfen.«

»*Gott mit uns*? Sei nicht albern«, spöttelte Max.

»Vater sagt, wir dürfen Gott nicht verlieren«, sagte David, der neben Monika ging, »aber das ist bereits geschehen. Wir haben ihn verloren, als wir uns beide beim Fußballspielen den Meniskus gezerrt haben. Das Spiel haben wir auch verloren. Dabei hatten wir wirklich gebetet.«

»Wie alt wart ihr damals?« fragte Monika lächelnd.

»Zwölf«, sagte Paul und lachte.

»Und ihr habt ihn einfach so fallengelassen?«

»Wir haben es Vater nie gesagt«, sagte David mit rauher Stimme.

»Euer Vater ist ein Heiliger«, sagte Max. »Ich sage das für den Fall, daß es Heilige gibt, auch wenn ich persönlich das bezweifle.«

»Du gehst in Vaters Kirche, du spielst für ihn Orgel.«

»Das ist das mindeste, was ich für eure Eltern tun kann. Ihr Jungen habt wirklich Glück.«

»Das haben wir«, sagten die Zwillinge, bekümmert über die Angst der Erstweilers. »Es wird alles gut werden, Monika, warte nur ab, du wirst schon sehen. Wir werden für ihn kämpfen.«

»Wie denn?«

»In der Luftwaffe. Ende des Monats melden wir uns freiwillig, um für euch alle zu kämpfen. Wir werden euch euren Sohn zurückbringen.«

»In einem Sarg«, sagte Max bitter. »Die schicken einfach einen Sarg. Unser Sohn ist Musiker, aber in einem Sarg kann man nicht Klavier spielen.« Die Zwillinge verstummten, nur ihr steifer Gang verriet, wie unbehaglich ihnen zumute war.

»Was für ein Spiel ist das heute abend eigentlich?« Monika spürte den Schmerz hinter ihrem Schweigen.

»Wir laufen den Klippenpfad entlang. Oliver hat diesen Wettlauf Schreckenslauf getauft, weil er Höhenangst hat. An einigen Stellen ist es ein bißchen unheimlich, aber inzwischen kann sogar Sophie mitmachen. Er ist schon Tradition. Und gelaufen wird bei Mondlicht.«

»Dürfen wir zusehen?«

»Natürlich. Die ältere Generation sitzt auf der Kamillenwiese und plaudert, während wir laufen.«

»Und dieses neue Spiel? Habt ihr nicht noch von einem anderen Spiel gesprochen?« fragte Max.

»Ja, das ist ein Geheimnis, eine Herausforderung. Wir losen aus, du und Monika, ihr könnt auch mitmachen, wenn ihr wollt.«

»Obwohl wir nicht wissen, worum es geht?«

»Ja. Wir zwei und die anderen vier wissen Bescheid, und wenn einer von uns die entsprechende Karte zieht, wissen wir, was zu tun ist; und wenn ihr beide mitmacht, wird dadurch die Sache für uns noch spannender. Es gibt nur drei gekennzeichnete Karten, also ist es viel besser, wenn ihr beide und der Major und Mrs. Cuthbertson auch noch mitmachen. Dann haben wir acht leere Karten.«

»Und das Ergebnis ist geheim?«

»Ja.«

»Hört sich an wie im richtigen Leben«, sagte Max grimmig, während er auf die Klingel an der Veranda der Cuthbertsons drückte.

Walter machte ihnen auf. »Kommt herein«, sagte er, »Kommt durchs Haus. Wir haben Tante Helena dazu überredet, draußen auf der Wiese zu essen.« Er ging voran. »Seht mal«, sagte er, »ist das nicht phantastisch?«

»Ach!« rief Monika aus. »Wie schön!«

Die jungen Leute hatten Eßtisch und Stühle nach draußen getragen. Der Tisch, weiß gedeckt, stand auf der Kamillenwiese, die untergehende Sonne und das Meer bildeten den Hintergrund.

»Ist das nicht prima?« Calypso kam, um sie zu begrüßen.

»Sehr hübsch«, sagten die Zwillinge bewundernd, »eine fabelhafte Idee.«

»Es war meine Idee.« Calypso führte Monika zu ihrem Onkel.

»Onkel Richard, das sind Monika und Max Erstweiler, die im Pfarrhaus wohnen.«

»Wir sind uns kurz in der Kirche begegnet.« Richard hinkte ihnen entgegen, um sie zu begrüßen. »Meine Frau läßt bei meinen Neffen und Nichten die Zügel ziemlich locker. Darf ich Ihnen etwas zu trinken anbieten?«

Helena kam in einem langen Kleid in den Garten, das ihrer plumpen Gestalt eine gewisse Würde verlieh. Sie bewunderte Monikas gutes Aussehen und war hingerissen von Max' Charme. »Dieses Fest feiern wir jedes Jahr«, sagte sie. »Wer weiß, vielleicht ist es das letzte Mal. Wenn der Krieg beginnt, müssen wir alle Fenster verdunkeln, damit kein Licht mehr zu sehen ist.«

»Essen Sie jedes Jahr im Freien?«

»Bisher noch nie, aber heute ist es wohl kaum riskant. Und den Kindern macht es Spaß.«

»Die Kinder reden vom Kämpfen, sie sind wohl eher Männer.«

»Ja, das sind sie wohl.« Helena betrachtete Oliver, Walter und die Zwillinge. »Männer...« Ihre Stimme verlor sich.

»Sie haben einen Sohn«, brach Richard beherzt das Schweigen. »In einem Lager, glaube ich. Mein Freund der General ist der Ansicht, daß die Deutschen allen diesen Leuten viel Gutes tun.«

Max Erstweiler schnappte nach Luft und preßte ein Wort hervor, das auf der Wiese hoch über dem englischen Kanal fremdartig klang. *»Unerhört...«*

Die jungen Leute begannen alle auf einmal zu reden, und Helena sagte: »Wollen wir mit dem Essen anfangen? Die Sonne ist schon fast untergegangen. Könnte jemand die Kerzen anzünden? Mrs. Erstweiler, wollen Sie sich dorthin setzen, und Sie, Mr. Erstweiler, neben mich.«

»Was hat der Kerl gesagt?« zischte Richard seiner Frau zu, die ihm einen schmerzhaften Tritt an sein unversehrtes Schienbein versetzt hatte. »Kann seinen Akzent nicht verstehen.«

»*Du* hast was gesagt«, erwiderte Helena aus dem Mundwinkel.

»Oje, bin ich ins Fettnäpfchen getreten?«

Helena plauderte bereits mit Max, so daß der qualvolle Augenblick vorüberging; sie aßen und unterhielten sich, während die Sonne ins Meer tauchte und das Licht der Kerzen ihre Gesichter erhellte und ihren Augen einen geheimnisvollen Glanz verlieh. Die Mädchen sahen noch schöner aus. Sophie, die noch immer neben Oliver saß, der auf der anderen Seite unter dem Tisch Calypsos Hand hielt, prägte sich die Szene bewußt ein.

Als der Mond aufging wie ein gewaltiger Ballon, verstummten alle und sahen zu, wie er rot, golden und schließlich silbern in einen seidigen Himmel emporstieg.

»Trinken wir auf den Mond.« Oliver erhob sein Glas.

»Und auf ferne Freunde.« Richard, der sich erhoben hatte, stand sicher auf seinem intakten Bein und lächelte zu Monika hinab. »Auf ferne Freunde«, wiederholte er, als alle tranken.

Er kann großartig sein, dachte Helena. Ich muß ihm Mut machen, statt ihn zu demoralisieren.

»Danke.« Monika lächelte Richard an; ihre Augen waren feucht. Er ist ein sensibler Mann, dachte sie, als sie die Träne in seinem Auge bemerkte, und Richard dachte, man kann nicht leugnen, daß diese Jüdinnen gut aussehen; dabei schnippte er die Träne mit der gewohnten Bewegung weg.

»Sollen wir unsere Lose vor oder nach dem Lauf ziehen?« erkundigte sich Polly.

»Am besten gleich.« Calypso ließ Olivers Hand los. Sie war trocken, ihre dagegen wurde allmählich feucht und klebrig.

»Magst du die Karten mischen, Onkel Richard?«

»Einverstanden.« Er nahm die Karten an sich, und jeder zog eine – die Cuthbertsons, die Erstweilers, die Neffen und Nichten und die Zwillinge, Sophie als letzte. »Wer eine markierte Karte zieht, behält das für sich.«

Alle sahen sich ihre Karten an und warfen sie in die Schale zurück.

»So, das wäre erledigt«, sagte Oliver. »Und jetzt zum Lauf. Ich bestehe darauf, als erster zu laufen.«

»Dann komme ich«, sagte Calypso. »Stoppst du die Zeit, Onkel Richard?«

»Einverstanden. Habt ihr eure Taschenlampen?«

»Ja.«

»Gut. Die üblichen Regeln, nehme ich an, ihr blinkt mit der Taschenlampe, wenn ihr losrennt.«

»Ja.«

»Also, auf geht's.« Richard machte es sich in einem Stuhl neben Monika bequem.

Die jungen Leute zogen ab.

»Ist Sophie nicht noch etwas klein?« fragte Monika.

»Die Zwillinge haben ein Auge auf sie, wenn sie an der Reihe ist. Sie schafft das schon«, sagte Helena.

»Und was hat es mit diesem anderen Spiel auf sich?« fragte Max.

»Keine Ahnung. Oliver denkt sich jedes Jahr etwas Neues aus. Es hat gar keinen Sinn zu fragen, sie verraten uns doch nichts.«

»Dann spielen wir ja eigentlich gar nicht mit?«

»Vielleicht schon, aber ohne es zu wissen.« Helena lachte.

»Hört sich nach einem Hasardspiel an.«

»Ja.«

»Unser Sohn ist auch in so ein Spiel hineingeraten. Er sollte nachkommen, aber die Braunhemden sind einfach in die Universität hineinmarschiert und haben jeden vierten Jungen mitgenommen. Mutter zu sein ist schrecklich.«

»Ich habe es immer bedauert, daß mir diese Erfahrung fehlt.« Helena bemühte sich, Monika zu trösten.

»Ich persönlich glaube, daß dir eine Menge Ärger erspart geblieben ist«, meinte Richard. »Überleg doch bloß, was die Heilige Jungfrau mitgemacht hat.«

Helena lachte schallend. Max war sichtlich verdutzt und murmelte seiner Frau zu: »Ist das der englische Humor?« Bevor er nach England kam, hatte er viel über diesen Charakterzug der Briten gehört und hatte beschlossen, ihn sich nach Möglichkeit anzueignen.

»Jetzt sind sie am Start.« Helena deutete zur Landspitze hinüber. »Seht ihr die Taschenlampen?«

Hoch über dem Meer konnten die vier Erwachsenen die jungen Leute ausmachen, die Felsen, schwarz und nackt, den Mond, der inzwischen ziemlich hoch am Himmel stand. Am Fuß der Klippen eine ruhige See, und oben auf dem Kamm die Küstenwachstation, ein weißer Zweckbau.

»Ist es nicht gefährlich? Ich kann keinen Weg erkennen.« Monika war mit Interesse bei der Sache.

»Sie kennen ihn alle sehr gut.« Richard zündete sich eine Pfeife an. »Wenn ich mein Bein noch hätte, könnte ich ohne weiteres mitmachen.«

Helena hielt ihre Zunge im Zaum.

»Und wo ist das Ziel?« überbrückte Max das kurze Schweigen.

»Unter uns, von hier aus nicht zu sehen. Aber wir hören sie rufen, wenn sie angekommen sind. Ich stoppe die Zeit. Da ist meine Stoppuhr, und was ich sage, gilt.«

»Oliver läuft los.« Helena deutete auf die Taschenlampe, die dreimal aufblitzte, und Richard drückte die Stoppuhr. Sie sahen Oliver die Klippe hinunterstürmen und schnell den schmalen Pfad entlangrennen, der sich durch Farngestrüpp und Heidekraut wand, dann dicht am Klippenrand an Büscheln von Grasnelken und Seeleimkraut vorbeiführte, durch niedriges Gras, das im Frühling voller Blausterne war, vorbei an noch blühendem Stechginster, dessen süßer Duft sich mit dem der Heide mischte.

Die Angst, die Oliver beim Laufen verspürte, spornte ihn an. Wenn er schnell genug rannte, würde er den Schrecken hinter sich lassen. Er hatte den anderen nie gestanden, welch entsetzliche Angst er vor der Höhe hatte, vor dem Abgrund, dessen Anblick ihn lähmen würde, falls er hinunterschaute. Er lief einen Wettlauf gegen seine Schwäche.

Als er einen Haken schlug und an den Felsen vorbeisprang, dachte er kurz an Sophies Schlange; dann traten seine Füße auf Gras, der süße Duft von Drehwurzen drang zu ihm herauf, und er wußte, daß es vorbei war. »Geschafft«, schrie er jubelnd, ließ seine Taschenlampe aufblitzen und setzte sich keuchend auf den Boden, um auf Calypso zu warten.

Wenige Minuten später lief sie direkt in seine Arme.

»War ich schnell, Olly? Schrei du Onkel Richard, ich habe keine Puste mehr.«

Oliver zog sie an sich, und sie standen sich Auge in Auge gegenüber. Er drückte sie fest an sich und spürte, wie sich ihre Brüste hoben und senkten, während ihr Atem sich beruhigte.

»Wer kommt als nächster?«

»Sophie, dann hintereinander die Zwillinge, danach Polly und zuletzt Walter.«

Oliver strich ihr übers Haar, ließ seine Hand ihren Rücken hinabgleiten und preßte sie an sich.

»Was ist denn das, Oliver?«

»Was?«

»Das da.« Sie berührte ihn.

»Ich. Mein Schwanz.«

»Oliver!«

»Was ist denn?«

»Der ist ja riesig.«

»Er ist ganz normal. Ich habe eine Erektion.«

»Eine *was*?«

»Eine Erektion. Ich möchte ihn in dich reinschieben. Hast du noch nie einen Mann mit einer Erektion gesehen?«

»Nein.« Sie drehte sich in seinen Armen um, so daß sie ihm den Rücken zudrehte. Er legte die Hände auf ihre Brüste.

»Dann bist du also wirklich *intacta.*«

»Was bedeutet das?«

»Jungfrau. Ich habe es dir nicht geglaubt.«

»Du machst mich ganz verlegen.« Calypso lehnte sich an ihn und legte ihre Hände auf seine. »Ist das wahr? Würde es mir nicht furchtbar weh tun?«

»Nein, du dehnst dich. Schließlich mußt du dich ja auch dehnen, um einen Babykopf rauszulassen. Du weißt doch, wie Babys zur Welt kommen, oder?«

»Natürlich weiß ich das.« Calypso schloß die Augen, die dem Mond zugewandt waren.

»Ich liebe dich.« Er küßte sie auf den Nacken. »Ich werde dich immer lieben.«

»Das glaube ich nicht.« Sophie hatte die beiden erreicht und kletterte lautlos den Hang herauf. »Wie lange habe ich gebraucht? Bitte blinkt und schreit für mich.«

Calypso stieß einen langen Schrei aus, dann sagte sie: »Warum wird er mich nicht immer lieben?« Doch Sophie war so klug, nicht zu antworten, wenn Calypso in diesem Ton sprach. Sie warteten, gaben Lichtzeichen und riefen zur Klippe hinauf, als nacheinander Paul, David, Polly und Walter eintrafen. Dann saßen sie eine Zeitlang da und betrachteten das mondbeschienene Spiegelbild des Pfades auf dem Wasser.

»Das war das letzte Mal«, sagte Polly. »Wo wir wohl nächstes Jahr um diese Zeit sind?«

»Unter der Erde«, brummte Walter.

»Lying in some distant field for ever England«, zitierte Oliver fehlerhaft aus Rupert Brookes berühmtem Gedicht über den Soldaten, »wie Onkels Bein. Ich kann dieses Gedicht nicht ausstehen. Andere sind mir da lieber, zum Beispiel: ›Solang ich Honig hab und Fladen, und eine Dirne drall mit strammen Waden...‹ Vor ein paar Monaten im Schützengraben haben wir zu dritt um die Wette anstößige Stellen zitiert.«

»Wer hat markierte Karten gezogen und wer Nieten?« Sophie, die an das neue Spiel dachte, um ihre Gedanken von Oliver und Calypso abzulenken, versuchte die anderen zu überrumpeln.

»Wir wollen doch nicht alles verraten.« Walter rollte sie vom

Rücken auf den Bauch. »Wir waren elf, also bleiben acht unschuldig, und von den elf wissen die meisten nicht, was es bedeutet, wenn sie einen schwarzen Punkt gezogen haben.«

»Das macht es erst richtig spannend. Was hast du als Zeitlimit angesetzt, Oliver? Fünf Jahre? Ziemlich kurz für etwas so Wichtiges.«

»Sagen wir zehn«, sagte Oliver großzügig, »dann kann Sophie, falls sie einen Punkt gezogen hat, abwarten, bis sie zwanzig ist.«

»Bis dahin ist der Krieg längst vorbei.«

»Oder wir sind tot. Kommt, wir müssen los. Soll ich dich die Klippe hinauf auf die Schultern nehmen, Sophie?«

»Nein danke.«

»Was werden unsere Eltern im Krieg machen?« Polly kletterte zwischen den Zwillingen.

»Ihn mit dem ihren vergleichen«, sagte Walter über die Schulter.

»Zusehen und abwarten«, sagten die Zwillinge und dachten an Pauli Erstweiler, der im Konzentrationslager saß.

»Trauern«, sagte Calypso. »Das können sie.«

»Wir werden es auch noch lernen«, sagte Oliver trocken.

»Onkel Richard möchte einen Hund«, rief Sophie ohne jeden Zusammenhang.

»Woher weißt du das?«

»Er trauert um den alten Pupser.«

»Dann besorgen wir ihm eben einen. Helena wird das gar nicht gefallen.«

»Es wird allmählich Zeit, daß wir aufhören, immer auf Helena Rücksicht zu nehmen«, sagte Polly. »Sie hat ihm vor dem Essen einen ziemlich kräftigen Tritt versetzt.«

»Er hat ihn verdient, genau wie sein General. Nieder mit den Generälen, jawohl.«

»Vor allem mit Franco.«

»Genau.«

»Für den General wird die Sache unangenehm werden«, meinte David.

»Wieso?« fragte Polly schneidend.

»Nachdem seine Nazifreunde ihn zum Reichsparteitag nach

Nürnberg eingeladen und Hitler vorgestellt hatten, kam er zurück und erklärte, das alles sei eine verdammt gute Sache, weil die Jugend der Nation auf diese Weise etwas Rückgrat bekäme. Letztes Jahr nach München hat er von nichts anderem geredet.«

»Zu meinem Vater hat der General gesagt, es wäre eine prima Idee, die verweichlichte englische Jugend zur Hitlerjugend zu stecken.« Calypso lachte. »Nur weil er fand, daß ihr Jungs allesamt einen Haarschnitt vertragen könntet und ihm Olivers Wildlederschuhe ein Dorn im Auge waren.«

»Jetzt verhält er sich ausgesprochen patriotisch«, sagte Polly. »Wie ich höre, organisiert er den Luftschutz und bedrängt seine ganze Umgebung mitzumachen.«

»Verflucht noch mal«, sagte Walter, »du schreckst mich ja richtig ab. Wenn ich in meinem U-Boot hocke, dann zum Teufel nicht um seinetwillen, garantiert nicht.«

»Sondern für die Pauli Erstweilers dieser Welt, ich weiß.« Polly wandte sich an Calypso. »Und was hast du vor?«

»Ich such mir irgendwo einen tollen Job, wo mir viele reiche Männer über den Weg laufen.«

»Ich glaube wirklich, sie meint es ernst«, sagten die Zwillinge und lachten. »Möchtest du denn nicht die Truppen trösten?«

»Das freilich auch.« Calypso lächelte liebenswürdig. »Ganz unparteiisch«, fügte sie mit einem Seitenblick auf die Zwillinge und Walter hinzu. Bekamen sie auch Erektionen? Sie mußte sich bei Polly erkundigen, denn die wußte über Sex Bescheid, weil sie Zugang zu den gynäkologischen Büchern ihres Vaters hatte – möglichst ohne sich ihre Ahnungslosigkeit in sexuellen Dingen anmerken zu lassen.

Als sie die Wiese erreichten, rief Polly: »Hat Oliver wie üblich wieder gewonnen?« Doch die Erwachsenen waren im Wohnzimmer, eine besorgte Runde, die sich gedämpft unterhielt. Helena stand mit weißem Gesicht unter der Tür.

»Es war euer Vater«, sagte sie zu Walter und Polly. »Sein Krankenhaus soll morgen evakuiert werden.«

»Also Krieg«, sagte Polly. Niemand widersprach ihr.

Die Angst im Zimmer war mit Händen zu greifen. Monika tastete nach der Hand ihres Mannes. Helena ertappte sich dabei, wie sie einen verzweifelten Blick mit Max wechselte. Als sie in die Runde blickte, sah sie auf den Gesichtern der jungen Leute eine Mischung aus Angst und sinnlicher Erregung, an die sie sich später noch erinnern sollte. Walters Augen blickten stumpf. Polly schaute fragend die Zwillinge an, die ihrem Blick standhielten. Calypso sah zu Oliver auf.

»Nun?«

Sophie zerrte an Olivers Hand: »Was wird jetzt aus dem neuen Spiel?«

»Vergiß es.« Er schaute gebannt auf Calypso, ohne auf Sophie zu achten. »Jetzt haben wir alle markierte Karten gezogen.«

Sophie maulte leise. Oliver schüttelte ihre Hand ab.

Richard hinkte in die Diele und klopfte auf das Barometer. »Das Wetter bleibt schön«, sagte er fröhlich. Das Tableau löste sich auf.

»Wir sollten jetzt gehen«, sagte Monika sanft.

Die Erstweilers verabschiedeten sich höflich. Die Cousins und Cousinen gingen mit den Zwillingen hinaus auf die Wiese und blickten hinunter aufs Meer. Helena rief aus dem Haus: »Sophie, höchste Zeit, ins Bett zu gehen. Du solltest schon längst schlafen.« Das Kind schlurfte ins Haus, ohne Gute Nacht zu sagen.

»Sollen wir versuchen, Mutter anzurufen?« Walter und Polly gingen zum Telefon.

»Wir gehen jetzt lieber.« Bedrückt machten sich die Zwillinge auf den Heimweg. »Sollen wir es ihnen noch heute abend sagen oder warten wir bis morgen?« Sie behandelten ihre Eltern stets rücksichtsvoll.

»Wir haben eine schöne Zeit hier verbracht.« David blickte zum Haus zurück, das breit und behäbig dem Wind trotzte. »Was für ein häßliches Haus. Ich schlage vor, wir lassen sie schlafen und sagen es ihnen morgen früh«, meinte David, der das Bedürfnis hatte, diese guten, unschuldigen Menschen zu schützen. »Sie sind genauso verletzlich wie Sophie.«

»Auf andere Weise.« Die Brüder wechselten einen Blick, und jeder erkannte, daß sich in den Augen des anderen die eigene Besorgnis um ihre Eltern und die eigene Angst spiegelte.

7

Helena zog sich aus, bürstete ihre Haare, putzte sich die Zähne, cremte sich das Gesicht ein, setzte sich dann auf die Bettkante und lauschte den vertrauten Geräuschen, die Richard im Ankleidezimmer machte.

»Richard?«

»Ja, Liebling? Ein schönes Fest. Danke für deine Mühe.«

»Das war keine Mühe.«

»Tut mir leid, daß ich bei diesen Juden ins Fettnäpfchen getreten bin.«

»Du hast es wieder wettgemacht. Richard, ich glaube nicht, daß ich schlafen kann. Können wir ein bißchen reden?«

»Worüber denn?« Ihr Mann stand in Hemd und Hose da, die Hosenträger baumelten hinten herunter.

»Über den Krieg.«

»Wieder mal falscher Alarm«, sagte er heftig. »Es wird keinen Krieg geben.«

»Die Krankenhäuser und die Ärzte werden evakuiert und die Kinder auch. Martin hat erfahren...«

»Das ist nur eine von diesen Übungen. Der General sagt...«

»Der General läßt die Hunde einschläfern.«

»Bis jetzt hat er es noch nicht getan. Lieber Himmel, Helena, es wird keinen Krieg geben. Sei doch nicht so hysterisch.« Richards Gesicht lief scharlachrot an.

»Ich kann einfach nicht mit dir reden.« Helena war ungeheuer gereizt.

»Was soll das heißen?«

»Ich kann nicht. Wie soll ich mit dir reden können, wenn du

das, was passiert, einfach leugnest? Alle diese Kinder werden da hineingezogen, all die Schrecken werden sich wiederholen, nur noch schlimmer. Ich kann es nicht mehr ertragen, wie du den Kopf in den Sand steckst, Richard. Ich fahre nach London.«

»Wieso denn das, um Himmels willen?«

Helena sah ihn hilflos an, unfähig, das sie beherrschende Gefühl auszusprechen und zu sagen: »Um von dir wegzukommen.« Statt dessen sagte sie: »Um ein bißchen einzukaufen.«

Richard machte die Tür des Ankleidezimmers zu. Sie hörte, wie er aus der Hose stieg, die Prothese an einen Stuhl lehnte, sich aufs Bett plumpsen ließ, hörte das Quietschen der Matratze, als er sich hinlegte und in die Kissen wühlte.

O Gott! Helena zog sich um, packte einen Koffer und verließ das Haus. Das ist der schlimmste Streit, den wir je hatten; dabei ist kaum ein Wort gefallen. Sie trug den Koffer ins Auto, stieg ein und fuhr den Hügel hinunter. Als sie die ebene Straße am Fuß des Hügels erreichte, begann der Motor zu stottern, zu spucken und zu stöhnen. Sie hatte vergessen aufzutanken. Sie legte beide Arme auf das Lenkrad, den Kopf auf die Arme und weinte vor Enttäuschung.

In der Wärme der späten Sommernacht lagen Oliver und Calypso auf der duftenden Wiese. Oliver, der auf dem Rücken lag und einen Arm quer über die Augen gelegt hatte, hielt Calypsos Hand.

»Wirst du mich jetzt heiraten?«

»Nein, nein, nein.«

»Aber der Krieg ändert doch alles.«

»Tut er das?«

»Natürlich tut er das. Ich brauche dich unbedingt, wenn ich kämpfen soll.«

»Du könntest dir einen ungefährlichen Job suchen. Angeblich werden für diesen Krieg gar nicht so viele Männer benötigt. Es muß doch auch kriegswichtige Tätigkeiten im Zivilbereich geben.«

»Ich muß kämpfen. Ich fühle mich verpflichtet.«

»Wem gegenüber?«

»Mir selbst gegenüber. Dir.«

»Ich bitte dich nicht darum, daß du kämpfst. Ich habe dich nicht gebeten, dich wie ein Blöder in diese Sache in Spanien zu stürzen. Ich bitte dich nicht, für die Juden zu kämpfen.«

»Ich kämpfe gegen den Faschismus, gegen die Nazis.«

»Ach, so ist das. Das ist doch nur ein Etikett. Einige von diesen Leuten sind ausgesprochen nett. Denk doch an die ganze Blase, die wir beim Skifahren in Kitzbühel getroffen haben. Ich habe diese Kerle sehr gern gemocht.«

»Sie dich auch. Ich erinnere mich gut. Hast du mit ihnen herumgeschmust?«

»Mit einem oder zweien.«

»Sieh mich an, Calypso. Ich meine es ernst. Willst du mich heiraten? Oder können wir uns wenigstens verloben?«

»Wenn ich einmal nein gesagt habe, bleibe ich auch dabei. Nein. Ich werde dich trösten, wie man so schön sagt, aber heiraten, nein. Ich würde dich nur unglücklich machen«, sagte Calypso heftig.

»Das Risiko würde ich eingehen. Und unglücklich bin ich bereits.«

»Na gut, dann hast du ja eine Kostprobe davon, wie es wäre.« Gähnend stand Calypso auf. »Ich bin todmüde. Gute Nacht, Olly.«

»Was das Trösten angeht, nehme ich dich beim Wort.«

»Tu das nur.« Calypso verschwand im Haus.

Oliver rollte sich auf den Bauch. Über ihm robbte Sophie auf ihrem Ast zurück, wobei sich ihre Schlafanzughose fast bis zur Taille hochschob.

»Sophie, hast du gehorcht?«

»Ja.«

»Du weißt, daß du nicht heimlich zuhören sollst.«

»Ich war zufällig hier oben. Da bin ich oft.«

»Komm herunter. Ich fange dich auf.« Er streckte ihr die Arme entgegen, sie sprang, und er fing sie auf.

»Gut. Setzen wir uns ein bißchen hin.«

Sie saßen mit dem Rücken zum Baum und lauschten dem Meer, das an die Felsen klatschte.

»Wir haben Flut«, sagte sie.

»Wir haben Krieg.«

»Ich habe Angst. Du auch?«

»Ja, und wie.«

»Schlimmer als beim Schreckenslauf?«

»Ja, viel, viel schlimmer. Das da ist die Wirklichkeit.«

»Wie meinst du das?«

»Der Krach, der Gestank, der Dreck.«

»Ich werde extra für dich noch einmal laufen.«

»Komisches kleines Ding. Dabei solltest du eigentlich im Bett liegen.«

»Laß mich noch ein bißchen dableiben.«

Oliver hatte den Arm um Sophie gelegt. Im Osten die trügerische Dämmerung. Er küßte sie auf den Scheitel. »Ich verschwinde von hier, Sophie.«

»Wann?« fragte sie verblüfft.

»Jetzt. Je eher, desto besser. Hier hält mich nichts. Der Krieg wartet.«

Sophie sah ihn mit Tränen auf den Wangen an. So gerne hätte sie gesagt: »Ich bin hier. Ich bin nicht nichts.« Sie folgte ihm ins Haus, sah zu, wie er seine Sachen in einen Rucksack stopfte, folgte ihm nach unten und durch die Tür ins Freie, hüpfte barfuß neben ihm durch den Garten. Am Tor blieb er stehen.

»Sag jetzt auf Wiedersehen und spring wieder ins Bett.«

»Ich würde dich trösten«, rief Sophie leidenschaftlich.

Oliver lachte und beugte sich hinunter, um ihr einen Kuß zu geben.

Sophie schlang die Arme um seinen Hals. »Du kommst doch zurück, oder? Versprich es mir.«

»Vielleicht. Laß mich jetzt gehen.« Sie ließ die Arme sinken und sah ihm nach, als er mit federnden Schritten die Straße hinunterging; mit dem unförmigen Ding auf dem Rücken wirkte er wie eine Mißgeburt. Die erste Möwe des Tages setzte zu ihrem Gejammer an. Sophie fror in ihrem dünnen Schlafanzug und mußte pinkeln. Sie fühlte sich einsam und verlassen.

Am Fuß des Hügels entdeckte Oliver Helena in ihrem Auto, schlafend, den Kopf auf die Arme gelegt.

»Ist alles in Ordnung?« Er fragte sich, was sie um diese Zeit hier machte.

»Mir ist das Benzin ausgegangen.«

»Dann gehe ich weiter und besorge welches. Die Tankstellen machen bald auf.«

»Laß deinen Rucksack hier.« Sie stellte keine Fragen.

Er kam mit einem Kanister zurück. »Wohin fährst du?« fragte er.

»Nach London.«

»Ich auch.«

»Ich kann dich mitnehmen, dann können wir uns mit dem Fahren abwechseln.«

»Einverstanden.« Er setzte sich neben seine Tante.

»Hast du vor, bei Mutter zu wohnen?«

»Darüber habe ich noch nicht nachgedacht.«

»Sie würde sich bestimmt freuen. Wenn wir in Truro frühstücken, rufe ich sie an.«

»Danke, Oliver.«

Als Helena fünfundvierzig Jahre später über die schnurgerade Autobahn fuhr, erinnerte sie sich voller Wehmut an die Fahrt mit Oliver. Frühstück im Red Lion in Truro, Schinken, Eier und Marmelade, das sie schweigend in einer leeren Gaststube verspeisten, während sie Zeitung lasen. Dann weiter durch den mittleren Teil Cornwalls, hie und da ein Blick auf das Meer im Norden, durch Bodmin ins heidebewachsene Bodmin Moor, vorbei am Jamaica Inn, ein kurzer Halt auf einen Drink im White Heart in Launceston, anschließend Lunch im Arundel Arms in Lifton, wo sich das Gespräch an den benachbarten Tischen um den Zustand des Flusses und die Chancen der Angler drehte. Weiter durch Somerset, wo die Bauern den Weizen mähten und dahintrottende Pferde klappernde Maschinen hinter sich herzogen, vorbei an Ilchester und Ilminster auf der von stattlichen Ulmen gesäumten Straße, dunkelgrün in ihrem spätsommerlichen Laub, nach Mere, wo sie Station machten, um im Old Ship zu Abend zu essen. Dann die letzten hundert Meilen durch die Ebene von Salisbury, wo sie sahen, wie sich der Mond in einen wolkenlosen Himmel schwang, und hinunter nach Hampshire, wo das Getreide auf die Sense wartete. Weiter durch Andover und Camberley, vorbei am Cricketers' Arms in Bagshot, an Virginia Water und Egham nach Staines, wo sie in einen Stau gerieten, bis sie schließlich und endlich die Straße erreichten, in der Olivers Eltern wohnten, in bequemer Nähe von Harrods und Peter Jones. Worüber hatten sie und Oliver sich eigentlich den lieben langen Tag lang unterhalten? Während sie jetzt über die Autobahn jagten, konnte sich Helena nicht mehr daran erinnern. Worüber hatten sie gesprochen? Nicht über Richard, auch nicht über Calypso. Über den Krieg? Über Bücher? Musik? Sehr wahrscheinlich über das Reisen. Ihr fiel ein, daß sie ihm von Griechenland erzählt hatte. Vom Schwimmen im warmen Meer und von Kletterpartien über felsige Hügel im Herbst, auf denen gelbe Krokusse und rosa Alpenveilchen direkt aus dem Fels sprossen.

Gemeinsam hatten sie sich daran erinnert, daß nur zwei Jahre zuvor die Dörfer auf der gesamten Strecke zwischen London und Penzance mit Fähnchen geschmückt gewesen waren, als ein Teil der Familie, freilich in anderer Stimmung, aus London und vor den Menschenmassen anläßlich der Königskrönung geflohen und auf verwaisten Straßen durch die Nacht gefahren war. Eine glückliche Nacht war das gewesen, dachte sie rückblikkend. Natürlich war Oliver damals glücklich; er war noch nicht in Calypso verliebt.

»Ihr seid sicher ziemlich erschöpft«, rief Olivers Mutter, über die rosa Hängegeranien gebeugt, vom Balkon herunter. »Ich komme gleich runter.«

Oliver hob Helenas Koffer aus dem Wagen. Sarah Anstey umarmte Helena und küßte sie auf die Wange.

»Ich mußte einfach herkommen, Sarah. Hoffentlich macht es dir nichts aus. Ich kann auch ins Hotel gehen.«

»Sei nicht albern. George wird bald heimkommen. Er wurde zur Admiralität beordert. Er hat so furchtbar viel zu tun, daß er schon jetzt überarbeitet ist. Ich freue mich, dich zu sehen.«

»Ich kann in Cornwall keine Entscheidung treffen. Es geht einfach nicht.«

»Nein, natürlich nicht. Das kann ich gut verstehen.«

Hatte Sarah es wirklich verstanden? Natürlich nicht. Sie hatte Glück, sie liebte George und würde ihn immer lieben. Natürlich machte sie sich Sorgen um Oliver und wegen des Krieges, doch wie hätte eine Frau wie Sarah, die immer alles richtig machte, Helena verstehen können, die ein besonderes Talent dafür besaß, immer alles falsch zu machen?

Während sie jetzt über die Autobahn preschten, erinnerte sich Helena, daß Sarah sie in dem unbenutzten Zimmer über ihrem eigenen einquartiert und ihr das Mädchen hinaufgeschickt hatte – das später eine wichtige Funktion bei den Marinehelferinnen hatte und alle beim Vornamen nannte –, um ihr beim Auspacken zu helfen, das Bett aufzudecken und ein bißchen Begrüßungsrummel zu veranstalten. Helena wußte noch, daß sie ein ausgiebiges heißes Bad genommen hatte und es als große Erleichterung empfand, in ein Bett schlüpfen zu können, das außerhalb Richards Hörweite stand.

»Ich hätte mich schämen sollen«, sagte Helena, während sie über die M 4 rasten.

»Weshalb denn?« Der Fahrer des Wagens, der sich auf der Überholspur befand, ließ die Straße nicht aus den Augen.

»Über mein Verhalten hätte ich mich schämen sollen«, sagte Helena rückblickend, »aber ich tat es nicht. Ich war so erleichtert, in London zu sein.«

»Wann war das denn?«

»Bei Kriegsausbruch.«

»Oh.« Er beschleunigte, um einen Lancia zu überholen, und brachte ihn dazu, wieder in die langsamere Spur einzuschwenken. »Schade um die kranken Ulmen«, sagte er, um Konversation zu machen, da Helena offenbar wach war. »Muß früher einmal recht hübsch gewesen sein, diese Gegend.«

»Nein, geschämt habe ich mich nicht, ich war nur verdammt erleichtert.« Helena hoffte, ihren Chauffeur zu schockieren, und hatte Erfolg. »Oliver dachte, ich sei schon über das Alter hinaus«, fügte sie hinzu.

»Wann?«

»Vor vierzig Jahren... mehr.«

Aber sie hatte sich geschämt, denn nicht nur Mitleid mit dem Hündchen, sondern auch Scham hatte sie dazu veranlaßt, Richard ein paar Tage später in der Zoohandlung von Harrods einen Welpen zu kaufen.

»Sarah hat vielleicht gelacht.«

»Wer war Sarah?«

»Sarah war Olivers Mutter.«

»Oliver Anstey?«

»Ja.«

»Er war ziemlich berühmt. Ich wußte gar nicht, daß du ihn gekannt hast.«

»Er lebt noch, und wie.«

»Ach, das wußte ich gar nicht. Natürlich habe ich seine Bücher gelesen. Scheint ständig nach etwas zu suchen, ohne zu wissen, wonach.«

»Du hast eine gute Beobachtungsgabe. Würde es dir etwas ausmachen, nicht ganz so schnell zu fahren? Vor dem Tod habe ich keine Angst, aber ich habe Angst, bei einer Massenkarambolage verstümmelt zu werden.« Der Fahrer, der sie aus Gutmütigkeit mitgenommen hatte, drosselte das Tempo, bereute jedoch seine Weichherzigkeit. Beim nächstenmal würde er klüger sein. Doch wenn er es recht bedachte, wirkte sein Fahrgast zerbrechlich und hatte vielleicht nicht mehr viele nächste Male vor sich.

»Ich dachte, du hättest es vielleicht eilig.«

»Aber nein. Ich bin nie in Eile gewesen. Einmal war ich drauf und dran, ihn endgültig zu verlassen.«

»Ach wirklich, und wann war das?«

»Kümmere dich lieber um deine eigenen Angelegenheiten.«

Helenas Chauffeur trat aufs Gaspedal.

8

»Sarah.« Helena saß an jenem Sonntag morgen mit Olivers Mutter am Küchentisch. »Ich spiele mit dem Gedanken, Richard zu verlassen.«

»Das habe ich mir schon gedacht.« Sarah war nicht überrascht. »Warum hast du ihn eigentlich geheiratet? Uns war das von Anfang an schleierhaft.«

»Ich weiß nicht recht. Vielleicht weil er Anthony gekannt hat? Weil ich jemanden brauchte, um den ich mich kümmern konnte? Weil ich einsam war? Aus Mitleid? Weil er das Waisenkind Sophie am Hals hatte? Aus Liebe jedenfalls nicht.«

»Nein, natürlich nicht.« Sarah fuhr mit dem Kartoffelschälen fort. Selbst wenn die Welt im nächsten Augenblick untergehen konnte, erwartete ihr Mann am Sonntag ein Mittagessen. »Ich habe so wenig Übung im Kochen«, murmelte sie, während sie nach dem Rinderbraten im Rohr sah. »Glaubst du, er wird gut?«

»Ich denke schon.« Helena sah zu den Füßen hinauf, die am Gehsteiggeländer vor dem Souterrainfenster vorbeiliefen. »Er hatte eine glänzende militärische Karriere hinter sich. Das war mir offenbar wichtig. Soll ich das Gemüse putzen? Das kann ich ganz gut.«

»Ja bitte, du bist ein Engel. Hier ist ein Messer.«

Helena nahm das Messer und eine Handvoll Spinat. »Mir ist plötzlich klar geworden, warum ich Richard geheiratet habe.«

»Warum denn?«

»Wegen seines Beins. Es lag an seinem Bein.«

»Aber das ist doch sicher der Grund, warum du ihn verläßt.« Sarahs Augen, strahlend wie die von Oliver, begegneten Helenas besorgten Augen. Beide Frauen brachen in Gelächter aus, so daß die Küche von ihrer plötzlichen Ausgelassenheit widerhallte. George rief etwas von oben, doch seine Stimme ging unter. Er rief nochmals und kam, gefolgt von Oliver, die Steinstufen heruntergelaufen.

»Was hast du gesagt, Liebling?« Sarah wischte sich die Augen.

»Ihr habt die Erklärung versäumt.« George sah die lachenden Frauen an. »Wir haben Krieg.«

»Mist, ich wollte mir diesen Esel eigentlich anhören.«

»In gewisser Weise bin ich erleichtert.« Helena, die zu lachen aufgehört hatte, sog die Luft durch die Zähne ein. Sarah und George hatten einen Sohn. »O Gott«, sagte sie. »O mein Gott.«

»Ich dachte, du bist nicht mehr gläubig«, hakte Oliver rasch nach.

»In Zeiten der Not...« Auch wenn Helena imstande gewesen wäre, mehr zu sagen, hätte niemand es gehört. Die erste Sirene dieses Krieges begann zu heulen. Sie gingen nach oben auf den Balkon, um sich den Himmel anzusehen, standen nebeneinander hinter den von Geranien überquellenden Blumenkästen.

»Gehen Sie in Ihre Keller, holen Sie Ihre Gasmasken«, rief ihnen ein vorbeieilender Luftschutzwart zu.

Die Londoner Sonntagsstille hielt an. In einiger Entfernung auf dem Thurloe Square schrie eine Eule. »Muß wohl von dem widerlichen Lärm aufgewacht sein. Offenbar geht niemand in den Keller.« George schob das Kinn vor, um seinen Nacken zu entspannen. Er hatte sich umgezogen, während er Chamberlain zuhörte, und seine Krawatte so festgebunden, daß sie ihn fast erwürgte.

»Mach doch deine Krawatte locker, Liebling. Sonst erstickst du noch. Ach, schaut mal!«

Ein Taxi. Calypso streckte den Kopf aus dem Fenster und schaute zum Himmel hinauf. Calypso, Polly und die Zwillinge stiegen aus.

»Kommen schon Bomben?« schrie Polly.

»Gas?« riefen die Zwillinge. »Gibt's irgendwo Gas?«

»Macht sieben Shilling sechs«, sagte der Taxifahrer.

»Wollt ihr in den Luftschutzkeller?« rief George vom Balkon hinunter.

»Nee. Trotzdem danke.«

»Laß sie rein, Oliver.« Sarah blickte zum unschuldig blauen Himmel hinauf.

»Wo ist Walter?« Helena beugte sich über den Balkon.

»Der ist in Plymouth ausgestiegen. Er wollte zur Marine. Riecht köstlich nach Rinderbraten.«

»Ach du Schande, der Braten!« Sarah stürzte in die Küche hinunter, um den Herd auszuschalten.

Als sie später das verkochte Mittagessen verspeisten, teilte Oliver ihnen mit, daß er sich zur Infanterie gemeldet hatte. »Ich bin einfacher Soldat, aber daß ich im Offiziersausbildungscorps war, hat mir weitergeholfen. Ich habe alles in die Wege geleitet, bevor ich nach Cornwall gefahren bin.«

»Und was ist mit Spanien?« fragte ein Zwilling.

»Keiner hat mich danach gefragt, also habe ich auch nichts gesagt.«

»Wir müssen uns beeilen. Wo sie uns wohl hinschicken werden? Haben Sie vielleicht eine Ahnung?« fragten sie George.

»Versucht es beim Luftfahrtministerium.« George war mit seinen Gedanken weit weg.

»Da hängen Anschläge aus. Wir sollten mal hingehen und nachsehen. Unser Land braucht uns.«

»Und wo wohnt ihr alle?« Sarah blickte in die Runde.

»Bei mir«, sagte Polly. »Mutter und Vater sind in der Nähe des Krankenhauses auf dem Land untergebracht. Sie meinten, Calypso und auch die Zwillinge könnten dableiben, bis sie alles erledigt haben.«

»Und was habt ihr Mädchen vor?«

»Wir suchen uns einen Job. Weißt du irgendwas, Onkel George?« Calypso sah betörend aus.

»Ich denke, ich kann euch ein paar Empfehlungen geben.«

»Ich habe einen Job«, sagte Polly. »Ich habe mich schon vor Monaten darum gekümmert.«

»Ach du Glückliche. Irgendwas Aufregendes?«

»Ich glaube kaum, nur im Kriegsministerium.«

An diesem Abend rief Richard an und wollte wissen, wann Helena nach Hause kommen würde.

»Ich muß meine Einkäufe erledigen.« Es klang ziemlich lahm. »Wahrscheinlich werden alle möglichen Sachen knapp, und deshalb möchte ich Vorräte anlegen.« Das klang vernünftig.

»Ohne das Auto ist hier alles ziemlich umständlich.«

»Laß dich doch vom General kutschieren.«

»Er hat alle Hände voll mit organisatorischen Dingen zu tun.«

»Dann laß dir einen Job von ihm geben. Jetzt wirst du sicher gebraucht.«

»Er hat die Hunde einschläfern lassen, Helena, kannst du dir das vorstellen? Also ich bitte dich...«

»Armer Richard. Wie schätzt du denn die Lage ein?«

»Vielleicht hast du recht, was Hitler betrifft.«

»Richard, geht es dir gut?«

»Natürlich geht es mir gut. Der General denkt genauso.«

»Und das wäre?«

»Er denkt, daß Hitler ein Gauner und Emporkömmling ist, daß sich nur ein einfacher Soldat so aufführen kann.«

»Richard, das ist der beste Witz, den du je gemacht hast.«

»Das war kein Witz.«

Helena hörte, wie er auflegte.

»Fährst du heim?« Sarah wirkte besorgt.

»Noch nicht. Ich muß nachdenken.«

»Worüber? Über Sophie?«

»Sophie hat eine Menge damit zu tun. Es geht mir nicht nur um das Bein, es geht auch um Sophie. Sarah, ich mag Sophie nicht...«

»Ich weiß«, sagte Sarah. »Ich weiß. Warum gibst du sie nicht in ein Internat?«

»In Kriegszeiten?«

»Das Leben bleibt nicht stehen, Helena, es geht weiter, ob Krieg ist oder nicht. Suche eine Schule für das Kind und schick sie weg, damit werdet ihr beide glücklicher.«

»Glaubst du wirklich?« Helena gab etwas auf Sarahs Urteil.

»Frag Polly. Sie hat sich in ihrem Internat recht wohl gefühlt.

Vielleicht nehmen sie Sophie dort an. Calypsos Schule kommt nicht in Frage, sie wurde hinausgeworfen, angeblich, weil sie mit dem Gärtner geflirtet hat.«

»Aber Pollys Internat war in der Nähe von Cambridge...«

»Es gibt so etwas wie Züge. Frag Polly und erkundige dich bei ihrer Mutter. Die beiden helfen dir sicher. Wie wär's, wenn du eine Liste machst? Fang mit dem Bein an. Als nächstes kommt Sophie, dann deine Einkäufe. Das Bein kannst du gleich wieder streichen, denn da gibt es nichts, was du tun könntest.« Die Sorge machte Sarah sarkastisch.

»Ich wußte, daß du mir helfen würdest.« Helena nahm ein Blatt Papier, schrieb »Liste« darauf und unterstrich das Wort. Dann schrieb sie darunter »Bein«, gefolgt von »Sophie« und »Lebensmittel und Kleidung«. Das Bein hakte sie gleich ab. »Welche Sachen werden bei uns knapp werden?« frage sie, aber Sarah hatte zu tun und ging aus dem Zimmer.

Am nächsten Tag, nach einem ausgiebigen Einkaufsbummel bei Harrods, nahm sie eine Abkürzung durch die Tierhandlung, und dort kam ihr dann die Idee, einen jungen Dackel zu kaufen. Ihr Versuch, einen Rabatt zu bekommen, weil es ein deutscher Hund war, wurde verächtlich zurückgewiesen. Immerhin erreichte sie, daß er Richard mit dem Zug zugestellt wurde. »Aus Rücksicht auf eure Teppiche«, erklärte sie Sarah.

»Teppiche werden in Zukunft kaum wichtig sein. Übrigens habe ich mit Pollys Mutter wegen Sophie telefoniert.«

»Und was hat sie gesagt?«

»Daß es ein gutes Internat ist, daß du Sophie hinschicken sollst und daß sie in den Ferien oder wann immer sie durch London kommt, bei Polly wohnen kann.«

»Das wäre eigentlich meine Aufgabe gewesen.« Helena war verstimmt.

»Du kannst dir die Schule ja mal ansehen, da ist die Adresse. Ruf heute abend an. Bring es hinter dich, Helena.«

»Dräng mich nicht so.«

»Aber es ist dringend. In Sophies Alter gehaßt zu werden ist nicht gut.«

»Ich habe nie gesagt, daß ich sie hasse.«

»Aber so ist es doch.«

Helena stattete der Schule einen Besuch ab. Als sie nach London zurückkehrte, fand sie eine Nachricht von Richard vor, sie solle ihn dringend anrufen. »Es ist irgend etwas mit Sophie passiert«, sagte Sarah.

»Was denn?«

»Er will oder kann es nicht sagen. Er klang ganz verzweifelt.«

»Na gut, ich fahre.« Helena gab nach.

Diesmal fuhr Helena allein. Die Fahrt auf den kurvigen Straßen war unangenehm. Von jetzt an, dachte sie, würde die Benzinrationierung die Freiheit einschränken, die ihr das Auto verschaffte. Richard kam ihr entgegen, um sie zu begrüßen, auf dem Arm den jungen Dackel.

»Dann hast du mein Geschenk also bekommen.«

»Er zerkaut alles, er hat meine beste Wollweste zerfressen.«

»Wo ist Sophie?«

»Im Bett im Pfarrhaus.«

»Warum? Was ist passiert?«

»Sie will oder kann nicht darüber sprechen. Die Floyers haben sich angeboten. Es erschien mir besser, wenn sie bei einer Frau ist. Ich mit meinem Bein kann nicht viel tun. Monika Erstweiler sitzt an ihrem Bett. Der Arzt hat gesagt, sie braucht Ruhe.«

»Aber was um Himmels willen ist geschehen?«

»Weiß ich auch nicht.« Richard setzte das Hündchen ins Gras und sah zu, wie es eine Pfütze machte. »Braver kleiner Kerl. Wie aufmerksam von dir.«

»Was ist mit Sophie passiert?« fragte Helena wütend und ungeduldig.

»Sie ist spazierengegangen. Du weißt ja, daß sie immer in der Gegend umherstreift. Wo, weiß ich auch nicht. Ich sitze ja hier mit meinem Bein fest...«

»Der Teufel soll dein Bein holen!«

»Stimmt.« Richard sah seine Frau voller Mitgefühl an. »Muß für dich ebenso mühselig sein wie für mich. Tut mir leid. Ich muß es ignorieren. Habe gehört, es gibt da einen Kerl ohne Beine, der fliegt, einen Kerl namens Bader, der ohne Beine wieder zur Luftwaffe zu kommen versucht, also ich bitte dich.«

»Was ist mit Sophie?«

»Der Pastor hat sie entdeckt, als sie die Klippenstraße entlangging. Fand, daß sie merkwürdig aussah, hat sie im Auto mitgenommen, und dann wurde sie ohnmächtig. Sie hat kein Wort gesagt, liegt einfach nur da. Ziemlich zermürbend.«

»Hat sie Beulen oder blaue Flecken?«

»Nichts, irgendein Anfall, würde ich sagen.«

»Unsinn.«

»Na ja. Der Arzt meint, sie hat einen Schock erlitten, aber in dieser Gegend, das ist doch lächerlich, wie soll sie da einen Schock kriegen?«

»Wir sollten lieber gleich zu ihr fahren.« Helena machte die Beifahrertür auf, und Richard stieg mit dem Hündchen ein.

»Nicht mal auf das Hundebaby reagiert sie. Dabei sollte man denken, daß es ihr gefällt.«

»Hat der Doktor was gesagt, ich meine, hat er...« Helena zögerte.

»Vergriffen hat sich niemand an ihr. Keine Spur. Auch das mit Penrose kann sie nicht gesehen haben. Falscher Ort, falscher Zeitpunkt.«

»Penrose? Wer ist Penrose?«

»Der Kerl von der Küstenwache. Du kennst ihn doch. Das Militär zäunt den Pfad mit Stacheldraht ein, um Eindringlingen den Weg zu versperren, also ich bitte dich. Hitler wird wohl kaum über senkrechte Klippen einmarschieren. Ich mit meinem Bein gehe da natürlich nie entlang. Oh, tut mir leid, jetzt habe ich es schon wieder erwähnt.«

»Macht nichts.« Helena hielt vor dem Pfarrhof an. »Was war denn mit Penrose?«

»Ist über die Klippe gefallen. Betrunken, nehme ich an, oder Selbstmord. Schwermütiger Mensch, sagt seine Frau. Jedenfalls haben Soldaten ihn gefunden. Sie sahen ihn auf dem Wasser treiben. Die Polizei ist ziemlich rührig, da haben sie wenigstens was zu tun. Wenn ich mein Bein noch hätte, würde ich...«

Helena stieg aus und klingelte beim Pfarramt. Der Pastor öffnete ihnen. Helena gab ihm einen Kuß auf die Wange.

»Möchten Sie gleich raufgehen? Monika ist bei ihr. Es ist das Zimmer oben links. Mildred mußte aus dem Haus.«

Sophie lag mit mehreren Kissen im Rücken da, dunkle

Augen in einem Gesicht, das nicht blasser war als sonst. Monika saß am offenen Fenster und nähte.

»Hallo, mein Schatz.« Ich nenne sie nie Schatz, dachte Helena peinlich berührt. »Hallo, Sophie. Ich bin wieder da. Wie geht es dir?«

Sophie gab keine Antwort; ihre Augen waren auf einen Punkt hinter Helena gerichtet.

»Während ich in London war, habe ich dieses Hundebaby gekauft, und außerdem habe ich dir ein paar Kleider mitgebracht.« Keine Antwort. Helena blickte zu Monika hinüber, die aufmunternd lächelte und auf einen Stuhl neben dem Bett deutete. Helena setzte sich hin.

»Polly hat einen Job in der Militärverwaltung, und Calypso sucht sich noch einen. Walter geht zur Marine, die Zwillinge zur Luftwaffe. Oliver ist bei der Infanterie, als einfacher Soldat, er will kein Offizier sein.« Das Kind lag schlaff mit offenen Augen da, ohne zu blinzeln, beunruhigend. Helena spürte, daß sie immer ärgerlicher wurde. Warum konnte Sophie nicht antworten? Sie suchte mit den Augen Trost bei Monika.

»Tante Sarah und ich dachten, du würdest vielleicht gerne in ein Internat gehen, also habe ich mir Pollys alte Schule in der Nähe von Cambridge angesehen. Ich glaube, sie wird dir gefallen.« Monika nickte beifällig. »Da sind lauter Kinder in deinem Alter, und es gibt viel Sport und Spiele und so weiter. Polly hat gesagt, daß du bei ihr wohnen kannst, wenn du durch London kommst. Was hat denn dieser Lärm zu bedeuten?« Monika sah aus dem Fenster.

»Polizei«, sagte Monika Erstweiler. »Polizei.«

»Ach ja.« Helena senkte ihre Stimme zu einem Flüstern, das Sophie ausgezeichnet verstand, Monika allerdings nicht, da sie sich aus dem Fenster beugte. »Ich habe gehört, daß ein Mann von der Küstenwache einen Unfall hatte. So ein Unglück.«

»Das gilt uns.« Monika wandte sich wieder um. Ihr Gesicht war weiß. »Es ist nicht wegen der Küstenwache«, sagte sie. »Dein freundlicher Schwager hat uns gewarnt. Man will uns verhaften. Wir sind Ausländer mit feindlicher Gesinnung.«

»Das ist doch absurd«, sagte Helena mit zornig erhobener Stimme.

»Ich muß meinen Mann suchen.« Monika trat an Sophies Bett. »Hab keine Angst, mein Kind.« Sie beugte sich hinunter und gab ihr einen Kuß. »Das ist die englische Polizei, nicht die Gestapo.«

Sophie setzte sich abrupt auf. »Wir werden euch rausholen, wir werden an unseren Parlamentsabgeordneten schreiben und an die *Times*.« Hastig kletterte sie aus dem Bett. Helena und Monika, verblüfft über diese erwachsene Reaktion, begannen zu lachen.

»Ich hab dich sehr lieb, Sophie.« Monika umarmte Sophie und drückte sie an sich.

Es würde mir das Leben leichter machen, wenn ich das könnte, dachte Helena beim Anblick der beiden. »Onkel Richard kann die Briefe schreiben.« Sophie rannte bereits die Treppe hinunter und rief laut: »Onkel Richard, Onkel Richard, bitte!«

»Und er hat geschrieben«, sagte Helena zum Fahrer. »An die *Times*, an alle Parlamentsabgeordneten, die ihm einfielen. Er hat sich richtig hineingesteigert.«

»In was?« Der Fahrer überholte einen riesigen Lastwagen, so daß Helena zusammenzuckte.

»Er schrieb, daß die falschen Ausländer interniert würden.«

»Wie Arthur Koestler?«

»Genau. Er war ein bekannter Mann, aber die Erstweilers kannte damals kaum jemand. Er schrieb an Calypsos Mann, weckte dessen Interesse. Er war eine große Hilfe, ja, eine sehr große Hilfe.«

»Mein Vater?«

»Tut mir leid, ich hatte einen Augenblick vergessen, daß Calypso deine Mutter ist.«

»Das macht nichts.«

»Auf diese Weise hatte Richard eine Beschäftigung, die ihn sein Bein vergessen ließ.«

»Was war denn los damit?«

»Er hat es in Flandern verloren.«

»Hätte ihn doch sicher nicht am Schreiben gehindert, oder?«

»Hat es auch nicht. Die Ungerechtigkeit hat ihn angespornt.«

»Und hat er sie freibekommen?«

»Ja, letzten Endes schon.«

»Und dann fiel ihm sein Bein wieder ein.« Helenas Chauffeur betrachtete sich als Psychologiestudent.

»Ja, ja, ganz genau.« Helena seufzte. »Dann fiel ihm das verdammte Ding wieder ein.«

Calypsos Sohn zog die Augenbrauen hoch. Seiner Erfahrung nach fluchten alte Damen aus der Mittelschicht nicht, erst recht nicht, wenn sie über achtzig waren.

»Rückblickend war es natürlich ein großer Vorteil für Max, daß er als einer der ersten interniert wurde.«

»Wie denn das?«

»Sein Name tauchte häufig in der Presse auf, er wurde lobend mit Furtwängler verglichen, der in Deutschland geblieben war. Natürlich war er im Gegensatz zu Max kein Jude, und er hielt sehr viel von Hitler. Monika und Max wurden genau zu dem Zeitpunkt freigelassen, als alle anderen eingesperrt wurden. In beruflicher Hinsicht verschaffte ihm das einen Vorsprung.«

»Er wurde hier bei uns berühmt.«

»Für mich war immer klar, daß der General da seine Finger im Spiel hatte.«

»Welcher General?«

»General Peachum, ein Freund deines Großonkels, ein Nachbar, der die Juden haßte, ein Bewunderer von Hitler und Ribbentrop, ein ziemlich dummer Mensch, oberster Jagdleiter. Er bedrängte die Ortspolizei und die Küstenwache, nach Spionen Ausschau zu halten, ein typischer ›Landedelmann‹, ein braver Mensch. Solche Leute richten eine Menge Schaden an.«

9

Calypsos Hochzeit mit Hector Grant zu Beginn des Krieges, als sich noch monatelang nichts tat und lediglich eine barbarische Kälte herrschte, war ein willkommener Grund zum Feiern. Eben noch arbeitete sie in dem aufregenden Geheimjob, den sie gefunden hatte, und dann plötzlich lud sie alle Leute zu ihrer Hochzeit nach Caxton Hall ein.

Hector Grant, der hochgewachsene, elegante Abgeordnete eines schottischen Wahlbezirks im Unterhaus, war schon einmal verheiratet gewesen, kinderlos und außerordentlich reich, mit einem Haus in Westminster und einem Schloß in den Highlands. Das Problem in den Augen von Calypsos Eltern bestand darin, daß er genauso alt war wie Calypsos Vater; er selbst hatte die beiden miteinander bekannt gemacht.

»Wie konnte John nur so dumm sein?« rief Sarah, als sie die Neuigkeit hörte.

»Ich glaube nicht, daß er auch nur im Traum daran gedacht hat«, entgegnete George. »Der Mann gilt als uneinnehmbar. Woher sollte John wissen, daß der Ausbruch des Krieges Hector zu dem Entschluß veranlaßt, einen Sohn und Erben zu zeugen?«

»Aber er hat doch eine Frau gehabt.«

»Die ihm diesen Gefallen nicht tun konnte oder wollte.«

»Vielleicht ist Hector derjenige, der nicht kann.«

»Das werden wir ja sehen, nicht wahr?« Damit war George trübsinnig in sein Büro gefahren und hatte es Sarah überlassen, die kornische Korona, wie sie es nannte, nämlich Helena und Richard, anzurufen.

Richard lehnte Calypsos Einladung ab und entschuldigte sich

damit, daß er unter Arbeitsdruck stehe. »Natürlich habe ich Hector wegen der Erstweilers geschrieben, ich habe ihn im Krieg kennengelernt, großartiger Kerl, bekam eine hohe Auszeichnung für hervorragende Dienste.«

Richard hatte keinen Orden dafür bekommen, daß er sein Bein eingebüßt hatte. Sarah vermutete, daß ihn das wurmte. Sie bat Richard, Helena ans Telefon zu rufen, und unterbreitete ihr diese Vermutung.

»Sei nicht albern, Sarah«, sagte Helena energisch. »Es hat ihm das Bein abgerissen, als er mit dem Rücken zum Feind stand und einen Becher Tee trank. Er erinnert sich genau daran. Er hat nie auf einen Orden spekuliert. Er hat wirklich sehr viel zu tun.«

»Wirst du denn kommen? Du kannst bei uns wohnen.«

»Sehr gerne. Ich habe noch nie eine standesamtliche Trauung mitgemacht.«

»Der Empfang ist im Ritz.«

»Er kann es sich leisten, möchte ich meinen. Ich nehme doch an, daß er die ganze Chose bezahlt.«

»Ja. Er läßt nicht zu, daß Calypsos Eltern auch nur einen Penny ausgeben.«

»Die haben keine Pennies, das ist ja ihr Problem. Und Calypso ist auf Geld aus.«

»Du bringst doch sicher Sophie mit, oder?«

»Sie ist in der Schule.«

»Vielleicht kriegt sie frei. Versuchen kannst du es doch.«

»Mal sehen.«

Sehen, daß sie nicht kommt, dachte Sarah, sprach es aber nicht aus.

Sophie kam nicht. Wie es sich traf, war auch George zu beschäftigt. Sarah und Helena saßen neben Calypsos Mutter, als John mit steinernem Gesicht sein einziges Kind Hector zur Frau gab, der in seinem Cut fabelhaft aussah, kaum ein graues Haar in dem dichten Haarschopf, schwarze Augenbrauen, die über der Nase wie Mottenflügel zusammenstießen.

Calypso strahlte triumphierend in weißem Mantel, Rock und Satinoberteil, einen Kranz aus Gardenien auf dem glatten Haar.

»Ich habe noch nie so einen eingebildeten Kerl gesehen«, flüsterte ein Zwilling in Luftwaffenuniform dem anderen zu.

Polly, die die Bemerkung aufschnappte, grinste. Walter traf gerade noch pünktlich zum Essen ein, ein gestriegelter, kräftiger Vollmatrose. Oliver kam zu spät, aber noch rechtzeitig, um die Braut zu küssen und an seine kratzige Khakiuniform zu drükken.

»Du bist ja voller Stoppeln.«

»Bekomme ich nach wie vor meinen Trost?«

»Ach, das!«

»Kann sein, daß ich ihn bald einfordere. Hoffentlich schicken sie mich nach Finnland.«

»Hector sagt, daß dort alles zusammenkracht.«

»Es gibt noch andere Einsatzgebiete.«

»Ich wünsche dir viel Spaß dort...« Sie sah ihn besorgt an.

»Na, jetzt hast du ja gekriegt, was du wolltest.« Oliver gab sich keine Mühe, leise zu sprechen. Er wandte sich ab, packte Walter am Arm. »Komm, alter Trottel, jetzt besaufen wir uns ordentlich.«

Hector hob die Augenbrauen, murmelte: »Er scheint sein Ziel schon zur Hälfte erreicht zu haben«, ergriff Calypsos Arm und führte sie weg.

»Komm, ich stelle dich ein paar Freunden aus dem Unterhaus vor. Dann müssen wir los, wenn wir unseren Zug noch erwischen wollen.«

»Auch du warst mal jung«, sagte Calypso fröhlich und legte damit die Tonart für ihre künftige Beziehung fest. »Ich werde mein Wort halten, wenn du deines hältst«, flüsterte sie ihm zu, als sich sein Gesicht verfinsterte.

»Wie gern sie ihn hat.« Die Frau eines stellvertretenden Ministers versuchte mit Helena, die die beiden beobachtete, Konversation zu machen.

»Gern? O ja, sie hat ihn gern.« Helena, die mehr Champagner getrunken hatte, als ihr guttat, ließ das Gespräch einschlafen.

Später am selben Abend führte Polly die Zwillinge ins York Minster in Soho, wo sie Oliver und Walter, in alkoholischen Trübsinn verfallen, antrafen; anschließend lotste sie alle vier zu ihrer Verwunderung ins Gargoyle, einen beliebten Treffpunkt, den Oliver vom Hörensagen kannte.

Polly war dort offenbar gut bekannt. Erheitert über ihre

erstaunten Gesichter sagte sie: »Ich habe meine Zeit nicht verschwendet. Ich arbeite in meiner Bruchbude für die halbe Londoner Intelligenzija.«

Oliver wurde mit einem Schlag nüchtern, als sie ihm Cyril Connolly, Philip Toynbee, Erika Mann, Robert Newton, Brian Howard und einige andere, zur älteren Generation gehörende Persönlichkeiten zeigte.

»Meine Bosse haben mit diesen Leuten zu tun, ich nicht«, versuchte sie Oliver zu trösten. »Wann geht dein Zug?«

»Um Mitternacht, von Paddington.«

»Der von Walter auch. Wir bringen euch hin. Die Zwillinge bleiben noch bis morgen.«

»Ein bemerkenswertes Mädchen, deine Schwester«, sagte Oliver atemlos, nachdem er und Walter sich in den Zug gekämpft und sich den Weg in ein überfülltes Abteil gebahnt hatten.

»Dumm ist sie nicht«, stimmte Walter zu.

»Ausgesprochen hübsch, wirklich ... schade, daß die gute alte Sophie nicht kommen konnte.«

»Das war die peinlichste Hochzeit, die ich je erlebt habe.« Sarah schlüpfte an diesem Abend zu George ins Bett. »Ich habe noch nie so viele unglückliche Gesichter gesehen. Ach, mein armer Oliver.«

»Glücklich noch mal davongekommen, wenn du mich fragst.«

»Mag sein. Ich möchte zu gern wissen, was sich im Nachtzug nach Inverness abspielt.«

»Die Nacht der langen Messer, so wie die Braut aussieht.«

Aber George täuschte sich. Hector hatte Calypso ins Savoy entführt, wo ihre Freude über das Telefon, das sie neben der Toilette vorfand, den Auftakt zu einer erfreulichen Hochzeitsnacht bildete.

»Das hat mir wirklich gefallen«, sagte sie schließlich. »Ich kann dir gar nicht sagen, wie sehr mir davor gegraut hat.«

»Das habe ich mir schon gedacht.« Hector war zufrieden. »Hättest du Appetit auf Austern?«

»Mitten in der Nacht?«

»Warum nicht?«

»Um Kraft für deine Highlands zu sammeln? Vor denen graut mir auch.«

»Warte ab, bis du sie siehst.«

»Na gut, einverstanden. Aber wehe, sie sind nicht schön.«

»Du fährst schon wieder zu schnell.« Die steinalte Helena, die im Schalensitz saß, drehte den Kopf und betrachtete Hamish, der die Lippen zusammenpreßte, als er gehorsam das Tempo drosselte. »Du hast große Ähnlichkeit mit deiner Mutter.«

»Ach, wirklich? Freut mich zu hören. Ich dachte, ich schlage nach meinem Vater.«

»Tust du auch, aber oft hast du denselben Gesichtsausdruck wie deine Mutter.« Helena löste zu Hamishs Beunruhigung den Sicherheitsgurt, der sich hinter ihr aufrollte.

»Du solltest diesen Gurt wirklich anlassen, Großtante. Sie muß sehr schön gewesen sein.«

»Nicht, solange du in einem vernünftigen Tempo fährst. Natürlich war sie schön. Und ist es noch immer. Hat seit ihrem Schlaganfall noch dazugewonnen.«

»Was meinst du damit?«

»Calypsos Gesicht war zu ebenmäßig, beide Seiten waren gleich. Seit ihrem Schlaganfall sieht sie richtig menschlich aus, unsymmetrisch. Allerdings glaube ich nicht, daß sich ihr Charakter dadurch verändert hat.«

»Bis auf das Gesicht hat sie sich offenbar ganz gut erholt. Manchmal zieht sie einen Fuß leicht nach. Wie gut hast du sie eigentlich gekannt, als sie jung war?«

»Ich war nur eine Beobachterin, mein Lieber. Sie und die anderen kamen jeden Sommer. Alle Männer haben sich in sie verliebt; für sie war das selbstverständlich, soweit man feststellen konnte.«

»Und wie weit war das?«

»Das weiß ich nicht.« Helena ließ ihren Blick über die vorbeihuschende Landschaft wandern. »Sie machte nie einen Hehl daraus, was sie wollte.«

»So?«

»Und sie bekam es. Geld, ein bequemes Leben, schöne Häuser, Kleider, Schmuck – ja, sie bekam, was sie wollte.«

»Wollte sie mich?«

»Natürlich wollte sie dich.« Jetzt mit ihren achtzig Jahren hatte Helena eine bessere Stimme als früher mit vierzig. »Natürlich wollte sie dich«, wiederholte sie. War er nicht Teil der Abmachung gewesen? »Ich glaube nicht, daß sie noch mehr Kinder wollte. Es war hart für sie, als du auf die Welt kamst.«

»Das behauptet sie auch immer.«

»Na ja, schließlich war es nicht deine Schuld, mein Lieber. Sie wollte unbedingt in London bleiben. Luftangriffe und Kinderkriegen vertragen sich eben nicht, aber du willst sicher nichts vom Krieg hören.«

»Und warum hat sie mich in London bekommen?«

»Sie konnte Schottland nicht ausstehen, das war der wunde Punkt in ihrer Ehe. Dein Vater wollte, daß sie dich in Edinburgh bekommt.«

»Er hat Schottland über alles geliebt. Genau wie ich.«

»Er ist mit ihr in den Flitterwochen hingefahren. Sie fand es kalt. Und der Zug blieb in einer Schneewehe stecken. Als sie zurückkamen, hat sie sich furchtbar beklagt.«

»Ich nehme doch an, daß sie einen Schlafwagen hatten.« Hamish versuchte sich die junge, schöne Calypso mit seinem Vater in einem Schlafwagen vorzustellen. »Es gab doch Schlafwagen im Krieg, oder?«

»Aber sicher. Von Paddington nach Penzance. Von Euston nach Inverness. Wir haben immer einen Schlafwagen genommen, wenn wir einen kriegen konnten. Da dein Vater ein Mitglied des Unterhauses war, hatte er Vorrang.«

»Das hat meiner Mutter sicher gefallen.« Hamish beschleunigte wieder.

Helena gab es auf und schloß die Augen. »Ich glaube nicht, daß das ein Ausgleich für die Kälte war.«

»Dann glaubst du also nicht, daß ich in einem Schlafwagen gezeugt worden bin?«

»Erst sehr viel später, mein Lieber. Bei diesem Tempo werden wir zu früh ankommen.«

»Dann bleibt uns noch Zeit für ein oder zwei Drinks.«

»Ja, sicher.«

»In dieser Beziehung schlage ich nicht nach meinem Vater.«

»Das habe ich auch nicht behauptet.«

»Glaubst du, er hat sich im Schlafwagen betrunken?«

»Woher soll ich das wissen«, sagte Helena, die sich oft dieselbe Frage gestellt hatte.

10

Nachdem sich Olivers Hoffnungen auf Finnland bei einem kurzen Vorstellungsgespräch in London zerschlagen hatten, fuhr er zum Haus seiner Eltern, um ein heißes Bad zu nehmen. Das Haus stand leer; das Wasser war wegen der bitteren Kälte entweder abgedreht worden oder eingefroren. Nachdem er durch die leergeräumten Zimmer gegangen war, rief er Calypso an. Während er wartete, schrieb er ihren Namen in den Staub.

»Ich bin über Nacht in London. Besteht eine Möglichkeit, dich zu sehen?«

»Wir gehen aus, du hast uns gerade noch erwischt. Hector steht schon auf der Schwelle, wir müssen auf eine Party.« Sie klang atemlos.

»Kann ich auch hinkommen?«

»Es ist nicht deine Art von Party, tut mir leid. Sag uns das nächste Mal vorher Bescheid. Es gibt so viele Partys. London ist sehr vergnüglich.«

»Das Soldatenleben nicht.«

»Das kann ich mir denken. Warum versuchst du es nicht bei Polly? Gleich, Hector, ich komme ja schon.« Sie hängte ein.

Oliver stapfte durch den Schnee zu Pollys Haus und klingelte, während er den Schnee von seinen schweren Stiefeln abklopfte.

Die Tür flog auf.

»Oliver!«

»Sophie, was tust du denn hier? Ich dachte, du bist in der Schule.«

»Ich habe eine Woche frei, weil ich Röteln hatte. Polly ist mit den Zwillingen ausgegangen. Komm herein, laß die eisige Kälte draußen.«

»Du bist gewachsen. Glaubst du, ich könnte ein Bad nehmen?«

»Aber sicher.«

»Ist was zu trinken da?«

»In der Küche steht Gin. Ich wollte gerade zu Abend essen. Die Zwillinge bleiben über Nacht hier.«

»Ich führe dich zum Abendessen aus, sobald ich gebadet habe.« Sophies Gesicht wirkte spitz. Während sich Oliver einen Gin einschenkte, versuchte er sich an das zu erinnern, was ihm seine Mutter erzählt hatte. Irgend etwas war Sophie zugestoßen, aber was?

»Irgendwas Neues von den Erstweilers?«

»Onkel Richard versucht, sie rauszuholen. Ich habe einen Brief von Monika bekommen. Er wurde zensiert. Ist das nicht idiotisch?« Sophies Gesicht rötete sich.

»Der ganze verdammte Krieg ist idiotisch.« Oliver kippte den Gin hinunter. »Und langweilig. Polly sollte dich nicht allein im Haus lassen, es könnte einen Luftangriff geben.«

»Ich komme schon zurecht. Ich bin daran gewöhnt, allein zu sein. Und Luftangriffe hat es bisher keine gegeben.«

»Die kommen schon noch.« Oliver badete ausgiebig und fühlte sich danach besser.

»Wohin wollen wir zum Essen gehen?« Sophie sah verwahrlost aus mit ihren zwar immer noch seidigen, aber unvorteilhaft geschnittenen schwarzen Haaren und dem argwöhnischen Blick.

»Ist mir egal.«

»Wir gehen ins Savoy. Ich möchte ein anständiges Abendessen.«

»Ich bin noch nie in London ausgegangen.«

Er führte sie ins Savoy. »Mein Vater ist am Ende des Schulhalbjahrs immer hier mit mir essen gegangen. Warum bist du nicht nach Cornwall gefahren?«

»Tante Helena meinte, für die kurze Zeit sei die Fahrt zu weit.«

»Macht es dir etwas aus?«

»Eigentlich nicht«, sagte Sophie ausweichend.

»Gefällt es dir in der Schule?«

»Es geht so.«

»Nicht so gut wie in Cornwall?«

»Nicht annähernd. Wie ist das eigentlich, wenn man Soldat ist?«

Während Oliver versuchte, es ihr zu erklären, sah er ihr beim Essen zu und spürte, wie sie sich allmählich entspannte, nachdem sie ein Glas Wein getrunken hatte.

»Du warst nicht bei Calypsos Hochzeit.«

»Tante Helena wollte nicht, daß ich die Schule versäume.«

»Verstehe. Und fährst du in den Ferien heim nach Cornwall?«

»Ja. Vielleicht hat Onkel Richard bis dahin die Erstweilers freibekommen. In ihrem Brief schreiben sie, daß sie darauf hoffen.«

Oliver schenkte ihr nach. »Trink aus.«

»Bekomme ich keinen Schwips?«

»Ich kümmere mich schon um dich.«

Sophie trank. »Es schmeckt mir nicht besonders, aber es wärmt.« Sie drückte eine Hand auf ihre flache Brust, beugte sich zu Oliver hinüber und flüsterte: »Ich bin den Schreckenslauf gelaufen.«

»Was?«

»Jetzt ist der Weg mit Draht abgesperrt, aber einen Tag bevor sie den Stacheldraht gezogen haben, um zu verhindern, daß die Deutschen einfallen, bin ich ihn gelaufen.«

»Ach ja, der Schreckenslauf. Den hatte ich ganz vergessen. Kommt mir vor, als wäre das schon ewig her. Was war noch mal die andere Geschichte? Irgendwas Idiotisches. Wir haben gelost, es ging ums Töten, stimmt's?«

»Ja«, sagte sie lahm. »Aber du hast die Sache abgeblasen.«

»Was ist denn los, Sophie? Du siehst so sonderbar aus. Hast du irgendwas im Holzschuppen entdeckt? Hat dir der Schrekkenslauf Angst eingejagt?«

»Die Angst hat mich angespornt. Ich bin... ich meine, ich habe gesehen...« Sophie starrte Oliver an, und er starrte zurück und dachte, eines Tages wird sie sehr hübsch sein mit diesen Augen. Was hatte sie an diesem Tag gesehen?

»Ja?« fragte er nach.

Sophie holte tief Luft. »Ich habe den Pastor getroffen, er war sehr freundlich und hat mich heimgebracht.« Sie rückte Messer und Gabel neben ihrem Teller zurecht. »Sieh mal«, sagte sie, und ihr Blick wanderte ans andere Ende des Lokals, »da hinten ist Calypso.«

Tatsächlich saß da Calypso und tafelte nicht etwa mit Hector, sondern mit einem Mann in Marineuniform. Wie es aussah, waren sie beim Brandy angelangt. Sie mußten schon geraume Zeit dasein.

»Verfluchtes Miststück... ›London ist sehr vergnüglich.‹ Seit wann weißt du, daß sie da ist, Sophie?«

»Ich habe sie bemerkt, als wir hereinkamen. Übrigens bin ich kein verfluchtes Miststück.«

»Ich habe Calypso gemeint, nicht dich. Ober, die Rechnung bitte.« Sie hat doch etwas im Holzschuppen gesehen, aber sie wird es mir nicht sagen, dachte Oliver, während er, vor Eifersucht auf den Unbekannten schier erstickend, die Rechnung bezahlte und Sophie an Calypso vorbei hinausführte, die, ins Gespräch vertieft, die beiden gar nicht bemerkte. »Tröstet sie Sie, alter Junge?« sprach Oliver den Unbekannten an, der ihn verblüfft ansah, während er Sophie weiterschob. Calypso lachte. Draußen war es bitterkalt. Oliver ergriff Sophies Hand. »Laß uns ein bißchen spazierengehen.«

Ihr ganzes Leben lang mußte Sophie bei jedem Vollmond daran denken, wie sie, ihre Hand in Olivers Manteltasche, durch die leeren Straßen gewandert waren, an den knirschenden Schnee unter ihren Füßen, den runden Mond, der schwarze Schatten von hohen Gebäuden warf, an die eisige Luft, die beim Atmen weh tat, daran, wie sie schweigend den ganzen Weg vom Strand bis St. Paul's gegangen waren, wo sie stehenblieben, zur Kuppel hinaufblickten und den Staren zuhörten, die sich um die Schlafplätze auf der Kathedrale zankten, pfeifend, schrill, aggressiv.

Wie lange hatten sie dagestanden? So lange, daß Oliver die Fassung wiedergewann, so lange, daß Sophie durch und durch fror, so lange, daß sich ein einsamer Polizist für sie interessierte und langsam auf sie zukam.

»Als die Polizei kam, um die Erstweilers abzuholen, sagte Monika, es sei nicht die Gestapo. Ich hoffe nur, daß sie bald wieder freikommen.« Sie zitterte am ganzen Körper.

»Sophie, du frierst ja, warum hast du denn nichts gesagt.«

»Mir geht es gut.« Zumindest ihre Hand, die er in seiner Tasche festhielt, war warm gewesen. Auch daran würde sie sich immer erinnern.

»Die Erstweilers werden sicher freigelassen. Jetzt komm, ich muß dich zu Polly zurückbringen. Wir haben nicht mal eine Nachricht hinterlassen. Sie wird denken, daß du verschwunden bist.«

»Sie ist mit David und Paul ausgegangen.«

»Vielleicht sind sie schon zurück.« In späteren Jahren sollte sich Oliver fragen, warum er, sobald er Stare pfeifen hörte, stets eine körperliche Eifersucht verspürte. Er hatte St. Paul's im Mondlicht an jenem Abend vor den Bombenangriffen ganz vergessen.

Polly und die Zwillinge hatten etwas bescheidener im Royal Court gegessen. In Uniform wirkten die beiden älter und selbstbewußter und sahen einander noch ähnlicher als sonst. Oliver fragte sich, ob er sich für die falsche Waffengattung entschieden hatte.

»Na, wie geht's denn so, Oliver?« Auch Polly war älter geworden. Ihr Gesicht war schmaler geworden, so daß ihre Augen größer wirkten, die Wimpern länger, der Mund breiter.

»Von Gehen kann keine Rede sein. Ich habe versucht, nach Finnland zu kommen, aber angeblich ist der Krieg dort schon fast vorbei. Das Soldatenleben ist verdammt langweilig und kalt. Aber du siehst gut aus.«

»Ich habe viel zu tun. Ich glaube, daß ich etwas Nützliches tue.«

»Geheim?«

»Nicht so, daß es auffällt. Na ja, eigentlich schon.«

Die Zwillinge lachten.

»Wir haben Calypso gesehen«, sagte Oliver, der auf den Busch klopfen wollte.

»Wir können nicht mehr viel mit ihr anfangen.« David sah seinen Bruder an, der bestätigend nickte. »Sie ist vornehm geworden und gehört zur feinen Gesellschaft, da ist sie nicht sonderlich versessen auf alte Freunde... Sie hat andere Dinge im Kopf.«

»Mit einem solchen Ding war sie heute abend essen.« Oliver war noch immer wütend. »Als ich anrief, hat sie behauptet, sie würde mit Hector ausgehen.«

»Der ist an den meisten Abenden im Unterhaus, da kann man doch nicht erwarten, daß sie allein zu Hause herumsitzt«, verteidigte Polly ihre Cousine.

»Deshalb braucht sie nicht zu lügen.«

»Na ja, so ist Calypso eben. Ein andermal hat sie sicher Zeit. Versuch es wieder, vielleicht hast du dann mehr Glück.«

»Sie ist nicht Penelope.« David und Polly wechselten Blicke. »Als wir das letzte Mal in London waren, haben wir sie in ihrem Haus besucht. Warst du mal dort?«

»Nein.« Oliver bemerkte die Veränderung im Verhalten der Zwillinge. »Ihr zwei habt immer dagesessen und sie angehimmelt. Sie hat es genossen.«

»Du auch. Sie mochte dich lieber als uns.«

»Oder Walter«, bemerkte Polly. Doch als sie Olivers Gesichtsausdruck sah, fügte sie hinzu: »Sie ist verheiratet, hat Geld, ein schönes Haus, sie gibt Gesellschaften, ist die Frau von Hector Grant, sie ist nicht mehr eine von uns.«

»Ist sie glücklich?«

»Ich glaube schon. Mach es das nächste Mal wie die Zwillinge: Sag ihr rechtzeitig Bescheid, wenn du Urlaub bekommst.«

»Wie habt ihr euch verstanden?« Oliver schaute von Paul zu David. »Hat sie sich gefreut, euch zu sehen?«

»Offiziere sind ihr vermutlich lieber.« David hörte sich ironisch an.

»Ihr werdet euer Patent schon noch kriegen. Erzählt lieber, was ihr so treibt.« Oliver wollte plötzlich das Thema wechseln. »Wo seid ihr stationiert? Was macht ihr?«

»Wir sind im Augenblick in der Nähe von Cambridge. Morgen bringen wir Sophie ins Internat zurück. Wir wollten zu den Bombern, aber sie bilden uns zu Jagdfliegern aus. In unserer

Naivität dachten wir, wir könnten in den Bombern beisammen bleiben.«

»Wie lange ist es noch bis zum Beginn der Ausbildung?«

»Knapp einen Monat.«

»Und ich stehe mir beim Ballern die Beine in den Bauch. Lieber Himmel!«

»Walter ist auch ziemlich sauer. Bei der U-Boot-Waffe wollten sie ihn nicht haben. Er behauptet, die Marine besteht aus lauter Sadisten, und er wird den ganzen Krieg hindurch seekrank sein.« Polly gähnte. »Ich muß morgen arbeiten. Ich verschwinde ins Bett. Macht euch keine Gedanken, wenn ich morgen früh fort bin, bevor ihr aufwacht. Kommt wieder, wann immer ihr Lust habt. Hier ist reichlich Platz. Ich schlafe im Zimmer von Mum und Dad, die Zwillinge haben das Gästezimmer, und du kannst Walters Zimmer nehmen. Sophie schläft in meinem. Gute Nacht.«

Oliver sah ihr nach. »Nicht nur Calypso hat sich verändert.«

»Nein, wir alle«, sagten die Zwillinge. »Wer hätte vor einem Jahr gedacht, daß wir in Uniform um einen Küchentisch sitzen und die Tage auf der Kamillenwiese vorbei sind?«

»Wißt ihr, daß ich euch beide noch immer nicht auseinanderhalten kann? Kannst du es, Sophie?«

»Nein.« Sophie grinste. »Und Polly auch nicht.«

»Die Royal Air Force ebensowenig. Es ist wie in der Schule. Vielleicht sorgt der Krieg für ein Unterscheidungsmerkmal.«

Besorgt betrachtete Sophie die Zwillinge über den Tisch hinweg. »Vielleicht wird einer verwundet.« Sie sprach laut und deutlich. »Oder getötet.«

Die Zwillinge sahen sie an. »Das kann man nie wissen«, riefen sie fröhlich. »Gibt's noch was zu trinken?«

»Da ist jemand an der Haustür.« Oliver stand auf. »Wer kann das um diese Zeit sein?«

»Geh und schau nach. Aber weck Polly nicht auf, sie muß wirklich sehr hart arbeiten.«

Oliver schloß die Haustür auf und schaute hinaus. »Lieber Himmel, Onkel Richard! Was machst du denn hier?«

»Ich suche Unterschlupf.« Richard humpelte herein. »Hab mich bei dieser verfluchten Verdunklung verlaufen, die Hausnummern sind schwer zu erkennen. Was die nur mit ihrer Verdunklung bei Vollmond wollen, also ich bitte euch.«

Oliver machte die Haustür zu. »Wir sitzen unten in der Küche. Polly ist schon ins Bett gegangen.«

»Ich war bei euch, aber das Haus war zu, kein Mensch da. Was ist mit eurem Dienstmädchen?«

»Die ist zu den Marinehelferinnen gegangen.«

»Frauen in Uniform, also ich bitte dich.«

»Das tun viele. Warum bist du hier, Onkel? Komm mit hinunter und trink was. Die Zwillinge sind auch da, und Sophie ebenfalls.«

»Was macht die denn hier? Aus der Schule weggelaufen? Nein, sag's mir nicht, sie hat Halbjahrsferien.«

»Nein, Röteln.« Oliver begleitete seinen Onkel in die Küche hinunter. Die Zwillinge erhoben sich höflich.

»Hallo, ihr zwei, also doch keine Kriegsdienstverweigerer. Schön, euch zu sehen. Wie ist das mit den Röteln?«

»Die kommen aus Deutschland.« Sophie kniff ihn in die Wange. »Warum bist du in London? Tante Helena hat mir gar nicht gesagt...«

»Wegen der Deutschen, Kind. Na ja, sie behaupten, sie seien Österreicher, aber das ist doch alles dasselbe. Feindliches Ausland, also ich bitte euch, das ist doch lächerlich. Ein ruhiger Geiger, ehrbar und gesetzestreu. Das habe ich denen auch gesagt. Vergeßt eure verdammte Bürokratie und laßt sie raus, kosten den Steuerzahler doch nur viel Geld. Der Pastor und ich werden uns um sie kümmern. Was ist das? Gin? Na gut, einverstanden, wenn ihr nichts anderes habt. War den ganzen Nachmittag im Innenministerium, absolut vertrottelte Leute, regelrecht barbarisch, was ihre Methoden angeht, blind vor lauter Bürokratismus, können einen simplen Geiger, der auch Orgel spielt und keiner Fliege was zuleide tun würde – übrigens haben sie Tompkins eingezogen, also brauchen wir ihn – nicht von einem feindlichen Agenten unterscheiden. Ist noch Gin da? Danke. Ich trink euch doch nicht den letzten Tropfen weg, hoffe ich? Also, ich habe nichts im Innenministerium erreicht, meinem Bein hat es auch nicht gutgetan, sie haben mich von einem Hanswurst zum nächsten geschickt. Warum sie nicht bei den

Steitkräften sind, habe ich sie gefragt. Das hat ihnen überhaupt nicht gefallen, kann ich euch sagen. Laßt euch erst mal ein Bein wegschießen wie ich, hab ich zu denen gesagt. Wir sind im letzten Krieg nicht auf unserem Hintern im Innenministerium gehockt, wir haben gekämpft. Mit sechs von diesen Scheißkerlen habe ich geredet. Also ich bitte euch. Und erreicht hab ich nichts, absolut nichts, verdammt noch mal. Was gibt's denn da zu lachen?«

»Nichts, Sir.«

»Also, wo war ich? Ach ja, bei absolut nichts, aber ich habe nicht aufgegeben, bin schließlich kein Deutscher, nicht daß die aufgegeben hätten, aber sie werden aufgeben, denkt an meine Worte. Ich bin also ins Unterhaus gegangen und treffe dort diesen Knaben an, den Calypso geheiratet hat, und zwei seiner Freunde. Gute Bar haben die da, nebenbei gesagt, und Bingo, wie findet ihr das? Dieser Knabe, ein Vertreter irgend so einer Grafschaft, erklärt mir, die Erstweilers würden freigelassen und übermorgen in London eintreffen, und keiner von diesen Burschen, die mit ihren fetten Ärschen auf ihren Amtsschimmeln hocken, hat davon gewußt, also ich bitte euch, wie weit soll es mit diesem Land denn noch bergab gehen? Ist noch Gin da?«

Oliver goß den letzten Gin in das Glas, das ihm Richard hinhielt. »Dann hast du die Erstweilers also freibekommen?«

»Das hab ich doch gesagt, hab ich mich vielleicht nicht deutlich genug ausgedrückt? Mag sein, daß ich ein Bein verloren habe, aber doch nicht mein Hirn. Weiß wirklich nicht, was daran so komisch ist. Kann mir nicht vorstellen, warum ihr alle lacht.« Richard Cuthbertson stellte das leere Glas behutsam auf den Tisch, lehnte sich zurück, rutschte vom Küchenstuhl auf den Boden und blieb dort ausgestreckt liegen.

»Paßt auf sein Bein auf.« Sophie hüpfte hinter Oliver und den Zwillingen her, die die bewußtlose Gestalt nach oben ins Bett trugen.

11

»Versuchen Sie sich zu entspannen.« Die Ärztin beugte sich lächelnd über Polly.

»Deshalb bin ich hergekommen.« Polly lag auf der Couch.

Die Ärztin rieb sich die Hände warm. »Ich finde, Patienten mit kalten Händen anzufassen ist der Gipfel der Grausamkeit.«

»Bei unserem Hausarzt sind wir als Kinder vor Schreck immer gehüpft.«

»Vermutlich ein Mann.«

»Ja. Und abscheuliche Medizin hat er uns auch verabreicht.«

»So, meine Liebe, wie steht's? Fühlen Sie sich wohl?«

»Wird es drinbleiben?«

»Meine Güte, ja. Jetzt versuchen Sie es selbst mal, in aller Ruhe. Denken Sie an das, was ich Ihnen gesagt habe.«

Polly versuchte es. »Ist es so richtig?«

»Hervorragend. Machen Sie's noch mal, um sicherzugehen. Ich möchte nicht, daß Sie zu Hause in Panik geraten.«

»Ich glaube nicht, daß ich in Panik gerate.«

»Wohl kaum. Wie alt sind Sie noch mal?«

»Neunzehn.«

»Sind Ihre Eltern damit einverstanden?«

»Ich habe es ihnen noch nicht gesagt. Mein Vater ist Arzt. Er wurde mitsamt dem Krankenhaus evakuiert, und meine Mutter ist bei ihm.«

»Sie sind offenbar ein Mädchen, das weiß, was es will.«

»So ist es.«

»Ich hoffe, Sie beide werden sehr glücklich. Es gehören immer zwei dazu, wenn es klappen soll.«

»Das ist mir klargeworden.« Polly erhob sich von der Liege. »Vielen Dank.« Sie lächelte herzlich. »Der Krieg macht die Dinge nicht einfacher«, fügte sie hinzu.

»Man darf nicht zulassen, daß der Krieg alle Werte zerstört.« Als die Ärztin Pollys Gesicht sah, fügte sie hinzu: »Das ist der einzige Gemeinplatz, den ich auf Lager habe.«

»Ich halte an meinen Werten fest.« Polly streckte ihr die Hand entgegen. »Vielen Dank für Ihre Hilfe.«

Nachdenklich betrachtete die ältere Frau Pollys grüne Augen, die hellen Haare. Sie gaben sich die Hand. Ihre Werte sind nicht die üblichen Allerweltswerte, dachte die Ärztin. Sie läutete der nächsten Patientin. Während sie wartete, beobachtete sie durchs Fenster, wie Polly die Stufen vor dem Haus hinunterhüpfte und ein paar Meter lief, bevor sie die Straße überquerte. Ein richtiges Äffchen, dieses Mädchen. Sie fragte sich, was Polly wirklich vorhatte. Sie hatte es nicht für nötig gehalten, ihr zu sagen, daß sie mit Martin zusammen studiert hatte. Ein Kind von Martin Cuthbertson würde sein Leben sehr wahrscheinlich selbst in die Hand nehmen können.

Polly sah sich allein den *Zauberer von Oz* an und summte *Somewhere Over the Rainbow* vor sich hin, als sie die Tür zum Haus ihrer Eltern aufsperrte. Nachdem sie sie wieder geschlossen hatte, tastete sie sich durch die Zimmer und zog die Verdunklungsvorhänge zu, bevor sie Licht machte. Muffiger Tabak- und Alkoholdunst drang aus dem Stockwerk über dem elterlichen Schlafzimmer herunter, in dem sie sich jetzt eingerichtet hatte, weil es neben dem Bett ein Telefon gab. Sie verwünschte Oliver und die Zwillinge, die am Abend zuvor solchen Lärm gemacht hatten, als sie ins Bett gingen. Sie hatte am Morgen das Haus verlassen, ohne sie aufzuwecken. Jetzt lief sie in Walters Zimmer hinauf, um ein Fenster aufzureißen. Ein scharfer Windstoß fuhr herein und sog die abgestandene Luft nach draußen. Ein Bündel auf einem der Betten ächzte. Polly fuhr herum. Da sie nichts sehen konnte, stolperte sie über ein in Kleidungsstücke eingewickeltes Hindernis und schlug der Länge nach auf den Boden.

»Scheiße!«

»Wer ist das?« Eine mürrische Stimme, die sie als Onkel Richards erkannte, drang aus dem Bett. Polly befreite sich von seiner Hose, zog die Vorhänge zu und schaltete das Licht an.

»Was machst du denn hier, Onkel Richard? Ich bin über dein Bein gestolpert.«

»Bin gestern nacht gekommen. Muß wohl verschlafen haben. Wieviel Uhr ist es?«

»So gegen sieben.«

»Ich stehe zum Frühstück auf.«

»Zum Abendessen. Es ist sieben Uhr abends.«

»Oh.« Ihr Onkel setzte sich mühsam auf. Polly hatte ihn noch nie grau und unrasiert gesehen.

»Wir haben gefeiert. Daran kann ich mich erinnern. Ich möchte nur wissen, wie ich hier raufgekommen bin.«

»Ich bin von dem furchtbaren Lärm aufgewacht, den Oliver und die Zwillinge gemacht haben, als sie ins Bett gingen. Wahrscheinlich haben sie dich raufgetragen.«

»Wo ist Sophie?«

»Die Zwillinge haben sie heute früh wieder in die Schule gebracht. Das wollten sie jedenfalls. Als ich aus dem Haus ging, haben noch alle geschlafen.«

»Sie hat sich über die Sache mit den Erstweilers gefreut.«

»Was ist denn mit ihnen?«

»Sie sind draußen, sie kommen raus. Welcher Tag ist heute?«

»Mittwoch.«

»Morgen treffen sie in London ein.«

»Wie aufregend! Hast du das fertiggebracht?«

»Ich habe Fäden gezogen, einen großen Wirbel veranstaltet, mich betrunken, jetzt fällt es mir wieder ein, Brandy mit Calypsos Hector, Gin, als ich hierherkam. Seit 1918 war ich nicht mehr betrunken, jedenfalls nicht so. Was wird Helena dazu sagen, also ich bitte dich?«

»Kein Grund, es ihr zu sagen. Was hältst du von einem Bad? Ich werd mal sehen, was ich zum Abendessen finde. Irgendwo muß noch ein Rasierer von Vater sein.«

»Fühle mich erbärmlich.« Richard Cuthbertson legte sich stöhnend zurück. »Auwei, auwei.«

»Ich bringe dir ein Alka Seltzer. Wenn du gebadet hast, dann komm runter zum Abendessen. Ich lebe zur Zeit in der Küche.« Polly löste ein Alka Seltzer in Wasser auf und blieb neben dem Bett stehen, während ihr Onkel einen Schluck nahm.

»Mein Gott, wie abscheulich.«

»Hilft aber.« Polly wartete, bis er das Glas ausgetrunken hatte.

»Jetzt erinnere ich mich, ich hatte ein paar Whiskys, bevor ich ins Innenministerium ging. Du wirst doch Helena nichts davon sagen?«

»Natürlich nicht.«

»Gestern abend haben alle gelacht, als ich erzählt habe, was ich zu diesen Schreibtischhengsten gesagt habe, fanden es wohl komisch. Helena findet mich auch komisch. Kann mir nicht denken, warum, ich mach doch nie Witze. Findest du mich komisch?«

»Im Augenblick nicht. Komm herunter, sobald du fertig bist, Onkel Richard. Ich mache uns eine Suppe.« Polly ließ ihn allein.

In der Küche deckte sie den Tisch für zwei und machte sich ans Kochen, wobei sie Judy Garlands Melodie vor sich hin summte. Ein Klingeln an der Haustür unterbrach sie. Sie lief die Stufen zum Erdgeschoß hinauf: »Wer ist da?«

»Ich bin es, Calypso. Darf ich reinkommen?«

»Natürlich.«

Calypso tastete sich die Stufen hinunter.

»Es ist viel wahrscheinlicher, daß wir uns bei dieser Dunkelheit das Genick brechen, als daß uns eine Bombe trifft. Gerade bin ich über den Randstein gestolpert und hab mir ein paar Laufmaschen gerissen.«

»Das sieht dir aber gar nicht ähnlich. Komm rein. Was ist denn los?« Polly betrachtet ihre Cousine. Irgend etwas stimmte nicht mit ihr. »Na sag schon, was ist los?«

»Ich hatte einfach das Bedürfnis, dich zu sehen. Hector ist im Unterhaus, und da dachte ich, es wäre nett, mit dir zu plaudern. Ich habe dich kaum mehr gesehen, seit ich verheiratet bin.«

»Mit deiner Ehe und bei meinem Job ist das nicht so einfach. Was ist denn los?«

»Nichts. Ach, erwartest du jemanden?« Calypso blickte auf die zwei Gedecke. »Ich möchte nicht stören. Soll ich gehen?«

»Es ist nur Onkel Richard. Er hat einen wüsten Kater. Offenbar hat er mit Hector gebechert. Er ist in London, um die Erstweilers von der Isle of Man wegzuholen. Er lag oben im Bett, als ich nach Hause kam. Oliver und die Zwillinge waren gestern abend da und haben ihn ins Bett verfrachtet. Ich hab ihn gerade erst entdeckt.«

»Sind sie noch da?«

»Nein, sie haben Sophie auf dem Weg zu ihrer Einheit im Internat abgeliefert, und Oliver mußte wieder zu seiner Einheit zurück.«

»Es war sicher lustig. Ich wünschte, ich hätte sie alle gesehen.«

Es klang wehmütig. Polly verkniff sich jeglichen Kommentar.

»Die Zwillinge haben mich mal abends besucht, und Olly hat einmal angerufen, aber da hatte ich etwas anderes vor. Zu schade.«

»Sie können jederzeit hier wohnen. Ich bin allein. Ich habe ihnen einen Schlüssel gegeben. Und Walter hat natürlich seinen eigenen.«

»Polly...« Calypso holte tief Luft. »Ich muß es jemandem sagen.«

»Schieß los. Du bleibst doch zum Essen, oder?« Calypso sah fürchterlich aus, richtig gehetzt. Das übliche strahlende Selbstvertrauen war verschwunden.

Richard kam in die Küche. »Hallo, Mädchen.« Er drückte einen Kuß auf die Wange, die Calypso ihm hinhielt. Die Mädchen wechselten Blicke, der Augenblick für Bekenntnisse ging vorüber. Beim Essen erzählte Richard den beiden, was er alles für die Erstweilers getan hatte, und beendete seinen Bericht mit einem Kompliment: »Verdammt anständiger Bursche, dein Hector. Ohne ihn hätte ich es nicht geschafft. Du hast wirklich Glück, Mädchen.«

»Ja«, sagte Calypso. »Ja, natürlich.«

Aus Cornwall kam ein Anruf von Helena. Polly holte Richard ans Telefon. Die Mädchen horchten.

»Ja, natürlich bin ich hier, in Sarahs Haus bin ich nicht reingekommen, sie haben es dichtgemacht. Was? Morgen hole ich die Erstweilers ab und bringe sie mit, sag dem Pastor Bescheid. Was? Wann? Wer? Das ist doch lächerlich. Das muß einer von diesen Mistkerlen, die da auf ihren Bürokratenärschen hocken, aus reiner Schikane gemacht haben... Ich habe ihnen gesagt... Was? Erst morgen in einer Woche? Wie hast du das rausgekriegt? Floyer haben sie angerufen? Warum nicht mich, ich bin doch derjenige, der vor Ort ist. Ich bin derjenige, der die ganze Lauferei erledigt hat. Na ja, gelaufen bin ich nicht gerade, mit meinem Bein ginge das ja gar nicht. Polly ist drübergefallen. Was? Ja gut, ich komme nach Hause. Ja, heute abend. Ich...« Er wandte sich an die Mädchen. »Unterbrochen, verdammter Mist. Sie werden erst morgen in einer Woche rausgelassen und fahren dann über Bristol, also ich bitte euch. Sie bekommen einen Passierschein für den Zug. Helena möchte mich offenbar zu Hause haben, wußte nicht, wo ich gelandet bin. Ich sollte lieber den Nachtzug nehmen«, sagte er unglücklich.

»Es geht doch nur um eine Woche, Onkel«, sagte Polly. »Du hast ein Wunder vollbracht. Dir ist es zu verdanken, daß sie freikommen.«

»Ich bringe dich nach Paddington. Hectors Auto steht um die Ecke«, bot Calypso an.

»Und was ist mit...«, setzte Polly an, aber Calypso schüttelte den Kopf. »Es war nichts, nichts Wichtiges.«

Minuten später sah Polly Calypso am Steuer von Hectors Lagonda, neben sich den Onkel, in der Dunkelheit verschwinden.

»Arme Calypso«, sagte Polly laut zu der eiskalten Straße. Noch nie hatte ihr ihre Cousine so leid getan. »Ich möchte bloß wissen, was los ist.« Drinnen ging sie zum Telefon und wählte nachdenklich eine Nummer.

»Tut mir leid, ich konnte nicht eher anrufen. Ich habe meinen Onkel hier im Bett vorgefunden.« Das Telefon knackte. »Nicht in meinem Bett, in einem der unbenutzten.« Sie hörte kurz zu und sagte dann: »Also, ich bin ziemlich niedergeschlagen. Ich bin ganz beschwingt nach Hause gekommen, hatte mir den *Zauberer von Oz* angesehen, war ganz fröhlich und guter Dinge, aber da war nicht nur Onkel Richard, du weißt schon, wen ich meine, den mit dem einen Bein. Ich bin darüber gestolpert und hingefallen. Wie? Im Dunkeln. Nein, nicht sonderlich komisch, wahrhaftig nicht. Dann kam auch noch Calypso vorbei, ja, die wunderschöne Cousine, die du kennenlernen möchtest. Nein, sie war nicht gerade in Hochform, sie sah fürchterlich aus, irgendwie besorgt, bedrückt. Sie wollte mir gerade ihr Herz ausschütten, als der Onkel dazwischenkam, so daß wir nicht reden konnten. Nein, sie hat sofort zugemacht. Nein, ich kann mir nicht vorstellen, was es ist, sie hat doch alles. Ja, ich weiß, dich hat sie nicht. Ja, ich verspreche dir, daß du sie kennenlernen wirst, verfluchter Kerl. Ja. Nein, was ich sagen will, nicht heute abend. Weil ich deprimiert bin. Ach wirklich... Glaubst du? Mich aufheitern? Wird es das? Na gut, dann komm vorbei. Ich sehe schon, daß ich noch eine Menge lernen muß. Vergiß nicht, ich muß pünktlich um neun im Büro sein. Also gut, also gut. Nein, ich mache keine Witze. Ich kann das nicht witzig finden.«

Doch vierzig Jahre später, auf dem Weg zum Begräbnis, mußte Polly laut auflachen, so daß ihre Tochter auf dem Rücksitz fragte: »Was ist denn so lustig, Ma?«

»Nur was aus grauer Vorzeit. Du würdest es nicht lustig finden. Nur etwas, was ich gelernt habe.«

»Du hast immer behauptet, Lektionen hätten dich zu Tode gelangweilt.«

»In diesem Fall nicht.« Polly, die das Lachen unterdrücken wollte, schnaubte wie ein Pferd.

12

Als Calypso 1979 einen Schlaganfall erlitt, war sie zwei Tage lang vollständig gelähmt und unfähig zu sprechen, konnte aber sehen und hören. Gelangweilt von dem, was sie hörte – in Hörweite waren alle vorsichtig mit ihren Äußerungen –, und mit eingeschränktem Blick auf das Zimmer, in dem sie lag, zwang sie sich, ihre Erinnerungen aufzufrischen, solange sie dazu noch in der Lage war, und sich vergangene Ereignisse ins Gedächtnis zu rufen. Es war ihr seit langem bewußt, daß sie sich selbst betrog, vorsätzlich Dinge vergaß, aus Gründen der Selbsterhaltung einen doppelten Maßstab anlegte. Seit sie zum Katholizismus übergetreten war, war sie sich ihrer Täuschungsmanöver sogar in Glaubensdingen bewußt, etwa der Tatsache, daß sie ihre Sünden als spaßig und damit weniger ernst hinstellte. Sie ärgerte sich jedesmal, wenn der Priester ihre Sicht nicht teilen konnte. Jetzt, da sie überzeugt war, daß sie sterben würde, rief sie sich den Punkt ins Gedächtnis, an dem sie begriffen hatte, daß sie erwachsen geworden war und allein zurechtkommen mußte. Als sie sich dann rapide erholte, waren ihre ersten Worte, an Hamish gerichtet, der neben ihrem Bett saß: »Es war in der Nacht, in der ich Onkel Richard in den Nachtzug gesetzt habe. Ich habe ihm einen Sitzplatz beschafft, bekam aber keinen Schlafwagen für ihn.« Ihre Aussprache war nur etwas undeutlich, und selbst das gab sich nach wenigen Tagen. Zurück blieb lediglich eine leichte Lähmung der einen Gesichtshälfte und ein kaum wahrnehmbares Hinken.

»Ich werde nicht sterben«, hatte sie hinzugefügt, als sie Hamishs Gesicht sah. »Dazu gehören drei.« Hamish, der nichts begriff, hatte gefragt: »Drei was?« und seine Mutter mitleidig angesehen. »Schlaganfälle«, antwortete Calypso und versank in einen heilenden Schlaf.

Es war ziemlich mühsam für Calypso, Richard in den Zug zu verfrachten, da sie in der einen Hand seine Reisetasche trug und ihn mit der anderen am Arm hielt. Auf dem Bahnhof wimmelte es von Soldaten, Matrosen und Fliegern, die meisten davon betrunken. Sie waren den Zivilisten zahlenmäßig weit überlegen und rochen anders. Calypso vermutete, daß der Stoff ihrer Uniformen den Bier- und Tabakgeruch mehr absorbierte als die Kleidung der Zivilisten. Sie schleifte ihren Onkel zu den Waggons der ersten Klasse. »Steig ein, Onkel Richard, ich suche dir einen Sitzplatz.« Sie schob und drängelte, steckte den Kopf durch die einzelnen Abteiltüren. »Ist da noch Platz für meinen Onkel? Er hat nur ein Bein und kann unmöglich den ganzen Weg bis Penzance stehen.«

Hingerissen von ihrer Schönheit, voller Schuldgefühle wegen des Beins, wetteiferten die jungen Männer darum, wer seinen harterkämpften oder reservierten Platz hergeben durfte. Calypso schob Richard auf einen Platz neben dem Gang und rief: »Vielen Dank, vielen Dank, wirklich nett von Ihnen. Es geht ihm nicht sonderlich gut, also ist es ganz besonders nett. Besuchen Sie mich doch mal in London, ja? Ach, ich bin ja so dankbar.« Sie gab Richard einen Kuß, zischte ihm ins Ohr: »Wehe, du gibst ihnen meine Adresse. Auf Wiedersehen, Onkel Richard, auf Wiedersehen«, und sprang in dem Augenblick aus dem Zug, in dem der Schaffner pfiff. Als sie dem überfüllten Zug nachsah, der in die Dunkelheit davonkroch, fühlte sie sich mutterseelenallein. Sie steckte voller Angst, aber auch Trotz. Jetzt, hatte sie gedacht, und all die Jahre später fiel es ihr wieder ein, jetzt muß ich leben.

Und wenn Onkel Richard uns nicht unterbrochen und ich Polly um Rat gefragt und ihn befolgt hätte, wäre mein Leben vielleicht völlig anders verlaufen. Während sich Calypso von ihrem Schlaganfall erholte, dachte sie darüber nach, daß es besser gewesen war, ihre Entscheidungen allein zu treffen. Sie konnte niemandem Vorwürfe machen außer sich selbst. Als sie aufwachte, sah sie, daß Hamish noch immer an ihrem Bett saß. Offenbar machte er sich große Sorgen. Im übrigen langweilte er sich schnell, eine Eigenschaft, die er von ihr hatte.

»Warum liest du denn kein Buch?«

»Würde dir das nichts ausmachen?« Er fand es furchtbar, daß ihr hübsches Gesicht jetzt verzerrt war.

»Warum sollte es mir etwas ausmachen?«

»Ich fände es ein bißchen unsensibel.«

»Ich bin nicht sensibel, aber ich halte meine Versprechen.«

»Natürlich. Streng dich nicht an, du brauchst nicht zu sprechen.«

»Es ist wunderbar festzustellen, daß ich es kann. Du bist ein Versprechen.«

»Was?«

»Ich bin froh, daß ich es geschafft habe.« Seine Mutter lächelte mit den Augen. Er fühlte sich ihr näher als je zuvor. Vielleicht würde sie doch sterben? Hamish beugte sich hinunter und gab ihr einen Kuß.

»Noch sterbe ich nicht.« Ihr schiefer Mund lächelte. »Diesmal nicht.«

Nachdem Calypso ihren Onkel in den Zug gesetzt hatte, machte sie sich auf den Heimweg, nahm die U-Bahn von Paddington zum St. James's Park und ging dann durch die dunklen Straßen nach Hause. Sie steckte ihren Schlüssel ins Schloß und drückte die Haustür auf. In der Diele stand Hector.

»Ich dachte, du wolltest deinen Wahlbezirk besuchen.« Plötzlich fühlte sich Calypso sehr müde.

»Ich habe mich entschlossen, morgen zu fahren.«

»Oh.« Calypso ging an ihm vorbei die Treppe hinauf.

»Ich wollte sagen, daß es mir leid tut.«

Sie blieb auf der Treppe stehen und schaute hinunter. »Benimmst du dich öfter so?«

»Ich dachte, du hättest mich verlassen.«

»Benimmst du dich öfter so?«

»Nicht sehr oft. Liebling, ich wollte dir sagen, daß es mir leid tut.«

»Jetzt hast du es gesagt.« Sie ging weiter.

»Calypso, ich habe gesagt, es tut mir leid. Verzeihst du mir?«

»Nein.«

»Calypso, es tut mir leid, Liebling, es tut mir wirklich leid.«

»Warum hast du mich nicht gewarnt?«

»Weil du mich dann nicht geheiratet hättest.«

»Doch, hätte ich schon.«

»Warum?«

»Wegen deines Geldes.«

»Miststück.« Haß breitete sich zwischen ihnen aus, greifbar, entsetzlich. Über den Abgrund hinweg starrten sie sich an. »Es ist meine Schuld«, sagte er.

»Jetzt auch meine.« Calypso hielt sich am Geländer fest; sie fühlte sich unendlich müde. »Ich habe Onkel Richard in den Nachtzug gesetzt.«

»O mein Gott, mit ihm hat alles angefangen, der dumme Mensch hat mich in der Bar festgehalten.«

»Das kann ich mir denken.« Ihre Stimme war kalt, und sie fühlte sich vor Elend ganz taub. »Mir ist kalt, ich bin müde.«

»Es wird nicht...«

»O doch, es wird. Mag sein, daß ich erst neunzehn bin, aber ich weiß, daß es wieder und wieder passieren wird. Soviel weiß ich – nächste Woche werde ich zwanzig.«

»Zwanzig. O Gott, Calypso, verlaß mich nicht.«

»Ich verlasse dich nicht.«

»Warum nicht?« Er stand in der Diele und sah zu ihr hinauf, und seine Augen unter den dichten Augenbrauen wirkten fremd. »Daphne hat mich verlassen.«

»Ich bin nicht Daphne.«

»Ich habe Daphne nicht geliebt. Dich liebe ich.«

»Es spielt keine Rolle, ob du mich liebst oder nicht. Ich bin nicht in dich verliebt. Um ehrlich zu sein, ich glaube nicht, daß ich zu den Frauen gehöre, die lieben können. Ich habe dich wegen deines Geldes geheiratet und um dir einen Erben zu schenken. So lautet die Abmachung, ganz egal, wie du sie verpackst. Ich werde mein Wort halten, und ich hoffe nur, daß du dich nicht zu häufig betrinkst und gewalttätig wirst. Ich verspreche dir, daß ich mich daran halten werde. Ich kann nur hoffen, daß er kein solcher Blödmann wird wie du.«

»Wir sind wahrhaftig schöne Eltern«, schrie Hector die Treppe hinauf. »Wieso zum Teufel lachst du?«

»Ich habe... ach, Hector, ich habe dein kostbares Auto in Paddington stehengelassen. Ich habe es genommen, um Polly zu besuchen, und dann habe ich Onkel Richard damit zum Bahnhof gefahren. Oje!« jammerte sie. »Dein kostbares Auto. Ich bin mit der U-Bahn nach Hause gefahren, ich hab ganz vergessen, daß ich den Wagen hatte. Oje!« Sie brach in schallendes Gelächter aus. »Er steht am Bahnsteig Eins.«

»Und die Schlüssel stecken in der Zündung, nehme ich an?«

»Ja, genau. Warum lachst du?«

»Weil du so komisch bist. Ich rufe bei der Polizei an, dann komme ich ins Bett.«

»Nicht zu mir, kommt nicht in Frage. Ich löse dieses Versprechen nicht heute abend ein.«

»Das hätte ich auch nicht verlangt. Außerdem bin ich zu verdammt müde. Ich habe den ganzen Tag wie ein Idiot geschuftet, und das mit einem teuflischen Kater.«

»Und einem schlechten Gewissen.«

»Das auch.«

»Es war Monate später«, flüsterte Calypso Hamish zu.

»Was denn? Aber streng dich nicht an.«

»Monate später habe ich mein Versprechen eingelöst. Ihm habe ich nie ein Versprechen abgenommen, es wäre zu demütigend gewesen.«

»Was wäre demütigend gewesen?« Hamish fragte sich, ob der Schlaganfall ihr Gehirn beeinträchtigt hatte.

»Ach nichts«, sagte sie und ergriff seine Hand. »Schau, ich kann meinen Arm bewegen. Ich werde wieder gesund werden.«

13

Oliver rief an. »Können wir zusammen essen gehen?«

»Wann?« Calypso lag auf dem Sofa.

»Heute abend. Bitte. Ich muß fort.«

»Wohin?«

»Das sag ich dir, wenn ich dich sehe. Ich komme gleich rüber.«

Sie begrüßte ihn an der Tür. »Mein lieber Olly.« Sie umarmte ihn.

»Sie schicken mich nach Norwegen.«

»O mein Gott! Hector sagt, daß es dort schlimm aussieht. Warum ausgerechnet du?«

»Sie brauchen Leute, die sich in den Bergen auskennen. Es werden sogar Burschen aus Indien eingeflogen, die im Gebirge gekämpft haben. Man hat mich zum Offizier befördert.«

»Und was wird aus deinen Prinzipien?«

»Ohne Offizierspatent kein Kommando, also greife ich zu. Ich habe die Nase voll vom Nichtstun, es ist so demoralisierend.«

»Wohin gehen wir? Hector ist im Unterhaus, er kommt erst spät nach Hause.«

»Ins Berkeley?«

»Gut. Ich ziehe mich um.«

»Nein, laß uns keine Zeit verlieren.«

»Wir können uns ja unterhalten, während ich mich fertigmache.«

Oliver folgte ihr ins Schlafzimmer. »Du wohnst wirklich elegant.«

»Hübsch, nicht war? Ich verändere ziemlich viel in diesem Haus. Hector ist es egal, was ich hier mache, solange ich mich nicht in Schottland einmische.«

»Und wie ist es dort? Lauter Geweihe und Kilts?«

»Es ist Hectors Zuhause«, sagte sie gleichgültig.

Er sah ihr zu, wie sie ihr Haar bürstete, sich schminkte, einen Mantel anzog, sich durchs Zimmer bewegte. Er zwang sich, nicht aufs Bett zu sehen. Auf Hectors Bett, das Bett ihres reichen Mannes.

»Das von Polly ist größer.« Sie schaute ihn aus dem Spiegel an, während sie mit einem Finger ihre Augenbrauen glattstrich.

»Was ist größer?« Sie hatte es also bemerkt.

»Ihr Bett ist größer. Sie ist in das Zimmer ihrer Eltern umgezogen, um das Telefon in der Nähe zu haben. Es liegt nicht so weit oben, falls eine Bombe einschlägt.«

»Und irgendwann wird es vermutlich Luftangriffe geben. Beeil dich, Calypso, ich bin am Verhungern.«

»Ich muß nur noch schnell telefonieren.«

Oliver wartete ungeduldig. Offenbar sagte Calypso eine Verabredung ab. Sie hängte ein.

»Wer war das?«

»Ach, irgend jemand, mit dem ich heute abend zum Essen verabredet war. Aber ich kann jederzeit mit ihm ausgehen.«

»Wie mit diesem Matrosen?«

»Er war nur einen Abend in London.«

»Wie ich.«

»Ich kannte ihn nicht so gut wie dich. Hast du statt meiner Sophie ausgeführt?«

»Polly hat sie alleingelassen.«

»Ich wette, sie hat es genossen. Sophie wird mal eine Schönheit. Sie betet dich an.«

»Sie hat uns alle gern, weil wir um soviel älter sind.«

»Wir verkörpern ein glanzvolles Leben.«

Sie gingen die Straße hinunter. Oliver hatte sich bei Calypso eingehakt. Sie trug einen teuren Pelzmantel, duftete nach Parfum, stöckelte auf hohen Absätzen daher. Er mußte daran denken, wie er sie auf der Klippe umarmt hatte, daran, wie sich ihre Brüste anfühlten. Er hielt ein Taxi an. Sie stiegen ein.

»Du riechst anders als sonst.«

»Du wirst auch anders riechen, wenn du erst deine neue Uniform bekommst.«

Im Restaurant saßen sie nebeneinander. Calypso kannte einige Leute an anderen Tischen und winkte ihnen zu.

»Erzähl mir von deinem reichen Mann.«

»Er hat sehr viel zu tun. Er ist klug. Er ist ehrgeizig. Er macht seine Sache gut. Er wird sie noch besser machen. Er besucht seinen Wahlkreis. Er läßt mich tun, was ich möchte, in vernünftigem Rahmen.«

»Bist du glücklich?«

»Ich habe, was ich mir wünsche.«

»Das ist nicht dasselbe.«

»Wann fährst du nach Norwegen?«

»Selbst wenn ich es wüßte, dürfte ich es dir nicht sagen. Ich verlasse London morgen früh, eigentlich schon heute nacht, bei Tagesanbruch.«

»Verstehe.«

»Wie steht's mit meinem Trost? Du hast geschworen, mit mir zu schlafen.«

»Habe ich das?«

»Das weißt du ganz genau. Ich gehe in den Krieg.«

»Ich halte meine Versprechen. Wohin gehen wir?«

»Ich habe kein Quartier. Ich habe dich vom Bahnhof aus angerufen. Nicht zu dir nach Hause.«

»Wohin dann?«

»Zu uns? Meine Eltern sind fort. Ich habe einen Schlüssel. Gehen wir dorthin.«

»Einverstanden«, sagte sie gefügig. Sie fuhren zum Haus seiner Eltern. Alles war dunkel, die Blumenkästen auf dem Balkon waren leer. Oliver steckte den Schlüssel ins Schloß und drückte die Tür auf. Ein paar Zeitungen raschelten in der Diele. Kein Licht ging an, als er den Schalter betätigte.

»Es ist leer. Sie haben die Möbel abtransportieren lassen. Hast du das gewußt?« Er packte sie am Arm.

»Tante Sarah hat es mir gesagt. Sie haben ein Haus in Bath gemietet, nachdem dein Vater jetzt dort arbeitet, und das ganze Mobiliar dorthin verfrachtet.«

»Du verdammtes Miststück. Dann vögle ich dich eben auf dem Boden.«

»Nicht in diesem Mantel, kommt nicht in Frage. Hector hat gesagt, wenn ich mir einen Nerz kaufe, muß ich achtgeben, daß er auch lange hält.«

»Zum Teufel mit Hector.«

»Nun ja.«

»Komm rein. Vielleicht haben sie ja was dagelassen, ein Sofa, ein Bett oder einen Teppich.« Er zog sie ins Haus und knallte die Tür zu. Hand in Hand gingen sie die Treppe hinauf. Ihre Schritte hallten laut auf den nackten Dielen. Sie standen im Ankleidezimmer, leer, die hohen Fenster schwarz, der schmiedeeiserne Balkon nur mit Mühe erkennbar.

»Wie abscheulich.«

»Sieh du dich lieber um. Ich habe Angst, mir ein Bein zu brechen. Ich laufe schon nicht weg.« Sie horchte, wie er durchs Haus ging, lauschte den stampfenden Tritten seiner Militärstiefel. Er kam zurück.

»Du kannst dich auf meine Uniform legen.«

»Dieses kratzige Ding!«

»Ich bin geil wie sonst was.«

»Ich nicht. Ich friere.«

»Du hast es versprochen.«

»Das weiß ich. Laß uns zu Polly gehen und nachsehen, ob sie zu Hause ist.« Sie ergriff seine Hand. »Komm schon, Olly, sei ein bißchen vernünftig.« Er drückte sich an sie, schob sie gegen die Wand.

»Doch keine billige Nummer im Stehen!«

»Also gut, gehen wir zu Polly. Ich wette, sie ist nicht da oder gibt eine Party. Verfluchte Kacke.« Er knallte die Tür zu. Sie gingen zu Fuß.

»Ich habe ein großes Sofa.«

»Ich will weder ein Sofa noch das Bett deines reichen Ehemannes.«

»Du bist ganz schön hochnäsig.«

»Nein, bin ich nicht. Ich habe den Boden vorgeschlagen.«

»Und ich habe abgelehnt.« Er hielt beim Gehen ihren Arm fest. »Es liegt nicht daran, daß ich nicht möchte, Olly, es ist nur, also, ich mag es einfach ein bißchen bequem haben, wenn ich Liebe mache.«

»Du weißt nicht, was Liebe ist.«

»Wahrscheinlich hast du recht.«

»Das ist doch die Straße, oder?«

»Ja.« Sie schauten zu den verdunkelten Fenstern hinauf und klingelten. »Sie ist sehr eigenwillig mit ihrer Verdunklung, die gute Polly.« Als sie an der Fassade hinaufblickte, sah er ihren weißen Hals, der von dem schwarzen Nerzkragen abstach. »Aber sie macht nicht auf. Offenbar ist sie nicht daheim.«

»Wieviel Uhr ist es?«

»Halb zwei. Wie wär's mit einem Hotel?«

»Ich habe nicht genug Geld.«

»Aber ich.«

»Ich will das Geld deines reichen Mannes nicht.«

»Doch mein Sofa?«

»Vermutlich ist dein Mann inzwischen da.«

»Wahrscheinlich, aber er schläft sicher schon.«

Oliver nahm sie in die Arme und zog sie an sich. »Früher hast du nach Kamille und Salz gerochen.«

»Ach Olly, mein lieber Olly, das ist schon so lange her.«

»Letztes Jahr im August.« Er küßte sie heftig. »Ich bringe dich nach Hause. Ich bin nicht mehr geil.«

Als sie in ihre Straße einbogen, war sie todmüde. Die Füße taten ihr weh. »Nächstesmal haben wir sicher mehr Glück.«

»Gut möglich, daß ich nicht zurückkomme.«

»Wir werden die Sache besser planen. Paß gut auf dich auf. Natürlich kommst du zurück.«

Oliver gab ihr einen leichten Schubs und sah ihr nach, bis sie an der Haustür angelangt war und, als sie sie öffnete, einen Lichtstrahl entwischen ließ. Dann schloß sich die Tür, und er machte sich auf den langen Weg zum Bahnhof, zum Zug, zu seiner Einheit, in den Krieg, der für ihn endlich begann.

Calypso schlüpfte neben Hector ins Bett, der verschlafen einen Arm um sie legte.

»Wo warst du?«

»Ich habe mit Oliver zu Abend gegessen. Er muß nach Norwegen.«

»Armer Kerl. Das ist ein verrückter Einsatz.«

»Er hat eine Offiziersstelle bekommen.«

»Ich auch.«

»Was?« Sie setzte sich auf.

»Leg dich hin, du läßt ja die Kälte herein. Kuschle dich an mich.« Er roch nach Zigarren.

»Ich hasse Zigarren. Was hast du gesagt?«

»Ich muß auch einrücken. Ich habe es heute erfahren. Zum Garderegiment. Kann man doch nicht alles den jungen Spunden überlassen. Das ist sicher eine hübsche Überraschung für dich.«

»Aber *nein*!«

»Freust du dich denn nicht?«

»Nein, überhaupt nicht. Dann mußt du ja fort.«

»Das wird dir doch nichts ausmachen.«

»Doch, tut es schon.«

»Du wirst dich daran gewöhnen, mein Schatz. Ich bin vierundvierzig. Ich denke nicht, daß sie mir irgendwas Gefährliches zumuten. Wenn sie mich nach Übersee schicken, schicke ich dich nach Schottland. Da oben bist du in Sicherheit.«

»O nein, das tust du nicht. Ich bleibe hier, egal, was passiert. Ich habe dich sehr gern«, sagte sie und kuschelte sich an ihn. »Wie schön warm das ist.« Sie dachte an Oliver und seufzte. Hector drehte sich von ihr weg und schlief ein.

Oliver saß, eingezwängt und unfähig zu schlafen, im Zug, der ihn zu seinem Standort zurückbrachte. Im Nebenabteil sangen Soldaten. Voller Bitterkeit dachte Oliver, wie schlecht ihre Lieder waren verglichen mit denen des letzten Krieges.

14

Als die Erstweilers aus der Internierungshaft zurückkehrten, war das Pfarramt voll mit Evakuierten. Helena, die Richards Bein als Ausrede benutzt hatte, war ihrem Kontingent an unwilligen Londoner Kindern entgangen, nahm jedoch Monika und Max gerne als zahlende Gäste auf. Die Erstweilers waren im Lager nicht müßig gewesen. In gewisser Weise hatten sie sogar eine angenehme Zeit verbracht. Während Max Leute mit ähnlichen Interessen kennenlernte und sich mit ihnen anfreundete, entdeckte Monika einen Vetter, der im internationalen Bankgeschäft tätig war und das Risiko eingehen wollte, sie finanziell zu unterstützen. Jetzt waren sie nicht mehr so demütigend arm. Max startete mit Hilfe von Empfehlungsschreiben einiger Freunde aus der Musikwelt eine umfassende Briefaktion, die ihm zunächst zu Orchesterengagements landauf, landab verhelfen sollte und wenig später zu Soloauftritten in London.

Helena, stockunmusikalisch und ohne jeden Kunstverstand, hatte sich nicht klargemacht, welche Rolle die Erstweilers früher in Wien, Prag und anderen europäischen Städten gespielt hatten, und geriet auf einmal ins Hintertreffen gegenüber Richard, der sich als Musikliebhaber entpuppte, ein Faible, das sie nie bei ihm vermutet hätte. Seine Kenntnisse auf diesem Gebiet waren, wie sie zu ihrem Ärger feststellen mußte, beachtlich.

Max' Englisch war armselig. Richard übernahm die Aufgabe, seine deutschen Briefe in ein schlichtes Englisch zu übersetzen, kaufte eine Schreibmaschine und fungierte als Max' Sekretär und Berater.

Mit Monikas Hilfe paßte sich Helena an die Veränderungen

an, die der Krieg mit sich brachte. Die erste Hürde für sie war das Entschwinden des Hauspersonals. Es war ihr nie in den Sinn gekommen, das Haus auf der Klippe mit weniger als drei Angestellten zu führen. Daisy, das Stubenmädchen, war die erste, die sie im Stich ließ, kündigte und auf den Bauernhof ihrer Eltern zurückkehrte. Janey, die jahrelang klaglos als Hausmädchen gearbeitet hatte, verließ sie, um zum Frauenhilfsdienst zu gehen. Als Max und Monika zurückkamen, mußte Helena allein mit der Köchin zurechtkommen, einer friedlichen, seelenruhigen Frau, die Helena gern hatte, Richard genehm war, Sophie über alles liebte und die jährlichen Besuche der Nichten und Neffen freudig begrüßte. Obwohl Helena erleichtert war, daß ihr dank der Rückkehr der Erstweilers der Überfall durch evakuierte Kinder erspart blieb, war sie nicht auf die Wirkung gefaßt, die die beiden auf die Köchin ausübten.

Monika, eifrig darauf bedacht, sich nützlich zu machen, half im Haus, war, wie sich herausstellte, besser und schneller beim Fegen, Staubwischen und Möbelpolieren als Helena, geschickt beim Bügeln, voller Ideen, wie man sich Arbeit ersparen oder erleichtern konnte, auf die Helena nie gekommen wäre. Doch als sie Einzug in die Küche hielt, brauten sich die ersten Wolken zusammen.

Es begann bei den gemeinsamen Spaziergängen der beiden Frauen. Monika pflückte Kräuter und Beeren und brachte sie nach Hause. Sie besorgte sich eine Zehe Knoblauch und zeigte Helena, wie man ihn pflanzte.

»Wenn Sie Kräuter und Knoblauch anpflanzen, meine Liebe, können wir unsere Essensrationen variieren.«

»Richard ißt keinen Knoblauch, er kann ihn nicht ausstehen.«

»Dann sagen Sie ihm nichts, er wird es gar nicht merken. Ich sage der Köchin Bescheid.«

»Halten Sie das für klug?«

»Sie muß eben umlernen, Helena. Ich habe festgestellt, daß sie saure Milch wegschüttet.«

»Na ja, wenn sie sauer ist...«

»Man kann Käse daraus machen! Man kann sie zum Kochen verwenden.«

»Ich möchte nicht, daß sie sich aufregt.«

Monika lächelte. »Schon gut«, sagte sie, »machen Sie sich keine Sorgen, ich gehe in den Wald. Und Joghurt!« rief sie über die Schulter zurück, als sie sich mit Richards Dackel, der dringend Bewegung brauchte, auf den Weg landeinwärts machte. Helena winkte und rief ihr nach: »Joghurt.«

»Helena lernt Deutsch.« Richard blickte von dem Brief auf, den er gerade übersetzte.

»Es geht ums Kochen.« Max legte die Stirn in Falten. »Ich brauche einen Notenständer, ein Klavier und einen Hocker. Ohne diese Dinge kann ich nicht arbeiten.«

»Ich werde den General anrufen. Er hatte mal ein Klavier, von seiner Mutter.«

Der General weigerte sich, sich von seinem Klavier zu trennen. »Ich werde es doch nicht dem Feind leihen.«

»Sieh mal, alter Junge, er ist doch kein Feind. Er ist ein Flüchtling, der für uns arbeitet, also ich bitte dich.«

»Das soll Arbeit sein? Warum tritt er nicht in die Bürgerwehr ein? Nicht daß sie ihn nehmen würden. Der Kerl ist ein Spion, der hält euch zum Narren. Bring ihn dazu, etwas Nützliches zu tun. Du hast gehört, was mit den Hunden geschehen ist.«

»Du hast sie eingeschläfert.«

»Genau, aber die Bauern haben sich neue besorgt, ihre eigene Meute zusammengestellt, wollen sich ihren Spaß nicht verderben lassen. Das ist Meuterei.« Der General lachte. »Ziemlich unternehmungslustig. Die haben den richtigen Sportsgeist, hatten sogar die Dreistigkeit, mich um eine Spende zu bitten.«

»Und hast du ihnen was gegeben?«

»Hab gesagt, ich würde es mir überlegen. Eine berittene Bürgerwehr würde mir durchaus zusagen.«

»Weshalb denn?«

»Um eine Haferzuteilung zu bekommen. Um meine Pferde halten zu können. Verdammt gute Idee, wenn du mich fragst.«

»Was ist jetzt mit diesem Klavier? Es ist für einen guten Zweck.«

»Welchen guten Zweck?«

»Die Truppen zu unterhalten, die Moral zu heben. Laß mich mit Erstweiler herüberkommen, damit er es sich ansieht. Du benützt es doch nie, bei dir steht es nur herum. Immerhin haben wir Krieg, also ich bitte dich.«

»Na gut, von mir aus«, sagte der General.

Max bekam das Klavier und ließ es stimmen. Der Pastor trieb einen Notenständer auf. Monika kehrte voller Hoffnung auf die herbstliche Pilzernte, die ihren Speisezettel bereichern würde, aus dem Wald zurück, doch die Köchin verließ sie lange vor dem Herbst. Monika machte Joghurt. Die Köchin ging nach Birmingham, um in einer Fabrik zu arbeiten, ein Schritt, den sie seit Monaten geplant hatte. Helena rang die Hände, während Monika stillschweigend Einzug in die Küche hielt, wo sie ebenso köstliche wie nahrhafte kontinentale Mahlzeiten zubereitete und trotzdem noch Zeit fand, Max bei Bedarf am Klavier zu begleiten.

»Sie hat auf der ganzen Linie das Kommando übernommen«, beklagte sich Helena am Telefon bei Sarah in Bath. »Mir bleibt nichts anders mehr zu tun, als einzukaufen und Chauffeur zu spielen.«

»Du solltest dankbar sein«, sagte Sarah. »Putzen magst du nicht, und kochen kannst du nicht. Du kannst dich glücklich schätzen! Ich wünschte, ich hätte solche Erstweilers.«

»Aber das Wohnzimmer ist zu einem Musikstudio geworden. Ich kann nicht mehr hineingehen, ohne das Gefühl zu haben, daß ich störe.«

»Du wirst dich schon irgendwie trösten. Unsere drei Minuten sind um.« Sarah, die nichts von Oliver aus Norwegen gehört hatte, empfand wenig Mitleid mit Helena. Wo war Oliver? War er tot oder am Leben? In den Rundfunknachrichten war von Rückzug die Rede. In ihrer Angst und Verzweiflung rief sie Calypso an und fragte sie, ob Hector an irgendwelche Nachrichten kommen konnte.

»Nein, Tante Sarah, er weiß auch nicht mehr als du. Versuch es bei Polly.«

»Wozu soll das gut sein?«

»Sie arbeitet bei einer Dienststelle, in der man Bescheid weiß...«

»Aber sie darf nichts sagen.«

»Da hast du recht. Wenn mir irgendwas zu Ohren kommt, rufe ich dich an.«

»Wenn es irgendwelche Neuigkeiten gibt, wird Oliver dir davon berichten. Er liebt dich.«

»Ich habe tatsächlich einen Brief bekommen«, gab Calypso zu.

»Was stand drin? Schnell, sag es mir.« Trotz der schlechten Telefonverbindung nach Bath war Sarahs Besorgnis deutlich zu spüren.

»Nichts Besonderes. Er ist zensiert worden. Er hat nur geschrieben: ›Das hier ist schlimmer als der Schreckenslauf.‹«

»Dieses Spiel, das ihr immer gespielt habt? Was bedeutet das, um Himmels willen?«

»Ich weiß es nicht. Mach dir keine Sorgen, ich bin sicher, er kommt wohlbehalten zurück.« Calypso wußte nur zu gut, was dieser Satz bedeutete. Oliver hatte Angst. Sie rief Polly an. »Polly, Tante Sarah kriegt Zustände wegen Oliver. Habt ihr in deiner Dienststelle irgendwelche hübschen Neuigkeiten?«

»Nichts Gutes.« Polly war zugeknöpft.

»Im Radio heißt es, sie sind auf dem Rückzug, und Hector ist deshalb ziemlich niedergeschlagen.«

»Ich kann dir nichts sagen, es ist zwecklos, mich zu fragen. Ich weiß es nicht, und wenn, dürfte ich es dir nicht sagen.«

»Verflucht noch mal!«

»Komm doch zum Essen rüber. Oder hast du zu tun?«

»Ich drehe Däumchen.«

»Komm zum Essen. Ich habe Besuch von einem Freund, der dich kennenlernen möchte.«

»Glaubst du, er würde mir gefallen?« Calypso bezweifelte es.

»Ja. Nette Unterhaltung. Genau das Richtige.«

»Also gut«, sagte Calypso, »aber ich kann nicht lange bleiben, denn Hector wollte heute abend zurückkommen.«

»Da siehst du's, sie kommt«, wandte sich Polly an den Mann neben sich. »Ich habe dir doch versprochen, daß du sie kennenlernen wirst, stimmt's?«

»Stimmt.« Er grinste.

»Sieh bloß zu, daß du nett zu ihr bist.«

»Na klar doch, bin ich doch immer.« Er wirkte zufrieden.

»Du kannst sie nach dem Essen nach Hause bringen. Ich möchte früh ins Bett gehen.«

»Aber Polly...«

»Aber Polly hat die Nase voll, also verschwinde.«

»Soll das heißen, du entläßt mich?«

»Ja. So lautete die Abmachung. Es hat sehr gut funktioniert, jetzt ist es vorbei. Tausend Dank und so weiter.«

»Du bist ein kaltblütiges Miststück.«

»Nein, nein«, sagte Polly lachend, »nur praktisch veranlagt.«

»Ich habe dich sehr liebgewonnen. Du hast mich benutzt.«

»Ja«, sagte Polly, »so ist es. Du warst eine Investition, ein Lehrmeister.«

»Du hast dich verhalten wie ein junger Mann in einem Bordell!«

»Warum auch nicht?« sagte Polly, die ihrer Zeit voraus war.

»Polly war ihrer Zeit voraus«, sagte Helena Jahre später zu Hamish, während sie über die Autobahn flitzten. »Und wenn du weiter so schnell fährst, wird das deine Zeit verkürzen.«

»Sie muß ein sehr attraktives Mädchen gewesen sein.« Hamish fuhr etwas langsamer. »Und verwirrend«, fügte er hinzu, da er wußte, daß Helena gerne aus dem Nähkästchen plauderte.

»Ja, sie verstand es, die Leute in Verwirrung zu stürzen, aber nur solche, die besonders eingebildet oder größenwahnsinnig waren.«

»Wie ich?«

»Mit der Größe hapert's noch etwas, möchte ich meinen, aber du bist der Sohn deiner Mutter.«

»War sie eingebildet?«

»Das würde ich nicht sagen. Sie wußte einfach, wie hätte es auch anders sein können, daß sie das schönste Mädchen weit und breit war.«

»Ich wette, sie hat viel Freude geschenkt. Hat sie jemals gelitten? Die Frage habe ich mir oft gestellt«, bohrte Calypsos Sohn weiter.

»Woher soll ich das wissen, mein Lieber? Deine Mutter ist ebenso stolz wie schön.« Helena schloß die Augen. Ich muß so tun, als würde ich dösen, dachte sie, sonst werde ich Calypso gegenüber noch unfair und verletze ihr Kind. Sie hat nie wirklich geliebt, wie also hätte sie leiden können? »Ich habe am Rand gestanden und zugesehen.« Helena warf einen Blick auf Calypsos Sohn. »Sie waren alle so jung. Ich gehörte zur älteren Generation. Nicht daß ich völlig untätig gewesen wäre«, fügte sie hinzu, halb zu sich selbst, und Hamish fragte sich, wie dieses uralte, zusammenschrumpelte Wesen ausgesehen haben mochte, als seine Mutter zwanzig war.

»Sie war zwanzig, als ich auf die Welt kam.«

»So ungefähr. Sie gewann ihre Figur sofort zurück, daran erinnere ich mich. Gertenschlank war sie.«

»Sie ist es noch.«

»Ich war mollig.« Helena dachte an die Zeit zurück, als Hamish geboren wurde. »Manche Männer mögen es, wenn Frauen mollig sind. Ich war ja genauso alt wie dein Vater. Nicht daß er mich je angesehen hätte«, fügte sie hinzu, als der Wagen einen leichten Schlenker machte. »Ein sehr attraktiver Mann, dein Vater. Er mochte schlanke Mädchen.«

»Und wer mochte mollige?« Hamish ging auf ihre Erinnerungen ein. »Abgesehen von Großonkel Richard, meine ich.«

»Armer Richard. Er hatte ziemlich viel Ahnung von Musik oder glaubte es jedenfalls.«

»Du benutzt meinen Vater, um mich abzulenken«, sagte Hamish ins Blaue hinein.

»Dumm bist du nicht.« Jetzt mit achtzig amüsierte es Helena, wenn sie daran dachte, was sie gewonnen hatte, als sie ihr Wohnzimmer verlor. Es war ihr nicht in den Sinn gekommen, Max Erstweiler als Liebhaber in Betracht zu ziehen, bis sie unversehens rücklings im Osterglockenfeld lag. Nachdem sie so lange mit Richard verheiratet gewesen war, hatte sie geglaubt, über diese Dinge hinwegzusein.

15

Sophie und die anderen Mädchen, die am Ende des Schuljahres über London nach Hause fuhren, wurden von einer Lehrerin zum Bahnhof Liverpool Street begleitet und dort ihren Verwandten übergeben. Helena teilte Polly die Ankunftszeit mit und erwartete von ihr, daß sie Sophie abholte, sie so lange wie nötig bei sich behielt und sie in den nächsten passenden Zug nach Cornwall setzte. Dabei ignorierte Helena die Tatsache, daß Polly arbeitete und sich möglicherweise nicht freinehmen konnte.

Um diese Schwierigkeit zu umgehen, hatte Polly Sophie eingeschärft, so zu tun, als würde sie jede Person, die mit einem erfreuten »Sophie, wie geht es dir?« auf sie zukam, erkennen, um damit eine möglicherweise mißtrauische Lehrerin zu täuschen. »Wenn ich nicht selbst kommen kann, Schätzchen, schicke ich einen Freund.« Während Sophie anfangs ziemliche Bedenken hatte, machte ihr die Vielfalt ihrer Begleiter – meistens waren es Männer – mit der Zeit Spaß. Sie wurde von Soldaten, Matrosen und Fliegern abgeholt, von flotten Franzosen, Holländern, Polen, einmal von einem Sikh mit Turban und die letzten paar Male von Amerikanern. Sie kam nie auf die Idee, sich zu fragen, wie diese Fremden sie erkannten. Wenn sie darüber nachgedacht hätte, wäre sie vermutlich davon ausgegangen, daß Polly ihnen ein Photo gezeigt hatte. Sie erfuhr nie, daß Polly die Abholer mit der Anweisung losschickte: »Ihr braucht nur nach einem dünnen, chinesisch aussehenden Kind mit schwarzen Haaren und schrägen Augen Ausschau halten, das an eine siamesische Katze erinnert. Sie hebt sich von diesen englischen Gänschen deutlich ab.«

Zum Halbjahr 1940 wurde sie von den Zwillingen abgeholt, die sie lauthals mit »Hallo, Sophie, gib uns einen Kuß« begrüßten. »Du fährst diesmal nicht nach Hause, sondern verbringst die Ferien mit uns.«

»Prima, wo denn?«

»Bei Polly. Wir bauen ihr eine Art Bunker. Du kannst uns dabei helfen«, sagte Paul.

»Nachdem sie sich aus Prinzip weigert, in den Luftschutzkeller hinunterzugehen, verstärken wir eben ihr Bett.«

»Wann kommen denn diese Luftangriffe?« Sophie war nicht mehr so vertrauensselig wie früher.

»Sie kommen schon noch, keine Angst«, sagten die Zwillinge und schoben sie in ein uraltes Auto, das sie für ein paar Pfund erstanden hatten. »Wir können nicht zulassen, daß unsere Polly in größerer Gefahr schwebt als nötig.«

»Sie hat es nicht gemerkt«, sagte David zu Paul. »Sie hat nicht gemerkt, daß wir befördert worden sind, oder, Sophie?«

»Was?« fragte Sophie.

»Du hast nichts an uns bemerkt.«

»Ihr seht völlig unverändert aus, wie eh und je. Ach, jetzt begreife ich«, rief sie. »Ihr seid Offiziere. Großartig!«

»Was sonst noch?«

»Flügel. Mein Gott, ihr habt Flügel bekommen!«

»Fliegerleutnants mit Pilotabzeichen auf Urlaub. Wir sind abkommandiert worden. Erst waren wir zu Hause, und jetzt bleiben uns noch drei Tage in London.«

»Gibt's was Neues von Oliver?« Sophie wollte nicht fragen, tat es aber doch.

»Nein«, sagten sie nüchtern. »Nein. Sicher geht es ihm gut. Muß es ja.«

Sie zeigten ihr den erwähnten »Bunker«, einen gußeisernen Baldachin über Pollys Bett, der von kräftigen Stützen und Streben getragen wurde. »Ein Himmelbett für den Krieg.«

»Gefällt es ihr?«

»Sie weiß nichts davon. Du kannst das Ding anstreichen, während wir letzte Hand anlegen. Wir konnten nur Moosgrün bekommen; sieht gar nicht so übel aus. Wir wollen es fertig kriegen, bevor sie nach Hause kommt.«

Sophie genoß diesen heißen Junitag, richtete Sandwiches her, ging ans Telefon, als Polly anrief, um sich zu vergewissern, daß sie gut angekommen war, und telefonierte später mit Calypso, um ihr vorzuschlagen, herüberzukommen und die Zwillinge zu begrüßen.

»Ich kann nicht. Ich liege mit Halsweh im Bett, kann kaum reden. Grüß sie schön von mir.«

Die Zwillinge rissen alle Fenster auf, damit der Farbgeruch abzog, und schickten Sophie zu Harrods, um Geschenkband zu kaufen. Als Kinder hatten sie sich im Garten des Pfarrhauses ein Baumhaus gezimmert; die Verstärkung des Bettes hatte sie für einen Tag noch einmal die Wonnen der Kindheit erleben lassen. Als Polly nach Hause kam, hing der Baldachin über ihrem Bett, und um die Pfosten schlangen sich rosafarbene und gelbe Bänder. »Ach, ihr zwei!« sagte sie und umarmte sie. »Ihr Schätze! Es ist wunderbar! Ich liebe euch.«

»Wir wissen dich gern in Sicherheit«, sagten beide und drückten sie an sich.

»Allmächtiger Gott! Was ist denn hier los?« Walter, mit einer Flasche Gin in der Hand, tauchte plötzlich wie aus dem Nichts auf.

»Ich dachte, du bist in Portsmouth, Walter.« Polly umarmte ihn.

»War ich auch. Jetzt bin ich auf dem Weg nach Plymouth auf den nächsten verfluchten Zerstörer. Es ist die absolute Hölle, diese sadistischen Hundesöhne.«

»Wer?«

»Die Admiralität. Kann ich über Nacht bleiben? Ich lade euch alle zum Essen ein.«

»Du bist hier ebenso zu Hause wie ich«, versetzte Polly ungehalten.

»Ich treffe andauernd Leute, die hier übernachtet haben. Ich war mir nur nicht sicher, ob ein Bett frei ist.«

»Das sind zumeist Freunde von dir.«

»Verschwinden wir von hier, bis der Farbgeruch abgezogen ist. Du bist ganz schön gewachsen, Sophie.«

Sophie fühlte sich in Gesellschaft von Polly, den Zwillingen und Walter mit seinem sanften Gesicht wohl. Sie war froh, daß

Calypso nicht kommen konnte, froh, daß ihr Halsweh sie fernhielt.

Walter rief sie an. »Sie warnt jeden davor, in ihre Nähe zu kommen, sie fühlt sich hundsmiserabel. Muß sie wohl, nachdem sie irgendeine Fete sausen läßt, auf die sie mit Hector gehen wollte. Offenbar hatte sie sich sehr darauf gefreut und hofft, daß er allein zurechtkommt. Ganz die kleine Ehefrau, unsere Calypso.«

»Ja«, sagte Polly, »hm...ja.« Dann: »Komm, Sophie, zieh ein hübsches Kleid an. Ich ziehe mich auch um.«

Calypso ging heiser krächzend ans Telefon, das neben ihrem Bett klingelte.

»Kann ich Calypso sprechen?«

»Oliver! Wir dachten alle, du wärst tot, wir haben seit Monaten...«

»Bin ich aber nicht. Ich bin vor einiger Zeit zurückgekommen, aber gerade erst in London eingetroffen. Was hat diese sexy Stimme zu bedeuten?«

»Ich bin ziemlich krank... Mandelentzündung. So gut wie tot.«

»Gehst du mit mir essen? Du hast es versprochen.«

»Ich kann nicht. Ich liege im Bett. Befehl vom Doktor.«

»Ach, komm schon, ich habe einen Tisch bestellt.«

»Ich bin wirklich krank. Hector mußte ohne mich auf eine Party gehen.«

»Gut.«

»Und ich konnte auch nicht mit Walter, Polly und den Zwillingen ausgehen. Sie sind alle in London. Sophie auch. Und ich muß im Bett bleiben.«

»Steh auf und komm mit. Ein Abendessen mit mir wird dich nicht gleich umbringen.«

»Ich darf nicht. Der Arzt hat gesagt...«

»Du mußt, verflucht noch mal...«

»Ich habe Fieber.«

»Das ist mir egal. Ich treffe dich in einer halben Stunde im Berkeley.«

»Bist wohl zu Reichtum gelangt?«

»In Norwegen hatte ich keine Möglichkeit, meinen Sold auszugeben. In einer halben Stunde also. Mach die Augen gut auf.« Oliver hängte ein.

Während des ganzen Essens hielten sie Händchen. Calypso fühlte sich elend. Oliver weigerte sich, über Norwegen zu reden, sagte lediglich, es sei »schrecklich« gewesen. »Verdammt schrecklich. Wenn sich das Kriegsministerium nicht die ganze Zeit eingemischt hätte, hätten wir vielleicht etwas erreicht.« Es klang bitter.

»Wie lange bist du schon zurück?«

»Seit ein paar Wochen. Ich habe auch im Bett gelegen.«

»Verwundet?«

»Nur leicht. Das Problem war die Erschöpfung. Der Rückzug, wie sie es nennen, wenn man wegläuft, schlaucht ganz schön.«

Calypso schwieg. Das hier war ein verwandelter Oliver, ganz anders als der Oliver, der aus Spanien zurückgekehrt war. Dieser Mann war wütend gewesen, aber unversehrt. Sie sagte: »Wenn es in Norwegen keinen Rückzug gegeben hätte, wärst du jetzt vielleicht in Frankreich. Unglaublich, wie viele von dort zurückgekommen sind. Hector wurde nach Dover hinuntergeschickt, um sie in Empfang zu nehmen.«

»Wie schön für sie. Von Hector in Empfang genommen zu werden wäre das Letzte.«

»Aber, aber.«

»Norwegen ist vergessen. Jetzt ist nur noch von Dünkirchen die Rede. Von den Raddampfern und Beibooten, die der britischen Marine zu Hilfe kommen. War Walter dort?«

»Polly sagt, ja. Er hat angerufen und berichtet, daß er nicht seekrank geworden ist, weil es ruhig war. Ich habe ihn noch nicht gesehen, nachdem es mir so schlecht geht.«

»Er ist ganz besessen von dem Gedanken, seekrank zu werden. Hatte er nicht furchtbare Angst vor den Bomben?«

»Davon hat Polly nichts gesagt. Sie war heilfroh, daß er wohlbehalten zurückgekommen ist.«

»Wie ich.«

»Er ist fröhlicher als du. Als er mich bat, heute abend mitzukommen, hörte er sich ganz normal an; er sagte, er sei auf der Durchreise – wie du – und bleibe nur heute abend in London. Ich bin froh, daß ich nicht in Paris wohne, es muß fürchterlich sein. Wenn man in London mit Halsweh im Bett liegt, kommt man nicht auf die Idee, daß irgendwas passiert ist ...« Calypso wünschte sich in ihr Bett zurück. Oliver war nicht sonderlich unterhaltsam. Er wirkte angespannt. Sie hatte etwas über Bombenneurosen gelesen, aber nie einen Betroffenen gesehen. »Bist du, ich meine, hast du eine Bombenneurose?« fragte sie ihn.

Oliver lachte, seine angespannte Miene löste sich. »Ich bin nur demoralisiert. Ich habe ein Zimmer in der Half Moon Street. Laß uns dort hingehen, damit ich nicht noch eine Sexualneurose kriege.«

»Was, jetzt?«

»Ja. Ich habe keinen Hunger. Und du ißt auch nichts.«

»Ich kann nicht schlucken.«

»Das wird dich nicht daran hindern ...«

»Oliver, ich kann nicht, ich steck dich an.«

»Sei nicht albern und hör endlich mit deinen Ausreden auf.«

»Hast du deiner Mutter gesagt, daß du zurück bist?«

»Noch nicht.«

»Du mußt dich bei ihr melden, sie steht Todesängste um dich aus.«

»Mach ich schon. Später.«

»Jetzt gleich. Dann komme ich mit auf dein Zimmer.« Sie schob ihn zum Telefon. »Ich wähle für dich.« Calypso betrachtete Olivers angespanntes Gesicht, während die Verbindung zu Sarah in Bath zustande kam. »Tante Sarah? Ich bin es, Calypso. Nein, nur Mandelentzündung. Tante Sarah, Oliver ist da ...« Sie übergab den Hörer an Oliver, der einen Augenblick lang zuhörte.

»Ja, es geht mir gut. Ja, ich komme morgen. Nein, tu das nicht. Ich habe mich ganz gut erholt, es war nichts Ernstes. Sag Vater, daß ich einen Orden bekommen habe, das wird ihn freuen. Wofür? Welchen Orden? Ach, ein Militärverdienstkreuz, weil ich das Feld als letzter verlassen habe. Konnte nicht so schnell laufen wie die anderen. Wir sehen uns morgen.« Er hängte ein. »Warum müssen Mütter immer weinen?«

»Vor Erleichterung.« Als sie draußen auf der Straße waren,

hielt Calypso seine Hand. »Ich bin gespannt, ob ich einmal um mein Kind weinen werde.«

»Bis du schwanger?«

»Noch nicht. Ich habe es hinausgezögert. Aber ich werde mich bald damit befassen. Ich habe es Hector versprochen.«

»Du hast versprochen, mich zu trösten, lange bevor du Hector kennengelernt hast. Wir sind da.«

»Warum hast du mir nicht gesagt, daß du einen Orden bekommen hast?«

»Ich habe mich auf das hier gefreut.« Er führte Calypso in sein Zimmer. »Ich hoffe, du hast nichts dagegen einzuwenden, es ist das einzige Zimmer, das ich auf die Schnelle bekommen konnte. Die Vermieterin ist der reinste Feldwebel.« Oliver zog seinen Mantel aus und half Calypso aus ihrem Kleid. »Komm schon, Liebling, beeil dich.«

»Der Reißverschluß klemmt.« Calypso stand mit den Armen über dem Kopf da. »Nicht runter, du Dummkopf, zieh ihn hoch und und versuch es noch mal.«

»Ich glaube, das tust du mit Absicht.«

»Nein, tu ich nicht. Aua!« Calypso stieß einen Schmerzensschrei aus, als der Reißverschluß ein Stück Haut einzwickte. Im selben Augenblick begannen die Sirenen zu heulen. »O Gott, ein Luftangriff! Hector wird mich umbringen, wenn es mich außer Haus erwischt.« Sie zog das Kleid nach unten und sah Oliver mit zerzausten Haaren und offenem Mund an. Eine Faust schlug kräftig gegen die Tür.

»Lassen Sie mich rein, Sir, es gibt einen Luftangriff.«

»Ich weiß. Ich habe Ohren.«

»Ich muß mich vergewissern, daß mit der Verdunklung alles in Ordnung ist.«

»Alles in Ordnung«, rief Oliver und zog die Vorhänge zu.

»Ich muß mich persönlich davon überzeugen, im Bad auch. Lassen Sie mich rein«, schrie die erboste Stimme. »Unser Luftschutzwart ist ein Ekel.«

Calypso schlüpfte rasch in einen Wandschrank. Oliver öffnete die Tür. »Ich wollte gerade ins Bett gehen«, sagte er verärgert.

»Allein? Ich dachte, ich hätte Stimmen gehört. Ich erlaube es nicht, daß meine Logiergäste Damen mitbringen.«

»Kümmern Sie sich um die Verdunklung, und dann verschwinden Sie.«

»Gehen Sie denn nicht in den Luftschutzkeller?«

»Nein! Alles in Ordnung? Haben Sie sich genau umgesehen? Dann gute Nacht. Ich wünsche Ihnen einen schönen Luftangriff.« Er machte die Tür hinter ihr zu und zog Calypso aus dem Schrank. »Weshalb versteckst du dich denn da drin?«

»Wegen Hector.«

»Das war meine neugierige Zimmerwirtin.«

»Ich muß vorsichtig sein wegen Hector. Er würde mich umbringen, wenn er es herausfindet. Ach, sieh dir bloß meine Haare an.« Sie begann sie zu kämmen. »Mein Gott, fühle ich mich elend. Bringst du mich nach Hause, Olly? Bitte. Ich glaube nicht, daß ich dir ein großer Trost sein kann...«

»Du klingst wirklich ein bißchen heiser, wenn man genauer hinhört.«

Als sie durch den Green Park in Richtung Westminster gingen, wurde Entwarnung gegeben.

»Ich glaube, die Furien wollen verhindern, daß ich getröstet werde.«

»Es ist Mittsommernacht. So beeil dich schon, Oliver. Für mich ist erst Entwarnung, wenn Hector nach Hause kommt und mich brav im Bett vorfindet. Ich möchte nicht, daß es zu einer Scheidung kommt.«

»Reg dich nicht auf, es ist noch nicht spät. Was hat die Mittsommernacht mit uns zu tun?«

»Nichts. Ich dachte nur... Nun, Hector sagte heute morgen, daß Johannistag ist und wir bisher einen absolut wunderbaren Sommer hatten. Hector liebt heißes Wetter.«

»Zum Teufel mit Hector, von mir aus soll er in der Hölle schmoren.«

»Ich habe ganz vergessen, dir zu sagen, daß sie ihn eingezogen haben. Er hat eine Einberufung zum Garderegiment bekommen.«

»Ich hoffe, daß es ihn erwischt. Da ist eure Straße.«

»Ah gut, er hat den Wagen genommen und ist noch nicht zurück. Wir haben offenbar nicht viel Glück, wie?« Sie schlang die Arme um Olivers Hals und küßte ihn. »Ich beeile mich jetzt lieber, sonst kommt er zurück, bevor ich im Bett bin.« Sie rannte aufs Haus zu. An einen Laternenpfahl gelehnt, wartete Oliver ab, bis einige Zeit später der Lagonda vorfuhr und Hector, eine glanzvolle Erscheinung in konservativem Blau, ausstieg, das Auto absperrte und ins Haus ging. Da Oliver keine Lust hatte, in die Half Moon Street zurückzukehren, schlenderte er durch den Park und die Knightsbridge hinunter, bis er vor dem Haus seiner Tante stand. Am Fuß der Treppe zum Souterrain sah er einen Lichtstreifen und hörte Gelächter. Er lief hinunter. Um den Küchentisch saßen Polly, Walter, Sophie und die Zwillinge.

»Oliver!« riefen sie freudig überrascht. Oliver setzte sich an den Tisch, legte seinen Kopf auf die Arme und begann zu weinen. Als Sophie neben ihn trat, um ihn zu trösten, zog er eine Hand hervor, und sie hielt sie mit beiden Händen fest.

Jahre später, auf dem Weg zum Begräbnis, erinnerte sich Polly an diesen Abend. »Oliver war ein Esel«, sagte sie laut. »Und was für einer.«

»Ich dachte, das wäre das letzte, was man von ihm behaupten könnte«, sagte ihr Sohn, der zu Olivers Bewunderern zählte.

»Ich habe das Recht, so über ihn zu denken«, sagte Polly. »Er war ein Esel.« Als sie spürte, daß ihr Sohn ihre Einschätzung nicht teilte, sagte sie mit demselben Unwillen, den sie vor all den Jahren empfunden hatte: »Er war vernarrt... geradezu besessen.«

»Wovon?«

»Calypso.«

»Also das hätte ich nie gedacht!« sagte Iris, Pollys Tochter. »Sie hat so was Gekünsteltes an sich.«

»Das kommt daher, daß sie einen Schlaganfall hatte, du dummes Ding«, sagte ihr Bruder.

»Nein, das kommt vom Liften«, sagte Iris, die es besser wußte.

»Sie hat sich liften lassen und hatte obendrein noch einen Schlaganfall«, beharrte James, der es noch besser wußte.

»Hört auf zu zanken, ihr zwei«, brauste Polly auf. »Ihr seid wirklich schrecklich.« Sie schaltete das Autoradio ein, um ihre

Stimmen zu übertönen, und trat aufs Gaspedal. Über die Popmusik hinweg schrie sie: »Jedenfalls ist sie ehrlich.« Pollys Kinder, die auf dem Rücksitz saßen, damit Pollys Promenadenmischung neben ihr liegen konnte, sahen sich an und versuchten dahinterzukommen, was genau ihre Mutter meinte, wenn sie im Zusammenhang mit Calypso von »ehrlich« sprach.

16

Max Erstweiler war so aufgeregt über den Erfolg seines ersten Konzerts im Krieg, daß er nicht einschlafen konnte. Er rief Helena an, die bei Polly wohnte. »Ich möchte, daß du mit mir ausgehst. Ich bin voller Unruhe.«

»Aber Max, ich wollte gerade ins Bett gehen. Polly hat uns einen heißen Kakao gemacht, wir sind müde.«

»Du mußt mit mir spazierengehen. Du hast ja keine Ahnung von einem musikalischen Gemüt.«

»Kannst du nicht allein spazierengehen?«

»Werd nicht schwach, Tante«, flüsterte Polly ihr ins Ohr.

»Wenn ich angehalten werde, könnte man mir Fragen stellen. Ich brauche dich zum Übersetzen. Ich muß spazierengehen, um Ruhe zu finden. Ich komme gleich hinüber.« Damit legte er auf.

»Tante Helena«, sagte Polly, während sie ihre Tasse am Ausguß abspülte, »dieser Mann nützt dich aus.«

»Er braucht mich. Er ist fremd hier.«

»Ich kann durchaus verstehen, daß er moralische Unterstützung braucht, aber dich um diese Zeit vor die Tür zu hetzen! Wir waren in seinem Konzert, wir haben alle geklatscht, bis uns die Hände weh getan haben. Warum ist Monika nicht gekommen?«

»Sie hat Angst vor den Luftangriffen.«

»Das haben wir doch alle. Heute abend gibt es keinen Luftangriff. Sie hätte ruhig kommen können. Viele von uns leben damit, arbeiten währenddessen. Warum hat sie so schreckliche Angst?«

»Hat sie eben. Ich bin gleich wieder da.«

»Aber du bist doch müde, Tante.«

»Nein, eigentlich nicht.«

»Er behandelt dich, als wärst du seine Geliebte. Oh!« Polly bemerkte Helenas Gesichtsausdruck. »Bist du das?«

»Sei nicht albern.« Helena errötete.

»Oho, ich verstehe.«

»Nein, tust du nicht.« Helena beeilte sich, etwas abzustreiten, was längst Tatsache war, weil sie keine Lust hatte, mit Richards Nichte darüber zu reden. »Der arme Mann ist furchtbar nervös, er braucht...«

»Publikum. Ich gehe jetzt ins Bett. Ich muß früh aufstehen.« Polly gab ihrer Tante einen Kuß.

»Ich nehme an, dir ist klar, daß es zwei Uhr morgens ist.« Sie öffnete Max die Tür.

»Na und?« Max kam herein. Damals hatte er für Polly, die seinem Charme widerstand, nicht sonderlich viel übrig. »Ich sehe mir gerne schlafende Städte an. Komm, Helena«, rief er die Treppe zur Küche hinunter, und Helena antwortete gehorsam: »Ich komme gleich, Max.«

Polly ging ins Bett und beschloß, Calypso am nächsten Tag anzurufen, denn Calypso, die Helena bei den Vorbereitungen für das Konzert beobachtet hatte, hatte behauptet: »Tante Helena hat was mit Max Erstweiler.«

Polly hatte sich mit dem Argument, ihre Tante sei dafür zu alt, über diese Vermutung lustig gemacht.

»Sie ist ein Jahr jünger als Hector«, hatte Calypso gesagt.

»Aber er ist ein Mann, das ist etwas anderes.«

»Ich wette mit dir, daß ich recht habe. Ich möchte nur wissen, wie es angefangen hat. Sophie würde es wissen, wenn man sie nicht ins Internat geschickt hätte.«

»Das heißt nicht unbedingt, daß sie es uns sagen würde.«

»Wenn wir sie indirekt fragen würden, schon.«

Mit diesem Gespräch im Hinterkopf rollte sich Polly unter dem schmiedeeisernen Baldachin zusammen und schlief ein; sie war so erschöpft, daß sie nicht einmal die Sirene heulen hörte, die die Londoner Bevölkerung vor einem Luftangriff warnte. Seit Wochen gab es keine Nachricht von Walter, und auch von den Zwillingen sah und hörte man nichts, seit die später so benannte Luftschlacht um England begonnen hatte. Sie wußte lediglich, daß beide einmal heruntergeschossen worden waren und überlebt hatten. Wenn sie anriefen, klangen sie bei aller Fröhlichkeit abgespannt und verängstigt. Daß Helena eine Affäre mit Max Erstweiler haben sollte, war in einer Welt voll düsterer Besorgnis ein kleiner Lichtblick.

»Der Krieg war sehr romantisch«, sagte Helena viele Jahre später, als sie neben Calypsos Sohn Hamish im Auto saß.

»Doch sicher nicht, Großtante.«

»Aber sicher. Max und ich sind in der Morgendämmerung nach Covent Garden spaziert, und er kaufte Blumen, die gerade von den Lastwagen abgeladen wurden. Er hat ein ganzes Taxi mit Rosen und Nelken gefüllt. Sein erstes Konzert in London hatte ihm ungeheuren Auftrieb gegeben. Ein Riesenerfolg! Und die vielen Blumen! Ich kann mich noch jetzt an den Duft erinnern. Als es hell wurde, fuhren wir zu Pollys Haus zurück, wo ich damals wohnte. Als wir ankamen, war es vorbei mit der Romantik.«

»Gab es nicht genug Blumenvasen?«

»Nein. Jemand hatte Polly soeben aus dem Schlaf geklingelt, um ihr mitzuteilen, daß ihre Eltern von einem Irrläufer getötet worden waren. Sie wohnten irgendwo in der Umgebung von Godalming, in der Nähe des Krankenhauses. Ihr Vater war nämlich Arzt.«

»Das habe ich nicht gewußt.«

»Es traf sie völlig unvorbereitet, und für Max war das im Anschluß an sein Konzert natürlich traurig.«

»Kannte er die beiden denn? Für Polly war es sicher noch schlimmer.«

»Nein, aber überleg mal, wie peinlich das war, die vielen Blumen und eine völlig fassungslose Polly.«

»Was ist mit den Blumen geschehen?«

»Wir haben den Taxifahrer gebeten, sie in ein Krankenhaus zu bringen, aber wahrscheinlich hat er sie verkauft. Ich habe ein paar Rosen für Polly zurückbehalten.«

»Also doch nicht so romantisch.«

»Romantisch war es, als er sie kaufte. Das sind so Augenblikke, die man nie vergißt. Ach ja.«

»Es ist schön zurückzublicken.« Hamish wußte, daß alte Menschen in der Vergangenheit lebten. Er war froh, daß die arme alte Helena ihre Freude daran hatte.

»Es ist schöner, ihn sich vorzustellen, wie er körbeweise Blumen kauft, als auf dem Weg zu seinem Begräbnis zu sein. Ich habe keine Blumen geschickt.«

»Habe ich etwas falsch gemacht? Ich habe einen Kranz bestellt«, sagte Hamish.

»Falsch? Richtig? Du mußt tun, was du tun möchtest. Wenn es dir gut tut, einen Kranz zu bestellen, dann tu's. Ich kann Max nicht helfen. Ein Kranz ist kein Rettungsring.«

Hamish störte der forsche Ton seiner Mitfahrerin. Er gab sich Mühe, freundlich zu bleiben: »Max Erstweiler muß dich sehr geliebt haben.«

»Ich habe ihm behagt. Er hat sich mit der Zeit ganz auf mich verlassen. Ich habe ihm englische Sitten und Gebräuche beigebracht. Ob es Liebe war? Ich bin nicht sicher. Ich habe ihn geliebt, ob er mich ebenso geliebt hat, weiß ich nicht.«

»Und was wurde aus seiner Frau?«

»Monika? Sie hat sich Sorgen gemacht, ist richtig abgemagert. Max mochte mollige Frauen. Ich war mollig. Jawohl.«

»Weshalb machte sie sich Sorgen? Wegen dir?«

»Aber nein, nein. Monika war durchaus an Max' Art gewöhnt. Sie sagte immer, er sei schlimmer als Furtwängler. Monika machte sich Sorgen um ihren Sohn.«

»Oh. Müßte ich ihn kennen?«

»Er war in einem Konzentrationslager. Pauli hieß er. Du hast sicher von ihm gehört.«

»Oje. Natürlich.«

»Über die Schweiz sickerten Nachrichten durch, und die arme Monika wurde immer weniger. Machte keinen Zirkus, aber sie starb beinahe vor Angst.«

»Die arme Frau.«

»Na ja, das hat Max nicht weitergeholfen. Und nicht behagt«, fügte Helena hinzu. »Absolut nicht.«

»Aber du.« Hamishs Ton beinhaltete einen Glückwunsch.

Helena lächelte. »Ja«, sagte sie, und ihre Gedanken wanderten zurück. »Weißt du, musikalische Gemüter... du erinnerst dich wahrscheinlich, daß er immer von seinem ›musikalischen Gemüt‹ gesprochen hat?«

»Ja, ich erinnere mich, ähnlich wie Thomas Mann.«

»Die können extrem langweilig sein.«

»Für die nichtmusikalischen«, scherzte Hamish.

»Für jeden. Diese kontinentalen Wutausbrüche. Nicht zum Aushalten! Ich habe immer in die Hände geklatscht und gesagt: ›Hör auf damit, Erstweiler‹, und das tat er dann auch. Wenn er überreizt war, spielte er schlecht – nicht daß ich es bemerkt hätte, aber man hat es mir gesagt –, also habe ich ihn gebremst, wenn ich merkte, daß er sich aufregte. ›Hör auf‹, hab ich gesagt, ›hör sofort damit auf!‹, und er lachte und nannte mich sein ›kleines britisches Phlegma‹.« Helena lachte bei dieser Erinnerung an uralte Zeiten.

»Kein sonderlich liebenswerter Kosename – Phlegma. Ich habe nie gehört, daß er dich so genannt hat. Auch sonst hat das nie jemand erwähnt.«

»Es war nicht für fremde Ohren bestimmt. Er hat es auch im Bett gesagt.«

»Oh.« Hamish geriet ins Grübeln und erlaubte einem Motorrad, ihn zu überholen. »Wieso im Bett, Großtante?«

»Sagt dir nie jemand, daß du aufhören sollst?« fragte Helena streng.

»Manchmal«, entgegnete Hamish lachend.

»Na dann.« Helena lächelte und preßte dabei die Lippen aufeinander; das hatte sie sich angewöhnt, als sie wohl oder übel ein Gebiß brauchte.

»Es ist sehr interessant, eine Großtante wie dich zu haben«, sagte Hamish, der ihr Gesicht im Rückspiegel betrachtete, »die... die Freundin... eines großen und berühmten Mannes...«

»Die Geliebte«, korrigierte Helena.

»Kein Grund, zimperlich zu sein, das wußte damals jeder, jawohl.«

»Und jetzt sind wir auf dem Weg zu seinem Begräbnis.«

»Ganz schön happig.« Helena benutzte eine Redewendung aus ihrer Jugend.

»Was denn?«

»Daß ich die letzte von uns bin. Es ist langweilig, und wie.«

»Du trägst es sehr tapfer.«

»Innerlich nicht«, sagte Helena und kramte aus ihrer Tasche eine kleine Flasche.

»Glaubst du, du könntest etwas langsamer fahren, während ich einen Schluck nehme? Max hat mich um diese Flasche beneidet, sie gehörte meinem ersten Mann.«

»Großonkel Richard?«

»Nein, mein lieber Junge. Ich war mit einem Mann verheiratet, der zwei Beine hatte. Er ist 1916 gefallen. Sieh zu, daß du die Fakten auf die Reihe kriegst. Richard kam anschließend. Er hat mich auch ziemlich um diese Flasche beneidet. Ich biete dir nichts an, da du fahren mußt.«

Helena setzte die Flasche an die Lippen und schluckte. »Und schon geht es mir besser.«

Hamish beschleunigte wieder, fuhr zügig über die M 4. »Wie hieß dein erster Mann?«

»Anthony. Er war großartig, ich mußte ihm nie sagen, daß er aufhören soll. Nie.«

Hamish versuchte sich die zusammengeschnurrte Helena als Sexualobjekt vorzustellen. Vielleicht hatten seine Mutter oder Polly alte Photos. Er wollte sie danach fragen.

»Er mußte gezwungenermaßen aufhören, noch ehe wir richtig begonnen hatten. Mädchen sollten ihre Männer trösten, bevor sie in den Krieg ziehen.« Helenas Stimme war zu einem Murmeln herabgesunken.

»Was hast du gesagt? Ich hab dich nicht verstanden.«

»Ich sagte, ›auch wenn es noch so unbequem ist‹.« Helena steckte den silbernen Flachmann in ihre Tasche zurück. »Ganz egal, wie ungequem das Trösten für den Tröstenden sein mag. In dieser Beziehung habe ich nicht versagt, wahrhaftig nicht.«

»Ich bin sicher, du hast nie versagt.«

»Ha!« Helena lachte und entblößte dabei ihre Zähne. »Natürlich habe ich versagt. Ich war nicht so erfahren wie deine Mutter.«

»Meine Mutter?« Hamish sah sie von der Seite an. Helenas Gesicht war verschrumpelt wie ein Cox Orange im Januar.

»Falls es dir nichts ausmacht anzuhalten, würde ich doch

gerne noch ein paar Blumen kaufen, wenn wir nach Penzance kommen. Es gibt da einen guten Laden in der Causeway Head.«

»Das ist eine sehr schmale Straße.«

»Aber dort ist der beste Blumenladen.« Zu Calypso wollte sie sich nicht weiter äußern.

17

Während der Bombenangriffe im Herbst 1940 kaufte Helena zwei aneinandergrenzende Häuser in der Enderby Street. Der Preis war niedrig, da die Besitzer es eilig hatten, aus London fortzukommen.

»Du mußt verrückt sein«, schrie Richard übers Telefon aus Cornwall.

»Schließlich ist es mein eigenes Geld, das ich ausgebe.«

»Du wirfst es zum Fenster raus!«

»Sie liegen günstig, ganz in der Nähe von Harrods und Peter Jones.«

»Sie werden garantiert von Bomben zertrümmert, also ich bitte dich.«

»Nicht unbedingt.«

»Der General meint, du solltest mal zu einem Psychiater gehen.«

»Mein Anwalt und meine Bank sind auch dieser Meinung.«

»Warum kannst du nicht im Haus von Sarah und George bleiben?«

»Sie sind nach Bath gezogen.«

»Dann bei Polly, wo du jetzt auch bist? In London Häuser zu kaufen ist Wahnsinn. In dieser ganzen Straße gibt es nichts als Bruchbuden. Alles andere als solide gebaut. Also ich bitte dich.«

»Die Häuser sind eine Investition. Unsere drei Minuten sind um. Auf Wiedersehen.« Helena wandte sich an Polly. »Was ist denn so komisch?«

»Du und Onkel Richard. Die drei Minuten waren noch nicht um.«

»Er war zu verärgert, um es zu merken.«

»Ich weiß, warum du diese Häuser kaufst. Sollen sie eine Verbindungstür bekommen?«

»Eine prima Idee. Kennst du einen vernünftigen Bauunternehmer?«

»Wir können uns ja mal umsehen. Aber du weißt doch, Tante, daß du immer hier wohnen kannst.«

»Danke, aber dieses Haus gehört der jüngeren Generation. Ich möchte mein eigenes Haus. Ich freue mich schon aufs Einrichten.«

»Warum bei der Tür aufhören? Wenn man die Wand zwischen den beiden vorderen Zimmern herausreißt, wäre Platz für einen Flügel. Dann könntest du musikalische Soireen veranstalten.«

»Lieber nicht. Max hat mir schon mein Wohnzimmer in Cornwall vermiest. Er geigt den lieben langen Tag, Monika hämmert auf dem Klavier herum, es ist überhaupt nicht mehr mein Zimmer. Richard hat sie noch unterstützt. O nein.«

»Und wo hat Max dann ein Klavier zum Proben?«

»Er kann ein Klavier in der Pont Street benutzen. Das steht ihm auch weiterhin zur Verfügung. Nur eine Minute entfernt.«

»Du bist grausam.«

»Die Pont Street wird sicher nicht bombardiert.«

»Warum nicht?«

»Zu häßlich. Ich weigere mich, in meinem Haus ein Klavier aufzustellen. Kommt nicht in Frage.«

Helena machte sich umgehend auf die Suche nach einem Bauunternehmer, der bereit war, auch die Installations- und Renovierarbeiten vorzunehmen. Bis Ende Oktober waren beide Häuser fertig, spärlich möbliert, aber gemütlich. Die Verbindungstür war als Bücherregal getarnt. Monika konnte, falls sie ihre Ängste überwinden würde, mit Anstand bei Max wohnen.

An jenem Abend, an dem Calypso vor dem Einsetzen der Luftangriffe mit dem Fahrrad zu Polly fuhr, um sie zu besuchen, unterhielten sich Helena und Polly über Möbel.

»Was hast du bisher gekauft?« wollte Calypso wissen.

»Betten«, sagte Helena, »die besten, die ich kriegen konnte.«

»Sehr wichtig. Hector hatte ein schreckliches Ding. Er hat

schon mit Daphne darin geschlafen. Es hing in der Mitte ganz durch. Ich habe ein neues gekauft.«

»Ich dachte, sie standen sich nicht sonderlich nahe.«

»Taten sie auch nicht. Hector schlief in seinem Ankleidezimmer. Daphnes dänische Dogge schlief bei ihr. Das behauptet zumindest Hector, sicher kann man da nicht sein.«

»Ich werde mir Möbel aus zerbombten Häusern holen. Wenn wir den Krieg überstehen, klettern die Preise sicher in astronomische Höhen. Ich habe vor, mich mit antiken Möbeln einzudecken.«

Die Mädchen sahen sich belustigt an. »Ein ziemlich gewagtes Unternehmen«, meinte Calypso.

»Das Risiko gehe ich ein«, sagte Helena. »Gute Nacht, ihr zwei.«

»In Tante Helena steckt viel mehr, als ich für möglich gehalten hätte«, sagte Polly. »Was glaubst du, wie Max im Bett ist?«

»Besser als Onkel Richard. Übrigens habe ich Tony gesagt, daß er mich nach Dienstschluß um acht hier abholen kann. Ist dir das recht?«

»Aber sicher«, entgegnete Polly kühl. »Sein Einsatz als Feuerwehrmann scheint ihm zu gefallen. Wer hätte das gedacht?«

»Du hast nichts dagegen?«

»Warum sollte ich? Schließlich ist er nicht mein Eigentum.«

»Ich dachte eigentlich schon.«

»Ich habe euch miteinander bekanntgemacht, oder etwa nicht?« sagte Polly gelassen.

»Das schon, aber ich dachte eigentlich, also ...«

»Nur kurz. Um ehrlich zu sein, genau lange genug.«

»Lange genug?«

»Ja, meine Liebe. Bildest du dir ein, ich würde zulassen, daß ihr euch begegnet, wenn ich ihn für mich haben wollte?«

»Tony sagt, er begreift dich nicht.«

»Natürlich tut er das.«

»Da ist jemand an der Tür. Glaubst du, das ist er schon? Oder erwartest du jemand anderen?«

»Nein.«

»Er kann mich nach Hause begleiten.«

»Ist Hector mal wieder fort?«

»Ja, in Aldershot. Ich habe ihn seit einer Woche nicht gesehen. Ich lasse ihn rein, ja?«

»Sorg dafür, daß man draußen kein Licht sieht.« Polly räumte die Küche auf, während Calypso nach oben lief, um die Haustür zu öffnen. Sie hörte einen Freudenschrei und Männerstimmen. Dann kam Calypso herein, ziemlich rosig im Gesicht, gefolgt von Tony und Oliver.

»Kannst du mich ein paar Tage unterbringen? Ich bin auf Versetzungsurlaub.« Oliver gab Polly einen Kuß.

»Natürlich. Hast du Tony vor der Tür getroffen?« fragte Polly, während sie über seine Schulter hinweg Calypso ansah. »Tony ist Feuerwehrmann. Bist du auf dem Weg zum Dienst oder auf dem Heimweg, Tony?« Wenn sie lächelte, sah man ihre schrägstehenden Zähne.

»Auf dem Heimweg«, sagte Tony, und der Blick, mit dem er die Mädchen ansah, besagte: Wie ihr sehr wohl wißt. Laut sagte er: »Ich habe dein Rad gesehen, Calypso. Jemand könnte draußen auf der Straße darüber stolpern.«

»Ja. Ich wollte ohnehin gerade gehen.«

»Ich begleite dich nach Hause«, sagte Oliver.

»Und das Rad?«

»Ich schiebe es oder laufe neben dir her.«

»Ach Olly, wie ein treuer Hund.«

»Gehen wir?«

Polly und Tony hörten die beiden das Haus verlassen.

»Hat sie gewußt, daß er kommt?« fragte er mißtrauisch.

»Nein, Tony, und ich auch nicht.«

Tony lachte. »Da muß ich wohl warten, bis dieser Urlaub vorbei ist.«

»Vermutlich schon. Möchtest du gerne unsere Tante kennenlernen?«

»Deine *Tante*? Nicht unbedingt.«

»Helena. Max Erstweilers Freundin.«

»Ach, diese Tante. Ja, gern, ist sie da?«

»Gerade hinaufgegangen. Sie hat hier in der Nähe zwei Häuser gekauft. Sie ist ... du solltest sie lieber selbst kennenlernen.«

»Ich habe sie in seinem Konzert gesehen. Plumpe Figur. Sie machte keinen besonders musikalischen Eindruck.«

»Ist sie auch nicht, aber sie lernt alle möglichen Tricks.«

»Woher weißt du das?«

»Keine Tricks fürs Bett, sondern rhetorische Tricks, damit man ihr im Gespräch ihre mangelnde Musikalität nicht zu sehr anmerkt. Ihr Leben war früher ziemlich eintönig. Jetzt ist es genau das Gegenteil.«

»Bring mich zu ihr.«

»Tony Wood wurde ein guter Freund von Helena«, erzählte Polly Iris und James, als sie mit den beiden zum Begräbnis fuhr.

»Wirklich? Tony Wood? Wie kam es denn dazu? Ich dachte, er ist homosexuell?«

Polly nahm eine Hand vom Steuer, um ihre Promenadenmischung zu streicheln. Der Hund blickte stur geradeaus, ohne zu reagieren. »Ist er auch, aber früher mal hatte er eine große Schwäche für Mädchen. Ich würde ihn als beidhändig bezeichnen.«

»War er dein Freund oder der von Calypso?«

»Ich habe ihn mit Calypso bekanntgemacht. Er gehörte uns allen. Hector fand ihn amüsant. Walter mochte ihn, ich glaube, sogar Oliver mochte ihn mit der Zeit, zumindest später; aber Helena hatte er ganz besonders ins Herz geschlossen. Er war älter als wir, ein bißchen näher an Helena dran. Helena profitierte von seiner kultivierten Art, er brachte ihr viele Dinge bei, und das wiederum nützte ihr bei Max.«

»Ich hätte vermutet«, sagte James, »daß den Menschen im Krieg wegen der ständigen Bombenangriffe und was weiß ich nicht viel Zeit fürs Privatleben geblieben ist.«

»In diesem Punkt irrst du dich«, sagte Polly. »Wir haben alle sehr intensiv gelebt. Wir haben Dinge getan, die wir sonst nie getan hätten. Es war eine sehr glückliche Zeit.«

Iris beugte sich zu ihrer Mutter vor. »Und wie war es mit der Angst? Mit der Angst um eure Lieben?«

»Ich hatte die ganze Zeit Angst und machte mir große Sorgen, aber dadurch wurden die Freuden noch größer, die Überraschungen noch überraschender. Leute wie Oliver, Walter, David und Paul tauchten auf und verschwanden wieder, und es war wunderbar, daß sie noch am Leben waren. Meine Eltern sind umgekommen. Ich dachte, in Godalming wären sie in Sicherheit. Ich habe überlebt, obwohl ich in London geblieben bin. Calypso hat überlebt. Wenn wir verliebt waren, dann heftig. Wir haben uns prächtig amüsiert. Von Calypso weiß ich das. Ich auch, und Helena, die sich nie amüsiert hatte, griff richtig zu. Tony, der den ganzen Krieg über in London war, beobachtete uns, amüsierte sich über uns und liebte uns auf seine Weise. Alle anderen Männer kamen und gingen, aber Tony war immer in der Nähe.«

»Und was war mit Oliver?«

»Ich habe ihn gegen Ende 1940 gesehen. Calypso hatte mich besucht. Er begleitete sie nach Hause und schob ihr Fahrrad. Sie hatte ein Fahrrad.«

Oliver hielt mit einer Hand Calypsos Hand, mit der anderen schob er das Fahrrad. Calypso leuchtete vorsichtig mit ihrer Taschenlampe. »Die Luftschutzwarte werden furchtbar kiebig, wenn man in der Gegend herumblinkt.«

»Ist Hector in London?« fragte Oliver steif.

»Nein. Mag sein, daß er aufkreuzt, aber ich glaube nicht. Ich habe ihn seit Wochen nicht gesehen. Ich bin allein. Ich habe bei Polly vorbeigeschaut, um sie wieder mal zu sehen und herauszufinden, was Tante Helena im Schild führt.«

»Wer ist dieser Mann?«

»Tony Wood. Ein Freund von Polly.«

Oliver, der Calypso am Arm hielt, sagte jetzt: »Ich bin auf Versetzungsurlaub.«

»Schon wieder? Wohin geht's diesmal?«

»Ich weiß es nicht. Außerdem dürfte ich es nicht sagen.«

»Ägypten, möchte ich wetten.«

»Woher weißt du das?«

»Hector und seine Freunde reden darüber. Weißt du, daß er in Dünkirchen war?«

»Als wir uns das letzte Mal gesehen haben, sagtest du was von Dover.«

»Na ja, er ist hinübergefahren, um die Franzosen aus Dünkirchen aufzusammeln, dann ging's weiter über Cherbourg. Einige von ihnen sind ungeheuer fröhlich.«

»Fröhlicher als ich?«

»Und ob.« Calypso lachte glucksend, während sie durch die Dunkelheit gingen. »Einer von ihnen, einer von Hectors Kameraden, ist allein nach Dover hinübergerudert, wurde wieder nach Frankreich zurückgeschickt und ist gleich wieder getürmt. Es türmen ziemlich viele, oder? Schau dich an, in Norwegen.«

»Ist das eure Straße?«

»Ja.« Calypso schwieg, als sie sich dem Haus näherten. »Würdest du das Fahrrad in die Diele bringen?«

Oliver lehnte das Gefährt an einen Heizkörper, nahm Calypso in die Arme und küßte sie zart auf den Hals. »Mein Liebling.«

»Mein lieber Olly. Hier gibt es ein schönes Sofa. Komm.« Sie führte ihn ins Wohnzimmer. »Ich muß die Vorhänge zuziehen. Zieh deine kratzige Uniform aus. Ach, das stimmt ja gar nicht, ich hatte ganz vergessen, daß du inzwischen Offizier bist. Aber zieh sie trotzdem aus, ich mag es gar nicht, wenn sich die Knöpfe abdrücken. Die von Hector hinterlassen ein richtiges Muster in Dreiergruppen, oder sind es vier?«

»Deine versnobten Bemerkungen über Knöpfe können mich nicht abschrecken. Diesmal machst du deinen Reißverschluß lieber selbst auf...«

Calypso lachte und schleuderte die Schuhe von den Füßen. Oliver sah ihr zu, wie sie sich auszog, dann nackt durchs Zimmer ging, um Holzscheite aufs Feuer zu legen. »Diesen Luxus leiste ich mir, ein richtiges Holzfeuer. Wir bekommen das Holz von einem Freund von Hector aus Berkshire.«

»Hör auf zu reden. Komm her.«

»Ich bin nervös.«

»Nein, bist du nicht. Na also.« Er umarmte sie, strich ihr über den Rücken. »Entspann dich. Denk an die Kamillenwiese... laß dich verzaubern.«

»Helena hat sie angelegt, damit wir dort spielen können.«

»Still, denk an das hier.«

»Ach, Oliver, Oliver.«

»Es war nicht schön für dich. Mein Gott, es war nicht schön für dich. Ach verflucht, verdammt und zugenäht.«

»Ich habe nicht gesagt...«

»Das ist auch nicht nötig.« Mit verbitterter Zielstrebigkeit sammelte Oliver seine Kleidungsstücke auf, schlüpfte in die Hose, knöpfte das Hemd zu, stopfte es in die Hose, band die Krawatte um, schlüpfte in Socken und Schuhe.

Calypso saß nackt auf dem Sofa und sah ihm zu; ihre Augen in dem blassen Gesicht wirkten nachdenklich. Unten ging die Haustür mit einem Knall auf und krachte wieder ins Schloß. Dann folgte ein scheppernder Zusammenstoß mit dem Fahrrad, und man hörte eine Männerstimme: »Hoppala!«

Calypso packte ihr Kleid, zog es sich über den Kopf und machte den Reißverschluß zu. »Hector.« Ihre Unterwäsche stopfte sie hinter ein Kissen.

»Hoppala-Schnoppala.« Das Fahrrad schepperte nochmals. Hector begann zu schmettern: »Und wenn ich tot bin, wehe, ihr begrabt mich«, und versetzte dem Rad einen Tritt. »Aus dem Weg, altes Roß! Legt mein Gebein in Alkohol auf ewig.«

Calypso, die aufmerksam zugehört hatte, mußte grinsen. »Er hat gute Laune. Gott sei Dank.«

»Ist er oft betrunken?«

»Manchmal«, antwortete sie ausweichend.

»Wird er gewalttätig?«

»Ich glaube, du solltest jetzt lieber gehen.« Sie trat auf den Treppenabsatz hinaus, beugte sich über das Geländer und schaute hinunter. Hector lag in das Rad verschlungen am Boden. »Gleich schläft er«, flüsterte sie.

»Soll ich dir helfen, ihn ins Bett zu bringen?«

»Nein, nein. Nachdem er die Haustür blockiert, lasse ich dich durch die Küche raus. Komm schon«, sagte sie ungeduldig.

»Bist du sicher? Ich kann dir doch...«

»Nein. Bitte geh jetzt, Olly.« Sie nahm seine Hand, führte ihn ins Souterrain, durch die Küche, die Stufen zur Straße hinauf.

Auf der Straße packte er sie an der Schulter und sah ihr ins Gesicht. »Auf Wiedersehen.«

»Es war nur ein kleiner Trost, fürchte ich. Hoffentlich besser als keiner.«

Fast tut es ihr leid, dachte Oliver. »Besser, wenn man Bescheid weiß.« Seine Stimme klang unbeteiligt. Er küßte sie flüchtig und war verschwunden. Seine Schritte verhallten rasch auf der stillen Straße.

Calypso bemerkte den Lagonda, der mit angeschalteten Lichtern schräg am Randstein stand. Sie parkte ihn ordentlich und machte die Scheinwerfer aus. Danach befreite sie Hectors Beine von ihrem Fahrrad, holte aus dem Bett im Ankleidezimmer ein paar Kissen, die sie ihm unter den Kopf schob, und Decken, machte es ihm so bequem wie möglich und knöpfte seinen Uniformrock auf.

»Was für ein hübsches Knopfmuster!«

Die liebevolle Zuneigung in ihrer Stimme überraschte sie. Hector schlug die Augen auf, versuchte seinen Blick zu bündeln, blinzelte sie an.

»Ich bin betrunken.«

»Ich weiß. Komm ins Bett, wenn du kannst.«

»Bin ich nicht. Ich bin nicht... ah... hm... was wollte ich sagen? Geh nicht weg, Calypso, bleib da.«

Sie legte sich neben ihn auf den Boden. Er legte einen Arm um sie, während sie sich eine Decke überzog.

»Komm ganz nah her.«

»Deine Knöpfe tun weh.«

»Kümmer dich nicht drum.«

»Es ist furchtbar unbequem.«

»Schlaf.«

»Glaubst du, du schaffst es ins Bett hinauf?«

»Auf allen vieren.«

»Ich helfe dir. Komm, versuch es.«

»Soo betrunken.«

»Ja. Gib dir mehr Mühe.«

Plötzlich erhob sich Hector auf die Füße und steuerte im Laufschritt die Treppe hinauf. Während Calypso das Fahrrad an die Wand lehnte, hörte sie Gepolter und Hectors Gelächter. Sie half ihm beim Ausziehen, stemmte ihn aus seiner Hose. »So, und jetzt bleib liegen.«

»Das Zimmer dreht sich im Kreis und fliegt davon.«

»Ich mache uns Kaffee.«

Als sie mit dem Kaffee zurückkam, war Hector eingeschlafen. Calypso trank Kaffee und betrachtete Hector. Er sah verletzlich aus, wenn er die Augen unter den dichten Augenbrauen geschlossen hatte. Sie strich sie sanft mit einem Finger glatt und fuhr dann über seine Lippen, die etwas rauh waren. Draußen wurde Entwarnung gegeben. Sie hatte den Fliegeralarm gar nicht mitbekommen.

Sie schaltete das Licht aus, zog die Vorhänge auf und schaute auf die Straße hinunter. War es möglich, daß Oliver noch immer dastand? Die Straße war leer.

Während sie hinuntersah, schlenderte ein Polizist um die Ecke. Ein Luftschutzwart gesellte sich zu ihm. Die beiden lachten. Sie gingen zusammen zu Hectors Wagen und bewunderten ihn. Der Luftschutzwart tätschelte die Kühlerhaube wie den Hals eines Pferdes.

Calypso drehte sich zu Hector um, der die Augen geöffnet hatte und sie ansah.

»Hector?«

Er zog sie zu sich herunter. »Rieche ich aus dem Mund?«

»Nein.« Sie schnupperte. »Doch.«

»Komm her zu mir. Macht es dir was aus?«

»Nein. Was ist denn los?«

Sie zog das Kleid über den Kopf und schlüpfte zu ihm ins Bett. »Was ist denn los?«

»Ich bin auf Versetzungsurlaub.«

»Du auch?«

»Wer noch?«

»Oliver.«

»War er da?«

»Ja, er hat mich von Polly heimbegleitet.«

»Er ist in dich verliebt.«

»Das bildet er sich nur ein.«

»Und du?«

»Nein. Ich habe diese Jungen einfach gern. Sie sind meine Cousins, sie könnten Brüder sein.«

»Es gibt so etwas wie Inzest.«

»Nicht für mich.«

»Ich könnte dein Vater sein.«

»Mein Vater hat sich nie so benommen wie du. So wüst.«

»Oje. Glaubst du, wir haben noch ein Alka Seltzer?«

»Ja. Und Kaffee.« Sie brachte ihm Kaffee. Er trank ihn und ließ sich, den Arm um ihre Schultern gelegt, zurücksinken.

»Wirst du nach Schottland fahren? Und dort bleiben?«

»Bloß nicht!«

»Dort wärst du sicher.«

»Aber einsam. Es wäre fürchterlich für mich. Ich würde an Schwermut sterben. Wann mußt du fort?«

»In zwei Wochen. Es gibt noch allerhand zu erledigen. Ich brauche eine leichte Uniform.«

»Ägypten?«

»Wahrscheinlich. Ich muß auf einen Sprung nach Norden. Begleitest du mich?«

»Natürlich begleite ich dich, nur für ein oder zwei Tage, mehr nicht.«

»Ich wünschte, du würdest dort bleiben, in sicherer Entfernung von London.«

»Wenn es in London zu schlimm wird, gehe ich nach Cornwall. Ich passe schon auf mich auf.«

»Versprochen?«

»Ja.«

»Dieser Tony Wood ist auch in dich verliebt.«

»Das ist nicht Liebe, sondern Lust.«

»Kennst du den Unterschied?«

»Ich kenne die Lust. Liebe, glaube ich, kenne ich nicht.« Calypso ließ den Kopf nach hinten sinken und schloß die Augen.

»Du Glückliche, was hast du für ein Glück.«

»Warum? Ich dachte, ich versäume etwas.«

»Tust du auch, ganz sicher.«

»Also was dann?«

»Schmerz, eine Menge Schmerz.«

»Jetzt redest du dummes Zeug.« Calypso kicherte.

»Wenn du meinst«, sagte Hector trocken.

»Ich kenne auch niemanden, der liebt. Ich glaube, das gibt es gar nicht.«

»Ganz abgesehen von mir gibt es so was direkt vor deiner hübschen Nase.«

»Wo denn, um Himmels willen?«

»Helena, Polly, Sophie.«

»Du bist mir ein schöner Kasper. Vielleicht ist das der Grund, warum ich dich ertrage, von deinem Geld mal abgesehen.«

»Dabei fällt mir ein, daß ich mein Testament machen muß.«

»Wie unglaublich geschmacklos.«

»Ich bin ein nüchterner Schotte.«

»Du tust mir weh.«

»Gut. Und beim nächstenmal» – Hectors Stimme bekam einen boshaften Unterton – »sei doch so gut und stell dein Fahrrad irgendwo ab, wo ich nicht drüberfalle.« Sie lachten beide, ein befreiendes Lachen.

»Meine Mutter behauptet, sie und mein Vater hätten viel miteinander gelacht«, erzählte Hamish, der gesprächig geworden war, seiner Beifahrerin.

»Ja, das stimmt. Calypso hatte sehr wenig Humor, aber Liebe kannte sie ja auch nicht, das arme Mädchen.«

»Die Leute behaupten, mein Vater hätte Humor gehabt.«

»Und Liebe.«

»Hat er meine Mutter geliebt?«

»Er hat sie angebetet, dabei kannte er sie genau.«

»Was soll das heißen? Es hört sich beinahe...«, Hamish zögerte, »beinahe so an, als würdest du meine Mutter nicht mögen.«

»Ich mag sie schon, sie war immer sehr nett zu mir; sie gehört nur nicht zu den Leuten, die geben können. Sie kann nichts für ihren Charakter.«

»Sie hat meinem Vater mich gegeben.«

»Du warst Teil einer Abmachung. Ein Erbe als Gegenleistung für sein Geld.«

Hamish fuhr auf die Standspur hinüber und bremste.

»Was ist denn los? Stimmt was mit dem Motor nicht?« fragte Helena, während Hamish ausstieg und mit dem Rücken zu ihr stehenblieb. Er erinnerte sie an Hector am Tag seiner Hochzeit vor vielen Jahren. Er hatte Calypso, obwohl sie ziemlich groß war, weit überragt.

»Hat er mich geliebt?« Hamish stieg wieder ein.

»Er hat dich sehr geliebt.«

»Bist du sicher? Ich habe es nie so recht gewußt.«

»Ganz sicher. Er war sehr glücklich über dich. Du bist deinem Vater sehr ähnlich, nur hast du ein weniger gewinnendes Wesen.«

Hamish lachte. »Du bist eine boshafte alte Frau.«

»Ich weiß.« Helena nickte. »Richtig böse.«

18

Polly ging ans Telefon. »Ach, hallo Monika, wie geht's dir denn? Kannst du etwas lauter sprechen?«

»Wir haben nur drei Minuten, Polly, kannst du Helena ausfindig machen, es ist dringend.«

»Wir haben gerade einen Luftangriff, versuch doch bitte, lauter zu sprechen.«

»Mein Gott! Ich muß Helena unbedingt erreichen. Sie geht nicht ans Telefon.«

»Sie ist zu Max' Konzert nach Liverpool gefahren.«

»Dort sind auch Luftangriffe, lieber Gott. Woher kommt denn dieser Lärm?«

»Eine Bombe.« Polly kroch unter den Tisch und nahm das Telefon mit. »Sophie und ich hocken unter dem Küchentisch. Weshalb mußt du Helena erreichen?«

»Richard ist krank. Ich glaube, und der General und der Pastor und seine Frau sind auch meiner Meinung, daß sie kommen sollte.«

»Verstehe. Ich werde versuchen, sie zu erwischen. Morgen wollte sie wieder in London sein. Ist er sehr krank? Was? Ich kann dich nicht hören«, schrie Polly.

»Erst war es Grippe und jetzt eine Lungenentzündung.«

»Armer alter Junge. Mannomann, das war aber knapp.«

»Was hast du gesagt? Sind das Bomben, Polly?«

»Ja«, schrie Polly. »Ich werde tun, was ich kann. Mach dir keine Sorgen, ich verspreche es dir.«

»In Penzance sind auch Bomben gefallen.«

»Ja, ich habe davon gehört.«

»Sie haben den Weinhändler getroffen. Dein Onkel hat sich erkältet, als er versuchte, seinen Wein zu retten.«

»Seinen *was*?«

»Seinen Wein. Er hatte sich drei Dutzend Flaschen Claret reservieren lassen. Die hat es erwischt.« Monikas Stimme verhallte. Nachdem Polly den Hörer aufgelegt hatte, packte sie Sophie an den Schultern.

»Seinen Claret!« Die Mädchen kreischten vor Lachen.

»Seid ihr hysterisch geworden, ihr zwei?« Tony Wood kam von der Straße herein.

»Hast du keinen Dienst?«

»Doch. Bin auf dem Weg und wollte mich nur vergewissern, daß alles in Ordnung ist. Was macht denn Sophie hier? Geht es dir gut, Sophie?«

»Ja, danke. Die Ferien haben gerade angefangen.«

»Wenn wir Tante Helena auftreiben, kannst du mit ihr nach Hause fahren.«

»Ich würde viel lieber allein fahren, danke.«

»Es ist sicherer mit Helena. Plymouth wird auch bombardiert, und da mußt du immerhin durch.«

»Die Leute helfen einem immer. Ich fahre lieber allein...« Sie duckten sich alle und horchten auf den Lärm einer einschlagenden Bombe. »Hoi, das war aber knapp.«

»Irgendwo in der Nähe der Brompton Road.«

»Ich wollte, ich könnte euch meinen Blechdeckel dalassen. Da kommt noch eine.« Tony legte einen Arm um jedes Mädchen. Sie lauschten. Ganz in der Nähe feuerte ein Flakgeschütz, rumm, bumm, bumm – rumm, bumm, bumm.

»Und noch eine. Um wieviel Uhr beginnt dein Dienst?«

»In einer halben Stunde. Ich muß euch jetzt leider verlassen. Übrigens habe ich Whisky mitgebracht.«

»Wie lieb von dir. Sei vorsichtig.«

»Mir wird schon nichts passieren. Und noch eine! Ich denke immer an Peter Pan...«

»...und wie sich Captain Hook die Hose zerreißt.«

»Natürlich. Wiedersehen, Mädchen, ich muß los.« Tony gab beiden einen Kuß. »Bleibt schön unter eurem Tisch.« Damit war er weg.

»Nett von ihm hereinzuschauen, es ist ein ziemlicher Umweg. Und dieser köstliche Whisky.«

»Ich wünschte, Oliver wäre hier. Hast du was von ihm gehört?«

Sophie rückte so dicht wie möglich an Polly heran.

»Tante Sarah hat einen Brief bekommen, er ist im Mittleren Osten. Dort ist er sicherer als Walter auf seiner Atlantiktour. Er schreibt, es sei fürchterlich, er ist die ganze Zeit seekrank, ohne Unterbrechung.«

»Polly?«

»Ja?« Sie kuschelten sich aneinander.

»Du erinnerst dich doch noch an den Schreckenslauf?«

»Aber natürlich. Ja, daran wollen wir denken. An das Meer, den Mond, die Kamillenwiese.«

»Ich habe Angst. Ich wünschte...ich muß es loswerden.«

»Es wird bald vorbei sein. Eines Tages werden wir uns wieder alle dort treffen.«

»Polly, damals auf dem Klippenpfad habe ich...« Der Lärm einer Bombe in unmittelbarer Nachbarschaft übertönte Sophies Stimme. Sie schlug ganz in der Nähe ein, und Sophie beendete ihren Satz mit verängstigter, schriller Stimme: »...also habe ich...es war nur ein Schubs«, aber Polly horchte auf das einstürzende Mauerwerk und die klirrenden Fensterscheiben und überhörte deshalb das, was Sophie hörte – den Schrei eines Mannes, das Kreischen der Möwen. Sie machte sich Sorgen um Sophie, die in ihren Armen weinte und zitterte. »Nicht doch, Sophie, die da war weiter weg, es ist sicher bald vorbei. Sobald Entwarnung gegeben wird, mache ich uns Tee mit einem Schuß Whisky. Vielleicht sind da draußen Verletzte, denen wir helfen müssen. Tonys Whisky kommt da gerade recht.«

»Ich habe versucht, es dir zu sagen.«

»Natürlich hast du das. Aber sicher. Horch mal. Keine Geschütze, keine Flugzeuge. Ah, die Entwarnung. Lauf hinauf und sieh nach, während ich Wasser aufsetze. Ich muß versuchen, Tante Helena zu erwischen, falls das Telefon funktioniert.«

Irgendwann später gelang es Polly, die es Sophie überlassen hatte, mehrere ausgebombte, zum Glück mit heiler Haut davongekommene Nachbarn mit Tee zu versorgen, eine Verbindung mit dem Hotel in Liverpool zu bekommen, in dem Max Erstweiler wohnte.

»Hallo. Erstweiler hier.«

»Max, weißt du, wo Tante Helena steckt? Ich muß sie unbedingt erreichen. Monika hat aus Cornwall angerufen.«

»Monika?« Max' Stimme verriet Mißtrauen. »Was will sie denn?«

»Sie will Helena.«

»Und weshalb will sie Helena?« Max knipste die Nachttischlampe an und stupste Helena, die neben ihm schlief. Als Helena aufwachte, legte Max einen Finger auf die Lippen, mit der anderen Hand hielt er den Telefonhörer.

»Es ist fünf Uhr morgens.«

»Das weiß ich. Kannst du Helena herholen? Monika sagt, Onkel Richard ist schwerkrank. Sie und der Pastor und der General sind der Ansicht, Helena sollte heimkommen.«

»Einen Augenblick, ich hole sie.« Max stopfte den Hörer unter sein Kopfkissen. »Es ist wegen Richard. Er ist krank, du solltest heimfahren.«

»Verflucht noch mal.« Helena warf ungehalten die Haare in den Nacken und legte sich einen Schal um die Schultern. Dann streckte sie die Hand nach dem Hörer aus. »Hier ist Helena. Was ist los. Ich bin gerade erst eingeschlafen. Nach Max' Konzert hatten wir einen Luftangriff. Es war ein großer Erfolg, das Konzert.«

»Tante Helena, Monika hat versucht, dich zu erreichen. Onkel Richard ist sehr krank.«

»Ich wußte, daß er eine Grippe hat.«

»Inzwischen hat er eine Lungenentzündung.«

»Wie hat er denn die bekommen?« Helena lauschte Pollys schaurig lauter Stimme aus London, ihrer unzusammenhängenden Erklärung.

»Sein Claret? Er hat versucht, seinen Claret zu retten? Es ist mein Claret, ich dachte, er könnte uns ausgehen. Reis kann ich jetzt auch nicht mehr bekommen. Nein, nicht Mais, Reis. Nein.«

Plötzlich klang Pollys Stimme deutlich und zornig. »Während du hier quasselst, stirbt er womöglich. Ich setze Sophie in den Zehn-Uhr-Zug. Wenn du irgendwie nach Bristol kommst, könntest du in Exeter zusteigen.«

»Sophie?«

»Ja, die Ferien haben bereits angefangen. Sie ist hier, aber das tut ihr nicht gut. Ich muß arbeiten. Ich kann sie nicht allein im Haus lassen.«

»Ich fahre so bald wie möglich los. Bekommst du eine Verbindung mit Cornwall? Ich nicht. Ich habe es gestern abend versucht. Max wollte Monika von seinem Konzert berichten«, log Helena. Dann legte sie den Hörer zurück. »Warum lügt man eigentlich?«

»Instinkt.« Max betrachtete sie, rosig, reichlich rundlich, blond, der Typ, den er mochte. »Du siehst aus wie ein Gemälde von Greuze.«

»Wer ist denn das?« Helena kämmte sich wütend die Haare. »Wie ungelegen mir das kommt! Ach, hilf mir doch ein bißchen, erkundige dich nach Zügen, während ich packe. Nun mach schon! Typisch Richard, mit seiner Grippe in den Regen hinauszurennen. Ich wette, der ganze Claret ist in den Gully gelaufen. Ach, warum muß ich mich in Krisen immer so schlecht benehmen?« jammerte Helena frustriert.

»Klemm deine Arschbacken zusammen«, rief Max.

»Was heißt denn das schon wieder?«

»Eine derbe deutsche Redensart. Ich erkundige mich mal nach den Zügen.«

»Ich hatte Sophies Ferien völlig vergessen. Offenbar habe ich nicht nur mein Herz verloren, sondern auch noch den Kopf.«

»Du liebst mich nicht.«

»Im Augenblick nicht. Jetzt mach schon, ruf bei der Zugauskunft an. Die Verbindungen aufs Land sind sicher miserabel. Nun beeil dich schon.«

Aus ihrer Ecke sah Sophie, wie Helena in Exeter schnaufend von einem anderen Bahnsteig angerannt kam und zustieg. Sie kauerte sich in ihren Sitz, versteckte ihr Gesicht hinter einem Buch, da sie absolut keine Lust hatte, sich in diesem Bummelzug, der zwischen Exeter und Penzance an jedem Bahnhof hielt, Helenas Gesellschaft anzutun. Sie versteckte sich, obwohl sie vermutete, daß Helena sich ebensowenig nach ihrer Gesellschaft sehnte wie umgekehrt.

Eingezwängt in ein überfülltes Abteil, machte sich Helena Vorwürfe, weil sie Richard vernachlässigt hatte. Es war ihr nur allzu bewußt, daß sie seit dem Zwischenfall im Osterglockenfeld ihr früheres Leben über Bord geworfen, die Sorge für ihren Haushalt der Frau ihres Geliebten überlassen hatte, die Fürsorge für Sophie einem Internat und in den Ferien teilweise dem Pastorenehepaar. In Gedanken sah sie, wie sie und Max sich unter einem blauen Himmel liebten, umgeben von goldenen Osterglocken, Ekstase mitten im Krieg. Dabei sah sie großzügig über die Wirklichkeit hinweg, die so ausgesehen hatte, daß die Zeit der Osterglocken längst vorbei war, ihre verwelkten Blätter die stumpfe Farbe von Stroh angenommen hatten, zwischen den Blumenzwiebeln Unkraut wuchs und sie, als sie ihren Schlüpfer ausgezogen hatte, in Brennesseln landete. Allerdings entsprach es der Wahrheit, daß ihr die Begegnung mit Max ihren ersten Orgasmus überhaupt beschert hatte, für den sie ihn mit einer geradezu aggressiven Hingabe liebte, die er rührend und nützlich fand. Erst jetzt, nachdem Richard krank geworden war, machte sie sich Gedanken über seine Gefühle und verspürte Bedauern und so etwas wie Schuld wegen ihrer neuen Lebensweise. Sie hatte nicht die Absicht, sie zu ändern. Eine andere Frau, eine gute Frau, würde Richard treu zur Seite stehen, nur weil er langweilig war, nur weil er ein Bein verloren hatte, nur weil er damals Gas abbekommen hatte. »Ich nicht«, sagte Helena laut. Es klang wie ein Bekenntnis zu dem Verlauf, den ihr Leben genommen hatte. »Ich nicht. Nee.« Ihre Nachbarin, eine blühend aussehende Marinehelferin, blickte sie erstaunt an.

»Ich sagte, hier gibt es keinen Tee«, sagte Helena. »Es gibt keinen Tee in diesem Zug.«

»Ach so. Soll ich Ihnen in Plymouth eine Tasse Tee besorgen? Ich steige dort aus. Normalerweise gibt es dort ein Buffet, es sein denn, der Bahnhof ist bei einem Luftangriff zerstört worden.«

»Das ist sehr nett von Ihnen, aber ich glaube nicht, danke.«

Die Marinehelferin schlief wieder ein. Helena machte Pläne für ihr Leben in London. Es war ein Glück, daß Monika eine panische Angst vor Luftangriffen hatte und Richard London nicht ausstehen konnte und deshalb nur einmal im Jahr hinfuhr, um am festlichen Regimentsdinner in seinem Club teilzunehmen und ein paar der übriggebliebenen alten Kameraden zu treffen. Nachdem wieder Krieg war, gab es für Majore im Ruhestand keine Festessen mehr, für deren Ehefrauen dafür die Gelegenheit zum Seitensprung. Ein Gedanke, der Helena belustigte und zugleich etwas wehmütig stimmte.

Vor kurzem hatte sie Hector auf der Straße getroffen, und sie waren auf einen Drink ins Ritz gegangen. Während sie an der Bar saßen, hatte er auf die Leute ringsum gedeutet. »Sieh sie dir alle an. Nicht ein einziger mit der Ehefrau oder dem Ehemann. Hier ist der Teufel los. Der Krieg macht die Menschen schrecklich geil. Mag sein, daß das auf dich nicht zutrifft, oder etwa doch?« Die aufmerksamen Augen unter den dichten Augenbrauen hatten Helena taxiert. Sie war rot geworden. »Na, dann wünsche ich dir viel Glück, altes Mädchen. Jetzt, nachdem sie mich einberufen haben, geht Calypso jeden Abend aus. Sie sagt zwar, daß sie zu Polly hinübergeht, aber das ist Blödsinn. Sie hat einen Freund von Polly aufgegabelt, das weiß ich. Tony Wood heißt er, ein unterhaltsamer Bursche. Außerdem trifft sie sich dort mit Oliver. Er ist in sie verliebt.«

»Sie hatten eine gemeinsame Kindheit.«

»*Ceci n'empêche cela!* Der arme Kerl ist ganz verrückt nach ihr.«

»Aber sie nicht nach ihm.« Helena wußte das mit absoluter Gewißheit.

»Mag sein. Dann sind da noch Walter und diese Zwillinge. Ich könnte es ihr nicht verübeln. Was für ein hübsches Gespann. Wenn man einen Brougham hätte und die beiden zwei Pferde wären...«

»Diese drei sind über Calypso hinweg.«

»Wirklich? Schön zu wissen. Aber sieh dir die Auswahl an, die sie hat. Alle diese höchst amüsanten Franzmänner, Holländer, Belgier, Polen... was du willst. Die werden bald alle hier herumschnüffeln, und Gott gnade uns Ehemännern, wenn sich erst die Amerikaner entschließen mitzumischen. Nein, nein, das ist eine verdammt gute Gelegenheit zum Austoben.« Hector kippte seinen Drink hinunter und winkte den Barkeeper zu sich: »Noch mal dasselbe.«

»Nein danke. Du und ich, wir sind nicht übermäßig zügellos.« In ihrer Rolle als Max' Geliebte ertappte sich Helena bei Bemerkungen, die sie bis vor kurzem niemals gemacht hätte.

»Nein... obwohl... also, ich meine, wenn ich in Übersee bin, was bald der Fall sein wird, bin ich nicht so dumm, mir einzubilden, daß Calypso zu Hause sitzt und Deckchen häkelt.«

»Und was wirst du tun?«

»Ich werde mit irgendeiner Puppe den Tresen festhalten, genau wie jetzt.«

»Nicht ganz so unschuldig, vermute ich mal.« Helena war der Martini unmittelbar zu Kopf gestiegen.

»Du hast deinen Fiedler...«

»Woher...«

»Neuigkeiten machen eben schnell die Runde.«

Helena fragte sich, warum sie es nicht bestritten hatte, und kam zu dem Ergebnis, daß sie stolz darauf war, als Max' Geliebte zu gelten. Das war das einzige, was ihr half, die unerträglich langweiligen Konzerte durchzustehen. »Magst du Musik?« fragte sie Hector.

»Ja, aber nicht Tag und Nacht. Ich wette, dir geht es genauso.« Damit stand er auf, um sich zu verabschieden. Bevor sie sich trennten, hatten sie einen Blick gewechselt, den Helena nie vergessen sollte. Er besagte: Wenn Calypso nicht wäre. Und: Wenn Max nicht wäre. Während Helena jetzt im Zug saß, um zu ihrem Mann nach Hause zu fahren, mußte sie leise lachen. Der Soldat, der ihr gegenüber saß und sie taxierte, dachte, sie sei nicht ganz richtig im Kopf. Er war blutjung, hatte noch keine Ahnung, welch extreme Reaktionen die aufgestaute Sexualität einer vierzigjährigen Frau hervorrufen konnte. Helena hatte versucht, ihre Unwissenheit vor Max zu verbergen, doch er hatte sie bemerkt und damit gespielt, hatte ihre Lust genossen, wie man einen Vulkanausbruch genießen würde. Daß man sich nicht in sicherer Entfernung befand, verlieh dem Ganzen die besondere Würze.

Als der Zug schließlich und endlich in den Bahnhof von Penzance einfuhr, riß Helena sich aus ihren Träumereien, griff nervös nach ihrem Koffer und trat auf den Bahnsteig hinaus, wo sie, ohne sich darüber im klaren zu sein, nach dem alten Leben suchte, ihrem früheren Tagesablauf mit Richard, ihrem Haushalt, ihrem Garten, den Freunden in der Umgebung. Ein Stück weiter vorne entdeckte sie Sophie, eine halbwegs vertraute Gestalt, die wegen des Koffers ziemlich schief ging; seit sie sie das letzte Mal gesehen hatte, war sie zu dem herangewachsen, was man heutzutage einen Teenager nannte, was Helena jedoch als schwierige Phase bezeichnete. Sie verspürte eine plötzliche Wut, als ein junger Mann in Luftwaffenuniform Sophie überholte, ihr den schweren Koffer abnahm und sie anlächelte. Sophie sah mit lachendem Profil zu ihm auf. Dann begann sie zu winken und lief los, um Monika zu begrüßen, die den Dackel an der Leine hielt. Sophie und Monika umarmten sich, der Hund sprang bellend hoch, der junge Mann trug den Koffer zum Wagen, grüßte und ging seiner Wege. »Mein Auto, was macht sie mit meinem Auto?« Helena wußte, daß sie unvernünftig war. Sie beobachtete, wie Monika Sophie etwas fragte und Sophie verneinend den Kopf schüttelte. Mit besorgter Miene stieg Monika in den Wagen, und Sophie folgte ihr mit dem zappelnden Hund auf dem Arm. Monika ließ den Motor an. Helena rief laut: »He! Monika!« Erleichtert sprang Monika aus dem Auto, ohne den Motor abzustellen. »Sophie meinte, du seist nicht im Zug gewesen. Jetzt bin ich aber erleichtert, daß du da bist.« Sophie machte einen verschlossenen Eindruck.

»Ich bin in Exeter zugestiegen. Ich habe dich nicht gesehen.« Helena ließ sich von Sophie beim Koffertragen helfen.

»Ich dich auch nicht«, log Sophie.

»Der arme Richard wird heilfroh sein«, sagte Monika sanft. »Vielleicht solltest du lieber selbst fahren?«

»Nein, fahr nur, ich nehme doch an, du kommst mit dem Ding zurecht.« Helena war ungnädig und ärgerte sich über sich selbst. »Wie geht es ihm denn? Schon wieder besser?«

»Leider nicht, Helena, es geht ihm ganz und gar nicht besser.«

Helena seufzte verärgert. »Wir sollten uns lieber beeilen. Kannst du nicht dafür sorgen, daß sich der Hund ruhig verhält,

Sophie«, sagte sie vorwurfsvoll, obwohl der kleine Dackel ganz still auf Sophies Arm saß. Helena blickte in seine Knopfaugen. Sophies schwarzen Augen wich sie bewußt aus. Sophie lächelte.

»Du machst dir sicher große Sorgen.« Monika steuerte den Wagen aus der Stadt hinaus.

»Aber natürlich. Max läßt euch grüßen und wünscht euch alles Liebe«, fügte sie grausam hinzu.

»Er hat so viel davon.« Monika, die Attacken dieser Art gewöhnt war, genoß es geradezu. »Wie war das Konzert?«

»Großartig. Wie wunderbar das Meer riecht!« Ihr Vorkriegs-Ich erwachte zum Leben. Sie versuchte bewußt, sich wieder in jene andere Helena zurückzuverwandeln, die angeheiratete Tante von Richards Neffen und Nichten, die Kirchgängerin, das Mitglied des Women's Institute.

»Dort drüben hat die Bombe eingeschlagen.« Monika drosselte das Tempo, als sie durch die Stadt fuhren. »Der arme Richard und der General haben sich furchtbar aufgeregt, aber es wurde niemand verletzt.«

»Der viele köstliche Wein! Ich hatte den Weinhändler gebeten, ihn für mich aufzuheben. Wir werden diesen Krieg gewinnen, aber stell dir nur vor, was uns die Deutschen bis dahin alles wegtrinken. Hast du irgendwas von deinem Sohn gehört?«

»Nein.« Monika beschleunigte wieder. »Nichts.« Sie würgte ihren Schmerz hinunter.

»Kann ich ein Stück vorher aussteigen, damit Duck noch ein bißchen Auslauf bekommt?«

Monika hielt an, um Sophie und den Hund aussteigen zu lassen. »Sie mag diesen Hund sehr gern. Richard auch. Du bist eine gute Frau, Helena.«

»O nein, das bin ich nicht.«

»Komm, Ducks, lauf zu.« Sophie rannte mit dem entzückten Hund den Hügel hinauf und landete unversehens auf der Kamillenwiese. Sie lief einmal ringsherum, strich mit den Füßen über die Grasnarbe. Es war die falsche Jahreszeit, der Duft war nur schwach. Dann blieb sie stehen und blickte aufs Meer hinunter, grau und aufgewühlt, schaumgekrönte Wellen, die sich in schwere Brecher verwandelten und an die Klippen donnerten. Sie ließ ihren Blick über den mit Stacheldraht abgezäunten Pfad wandern, bis zur Küstenwachstation, einst so tapfer weiß getüncht, jetzt mit einem schmutzig braun-grünen Anstrich getarnt. »Alles weg«, sagte sie kläglich zu dem Hund, der winselte, weil der scharfe Wind unbarmherzig durch sein dünnes Fell drang.

Helena ging nach oben und überließ es Monika, sich um das Gepäck zu kümmern. Richard lag, auf dicke Kissen gebettet, teilnahmslos da.

»Armer Kerl. Wie fühlst du dich?« Helena beugte sich hinab, um ihn auf die Stirn zu küssen. »Du hast Fieber. Was unternimmt der Arzt dagegen?«

»Hat mir Vitamin M und B gegeben.« Richards Stimme war schwach.

»Hoffentlich hilft das. Wer hat das Zimmer so verändert?« Helena betrachtete mißbilligend die umgestellten Möbel.

»Monika. So kann sie mich leichter pflegen. Sie ist sehr gut zu mir.«

»Gerade hat sie mich als gut bezeichnet.« Helena lachte, und Richard lächelte stillschweigend. »Du wirst bestimmt wieder gesund.« Helenas Stimme klang zuversichtlich.

»Jetzt, wo du da bist.«

Helena bekam plötzlich Gewissensbisse. »Sophie war im Zug. Wir haben einander nicht gesehen, bis wir hier ankamen. Polly hat sie von Paddington losgeschickt. Ich war mit Max in Liverpool, als ich hörte, daß du krank bist.«

»Wäre nicht nötig gewesen, daß du dir die Mühe machst.«

»Wahrscheinlich nicht. Trotzdem, es hätte keinen guten Eindruck gemacht, wenn ich nicht gekommen wäre.«

»Was sollen denn die Nachbarn sagen? Also ich bitte dich.«

»Machst du Witze?«

»Aber nicht doch.« Richards Stimme war heiser. »Man muß auch an den General und an Monika denken. Nicht daß es ihr etwas ausmachen würde.« Seine Stimme sank zu einem Murmeln herab. »Sie ist daran gewöhnt. Daran gewöhnt! Also ich bitte dich!« Er begann zu husten.

»Wirst du dich daran gewöhnen?«

Richard nickte. Er sah schwach und nicht besonders anziehend aus. Helena schaute sich im Zimmer nach seinem Bein um; als sie es nirgends entdeckte, blickte sie ihn fragend an.

»Sie hat es nach nebenan gebracht.«

»Ach so.« Helena verspürte plötzlich ein freundschaftliches Gefühl für Richard, lächelte ihn herzlich an, setzte sich dann neben ihn und hielt seine Hand. Es kam ihr so vor, als hätten sie sich kurz die Wahrheit gesagt und wären sich dadurch nähergekommen. Der Dackel kratzte an der Tür.

»Da kommt dein Hund. Er hat dich gern.«

»Ja.« Richard betrachtete seine Frau, als sie durchs Zimmer ging, um den Hund hereinzulassen. Ihr Gang hatte sich verändert.

»Jetzt kann ich dich nicht mehr tyrannisieren«, sagte er und hustete wieder.

»Das hast du eigentlich nie geschafft.« Helena betrachtete den Hund, der aufs Bett sprang, seinen Kopf neben Richards Kopf legte und sie aufmerksam beäugte.

»Sie hat die Kücheneinrichtung umgestellt, und du schläfst im Gästezimmer.«

»So?« Helena war überrascht und verärgert. »Warum?«

»Du könntest dir meine Grippe holen.«

»Und was wäre dann?«

»Dann würdest du länger hierbleiben.« Er lachte und mußte husten, so daß sein Gesicht rot anlief.

»So ist das also.« Helena sah zu, wie er hustete und zwischendurch versuchte, etwas zu sagen. »Was hast du gesagt?« fragte Helena.

»Ein glatter Tausch«, sagte er keuchend.

»Aber so ist es nicht, oder?« fragte sie.

»Nein.« Er hielt die lächerliche Hundeschnauze locker in der Hand, so daß zwischen Daumen und Zeigefinger die feuchte schwarze Nasenspitze zu sehen war und die Augen des Hundes über seine venendurchzogene Faust hinweglugten. »Aber es ist schon in Ordnung.«

Helena war wütend und beleidigt. Er war ihr Ehemann, es sollte ihm etwas ausmachen.

»Du hast eine Bronchopneumonie«, sagte sie und fragte sich,

ob er sterben würde, und wenn ja, ob es ihr etwas ausmachen würde.

»Aber ich sterbe nicht.« Der Hustenanfall ging vorüber. Er legte sich zurück.

»Onkel Richard?« Sophie kam herein, eilte ans Bett und gab ihm einen Kuß, trat dann zurück, ohne seine Hand loszulassen, und sah ihn an.

Richards Blick hellte sich auf. »Sophie.«

»Ich freue mich, dich zu sehen!« rief das Mädchen. Helena war erstaunt. Sophie hatte Richard gegenüber nie Zuneigung gezeigt.

»Danke für deine Briefe«, sagte sie. »Sie machen die Schule erträglich.«

»Gut«, sagte er und hielt ihre Hand fest. »Gut.«

Er liebt sie, dachte Helena, er liebt sie. Sophie spürte Helenas Empfindungen und sagte zu ihr: »Er berichtet mir vom Garten und den Vögeln und was im Dorf passiert und was der General meint und der Pastor und lauter so Sachen, damit ich auch weiß, daß das alles Wirklichkeit ist, damit ich nicht nur Heimweh nach einem Hirngespinst habe. Ich beende meine Briefe immer mit: ›Liebe Grüße an die Kamillenwiese.‹« Sie machte eine kurze Pause und sah Helena an. »Du hast sie angelegt, nicht wahr?«

»Ja«, sagte Helena und dachte an die Zeit zurück. »Alle haben behauptet, sie würde nicht anwachsen.«

»Aber sie wächst.« Sophie empfand eine Welle der Zuneigung für ihre Tante, und einen Augenblick lang hatten sich die beiden gern.

»Du bist gewachsen.« Richard hielt noch immer Sophies Hand. »Eines Tages ...« Er begann wieder zu husten, ein harter, quälender Husten. »Zum Teufel mit diesem Husten, und dazu noch die Lungenentzündung. Der Doktor sagt: ›Das Gas damals war nicht gerade gesund.‹ Diese deutschen Barbaren haben es nicht eingesetzt, um uns was Gutes zu tun. Also ich bitte euch! Sie haben es eingesetzt, um uns umzubringen. Seltsamer Humor.«

»Höchste Zeit, daß du aufhörst zu reden.« Monika rauschte mit einem Inhalator ins Krankenzimmer. »Schluck deine Pillen, und dann wird inhaliert, ja?«

»Was immer du befiehlst, meine Liebe.«

Seine Liebe! Helena zog die Augenbrauen hoch.

»Er hat zuviel geredet.« Monika schickte Helena freundlich hinaus. Sophie ebenfalls.

Helena folgte Sophie nach unten. »Mir schreibt er nicht«, sagte sie.

»Du brauchst keine Briefe. Du hast soviel anderes. Oh, das ist ja phantastisch!« Sophie bewunderte die neue Anordnung der Küchenmöbel. »Onkel Richard hat geschrieben, es würde mir gefallen. Dir gefällt es doch auch, oder?« fragte sie Helena.

»Ja.« Helena betrachtete die umgewandelte Küche. »Ich muß zugeben, mir gefällt es auch.«

»Viel gemütlicher als zu Zeiten der Köchin, irgendwie wienerisch, findest du nicht?«

»Doch.«

»Es gefällt ihr in der Fabrik.«

»Wem? Welche Fabrik?«

»Der Köchin.«

»Woher weißt du das?«

»Wir schreiben uns. Sie ist mit dem Vorarbeiter verlobt. Er heißt Terence und ist Witwer.«

»Du bleibst wirklich mit allen in Verbindung.«

»Das muß ich. Sonst würde ich...«

»Was?« Helena wandte den Blick von der nicht mehr wiederzuerkennenden Küche ab und sah Richards Nichte an.

»Nichts.« Sophie klopfte ein Kissen glatt, das Monika aus einem anderen Zimmer geholt hatte, um einen Holzstuhl mit gerader Lehne bequemer zu machen. »Sonst würde ich verlorengehen«, sagte sie zu sich selbst. »Einfach verschwinden.«

19

»Ich muß mal anhalten, um Jumbo rauszulassen.«

»Du kannst auf der Autobahn nicht anhalten, Ma.« Iris und James, die alles besser wußten, sprachen gleichzeitig.

»Ich bin nicht von gestern. Ich kann bei der nächsten Ausfahrt hinausfahren.«

»Bis Ausfahrt 17 sind es noch zwei Meilen«, sagten James und Iris im Chor.

Kinder! dachte Polly. »Im Krieg war das Reisen ganz anders«, sagte sie. »Es gab kein Benzin, außer für kurze Fahrten, und die Züge waren zum Bersten voll. Leute wie Calypso schafften es immer, einen Platz im Schlafwagen zu bekommen. Sie drückte dem Schaffner jedesmal zehn Shilling in die Hand, sah ihm in die Augen und sagte: ›Ich bin die Parlamentsabgeordnete von Hogmanay‹ oder wie immer Hectors Wahlkreis hieß. Es funktionierte sogar, wenn sie nach Penzance fuhr.«

»Er war Mitglied des Unterhauses, oder? Konservativer?«

»Ja.« Polly bog von der Autobahn ab. »Schon gut, Jumbo, ich lasse dich sofort raus. Nachdem sie ihn eingezogen hatten, kümmerte sich ein anderes Mitglied des Unterhauses um seinen Wahlkreis. Als er zurückkehrte, wählte er Labour und hängte die Politik an den Nagel.« Sie hielt an und ließ Jumbo auf die grasbewachsene Böschung hinaus. »Laß dir nicht den ganzen Tag Zeit«, sagte sie zu dem Hund. »Hector hatte mehr Wähler bei den Highland-Regimentern als irgendwo sonst.«

»Sind sie mit Dudelsäcken durch die Wüste gerannt?« Iris sah dem Hund zu, wie er eine Wurst machte. »Er mußte wirklich raus.«

Polly pfiff. Der Hund, der noch nicht fertig war, beachtete sie gar nicht.

»Irgendwie kann ich mir Calypso in den Highlands nicht vorstellen.« James schnippte mit den Fingern, um den Hund zu rufen, der jetzt im Gras scharrte, so daß kleine Brocken Erde umherflogen.

»Sie war einmal in den Flitterwochen dort und einmal, unmittelbar bevor Hector nach Übersee mußte. Catherine lebte auf seinem Anwesen, das jetzt natürlich Hamish gehört. Catherine hat ihn da oben betreut, solange er klein war, und später in den Schulferien. Calypso fand es sterbenslangweilig und zu einsam.«

»Entsprach nicht ihrem Lebensstil.« Iris zerrte den Hund ins Auto. Er sprang auf den Beifahrersitz neben Polly.

»Ganz und gar nicht.« Polly fuhr auf die Autobahn zurück. »Hamish hingegen ...«

»Hamish benimmt sich, als hätte er keinen Tropfen englisches Blut in den Adern«, stimmte Iris ihr zu. »Durch und durch ein Highlander.«

»Und doch ist er Calypsos Sohn.«

»Wenn mir irgend jemand gesagt hätte, daß mir das hier Spaß machen würde, hätte ich ihm geraten, mal seinen Kopf untersuchen zu lassen.« Calypso, von Hectors Armen fest umschlossen, wiegte sich im Rhythmus des Zuges. Hector umarmte sie, während er seine Füße gegen den Kojenrand stemmte.

»Diese Melodie gefällt mir ausgesprochen gut«, flüsterte sie ihm ins Ohr. »Sie geht ›Fick-fickedie, fick-fickedie, fick ...‹«

Er drehte seinen Kopf, um an ihren Mund zu kommen. »Was für unanständige Wörter!«

»Nicht für eine Ehefrau.«

»Noch eine Runde?«

»Noch eine Runde. Fall bloß nicht aus der Koje.«

»Ich werde mir Mühe geben.«

»Um wieviel Uhr kommen wir in Euston an?«

»Wie wär's, wenn du mal eine Weile den Mund halten würdest?«

Als sie eingeschlafen war, hielt er sie im Arm. Der Zug

ratterte durch die Nacht nach Süden. Die Lokomotive kreischte unheimlich.

»Sind wir bald da?« fragte sie verschlafen.

»Nein, noch nicht.«

»Wir sind zu dick für diese Koje.«

»Soll ich mich in meine verziehen?«

»Nicht, wenn du es in dieser unbequemen Lage aushalten kannst.«

Wenn ich ihr jetzt sage, wie glücklich ich bin, lacht sie sicher, dachte er und versuchte zähneknirschend, den qualvollen Krampf in seinem Fuß zu ignorieren.

»Ah, ich muß mich strecken, du erdrückst mich ja.« Plötzlich war sie hellwach und schubste ihn auf den Boden. »Glaubst du, in der Flasche da ist noch Whisky?« Sie zog sich einen Pullover über und setzte sich auf.

Er war aufgestanden, mit dem Zug schwankend, um den Whisky aus der Ablage zu holen und ihr einzuschenken.

»Glaubst du, dem Hündchen geht es gut?« Calypso tastete unter die Koje und zog einen Korb hervor, in dem zusammengekauert ein kleiner, scheckiger Cairn-Terrier mit schwarzer Schnauze hockte. Er wedelte mit dem Schwanz. »Ja, es geht ihm gut.« Sie machte den Korb wieder zu. »Ein hübsches Geschenk.« Sie nahm Hector den Whisky ab. Während er sich ebenfalls einschenkte, betrachtete er sie, wie sie so dasaß in ihrem Pullover und die langen nackten Beine baumeln ließ. Dann setzte er sich neben sie, legte die freie Hand auf ihren warmen Bauch und berührte ihr Schamhaar.

»Ich werde ihn ›Highland Fling‹ nennen, abgekürzt ›Hamish‹.« Sie kippte den Whisky in einem Zug hinunter. »Das ist ein Familienname, oder?«

»Doch nicht für einen Hund«, fuhr er sie plötzlich wütend an.

»Ich habe nicht den Hund gemeint.« Er wurde nicht schlau aus ihrem Gesichtsausdruck. »Du bist doch auf Versetzungsurlaub, stimmt's?«

»Liebling...« Er starrte sie an.

»Ja. Mit ein bißchen Glück. Wird mich auf Trab halten. Ach komm, Hector, entdecke ich da eine Träne?«

»Ich kann nichts dafür... ich liebe dich.«

»Tut es so weh?« Ihr sarkastisches Lächeln brachte ihn zum Lachen.

»Es ist die Hölle«, sagte er. »Du kannst das nicht wissen.«

»Da bin ich aber froh.«

»Calypso hatte im Krieg einen Hund.« Polly beschleunigte das Tempo.

»Ich dachte, sie mochte keine Tiere«, sagte James, der Tiere gernhatte.

»Diesen Hund mochte sie, ein abscheuliches kleines Ding. Er hat jeden gebissen und wurde nie richtig stubenrein. Hector hat ihn ihr geschenkt. Er schlief auf ihrem Bett.«

»Ist das derselbe, der Tony gebissen hat?«

»Muß wohl, denn einen anderen Hund hatte sie nie.«

»Dann erzählt Tony also keine Geschichten, wenn er behauptet, daß er mit Calypso geschlafen hat«, bemerkte James.

»Nein, er war nicht der Typ, der das Maul aufreißt«, bestätigte Polly. »Ich hoffe nur, daß wir nicht zu spät kommen. Zu einem Begräbnis darf man auf keinen Fall zu spät kommen. Man wartet sein ganzes Leben darauf, und wenn die Leute zu spät kommen, ist das unhöflich.«

»Er wird es nicht erfahren, Ma. Schließlich ist es kein Konzert. Außerdem ist das Begräbnis erst morgen.«

»Es hat immer ein nächstes Konzert gegeben.«

»Also wirklich, Ma! Du solltest dich nicht aufregen.«

»Man darf bei Begräbnissen husten und niesen und weinen, aber zu spät kommen darf man nicht«, sagte Polly traurig.

»Fahr lieber vorsichtig, Ma, sonst gibt es noch ein Massenbegräbnis.«

Calypso sah Hector beim Packen zu.

»Wirst du dir einen Schnurrbart wachsen lassen? Das würde dich sehr unattraktiv machen.«

»Würde es dich stören?«

»Ich sehe ihn ja nicht.«

»Calypso, mein Liebling, versprichst du mir, daß du Catherine herholst?«

»Wer ist Catherine? Wozu?«

»Das weißt du ganz genau. Das Hündchen stammt von ihrem Vater, sie wird sich um das Baby kümmern.«

»Und um mich?«

»Auch.«

»Aber ich weiß nicht, ob ich ein Baby bekomme. Es wird noch Wochen dauern, bis ich es weiß.«

»Aber wenn, dann möchte ich, daß du Catherine kommen läßt.«

»Also gut, abgemacht, aber erst, wenn es auf der Welt ist. Warum ist sie nicht bei irgendeiner Hilfsorganisation? Warum ist sie nicht Marinehelferin oder was Ähnliches? Fehlt ihr irgendwas?« Es verdarb Calypso derart die Laune, Hector beim Packen zuzusehen, daß sie ekelhaft wurde.

»Sie hinkt.«

»Armes Mädchen. Tut mir leid. Aber ich möchte nicht, daß jemand von deinen Leuten mir nachspioniert.«

Hector gab Calypso eine kräftige Ohrfeige. »Du dummes Ding, glaubst du, ich verschwinde einfach so und lasse dich hier allein, ohne daß sich jemand um dich kümmert? Zu deinen Eltern fährst du nicht, weil dich das langweilen würde, nach Schottland willst du nicht, weil dich das anöden würde. Du willst unbedingt in London bleiben, obwohl du ausgebombt werden könntest. Ich mache mir eben Sorgen.«

»Kein Grund, mich zu schlagen. Darüber sollte man sich sehr viel mehr Sorgen machen.«

»Jetzt laß uns nicht streiten.«

»Also gut, ich schicke nach Catherine, falls sich etwas tut.«

»Hector ist in einer miserablen Laune abgezogen.« Calypso saß auf der Kante von Pollys Küchentisch und ließ die Beine baumeln. »Das Packen war eine furchtbare Hetze.«

»Wirst du ihn vermissen?«

»Das habe ich nicht vor. Ich genieße es, das Haus für mich allein zu haben, zu arbeiten, wenn ich möchte, ins Bett zu gehen, wann ich möchte.«

»Und mit wem du möchtest.«

»Das habe ich nicht gesagt.«

»Natürlich nicht.« Polly fragte sich, mit wem Calypso vorhatte, ins Bett zu gehen, und ob Tony bereits Ansprüche angemeldet hatte.

»Wenn du dich einsam fühlst, kannst du immer zu mir kommen.«

»Danke. Irgendwelche Neuigkeiten von Walter?«

»Seit Urzeiten nicht mehr.«

»Von den Zwillingen?«

»Sie sind am Leben. Sie kommen her, sobald sie eine Nacht Urlaub bekommen.«

»Immer zusammen?«

»Normalerweise immer nur einer. Sie haben furchtbare Alpträume, Calypso. Sie schreien im Schlaf.«

»Das würde ich auch, wenn sie mich herunterschießen würden. So was ist schwer zu verkraften. Hector sagt, man schaut hoch, und wenn beim Frühstück in der Offiziersmesse jemand fehlt, vergeht einem der Appetit; man denkt, morgen kann es dich treffen. Das jedenfalls sagt Hector. Für die Zwillinge mag das ganz anders sein. Hectors Erfahrungen stammen aus dem letzten Krieg.«

»Wie bei Onkel Richard. Schon komisch, daß Hector so alt ist. Sie werden ihn doch nicht irgendwohin lassen, wo richtig gekämpft wird, oder?«

»Er ist furchtbar aggressiv, möglicherweise ist er ein recht guter Kämpfer.«

»Walter hat gesagt, es dauert eine Ewigkeit, bis sie dort sind, und möglicherweise werden sie von Torpedos beschossen.«

»Vielen Dank, du kannst einen wirklich aufheitern. Ich weiß nicht, wo ›dort‹ ist, ob Kairo oder Kreta oder der Suezkanal. Hector findet es sicher furchtbar, auf einem Schiff zu hocken; er kann es nicht ausstehen, wenn es nichts zu tun gibt. Hast du in deiner Dienststelle irgendwas gehört, Polly, irgendwas, was auch stimmt?«

»Du kannst doch Zeitung lesen und Rundfunk hören.«

»Aber kann man auch nur ein Wort glauben? Nimm Dünkirchen. Hector sagt, es war ein beschämendes Durcheinander.«

»So, sagt er das? Wir im Amt dachten auch so, hatten aber nicht den Mut, es zu sagen. Lieber Himmel.« Polly sah Calypso, die Hectors Urteil offenbar respektierte, nachdenklich an.

»Mein Boß dachte, sie würden Ende Juni hier einmarschieren, er kannte sogar das Datum.«

»Und wann war das?«

»Am 24. Juni. Ich weiß es deshalb, weil es der Johannistag war. Warum lachst du?« Polly war verblüfft über Calypsos Gekicher.

»Nichts, ach nichts. Der arme Oliver. Ich hatte eine Mandelentzündung. Ich möchte nur wissen, wo er jetzt ist. Er war auch schlecht gelaunt, als er fortging.«

»Ich glaube, nachdem wir schon mal beisammen sind, sollten wir die alten Herrschaften anrufen. Tante Sarah macht sich ohnehin immer Sorgen, und aus Cornwall habe ich seit Wochen nichts mehr gehört. Helena benimmt sich, als würden Richard und Monika nicht existieren.«

»Sie amüsiert sich königlich«, sagte Calypso voller Bewunderung. »Das hätte ich nie von ihr gedacht, du vielleicht?«

»Nicht in meinen kühnsten Träumen.«

»Wir sind telefonisch in Verbindung geblieben«, sagte Polly über die Schulter zu Iris und James. »Im Krieg«, fügte sie hinzu, als sie im Rückspiegel James' Gesichtsausdruck sah. »Diese Fahrt, das Begräbnis, die Erinnerungen an Max, Onkel Richard und alle anderen rufen mir all diese Dinge wieder ins Gedächtnis.«

»Offenbar erinnerst du dich noch recht lebhaft an alles.« Iris beugte sich nach vorn, um Jumbo zu streicheln.

»Lebhaft, ja. An das brennende London, das Unterhaus, Guildhall, das East End. In manchen Nächten sind wir aufs Dach geklettert, um es uns anzusehen. Turner hätte das nicht besser hingekriegt. An anderen Tagen haben wir uns unter dem Küchentisch verkrochen.«

»Aus deinem Mund hört sich das wunderschön und erheiternd an, geradezu lustig.«

»Das war es auch. Man sollte sich schämen. Bevor alles anfing, haben wir uns geschworen, daß wir keine solchen Langweiler werden würden wie Onkel Richard, der immer nur vom Krieg erzählte. Mein Gott, war der langweilig. Er redete die ganze Zeit von Kameradschaft, Courage, Blutbädern und...«

»Tripper?« schlug James vor.

»Wenn man sich in seiner Generation den Tripper holte, sprach man nicht darüber. Armer alter Junge.«

»Du erzählst nie von deinen Eltern, Ma.«

»Ich weiß. Ich weiß auch nicht, warum.« Polly rückte im Fahrersitz zurecht. »Einen Tag waren sie da, Vater in seiner Klinik, Mutter bei irgendeinem Hilfsdienst, und am nächsten wurden sie von einem Irrläufer weggefegt. Walter konnte nicht zur Beerdigung kommen, er war auf See. Aber Tante Helena, Tante Sarah und Onkel George waren da. Es ist schrecklich, so etwas zu sagen, aber offenbar habe ich sie einfach vergessen. Es passierte soviel anderes.«

»Hm«, murmelten Iris und James, die sich fragten, ob sie es ebenso ruhig hinnehmen würden, wenn Polly plötzlich sterben sollte.

Natürlich wären sie mit dem, was da vorging, nicht einverstanden gewesen und hätten sich eingemischt, dachte Polly. »Die göttliche Vorsehung ist ziemlich eigenwillig«, sagte sie laut. »Wir haben oft telefoniert. Wir mußten uns auf drei Minuten beschränken und in diese drei Minuten alle Neuigkeiten hineinpacken.«

»Gibt's was Neues, Tante Sarah? Irgendwas Neues? Wie geht es dir und Onkel George?«

»Uns geht es gut, meine Liebe. Und wie steht's bei euch?«

»Mir geht es gut. Hector mußte nach Übersee.«

»Mein liebes Kind, bist du ganz allein?«

»Im Augenblick bin ich bei Polly.«

»Das Alleinsein tut dir nicht gut.«

»Ich mag es ganz gern. Gibt es Neuigkeiten von Oliver?«

»Wir haben einen Brief bekommen. Er ist in Ägypten.«

»Woher wißt ihr das? Ich dachte, sie dürften nicht...«

»Er schrieb, sie hätten wunderbares Wetter. Viele alte Freunde kämen vorbei. Sie tuten einfach und schneien herein.«

»Wie ungezogen von ihm!« Polly nahm Calypso den Hörer aus der Hand. »Großen Schaden kann er damit allerdings nicht anrichten. Von Walter habe ich nichts Neues erfahren, er ist auf See. Wir rufen jetzt gleich noch die kornische Sippe an.«

»Man hat ihnen jemand aufs Auge gedrückt, den sie nicht

mögen. Ich wurde nicht schlau aus dem, was Monika sagte, du kennst ja ihren Akzent. Mit deinem Onkel konnte ich nicht reden, er war nicht zu Hause. Ich weiß, daß du arbeiten mußt, aber könntest du Calypso überreden, hinunterzufahren und sie zu besuchen? Helena ist gerade wieder abgereist. Diese Liebesaffäre ist ihr in den Kopf gestiegen.«

»Nicht nur in den Kopf«, sagte Polly. »Mist, die drei Minuten sind um.«

Geduldig warteten sie auf die Verbindung nach Cornwall. Richard ging ans Telefon.

»Ach Calypso, du kommst mir gerade recht. Ich möchte mit deinem Hector reden.«

»Das geht nicht, er ist in Übersee.«

»Dann übermittle ihm eine Nachricht.«

»Ich kriege ihn nicht zu fassen, Onkel.«

»Du mußt, meine Liebe, diese verfluchte Artillerie hat mir eine Kanone vor die Nase gesetzt. Also ich bitte dich, eine Kanone!«

»Was für eine Art Kanone?«

»Ein Flakgeschütz. Damit geben wir ein Ziel ab. Die Deutschen werden auf uns schießen.«

»Sie ist doch sicher gut getarnt?«

»Direkt vor meiner Nase. Das lasse ich mir nicht gefallen. Hab ich auch gesagt. Dem hochnäsigen Witzbold ist nichts Besseres eingefallen als: ›Wir haben Krieg‹, als ob ich das nicht selbst wüßte. Im letzten Krieg habe ich ein Bein verloren, habe ich ihm erklärt. Und ich werde nicht zulassen, daß in diesem mein Rasen ruiniert wird. Hector könnte dafür sorgen, daß dieses Ding anderswo an der Küste aufgestellt wird.«

»Vielleicht könnten sie es auf dem Grundstück des Generals aufstellen?« Polly nahm den Telefonhörer und schaltete sich in das Gespräch ein.

»Das haben sie versucht, diese Knallköpfe. Sie haben es versucht, aber er hat sich aufgespielt und gesagt, er sei ein General. Würde ihm zwar nicht weh tun, wenn da eine Kanone stünde, aber wenn sie das verdammte Ding hier abfeuern, würde das die Kuh erschrecken.«

»Welche Kuh?«

»Monika hat eine Kuh gekauft, ein schönes Tier, läßt sie angepflockt, angeblich ist das in Österreich so üblich. Wenn sie das Ding abfeuern, könnte das arme Tier versuchen wegzulaufen und sich dabei strangulieren. Mag man sich gar nicht vorstellen. Ekelhaft. Hector könnte dafür sorgen, daß sie wegkommt.«

»Die Kuh?«

»Sei nicht so begriffsstutzig, Mädchen. Die Kanone. Wo die Deutschen schon St. Mary's mit Maschinengewehrfeuer belegen. Wir sind ziemlich ungeschützt.«

»Wurde St. Mary's denn mit Maschinengewehren beschossen?«

»Ja. Angeblich wurde der Dorftrottel getötet, aber heutzutage behaupten die Leute ja alles mögliche.«

»Das mit St. Mary's wußte ich gar nicht.«

»Sollte auch streng geheim bleiben. Sie haben eine Bombe auf diesen geheimen Ort in den Goonhilly Downs geworfen, ging natürlich daneben, hat einen verflucht großen Krater hinterlassen. Wir haben keine Abwehrstellung. Die Scheißkerle fliegen einfach die Küste rauf und runter, als machten sie einen Sonntagsausflug, und kein Mensch ist da, um sie aufzuhalten. Unsere gesamten Streitkräfte sind im Mittleren Osten, soviel ich weiß.«

»Du scheinst ungeheuer viel zu hören, Onkel Richard.«

»Monika hört die deutschen Nachrichten, die kommen viel deutlicher als unsere. Wir kriegen auch gute Konzerte, ohne Störgeräusche. Ziemlich effizienter Haufen, diese Deutschen, das muß man ihnen lassen. Die würden mir keine Kanone auf die Wiese vor dem Haus setzen.«

»Steht sie wirklich auf der Wiese?«

»Dichterische Freiheit. Versuch Calypso dazu zu kriegen, daß sie Hector mobilisiert, sei ein braves Mädchen. Wenn wir so weitermachen, werden wir den Krieg nie gewinnen. Erst Dünkirchen, und jetzt das hier. Versuch...« Es knackte in der Leitung, dann war sie tot.

»Wir sind unterbrochen worden.« Polly legte den Hörer auf die Gabel. »Könntest du hinunterfahren und nachsehen, was los ist, Calypso?«

»Ich habe mit dem Gedanken gespielt, meinen Job wieder aufzunehmen, nachdem Hector jetzt fort ist.«

»Könntest du nicht erst hinunterfahren? Es hört sich an, als würde Onkel Richard in der Klemme stecken.«

»Also gut. Das sind wir ihm schuldig, finde ich. Komm schon, Fling.« Sie hob das Hündchen hoch. »Gute Nacht, Polly, bis demnächst.«

»Melde dich mal. Ich möchte gerne wissen, was los ist, und sag Onkel Richard, er soll seine Zunge im Zaum halten.«

»Als ob das etwas nützen würde.«

»Er wird Ärger bekommen, wenn er überall herumposaunt, daß er die deutschen Nachrichten hört.«

»Monika hört sie. Sie kann keinen Schaden anrichten.«

»Monika ist ein Opfer. Wann fährst du?«

»Bald. Es wird mich ablenken. Gute Nacht, verschwiegene Cousine.«

»Warum nennst du mich so?«

Calypso verschwand lachend, ohne zu antworten.

»Ach Liebling«, sagte Polly später im Bett. »Ich bin so glücklich. Meinst du, Calypso kommt allein in diesem großen Haus zurecht? Meinst du, sie fürchtet sich bei den Luftangriffen?«

»Wenn sie ihre Hand ausstreckt und Fling spürt, kann sie sich einreden, es sei Hectors behaarte Brust.«

»Vielleicht mag sie behaarte Männer.« Polly schlief schon halb.

»Sie hat einen vielfältigen Geschmack.«

»Sprichst du aus persönlicher Erfahrung?«

»Reine Vermutung, nichts als Gerüchte. Dreh dich um...«

20

»Lieb von dir, daß du mich abholst, obwohl das Benzin rationiert ist.« Calypso stieg zu Monika ins Auto.

»Das ist kein Problem. Der General hat uns gesagt, was wir auf das Antragsformular schreiben müssen. Der General weiß alle diese Dinge.«

»So, und was habt ihr hineingeschrieben?«

»Richard hat Benzin zum Einkaufen beantragt. Benzin, um in die Kirche zu fahren. Dabei geht er nicht oft in die Kirche. Außerdem, um Sophie in die Schule zu bringen. Er hat ganz ›vergessen‹, daß sie ja jetzt ins Internat geht. Dann Benzin für Max' Konzerte, das ist auch eine Art Dienst fürs Vaterland. Benzin für Richards Luftschutzarbeit – schließlich muß er irgendwie zu seinem Einsatzpunkt kommen – und natürlich für Richards Bein. Das erweist sich jetzt als nützlich.«

»Und ob.« Calypso war beeindruckt. »Ich hätte nie gedacht, daß der General so raffiniert ist.«

»Der Krieg schärft den Verstand«, sagte Monika grimmig.

»Was hat es mit dieser Kuh und dieser Kanone auf sich?«

»Die Kuh fällt unter Dienst fürs Vaterland. Ich habe sie dem General abgekauft. Ich mache Butter und Käse, und Milch haben wir auch.«

»Aber was frißt sie? Onkel Richard und Tante Helena haben keine Felder.«

»Ich binde sie am Straßenrand an, und sie grast das ab, was man hier ›die lange Weide‹ nennt. Das haben mir die alten Männer im Pub gesagt.«

»Und ist das erlaubt?«

»In Österreich ist das üblich. Die Zigeuner machen das auch. Es ist reine Verschwendung, wenn die Kuh das Gras nicht frißt.«

»Mein Gott. Und wo schläft sie?«

»Auf der Wiese, und wenn es regnet, in der Garage.«

»Auf der Kamillenwiese?«

»Die Kuh mag keine Kamille.«

»Aber wir.« Calypso war empört. »Sie macht doch sicher einen furchtbaren Dreck.«

»Den Dreck sammle ich für das Gemüse auf.«

»Und wo steht die Kanone?«

»Auf der Klippe, wo du mit Oliver gesessen hast, dort, wo Mrs. Penroses Mann betrunken hinuntergefallen ist.«

Calypso fragte: »Wo lebt Mrs. Penrose, wenn sie zu Hause ist?«

»Sie wohnt im Dorf, aber sie arbeitet drei Tage in der Woche im Haushalt der Floyers und drei Tage für mich.«

Calypso fiel auf, wie beiläufig Monika erwähnte, daß Mrs. Penrose für sie arbeitete.

Von außen sah das Haus auf der Klippe genauso aus wie eh und je, kauerte verdrossen über dem Meer, doch sobald Calypso es betrat, schnupperte sie unwillkürlich. Kein Hauch von Helenas Rosen und Dufttöpfen, sondern das Aroma kontinentaler Küche. Andere Veränderungen bemerkte sie nicht gleich, weil Richards Dackel knurrend aufsprang und den jaulenden Fling auf den Boden nagelte. Als sie versuchte, das Hündchen zu retten, kam Richard dazu und stieß die raufenden Hunde mit seiner Beinprothese an.

»Laß los, du dreckiger Deutscher. Siehst du denn nicht, daß der arme kleine Kerl noch ein Baby ist? Hallo, Calypso, meine Liebe, nett von dir, daß du kommst.« Er gab ihr einen Kuß. »Wir trinken den Tee am Feuer, Monika.«

Calypso, die Fling außer Ducks' Reichweite hielt, folgte ihm ins Wohnzimmer.

»Du sprichst mit ihr wie mit einem Dienstmädchen«, sagte sie.

»Das macht ihr nichts aus. Sie ist Hebräerin. Die waren Sklaven in Ägypten und so weiter. Darf mich nicht unterkriegen lassen. Sieh dich nur um und schau, was sie gemacht hat. Also ich bitte dich, schau es dir an.«

Calypso sah sich um. Die Möbel waren umgestellt, die Bilder umgehängt, die alten Vorhänge elegant gerafft, alle Möbelstükke poliert.

»So sieht es im ganzen Haus aus«, schnaubte Richard.

»Aber es ist sehr hübsch.«

»Das ist ja das Problem. Sie hat einen verflucht guten Geschmack. Die Juden sind ja angeblich ein künstlerisch veranlagtes Volk.«

»Aber...«

»Schau dir erst mal an, was sie draußen auf die Beine gestellt hat. Da ist erst mal die Kuh. Dann die Hennen. Sie legen sogar. Sie zieht Gemüse, sie strickt, sie näht, sie kocht. Ich muß mit ihr reden wie mit einem Dienstmädchen, so verdammt tüchtig ist sie.« Richard Cuthbertson setzte sich nieder und begann zu lachen, daß ihm das Wasser aus seinem tränenden Auge trat. »Sie hat mir sogar ein neues Bein besorgt, mit einem Scharnier.« Er zog sein Hosenbein hoch und zeigte Calypso die neue Prothese. »Die alte hatte eine Macke.«

»Deine Ausdrucksweise ist auch neu.«

»Die stammt von den Pastorenzwillingen. Macke. Volltreffer. Im Eimer. Bombig. Nahezu unverständlich.«

»Und... äh... was sagt...« Calypso zögerte.

»Was Helena dazu sagt? Sagt ihr zu. Sie hat sich auch verändert, wie du vielleicht bemerkt hast. Sie ist flatterhaft geworden.«

»Darf ich raufgehen und mir ein Zimmer aussuchen, Onkel Richard?« Calypso hatte das Gefühl, daß Helena nicht nur flatterhaft, sondern ein heikles Thema geworden war.

»Da mußt du Monika fragen.« Richard Cuthbertson brüllte: »Monika!«

»Richard?«

»Wo soll Calypso schlafen?«

»Kann ich das rote Zimmer nehmen?«

»Ich habe dich im Ankleidezimmer einquartiert.«

»Ach so.« Calypso folgte Monika, die ihren Koffer trug, mit dem Hündchen auf dem Arm nach oben.

»Richard schläft jetzt hier und Helena da drüben. Max braucht ihre ehemaligen Zimmer wegen des Klaviers – er braucht es nachts, wenn er seine plötzlichen Einfälle hat. Ich schlafe hier, Sophie in ihrem alten Zimmer, und das da ist jetzt das Gästezimmer. Das habe ich für dich hergerichtet, und dein Hund kann in der Spülküche schlafen.«

»Nein, das kann er nicht.«

»Nein? Ist er den stubenrein? Oder macht er Schmutz?«

»Manchmal. Du bist offenbar ungeheuer rege gewesen, Monika, du hast dir ungeheuer viel aufgeladen. Du hast Tante Helenas Haus völlig umgekrempelt, hast die Zügel in die Hand genommen, ich meine, du bist eingezogen und hast alles umgestellt. Offenbar kochst du, nähst, machst sauber, besorgst den Garten, betreibst eine Farm, kümmerst dich um Onkel Richard. Alles schön und gut, aber ist das richtig? Ich bin sicher, es ist alles wunderschön und sehr geschmackvoll, aber Fling wird nicht in der Spülküche schlafen, und meinst du wirklich, Monika, daß es richtig war, das alles zu tun? Was ist denn los?« Calypso starrte auf die Tränen, die unkontrolliert über Monikas Gesicht strömten. »Tut mir leid, Monika, du Arme.«

»Es ist wegen Pauli. Wenn ich nicht arbeite, werde ich noch verrückt. Du hast kein Kind, also wirst du das nicht verstehen, vielleicht bin ich ja schon verrückt.« Monikas Tränen tropften ungehindert auf ihren Pullover, wo sie hängenblieben wie Tau in einer Spinnwebe. »Es tut mir leid. Ich habe mir alle diese Arbeiten ausgedacht. Ich wollte Richard und Helena danken, aber jetzt habe ich deine Kindheit verdorben. Es tut mir so leid.«

»Ist schon gut.« Calypso setzte das Hündchen ab und kramte ein Taschentuch hervor. Sie wischte Monikas Tränen ab. »Es spielt keine Rolle. Ich bin inzwischen erwachsen.« Verlegen stand sie vor der älteren Frau. »Du Arme. Macht sich Max auch solche Sorgen?«

»Nein. Er hat seine Arbeit, seinen Erfolg, er hat Helena, sie behagt ihm, er mag mollige Frauen, er mag etwas Phlegma.« Sie lächelte matt.

»Du hast Onkel Richard. Komm, schneuz dich.«

»Der arme Mann. Und die Kuh, ich habe die Kuh. Wenn du

möchtest, dann räume ich um und bringe dich im roten Zimmer unter, es dauert keine Minute, dich umzuquartieren.«

»Um Himmels willen, nein.« Calypso schnappte sich Fling, der auf Entdeckungsreise gehen wollte. »Das ist völlig in Ordnung so. Ich bin nicht hergekommen, um Unruhe zu stiften. Wir dachten, oder vielmehr Polly dachte, Onkel Richard, und du natürlich, ihr würdet euch über einen Besuch freuen, wir dachten, daß du, daß ich, daß . . . Ach zum Teufel! Jetzt bin ich mit meinen großen Füßen ins Fettnäpfchen getreten, und ehrlich gesagt, Monika, normalerweise ist es mir völlig egal, wo ich hineintappe, also steht es eins zu null für dich.«

Monikas Mundwinkel zuckten. »Du bist so schön, daß die Füße keine Rolle spielen.«

»Du bringst es fertig, daß ich mich richtig elend fühle. Ich dachte, ich würde herkommen, um zu helfen, oder, um ehrlich zu sein, Polly hat das gedacht.«

»Du kannst mir helfen. Die Söhne der Floyers kommen morgen, da kannst du helfen.«

»Paul und David kommen hierher?«

»Ja. Mrs. Floyer hat das Haus bis unters Dach voll mit evakuierten Kindern, letzte Woche kam wieder ein ganzer Schwung. Ich habe ihr vorgeschlagen, daß ihre Jungen hier übernachten.«

»O prima, großartig, aber das bedeutet noch mehr Arbeit für dich.«

»Sie werden deinen Onkel glücklich machen.«

»Aber das tust du doch schon, Monika, er ist ganz begeistert von den Sachen, die du gemacht hast, von der Kuh und allem anderen.«

»Ich sorge dafür, daß er es bequem hat, wie ein gutes Dienstmädchen.«

»Komm, Calypso, was hältst du von einem Drink?« rief Richard aus der Diele. »Wird es nicht Zeit, die Kuh hereinzuholen, Monika? Nimm den Hund mit, wenn du rausgehst, er braucht Auslauf.«

Calypso ließ sich ein Glas Sherry einschenken. »Ziemlich scheußliches Zeug, fürchte ich, kommt aus Südafrika. Hast du gehört, daß der Weinhändler eine Bombe abbekommen hat?

Eine echte Tragödie, daß der ganze Claret zum Teufel ist. Helena hätte ihn ins Haus liefern lassen sollen, das dumme Weib. Sie hatte ihre Gedanken woanders. Uns werden sie jetzt auch bombardieren, nachdem wir diese verfluchte Kanone haben. Also ich bitte dich. Welcher Idiot läßt sich bloß so etwas einfallen? Zu meiner Zeit hätte das Kriegsministerium, je nun, die hätten vielleicht was Schlimmeres gemacht. He, Monika, du hast den Hund nicht rausgelassen. Nun lauf schon«, sagte er, machte die Tür auf und scheuchte den Dackel hinaus. »Lauf schon raus. Also, hast du dein Glas, gut, gut. Hast du gesehen, wie er mich angeschaut hat? Sieht aus wie Monika. Lange jüdische Nase, feuchte Augen, vorwurfsvoll. Sie sieht auch wie die Kuh aus. Es ist eine Jersey.«

»Jerseys haben doch keine...«, platzte Calypso heraus.

»Das weiß ich, aber es sind die Augen, die feuchten, dunklen Augen. Ich weiß nicht, was passieren wird, wenn sie die Kanone abfeuern. Flakgeschütze machen einen ziemlichen Krach. Übrigens, paß auf, was du sagst. Der General hat ein Auge auf sie geworfen, hat ihr angeboten, sie bei sich aufzunehmen, also ich bitte dich.«

»Die Kuh? Wäre das nicht eine Lösung...?«

»Nein, nein, Monika. Das kann ich unmöglich zulassen. Ganz im Vertrauen – jetzt, nachdem du eine verheiratete Frau bist, kann ich es ja sagen –, der General ist ein ziemlicher Weiberheld.«

»Ein alter Lüstling?«

»Wird jedenfalls behauptet, ist natürlich nur Klatsch, und Klatsch kann ich nicht ausstehen, aber Monika darf ich dem unmöglich aussetzen. Sie macht sich große Sorgen um ihren Jungen im Lager. Wenn du mich fragst, ist er längst tot, Hitler wird keine unnützen Esser haben wollen. Hast du übrigens deine Lebensmittelkarten mitgebracht? Wenn ja, dann gib sie Monika. Dachte, ich könnte dich ja mal fragen; auch wenn wir selbst soviel anbauen, daß wir dich vollbepackt nach London zurückschicken werden. Nach dem Abendessen zeige ich dir die Kanone, und anschließend wirst du den verantwortlichen Offizier becircen.«

»Ich habe gehört, daß die Zwillinge kommen.«

»Ja, ihre Mutter hat den Pfarrhof bis obenhin voll mit einer Horde verlauster Kinder. Monika geht einmal in der Woche hinüber, um der Gemeindeschwester zu helfen, sämtliche Köpfe zu waschen. Da wimmelt es nur so, also ich bitte dich. Verseuchen das ganze Dorf. Also, im letzten Krieg, da hat man uns die Köpfe geschoren, und als ich von der Front zurückgekehrt bin, hat mein Bursche meine Uniform gebügelt.«

»Gebügelt?«

»Läuse mögen heiße Bügeleisen nicht, das bringt sie doppelt so schnell um. Das muß ich diesem Orang-Utan da draußen mal sagen, könnte ihm sicher den einen oder anderen Tip geben, scheint mir noch ein rechter Grünschnabel. Ist nur einer von der Landwehr, aber nichts Richtiges.«

»Wann lerne ich ihn kennen?« Calypso nippte an ihrem Sherry und sah sich dann nach einer Vase in Reichweite um, um ihn hineinzugießen.

»Wenn du ihn nicht magst«, sagte Richard, der das bemerkte, »dann kipp ihn einfach in die Suppe. Monika macht sehr gute Suppen. Der Orang-Utan kommt zum Abendessen. Heißt Brian Portmadoc, der Bursche.«

»Was für ein grandioser Name.«

»Nach dem Dorf benannt, in dem er zur Welt gekommen ist, wenn du mich fragst. Ein Waliser. Ich verlasse mich darauf, daß du dafür sorgst, daß diese Kanone verschwindet. Umgarne den Kerl, führe ihn auf die Blumenfelder des Generals, mit ein bißchen Romantik müßtest du es schaffen.«

»Könnten das nicht die Zwillinge tun?«

»Nein, nein, nein. Falsche Dienstsparte, falsches Geschlecht. Luftwaffe und Artillerie können sich nicht riechen, das solltest du wissen. Um so was zustande zu bringen, bedarf es einer Frau.«

»Was machen Sie eigentlich im normalen Leben?« Während sie durch das Tal zu den Blumenfeldern des Generals spazierten, tastete sich Calypso im Gespräch an die Kanone heran, die, mit einem Tarnnetz bedeckt, wie ein abscheuliches Untier auf der Klippe hockte.

»Versicherungen.« Brian Portmadoc, hoffnungslos umgarnt, seit er Calypso erblickt hatte, wiederholte das Wort betrübt. »Versicherungen.« Wohl kaum eine Tätigkeit, mit der man die Aufmerksamkeit eines Wesens von solcher Schönheit, verheiratet mit einem nach romantischem Held klingenden Mitglied des Unterhauses, gewinnen konnte. »Versicherungen«, sagte er abermals, während er Calypsos Profil eingehend betrachtete.

»Was ist mit den Fenstern?« Sie ließ es zu, daß ihre schönen Augen den seinen begegneten. Er sah nicht schlecht aus, ziemliche Wurstfinger und kurze Beine, aber ansonsten ganz ansehnlich; sein melodisches Walisisch war sogar ausgesprochen reizvoll.

»Welchen Fenstern?«

»Wenn Sie Ihre Kanone abfeuern, gehen sie garantiert in die Brüche. Als Versicherungsmensch sollten Sie das wissen. Das gibt viel böses Blut. Sie können doch sicher dafür sorgen, daß sie da wegkommt. Onkel Richard leidet furchtbar darunter.«

»Ich habe meine Befehle. Ich habe die Stelle nicht ausgesucht.« Calypso sah ihn unverwandt an. »Sobald sie einmal abgefeuert wurde, müssen wir sie ein Stück weiter die Küste hinaufschaffen, damit die Deutschen glauben, es gäbe hier jede Menge Kanonen«, sagte Brian verlegen.

»Ziemlich albern. Was halten Sie davon, wenn wir versuchen, dem General ein paar Veilchen zu stibitzen? Folgen Sie mir«, sagte Calypso kühl. Brian spürte die Kälte. »Da sind wir. Ich setze mich hier hin, während Sie ein Sträußchen pflücken.« Calypso setzte sich auf einen Felsbrocken und deutete mit ausladender Geste auf die in langen Reihen angepflanzten Veilchen. Gehorsam machte sich Brian ans Pflücken und fragte sich unterdessen, wie er es anstellen könnte, dieses Mädchen zu beeindrucken. Der Duft der feuchten Veilchen war geradezu unerträglich erregend. Während er sich über die Blumen beugte, überlegte er fieberhaft, wie er ihr einen Gefallen tun könnte, ohne sich selbst vor ein Kriegsgericht zu bringen.

Calypso, die den Samen zu einer Idee ausgestreut hatte, begnügte sich damit abzuwarten, bis er aufging und zu blühen begann.

Die Großgärtnerei, eine riesige Fläche mit winzigen, von

Steinmauern begrenzten Feldern, machte großen Eindruck auf Calypso, da sich ihre Besuche sonst immer auf den trockenen August beschränkt hatten. Sie trafen auch bald auf den General, der seine aus alten Männern und Jungen bestehende Arbeitsbrigade schikanierte. Sie bat ihn, sie etwas herumzuführen. Brian trottete hinter den beiden her, hörte verdrossen zu, wie der General mit seinen Feldern voller Veilchen, Anemonen, Narzissen und Märzenbechern prahlte.

»Bedienen Sie sich, meine Liebe, jederzeit, nehmen Sie, soviel Sie wollen. Ein Jammer, daß die Sternhyazinthen noch nicht so weit sind.«

»Verkaufen Sie auch?«

»Du meine Güte, aber sicher, das Geschäft ist noch nie so gut gegangen. In ein paar Wochen verschicken wir ganze Eisenbahnwaggons.«

»Kommt Ihnen der Krieg da nicht in die Quere?«

»Nein. In den Geschäften gibt es weniger zu kaufen, also geben die Leute Geld für Blumen aus. Je mehr sie bombardiert werden, um so besser fürs Geschäft. Sie kaufen Blumen für Begräbnisse. Aus meiner Sicht ist der Krieg ein Vorteil. Luftangriffe haben auch ihre Sonnenseite. Ich verdiene im Durchschnitt fünf Pennies pro Blüte.«

»Tatsächlich?« sagte Calypso. »Beim nächsten Luftangriff werde ich an Ihren Gewinn denken.«

»Ein Mädchen wie Sie wird doch sicher ständig mit Blumensträußen überhäuft.« Er legte seinen Arm um ihre Taille, doch sie wich zur Seite aus.

Als die Zwillinge am Abend eintrafen, beklagten sie sich über die Fahrt, das unerträgliche Halten des Zuges an jedem Bahnhof, die überfüllten Abteile. »Die Leute sind so ruppig geworden.« Sie hatten den Abend zuvor in London verbracht, sich eine Show angesehen, in einem Restaurant schlecht gegessen.

»Habt ihr Polly gesehen?«

»Wir haben bei ihr übernachtet. Sie läßt euch alle schön grüßen.« Sie brachten ihre Koffer ins Gästezimmer und gingen zu ihren Eltern hinüber, um dort den Abend zu verbringen.

Calypso rief ihr Hündchen und den Dackel herbei und

spazierte mit ihnen zur Klippe hinunter. Ferienerinnerungen wurden wach, Sommertage, die sie damit verbracht hatten, auf den Felsen in der Sonne zu liegen und in der Bucht zu schwimmen. Da unten im Dunkeln war die Stelle, an der sie immer gelegen und genau gewußt hatte, daß Olivers Blick auf ihr ruhte. Hier, wo sie jetzt stand, hatte Oliver gesagt: »Ich möchte dich vögeln.« Sie erinnerte sich, daß sie Angst gehabt hatte und erregt war. Sie stand in der Dunkelheit, zog ihren Mantel enger um sich, dachte an den Schreckenslauf, die Spiele, das Lachen, an Oliver und seine Angst vor der zum Meer steil abfallenden Klippe. Die Hunde entdeckten ein Kaninchenloch, und Duck begann wie ein Wilder zu wühlen; dabei legte er sich auf die Seite und schaufelte die Erde mit seinen lächerlichen Pfoten weg. Ihr Hündchen, jung und ahnungslos, machte ganz begierig mit. Die ablandige Brise trug den Geruch von umgepflügter Erde und die Stimmen der bei der Kanone postierten Soldaten herüber. Der Krieg erschien so weit entfernt wie ihre Kindheit, die endgültig weggefegt war, seit Monika das Haus völlig umgestaltet hatte. Nicht einmal die Wiese duftet mehr, dachte sie vorwurfsvoll und gab Monika die Schuld für die Jahreszeit. »Ich weiß ja, daß sie im Winter nicht riecht«, murmelte sie. »Sophie hat es uns gesagt.« Sie rief die Hunde, die gar nicht auf sie achteten. Sie ließ sich auf die Knie nieder, um in das Loch zu greifen und den Dackel am Schwanz zu packen. Der Hund grub weiter, der Welpe kläffte. Am Himmel ein vertrautes Dröhnen. Da sie mit den Hunden beschäftigt war, dauerte es Minuten, bis ihr klar wurde, daß das Geräusch von einem deutschen Bomber stammte. Oben bei der Kanone wurden aufgeregte Befehle gebellt. Das Dröhnen kam näher. Sie sah hinauf, lauschte dem fernen Heulen der Sirenen in der Stadt. Als sich das Flugzeug näherte, hörte sie den ohrenbetäubenden Lärm, mit dem eine Reihe Bomben herunterkrachte. Sie schnappte den Welpen und kauerte sich neben das Kaninchenloch. Die Kanone wurde abgefeuert, wumm-bumm-bumm, und dann noch einmal, nutzlose Drohgebärden. Der Flugzeuglärm verebbte, und Calypso setzte sich auf und streichelte ihr Hündchen. Der Dackel wühlte noch immer, bearbeitete mit seinen Pfoten das Erdreich. Sie griff in das Loch, packte ihn am Schwanz und zog ihn heraus. Mit beiden Hunden unter dem Arm ging sie die Klippe hinauf. Sie hörte Schreie und sah Lichter. Sie versuchte zu laufen, auf wackligen Beinen, mit klopfendem Herzen. Im Haus tobte der Onkel.

»Verdammter Esel. Schau bloß, was er angerichtet hat! Monika, sie ist weg. Mitten durchs Haus. Hat die Fenster zertrümmert. Dabei habe ich ihm gesagt, daß das passieren würde. Schau dir bloß diesen Verhau an, also ich bitte dich.«

»Bist du verletzt, Onkel? Ist das Haus getroffen worden?«

»Natürlich nicht. Können doch nicht richtig zielen. Dieser Orang-Utan ist schuld. Die Kanone hat der Kuh Angst eingejagt, schau dir nur an, was sie gemacht hat. Ist mitten durch die Verandatür gedonnert, hat das Glas zertrümmert, die Vorhänge runtergerissen, und jetzt klingelt auch noch das Telefon.« Er hinkte ans Telefon, das in der Diele schrillte. »So, bei uns sieht man Licht? Na wenn schon. Verdammte Krautfresser, haben nichts Besseres zu tun, als meine Kuh zu erschrecken. Natürlich sieht man bei uns Licht. Das arme Vieh ist durch die Verdunklungsvorhänge gerast, hat die Glastür zerbrochen, ein schauerliches Durcheinander. Niemand verletzt. Natürlich nicht. Ich soll das Licht ausmachen? Nun gut, wenn Sie darauf bestehen. Ach, zum Teufel mit Ihren Vorschriften, haben Sie doch ein Herz. Das Flugzeug ist meilenweit weg.«

»Von unserem tapferen kleinen Häufchen verjagt.« David und Paul kamen ins Haus gelaufen. »Quer über den Acker verläuft eine hübsche Kraterkette. Jemand verletzt, irgendein Schaden?«

»Die Kuh hat mitten durchs Haus Reißaus genommen.«

»Es geht ihr gut.« Monika kam lautlos ins Zimmer. »Sie ist in der Küche. Wir müssen die Fenster verhängen, Richard, man sieht Licht.«

»Zum Henker damit, das weiß ich. Wie geht es meiner Kuh? Meinst du, sie hört auf, Milch zu geben?«

»Nein, sicher nicht. Ein kleiner Schnitt an der Nase, ein Fladen in der Küche. Ich mache gleich sauber. Ich bringe sie in die Garage und gebe ihr ein bißchen Heu.«

Calypso sah Monika zu, wie sie die Kuh aus dem Haus führte, und half dann den Zwillingen, die Verandatüren so gut wie möglich zu verhängen.

»Hector hat Angst, wenn ich in London bleibe«, sagte sie, während sie die Leiter festhielt, auf der David stand und die heruntergerissenen Verdunklungsvorhänge festnagelte. »Er wollte, daß ich nach Schottland fahre.«

»Die bekommen auch die eine oder andere Bombe ab.« Paul kehrte die Glassplitter zusammen.

»Das werde ich ihm im nächsten Brief mitteilen.« Plötzlich vermißte Calypso Hector. »Ich fühle mich elend«, sagte sie und setzte sich aufs Sofa, »und ich schwitze.«

»Das ist die Angst, das kennen wir alle.«

Calypso sah die Zwillinge an. »Das habe ich nicht gewußt. Ich dachte immer, das geht nur mir so.« Ihre Stimme verriet Bewunderung.

»Sophie wird es bedauern, daß sie das versäumt hat.« Richard humpelte ins Wohnzimmer. »Monika meint, ihr sollt dieses Durcheinander einfach liegenlassen und in die Küche kommen, sie hat uns eine Suppe gemacht. Wenigstens habe ich zur Abwechslung mal ein paar aufregende Neuigkeiten für das Kind. Meine Briefe werden allmählich ein bißchen langweilig.«

»Da ist jemand an der Haustür.« Paul ging hinaus und machte auf. »Hallo, Mr. Hoskings.« Ein alter Mann mit Luftschutzhelm trat in die Diele.

»Sie haben versucht, Coverack zu bombardieren, dachte, Sie würden gern Bescheid wissen, Major. Und bei Ihnen, gab's irgendwelche Schäden?«

»Coverack ist dreißig Meilen weit weg, die sollten mal ihre Köpfe untersuchen lassen. Und was Sie betrifft, junger Mann« – Richard Cuthbertson bemerkte plötzlich Brian Portmadoc, der eingeschüchtert hinter dem Luftschutzwart stand –, »hoffe, Sie sind zufrieden mit Ihrem nächtlichen Werk.«

»Tut mir sehr, sehr leid, Sir. Wir ziehen jetzt weiter die Küste rauf, können ja nicht zweimal von derselben Stelle aus feuern.«

»Und woher sollen die Deutschen das wissen?« fragte der Luftschutzwart gehässig. »Ihr Ausländer kommt mit Kanonen hier runter und funkt uns einfach dazwischen.«

Calypso begleitete Brian Portmadoc hinaus.

»Wen meint er mit Ausländern?« fragte Brian gekränkt.

»Jeden, der nicht aus Cornwall stammt.«

»Vermutlich werde ich Sie nicht wiedersehen?« Der junge Mann blieb unschlüssig stehen, ein Opfer seiner gemischten Gefühle, stolz, daß er seine Kanone abgefeuert hatte, wütend auf den Luftschutzwart, entflammt für Calypso.

»Besuchen Sie mich doch mal in London«, sagte sie beiläufig. »Ich stehe im Telefonbuch.«

»Darf ich das wirklich?«

»Natürlich. Alsdann, gute Nacht.« Sie machte die Tür zu, ging in die untere Toilette und übergab sich.

»In London habe ich nie Angst«, sagte sie, als sie wieder zu den anderen in die Küche zurückkehrte, »vermutlich ist es Platzangst«, aber ihr Onkel, Monika und die Zwillinge hörten gar nicht hin. Sie hatten sich um den Radioapparat versammelt, um die deutschen Nachrichten zu hören, die Monika übersetzte.

In dem Augenblick hörte man draußen ein Auto, und dann kam der General herein.

»Habe gehört, ihr hattet etwas Ärger«, sagte er und blickte sich in der Küche um. »Hoffentlich nichts Ernstes.«

Richard präsentierte ihm eine Litanei von Schäden und Beschwerden. Der General trug einen Dienstanzug mit den Abzeichen der Bürgerwehr.

»Dachte, falls ihr in Schwierigkeiten sein solltet, könnte Monika vielleicht bei mir unterschlüpfen; alle anderen natürlich auch. Wie wäre es mit Ihnen, Calypso?«

»Nein«, sagte Richard Cuthbertson, »soll keiner sagen können, daß die Deutschen meine Gäste vertreiben, muß jeden Hinweis auf eine Niederlage vermeiden. Die Kuh ist ganz durcheinander, klar. Das einzige, was ich hier weghaben will, ist diese höllische Kanone. Dieser blöde Bursche, der verantwortlich war, hat das verdammte Ding abgefeuert, dabei weiß sogar ich, daß die Chancen, im Dunkeln zu treffen, eins zu einer Million stehen. Hat sie nur aus Spaß an der Freude abgefeuert, wenn du mich fragst.«

»Er ist immerhin gekommen, um sich zu entschuldigen«, sagte Paul. »Das muß man ihm zugute halten, Sir.«

»Sehen wir mal nach, ob er zusammenpackt.« David machte Calypso ein Zeichen, die gerade beobachtete, wie Monika vom General abrückte, als ihr dieser den Arm um die Taille legte.

»Hast du Lust mitzukommen, Monika?« fragte Paul. »Vor dem Bettgehen noch ein bißchen frische Luft schnappen?«

Sie gingen mit Monika ums Haus herum und schauten dann von der Wiese aus zur Kanone hinunter. Dort herrschte reges Treiben, Gesprächsfetzen, die eher brummig klangen, ein herzhafter Fluch. Jemand warf einen Lastwagenmotor an. Seitenlichter wurden eingeschaltet, Motoren auf Touren gebracht, und Lastwagen fuhren, über das Gras holpernd, davon.

»Das hätte Sophie Spaß gemacht.« Calypso ergriff Monikas Hand. »Alles in Ordnung, Monika? Hector meint, wir sind nicht so unfähig, wie es aussieht; er redet, als würden wir den Krieg gewinnen. Was meint ihr dazu, ihr zwei?« Sie kicherte.

»Wir tun unser Bestes«, sagten die Zwillinge feierlich.

Monika stieß einen langen, schrillen Schrei aus, der die Klippen hinunterhallte und die anderen bis ins Mark frösteln ließ. Ein Schrei voller Zorn, Frustration und Verzweiflung.

21

Bis Sophie an Weihnachten nach Hause kam, hatte die Legende um die Kanone beachtliche Dimensionen angenommen. Feindliche Kampfflugzeuge, so hörte Sophie im Dorf, hatten die Scilly-Inseln angegriffen, mehrere Menschen getötet und ein Schnellboot versenkt. Einige behaupteten, es sei ein Zerstörer gewesen, andere verneinten das. Lord Haw-Haw, der eigentlich William Joyce hieß und über den deutschen Rundfunk antienglische Propaganda auf Englisch betrieb, sagte, jawohl, es war ein Schnellboot. Die Flugzeuge hätten unterwegs gleich noch das Haus von Helena und Richard bombardiert, doch ihr Ziel sei nicht das Abwehrgeschütz gewesen, sondern Mr. und Mrs. Erstweiler. Hatte nicht der General behauptet, sie seien deutsche Spione? Er irrte sich – die Leute im Dorf wußten das. Mrs. Erstweiler war harmlos, ihr Sohn befand sich in Kriegsgefangenschaft. Nicht in einem richtigen Gefangenenlager, sondern in einem Konzentrationslager. Wo ist da der Unterschied? Wenn Mrs. Penrose für Mrs. Erstweiler im Haus auf der Klippe arbeitete, konnte diese keine Spionin sein. Mrs. Penrose arbeitete nämlich auch im Pfarramt. Wo jetzt diese vielen Kinder aus London waren, abscheulich, wirklich. Mr. Erstweiler ist ein netter Gentleman, nur schade, daß man ihn mit seinem harten Akzent so schlecht verstehen konnte. Die Zeitungen schrieben, er sei ein berühmter Geiger, na also, auch er kein Spion, egal, was der General sagt. Zum Glück waren die Floyer-Zwillinge zu Hilfe gekommen, als die Bomben fielen, niemand verletzt, außer der Kuh, komisch, daß Lord Haw-Haw das nicht erwähnte. Sie waren weitergedüst – ganz schön schneidig, nachdem man auf sie geschossen hatte –, um Penzance zu bombardieren, richteten dort einigen Schaden an, das erwähnte Lord Haw-Haw; dann ging's weiter nach Plymouth. Bekam eine Menge Bomben ab, das arme Plymouth.

»Ich bin durch Plymouth gefahren, der Bahnhof ist ein Trümmerfeld«, sagte Sophie.

Na ja, daran erkennt man ihn wenigstens. Sophie spitzte die Ohren, in der Post, im Laden, erfuhr brandheiße Neuigkeiten in der Autowerkstatt und, was das Beste war, die Wahrheit, sie schwor, daß es die Wahrheit sei, von Mrs. Penrose, die es eigentlich wissen mußte. War nicht ihr Mann, gestoßen von einem deutschen Spion, unmittelbar vor Kriegsausbruch über die Klippe hinuntergestürzt? Mrs. Penrose übte eine besondere Anziehungskraft auf Sophie aus, die ihr zusah, wenn sie auf allen vieren die Böden schrubbte, das breite Hinterteil hochgestreckt, und sich weigerte, den auswringbaren Mop zu benutzen, den Helena bei ihrem letzten Besuch angeschafft hatte. Sophie folgte Mrs. Penrose durchs ganze Haus, schaute zu, wie sie Staub wischte, die Betten machte und mit Monika in der Küche hantierte. Während Monika schweigend arbeitete, redete Mrs. Penrose, schilderte ihr Leben mit Penrose, wie sie ihren Mann nannte. Penrose hatte seine jungen Jahre auf See verbracht, bevor er zur Küstenwache ging. Penrose mochte die Küstenwachstation auf der Klippe nicht, Penrose hatte sich auf den Langschiffen, auf denen es nichts zu trinken gab, wohlgefühlt, denn Penrose trank. Nie im Dienst; aber sobald er Feierabend hatte, griff er zur Flasche. Mrs. Penrose, die ihren Vormittagstee trank, griff nach der Teekanne, um das zu verdeutlichen. »Penrose war oft die halbe Saison lang im Dienst. Kein Wunder, daß er kein anständiger Ehemann sein konnte, die arme Haut.«

»Was ist ein anständiger Ehemann?«

»Mach dir darüber keine Gedanken.« Penroses Vorgesetzte erfuhren nie etwas von seiner Schwäche. »Immerhin ging er über die Klippe zur Arbeit, so gerade und aufrecht, wie man es sich nur wünschen konnte. Bevor er seinen Dienst antrat, setzte er sich dann immer am Klippenpfad hin und starrte aufs Meer. Er liebte das Meer, das Meer und den Schnaps. Er hätte nie heiraten sollen, er konnte kein anständiger Ehemann sein, das konnte er nicht. Penrose muß betrunken gewesen sein, sonst hätte er den Spion gesehen, der ihn hinuntergestoßen hat.«

»Hat überhaupt jemand den Spion gesehen?«

Niemand. Spione waren hinterlistige Menschen, die sich bei der Arbeit nicht beobachten ließen. Ein Schlag, ein Stoß, und plumps war Mrs. Penrose Witwe, nicht daß er je ein anständiger Ehemann gewesen wäre, sonst...

»Was?«

»Na ja, sonst hätte ich Kinder, oder? Nicht daß ich Kinder mag, sehen Sie sich bloß die Sorgen an, die man mit ihnen hat. Ihr Armen habt die ganzen Sorgen. Wenn Mr. Erstweiler, also, wie ich schon sagte, wenn er wie Penrose gewesen wäre, dann müßten Sie sich jetzt nicht solche Sorgen um Ihren Pauli machen, stimmt's? Und jetzt«, pflegte Mrs. Penrose zu sagen, während sie ihre Tasse zur Spüle trug, »darf ich mich nicht länger beim Schwatzen aufhalten. Ich muß zusehen, daß ich mit der Arbeit vorankomme«, und Sophie und Monika lächelten, jede zu zurückhaltend, um die andere zu fragen, was sie über Penrose wußte oder zu wissen glaubte.

»Gibt es in Wien Leute wie Mrs. Penrose?«

»Cornwall ist nicht wie Wien«, antwortete Monika dann, »aber Gestalten wie Mrs. Penrose gibt es überall auf der Welt.«

»Ob Oliver im Mittleren Osten auch solche Leute trifft?«

»Sicher.« Monika saß stirnrunzelnd über einem Kochbuch und bemühte sich, das Rezept für einen Weihnachtspudding zu entschlüsseln. »Schreibst du ihm, Sophie? Dieser Pudding ist garantiert unverdaulich.«

»Nein, tu ich nicht. Ich glaube, diese Dinger sollen unverdaulich sein. Es ist so schwer, sich jetzt alle vorzustellen. Walter auf See, die Zwillinge als Piloten von feuerspeienden Ungeheuern. Tante Sarah hat Polly erzählt, daß Oliver in Ägypten ist. Ich gehe davon aus, daß es ihm gutgeht«, sagte Sophie, die die ganze Zeit damit rechnete, daß die Nachricht von Olivers Tod eintraf und daß derjenige, der ihn getötet hatte, auch sie töten würde.

»Du siehst traurig aus, Sophie. Hilf mir lieber bei den Pasteten. Weihnachten ist eine glückliche Zeit.«

»Finde ich nicht«, sagte Sophie und sah Monika an. »Ich glaube, du auch nicht.«

»Aber du bist doch sicher glücklich, weil deine Tante heute abend kommt.«

»Sie ist nicht meine echte Tante, und sie hat mich auch nicht gern.«

»Natürlich hat sie dich gern. Wir müssen ihr einen schönen Empfang bereiten. Und Max kommt auch. Er ist nach den vielen Konzerten sicher erschöpft.«

»Ein anständiger Ehemann«, äffte Sophie Mrs. Penrose nach. Monika lachte, dachte dabei an ihren anständigen Ehemann in Helenas Haus in London und daran, daß er während der Weihnachtsfeiertage wahrscheinlich nachts aufwachen und sie bitten würde, ihn auf dem Klavier zu begleiten, eine Aufgabe, die Helena unmöglich übernehmen konnte.

»Ich wünschte, sie würden nicht kommen. Es ist viel netter hier nur mit dir und Onkel Richard.«

»Aber Sophie...«

»Ich nehme an, du freust dich auf Max.«

»Natürlich.«

»Tante Helena verbietet immer alles. Man könnte denken, sie hat sich nie amüsiert.«

»Vielleicht hat sie sich verändert«, meinte Monika trocken.

»Wie Mrs. Penrose, nur andersrum?«

»Du beobachtest sehr genau.«

»Glaubst du, daß Mrs. Penrose ihren Mann geliebt hat, obwohl er nicht anständig war?« Monika fragte sich, ob diese Art von Unterhaltung für Sophie gut war. »Bist du fähig zu lieben?« drängte Sophie weiter.

»Ja, ich bin dazu fähig, und du auch.« Monika sang ein westindisches Lied, das eines der im Pfarrhof untergebrachten evakuierten Kinder aus dem East End mitgebracht hatte.

»It's love and love alone
That caused King Edward to lose de trone.«

»Schade, daß du Calypso und die Zwillinge verpaßt hast«, sagte sie.

»Das macht mir nichts aus«, sagte Sophie, die es vorzog, die von Oliver so geliebte Calypso nicht zu sehen. »Vor dem Krieg hat uns keiner von ihnen im Winter hier besucht.«

Helena kam voller guter Vorsätze nach Cornwall, vollbeladen mit Geschenken für Richard und Monika, Büchern für die Floyers, einem hübschen Kleid für Sophie und einem schweren Paket mit Grammophonplatten für Max, der so tat, als hätte er keine Ahnung von dem Inhalt des Pakets, das er trug.

Sie stiegen aus dem Zug und warteten, umgeben von ihren Koffern, auf einen Gepäckträger. Max trug einen schwarzen Mantel mit einem Astrachankragen und einen Anthony-Eden-Hut. Er drückte seinen Geigenkasten an die Brust, um ihn vor den rempelnden Dienstmännern zu schützen, die über den Bahnsteig hasteten. Helena trug einen neuen Pelzmantel und sehr hohe Absätze, die zur Folge hatten, daß die Waden stärker hervortraten. Ihre Haare wellten sich jetzt sanft um ihr Gesicht, und sie roch teuer. Sie hielt Monika eine Wange hin.

»Ah, Monika. Ah, Sophie, du bist aber gewachsen. Geht es Richard wieder gut?«

»Er ist gerade losgegangen, um sich noch Zigarren zu besorgen.« Sophie begutachtete die neue Helena. »Du siehst toll aus«, sagte sie.

»Ich muß mir alle Mühe geben, nachdem die Textilien jetzt rationiert sind, obwohl viele Leute offenbar keine Schwierigkeiten haben, an Textilmarken zu kommen. Findest du nicht, daß das ausgesprochen unmoralisch ist, Monika?«

»Moral ist ein dehnbarer Begriff.« Monika küßte Max, der seinen Geigenkasten und das Paket mit Schallplatten trug, auf beide Wangen.

»Ich helfe dir«, sagte Sophie und nahm ihm das Paket ab.

Max gab ihr die Schallplatten und legte den freien Arm um seine Frau. »Wie geht es dir, *mein Schatz*?«

Schatz? Was heißt das, Schatz? dachte Helena. Mich nennt er nie so. »Mein lieber Richard«, rief sie, sobald sie Richard den Bahnsteig entlangkommen sah, eilte ihm strahlend entgegen und küßte ihn.

»Na, na«, sagte Richard erstaunt und wischte sich seine Träne weg. »Was hat diese Verwandlung zu bedeuten? Von Kopf bis Fuß eine Londoner Lady.« Helena nahm die Bemerkung freundlich auf.

»Du gehst besser«, bemerkte sie, als sie zum Auto gingen.

»Ich fand schon immer, daß du zuviel Aufhebens um dein Bein gemacht hast.«

»Um sein Fehlen. Das da ist neu.«

»Was?« Helena blieb wie angewurzelt stehen. »Was soll das heißen, neu?«

»Monika hat es mir besorgt. Hat mich nach Exeter gefahren. Schau, es hat ein Scharnier.« Er beugte sich hinunter und zog das Hosenbein hoch. »Siehst du? Ich drücke da drauf, und zack! knickt das Knie ab. Von jetzt an werde ich nicht mehr so vielen Leuten ein Bein stellen. Alles in allem geht es sich viel leichter. Und das alte benutze ich, um im Feuer herumzustochern. Manchmal gehe ich damit ins Bett, einfach nur so zum Spaß.«

Helena schwieg. Kein Grund, wütend zu sein. Schließlich hatte sie ihn mit Max' *Schatz* alleingelassen, sie wollte es ja nicht anders.

»Stört es dich? Du siehst so betrübt aus.«

»Um Gottes willen, nein.« Sie hakte sich bei Richard unter. »Warum sollte es mich stören?« Sie gingen zum Wagen. »Ich hätte selbst daran denken sollen, ich komme mir richtig...«

»Sie hat an die Prothesenfirma geschrieben, so eine Art Kaufhaus für Arme und Beine. Findiges Mädchen, die alte Monika, denkt an alles, kommt wohl daher, daß sie sich jahrelang um einen Künstler gekümmert hat. Warte nur ab, was sie mit dem Haus angestellt hat, wir schlafen nicht mal mehr in denselben Zimmern. Alles ist verändert, eine beachtliche Leistung, du wirst es nicht wiedererkennen.«

»So«, sagte Helena verärgert. »Ich kann es kaum erwarten.«

Auf der Heimfahrt saß Richard neben Monika und Sophie zwischen Helena und Max auf dem Rücksitz. Nachdem sie angekommen waren, sagte Monika zu Sophie: »Zeig deiner Tante ihr neues Zimmer, mein Liebes.«

Helena stieß einen ehrlichen Entzückensschrei aus, als sie die Schalen mit Hyazinthen auf dem Tisch in der Diele und im Wohnzimmer erblickte, die die Luft mit bittersüßem Duft erfüllten. »Das ist ja großartig, Monika.«

»Ich mag diesen Geruch an Weihnachten.« Monika lächelte sie an. »Ich habe dich ins rote Zimmer umquartiert, Helena, damit Max das Klavier bei sich im Zimmer haben kann.« Sie deutete auf Helenas ehemaliges Zimmer. Wo früher ihre Frisierkommode gestanden hatte, war jetzt ein Klavier.

»Da drüben hast du es ruhiger und friedlicher. Wie du wahrscheinlich weißt, spielt Max gerne nachts.«

»Aber nicht Klavier.« Helena bekannte Farbe. Monika überging die Bemerkung.

»Er ruft mich, und ich begleite ihn. Nachts ist er in Hochform. Voller spontaner Einfälle. Ich schlafe nebenan in Richards ehemaligem Ankleidezimmer.«

»Warum hast du dich bei Richards Bein eingemischt?« Helenas Zorn brach aus ihr heraus wie ein eingesperrtes Tier.

»Bist du eifersüchtig auf etwas, was dich immer massiv gestört hat?«

»Ja«, gab Helena zu. »Bin ich. Es wird mir fehlen.«

»Aber er hat es immer noch als Reserve«, sagte Monika freundlich und ruhig.

»So wie Max dich als Reserve hat, seinen *Schatz*.«

»Er nennt mich immer so, es ist sein Kosename für mich. Hat er schon einen für dich?« Monika ignorierte Helenas Seitenhieb mit der »Reserve«. Das Geplänkel schien sie zu amüsieren.

»Nein.« Keine zehn Pferde würden Helena dazu bringen zuzugeben, daß er sie »Kleines Phlegma« nannte. »Das ist mir sehr recht. Danke, Monika.« Sie inspizierte das rote Zimmer. »Ich mag dieses Zimmer, es ist das Lieblingszimmer der Kinder. Irgendwelche Neuigkeiten von Pauli?«

Monika wußte, daß Helena sie aus der Fassung zu bringen hoffte. »Nein, nichts.«

»Ach dieser verfluchte Krieg!« Helena umarmte Monika. »Dieser verfluchte Krieg! Ich bin ein schreckliches, selbstsüchtiges Weib, Monika, bitte verzeih mir.« Sie hielt Monika an den Schultern fest und schüttelte sie hin und her.

»Du richtest keinen Schaden an.« Monika gab ihr einen flüchtigen Kuß auf die Wange. »Wir sind doch Partner, oder?«

»Du bist sehr großzügig«, sagte Helena mit einem Anflug von Demut.

»Ich versuche zu überleben. Wir machen uns richtig schöne Weihnachten, einverstanden?«

»Was hast du geplant?« Helena setzte sich aufs Bett und sah zu

Monika hinauf. Mit ihren klaren blauen Augen, den blonden, locker fallenden Haaren und dem rosigen Teint war sie das genaue Gegenteil von Monika – olivfarbene Haut, glatte dunkle Haare, nach hinten gekämmt zu einem Knoten, der ihre dunklen Augen und die semitische Nase noch betonte.

»Du bist wunderschön, Monika. Du siehst aus wie Nofretete.«

»Ich habe ein jüdisches Gesicht, noch ausgeprägter als Max.«

»Vor dem Krieg habe ich mir nie Gedanken über die Juden gemacht.« Helena betrachtete ihre hübschen Fesseln, während sie ihre hochhackigen Schuhe auf den Boden fallen ließ.

»Dafür gab es auch keinen Anlaß.«

»Für mich waren es einfach andere Leute. Richards Nichten und Neffen haben mir von den Nazis erzählt, und als mir klar wurde, daß es Krieg geben wird, habe ich angefangen, mich dafür zu interessieren. Du kannst dir nicht vorstellen, wie sehr ich mich über Richard geärgert habe. Er hat alles geglaubt, was dieser langweilige alte General gesagt hat. Er mochte die Nazis.«

»Inzwischen nicht mehr. Der General ist Feuer und Flamme für den Krieg, er redet seinen jungen Arbeitern zu, sich freiwillig zu melden. Jetzt ist er der Patriot.«

»Ich wette, die wollen nicht einrücken«, sagte Helena.

»Er hat ihnen versprochen, daß ihre Arbeit auf sie wartet, wenn sie zurückkommen – falls sie zurückkommen.«

»Magst du ihn?«

»Er gibt sich Mühe, nett zu sein. Er ist nützlich«, sagte Monika achselzuckend. »Zumindest richtet er keinen Schaden an.«

»Wie ich?«

»Ach Helena, du und ich, wir sind doch Freundinnen, oder? Wir arbeiten im Team, wie man das von Engländern erwartet. Du machst Max glücklich.«

»Macht es dir denn nichts aus?« Man sah Helena an, daß sie innerlich aufgewühlt war.

»Nein«, sagte Monika gelassen, »es macht mir nichts aus, und deshalb hoffe ich, daß es dir auch nichts ausmacht.«

»Und Richard?« Helena war verwirrt. »Armer Richard.«

»Ich sorge dafür, daß er weniger arm dran ist.«

Helena blickte wieder auf ihre Füße. Weniger arm dran, dachte sie, bedeutet besser dran... eine fürsorgliche Frau, ein neues Bein, natürlich war er besser dran. Es fiel ihr schwer, keinen Groll zu hegen. »Wie steht es mit den Plänen für Weihnachten?« wechselte sie das Thema.

»Im Gemeindesaal findet ein Fest für die Londoner Kinder statt. Die Kinder aus dem Dorf wollen nichts mit ihnen zu tun haben, aber vielleicht trägt Weihnachten dazu bei, das zu ändern. Was die Kirche betrifft, so wollte der Pastor Max fragen, ob er Geige spielt, wenn ich ihn auf der Orgel begleite. Sophie hat mir geholfen, einen Weihnachtspudding zu backen. Der General hat einen Truthahn geschickt. Er lädt uns alle am zweiten Weihnachtsfeiertag zu sich zum Singen ein; jeder soll sein Lieblingslied nennen, und dann singen wir es alle gemeinsam.«

»Ich hoffe nur, daß es reichlich zu trinken gibt«, sagte Helena, hakte sich bei Monika ein und begleitete sie nach unten. »Ich habe früher nie getrunken, aber seit Kriegsbeginn habe ich es mir angewöhnt. Ich glaube, mein Wunsch nach Alkohol kommt daher, daß er knapp zu werden droht. Morgen sterben wir sowieso.«

»Natürlich«, sagte Helena all die Jahre später, »sind wir nicht gestorben. Jetzt sitzen wir hier und fahren zu Max' Begräbnis. Ein paar von uns sind tot, aber ich nicht. Diese Party war zum Schreien!«

»Welche Party?« erkundigte sich Hamish. Manchmal klang Helenas Stimme wie eingerostet.

»Diese Singerei beim General. Er hatte einen Schlaganfall, der ihn 1948 unter die Erde brachte. Er hat mit seinen Blumen ein Vermögen verdient, aber nicht mehr lange genug gelebt, um es zu genießen.«

»Und was war mit der Party?« Alte Leute schweifen leicht ab, dachte Hamish.

»Er bekam den Schlaganfall in einer öffentlichen Toilette. Das hätte er sicher nie so geplant. Für die Party hatte er geplant, daß jeder seine Lieblingsmelodie summen und die anderen mitsingen sollten, sofern sie den Text kannten.«

»Hört sich ziemlich harmlos an.« Helenas Lachen veranlaßte

ihn, zu ihr hinüberzusehen. »Was ist schiefgegangen?« Hamish vertrat die Theorie, daß alte Leute mit Vorliebe von Katastrophen erzählen.

»Der General summte ein Marschlied, das er 1938 beim Reichsparteitag in Nürnberg aufgeschnappt hatte.«

»Etwa das Horst-Wessel-Lied?«

»Genau. Wie du dir vorstellen kannst, waren Max und Monika nicht gerade begeistert, vor allem, weil sie als einzige den Text kannten.«

»War die Party damit beendet?«

»Eigentlich war es Sophies Melodie, die den Abend ruiniert hat.«

»Und welche war das?«

»Die Internationale. Sie sang sie von der ersten bis zur letzten Zeile. Sie sagte, Oliver hätte sie ihr beigebracht. Ich dachte, der General würde einen Anfall bekommen. Und dann sagte sie zu allem Unglück auch noch: ›Die Russen sind unsere Verbündeten, und gestern war der Geburtstag Christi. Er war der erste Kommunist.‹ Sie war in einem schwierigen Alter. Später fand ich heraus, daß Max ihr etwas zu trinken gegeben hatte. Wie Partys das so an sich haben«, sagte Helena, die ihre Erinnerungen genoß, »war es ein Flop, obwohl ich mich noch erinnere, daß der Abend friedlich endete.«

»Das hat sicher einige Mühe gekostet. Aber wie kann man nur so naiv sein wie dieser General? Es ist unglaublich.«

»Es gab damals eine ziemlich starke Minderheit, die so dachte wie der General, Konservative, die Mussolini wegen seiner Eisenbahn bewunderten. Davon, daß Abessinier aus Flugzeugen geworfen wurden, wollten sie nichts hören. Max konnte einfach nicht glauben, daß der General wirklich ein ehrenhafter und patriotischer Mensch war. Als wir nach Hause kamen, schenkte Richard uns allen noch einen Schlummertrunk ein, und dann gingen wir ins Bett. Es war wirklich komisch!« Helena kicherte entzückt, und zwischen ihren Runzeln kamen winzige Tränen zum Vorschein. »Eigentlich sollte ich dir das gar nicht erzählen.«

»Nun mach schon«, sagte Hamish, der gleichmäßig weiterfuhr, »erzähl es mir.«

Nach einer kurzen Pause voll angenehmer Erinnerungen sagte Helena: »Ich habe mich ausgezogen und bin ins Bett gegangen. Ich hatte vergessen, daß Monika sämtliche Schlafzimmer umgeräumt hatte. Auf einmal lag ich bei Max im Bett, als wären wir in London. Als ich meinen Irrtum bemerkte, war ich zu beschwipst, um mir Gedanken zu machen. Und gleich darauf kam auch noch Richard an und schlüpfte auf meiner anderen Seite ins Bett.«

»Ein Dreier also?«

»Mein lieber Junge, er hatte sein Bein, es war ...« Helena ließ ihre Gedanken zurückwandern.

»Was war mit seiner Prothese? Was hast du damit gemacht?«

»Hinausgeworfen. Einfach aus dem Fenster geworfen. Ich dachte, er würde mich für Monika halten.«

»Und dann?«

»Max war wütend und befahl mir, sie sofort wieder zu holen. Natürlich habe ich das nicht getan. Ich habe bei Monika im Zimmer geschlafen. Und am Morgen schliefen die beiden Männer friedlich und in aller Freundschaft im selben Bett. Ich sage ja immer, man kann nie wissen, was Männer als nächstes tun.«

»Vielleicht waren sie müde.«

»Betrunken, wir waren alle betrunken. Von heute an«, sagte Helena nachdenklich, »tun sie es wieder.«

»Was meinst du?«

»Sie schlafen wieder Seite an Seite in einem Bett – diesmal aus Erde. Du denkst doch daran, daß ich noch Blumen kaufen wollte, mein Lieber?«

»Aber sicher«, sagte Hamish und trat aufs Gaspedal.

22

Brian Portmadoc, zu einem Fliegerabwehrbataillon in London abkommandiert, rief Calypso an und lud sie zum Abendessen ein.

»Sehr gerne, vorausgesetzt, es wird nicht zu spät.«

»Bestimmt nicht.«

»Ich arbeite nämlich. Ich habe wieder meine alte Stelle bekommen, die ich vor der Heirat hatte.«

»So, und was machen Sie da?«

»Streng geheim«, sagte Calypso. »Ich darf es Ihnen nicht sagen. Ich verstehe ohnehin die Hälfte nicht.«

»Soll ich Sie im Büro abholen?«

»Ich darf Ihnen nicht sagen, wo ich arbeite. Kommen Sie zu mir nach Hause.«

Brian kam mit einem Blumenstrauß an.

»Die sind ja wunderschön. Wie nett von Ihnen.« Calypso steckte ihre Nase in die Blumen und schaute Brian an.

»Sie sehen großartig aus.« Er errötete.

»Gut«, sagte Calypso. »Und wohin führen Sie mich aus?«

»Wohin würden Sie denn gerne gehen?«

Die Frage war ihr lästig. Er sollte lieber ein Restaurant aussuchen, das er sich leisten konnte; er sollte sagen, wie Hector das gemacht hätte: »Wir gehen ins Savoy oder ins Lyons Corner House.« Woher sollte sie wissen, was er sich leisten konnte? Männer in Uniform sahen alle gleich aus.

»Wir könnten es in Soho versuchen«, sagte sie. Brian war sichtlich dankbar. Die Blumen waren teuer gewesen. Er winkte ein Taxi heran.

»Hector hat seinen Wagen auf dem Land versteckt«, sagte sie, »sonst hätten wir damit fahren können. Er schluckt ziemlich viel Benzin.«

»Was ist es denn, ein Rolls-Royce?«

»So was Ähnliches. Hector möchte vermeiden, daß er eine Bombe abbekommt, er ist sein kostbarster Besitz.«

»Und was ist mit Ihnen?«

»Ich bin nicht sein Besitz. Ich bin seine Frau.« Brian wußte nicht, was er darauf sagen sollte.

Daß sie im ersten Restaurant, in dem sie es versuchten, keinen Tisch bekamen, empfand er als demütigend, aber noch schlimmer war es für ihn, als Calypso im zweiten überschwenglich begrüßt und mit großem Tamtam zu einem Tisch in der Ecke geleitet wurde. Sie war hier bekannt und wurde umschwänzelt. Sie kannte auch einige andere Gäste. Ein Franzose kam an den Tisch und sprach Französisch mit ihr; Brian verstand kein Wort, bis der Mann zum Abschied ihre Hand küßte und sagte: *»Alors, à demain.«* Während des Essens kamen noch mehr Männer an ihren Tisch. Brian fühlte sich unzulänglich, hatte das Gefühl, sie wäre lieber mit jemand anderem zusammen, der weltläufiger und interessanter war.

»Sagen Ihnen alle diese Männer, wie schön Sie sind?« fragte er beherzt.

»Einige schon. Ich weiß, daß ich schön bin, und jetzt erzählen Sie mir etwas, was ich nicht weiß. Erzählen Sie mir was über Versicherungen.«

»Sie machen sich über mich lustig.« Brian trank hastig einen Schluck Wein. »Ich würde jedes einzelne Haar auf ihrem Kopf versichern«, sagte er. »Ich glaube, aschblond nennt man diese Farbe.«

Calypso nickte.

»Ich würde Ihre blauen Augen und die langen schwarzen Wimpern versichern.«

»Sie sind echt«, sagte sie ermutigend.

»Ich würde Ihre Nase versichern, Ihren Mund, Ihre Zähne, Ihre Ohren.«

»Gut, sehr gut. Wie steht's mit meinem Körper?«

Brian stürzte ein ganzes Glas Wein hinunter. Die Flasche war leer. »Über Ihren Körper weiß ich nicht Bescheid«, murmelte er. »Ich kann schlecht...«

»Dagegen müssen wir etwas unternehmen. Wollen wir gehen? Können sie mich nach Hause bringen?«

Als sie das Restaurant verließen, sagte sie zu dem Franzosen: »Wir sehen uns morgen«, und zu zwei Männern, die zusammen speisten: »Treffen wir uns doch nächsten Donnerstag.« Im Taxi ergriff Brian ihre Hand und hielt sie fest. Er hatte Angst, sie zu küssen. Als sie bei ihr zu Hause ankamen, sagte sie: »Mein Hund braucht noch etwas Auslauf, und dann kommen Sie auf einen Schlummertrunk herein.« Der Hund hüpfte vor Freude, als er Calypso sah, lief dann ganz aufgeregt auf dem Gehsteig auf und ab. »Beeil dich«, sagte sie, »laß dir nicht die ganze Nacht Zeit. Er stammt aus den Highlands, er dürfte eigentlich gar nicht in London sein. Ist Ihnen auch aufgefallen, daß es heutzutage keine Hunde mehr gibt und auch keine Kinder?« Sie hielt Brians Hand wie eine Mutter, während sie dem Hund zuschaute, wie er das Bein hob, an den Gehsteiggeländern schnupperte, schwanzwedelnd zurücktrabte und mit seinen Knopfaugen zu ihr aufsah. »Im Büro verstecke ich ihn unter dem Schreibtisch«, sagte sie. »Mein Boß tut so, als wüßte er davon nichts.«

Brian stand ziemlich betrunken neben ihr und wußte nicht recht, was er als nächstes tun sollte.

»Na, dann kommen Sie mal rein. Wir wollen was gegen Ihre Unwissenheit unternehmen«, sagte sie.

Im Bett, das Gesicht in ihrem Haar vergraben, sagte Brian: »Ich liebe dich. Ich liebe dich.«

»Ich weiß nicht, was Liebe ist.« Sie wiegte ihn in ihren Armen. »Aber das hier gefällt mir, du bist nett. Du liebst mich nicht wirklich.«

»Doch. Wenn du nicht weißt, was Liebe ist, woher willst du dann wissen, daß ich dich nicht liebe?«

»Das ist natürlich ein Argument. Aber es wird nicht von Dauer sein, du kannst es nicht versichern. Du kannst ein Gefühl nicht versichern, es ist etwas Vergnügliches wie Essen und Trinken.«

»Bei mir wird es andauern.«

»Das ist deine Sache. Ich kann nichts dafür, oder? Und jetzt solltest du zu deiner Kanone zurückkehren, und ich muß unbedingt schlafen.«

Sie sah ihm zu, wie er sich anzog, in seine Uniform schlüpfte, die Knöpfe zumachte.

»Werde ich dich wiedersehen?« Er stand neben ihrem Bett.

»Ich denke schon. Ruf mich an. Findest du allein hinaus?«

Sie hörte ihn die Treppe hinuntergehen und wartete ab, bis sie die Haustür ins Schloß fallen hörte. Das Hündchen in seinem Korb winselte.

»Ach Fling«, sagte sie, »ich fühle mich so einsam.« Der Hund sprang aufs Bett. Sie lag auf dem Bauch, versuchte zu schlafen, streckte dann die Hand nach dem Radio aus, schaltete es an und drehte an den Knöpfen herum. Über den Äther kamen Geisterstimmen, die Deutsch, Französisch und Englisch sprachen. Sie fragte sich, was zum Teufel in der Welt vorging. Wieviel Uhr war es in Ägypten, wo sich Oliver angeblich befand? Was machte Hector, und wo war er? Sie hatte schon so lange keinen Brief mehr bekommen und besaß nur eine Feldpostadresse, an die sie schreiben konnte. Worüber konnte sie schreiben? Es würde ihn kaum freuen zu erfahren, daß sie mit Brian Portmadoc geschlafen hatte und beabsichtigte, auch mit Hectors französischem Freund zu schlafen. Es würde ihm kein Vergnügen bereiten zu hören, daß sie relativ häufig mit Tony schlief, wenn er keinen Dienst auf der Feuerwache hatte. Waren die meisten Strohwitwen treu, waren Freundinnen treu? Sie könnte ihm von ihrem Besuch in Cornwall schreiben, überlegte sie, ihm berichten, was die älteren Herrschaften so trieben, aber dann dachte sie, vielleicht sollte sie es doch lieber bleibenlassen, da Helena und Hector etwa gleich alt waren.

Sie schlief ein und hatte unbehagliche Träume, die sich in Alpträume verwandelten. Sie lief durch die Straßen einer unbekannten Stadt, war auf der Flucht, ohne zu wissen, wovor. Ihre Beine wollten sich einfach nicht bewegen, ihr Atem ging stoßweise, sie versuchte aufzuwachen, weil sie wußte, daß sie schlief, und wenn es ihr gelänge aufzuwachen, könnte sie Hector von ihrer Angst erzählen. Sie streckte die Hand aus, um ihn zu wecken, vergrub sie in seine Haare. Dann schrie sie auf, denn sie spürte nicht etwa sein warmes Glied, sondern etwas Kaltes,

Feuchtes. Ihr Schrecken war so groß, daß sie sich in das haarige Ding verkrallte, dieses feuchte, kalte Ding, das vor Schmerzen aufjaulte, denn statt Hectors Glied hatte sie Flings Schnauze gedrückt. Anstelle von Hector holte sie ein verängstigter kleiner Hund aus ihrem Alptraum.

»Oje«, sagte sie und versuchte Fling zu trösten, »ich wollte dir nicht weh tun. Ach Fling, mein kleiner Kerl aus den Highlands, mir ist schlecht.« Sie stieg aus dem Bett, verschwitzt und verklebt, und ging nach unten, um sich eine Tasse Tee zu machen. Nachdem sie ihn getrunken hatte, wurde ihr erst recht übel, und sie fühlte sich so schwach, daß sie sich aufs Bett legen mußte, bis es ihr wieder besser ging.

Am Morgen rief sie Polly an.

»Wir haben uns seit meinem Besuch in Cornwall nicht mehr gesehen.«

»Wie geht es denn allen? Komm doch zum Abendessen und erzähl mir alles. Gleich heute abend.«

»Heute abend kann ich nicht. Ich gehe mit einem Franzmann aus, einem Freund von Hector. Wie wär's mit morgen, wenn es mir wieder besser geht?«

»Bist du krank?«

»Ich weiß nicht recht. Ich muß irgendwas gegessen haben. Mir ist schlecht, und zuvor wäre ich um ein Haar umgekippt. Wenn ich es mir recht überlege, war mir auch in Cornwall schlecht, als sie die Kanone abgefeuert haben. Ich dachte, es wäre nur die Angst. Muß wohl irgendein Infekt sein, den ich aufgeschnappt habe.«

»Ist deine Regel ausgeblieben?«

»Ich bin schlecht im Rechnen.«

»Na, dann rechne mal nach. Ich muß los, sonst komme ich zu spät ins Büro. Du übrigens auch.«

»Ich muß in meinem Kalender nachsehen.«

»Dann bis morgen. Wiedersehen.«

»Du meine Güte.« Calypso starrte auf ihren Kalender. »Lieber Himmel«, murmelte sie und betrachtete die kleinen Seiten. »Ach du lieber Himmel. Ich habe es darauf angelegt. Aber eigentlich war es eher ein Witz«, murmelte sie, während sie ins Bad ging, um sich die Zähne zu putzen, wobei ihr wieder schlecht wurde. Sie rief im Büro an und ließ sich beurlauben, weil sie sich krank fühlte.

»Schon beim Arzt gewesen?« fragte ihr Chef energisch.

»Ich rufe gleich an und lasse mir einen Termin geben.«

»Na gut, und sehen Sie zu, daß Sie morgen wieder da sind. Sie wissen ja, wieviel wir zu tun haben. Sie sind die einzige, die Bescheid weiß mit dieser Akte über...«

»Ich weiß, ich weiß. Morgen bin ich wieder da.«

»Und sorgen Sie dafür, daß ich Sie nicht mit irgendeinem Franzmann im Écu de France beim Mittagessen erwische.«

»Essen Sie denn heute mittag dort?«

»Nein. Ich gehe in den Club.«

Calypso rief Hectors Arzt an und bat um einen Termin. Dann wählte sie nachdenklich ein zweites Mal: Helenas Nummer. Max hob ab.

»Hör zu, könntest du mich heute zum Lunch ausführen? Getrennte Rechnung, falls du knapp bei Kasse bist. Ich brauche moralische Unterstützung.«

»Wo wollen wir uns treffen?«

»Im Écu de France.«

»Getrennte Rechnung muß leider sein.«

Als sie aus der Arztpraxis kam, ging sie mit Fling in den Hyde Park, spazierte über die Grasflächen und ließ ihn laufen. Männer und Frauen in Uniformen gingen zielstrebig über die asphaltierten Wege, im Boden verankerte Sperrballons wiegten sich sanft. Nachdem sie Mayfair überquert hatte, betrat sie ein Postamt und ließ sich ein Formular geben. Sie trug Hectors Namen und Dienstgrad und die ausländische Geheimadresse ein. Dann schrieb sie: »Hamish *en route* Calypso«, und reichte es dem Beamten.

»Sie sollten lieber englisch schreiben«, sagte er.

»Warum?«

»Sieht aus wie ein Code. Ist Calypso ein Schiff?«

»Nein, Calypso ist mein Name.«

»Dann fügen Sie besser den Nachnamen hinzu.«

Die Botschaft »Hamish unterwegs Calypso Grant« wirkte frostig. Sie zerriß das Formular. »Er ist doch kein Koffer«, sagte sie zu dem Schalterbeamten. »Ich schreibe lieber einen Brief.«

»Wie Sie wünschen«, sagte er. Dann, da er Calypso hübsch fand, lächelte er.

Sie trat auf die Straße hinaus. »Schließlich handelt es sich um ein Geschäft«, sagte sie zu sich selbst. »Und das muß schriftlich festgehalten werden.«

Da es für ihre Verabredung zum Lunch noch zu früh war, schlenderte sie durch die Straßen und entdeckte die eine oder andere Lücke, die die Bomben in die Häuserreihen gerissen hatten. Kein Mensch kümmerte sich darum, niemand blieb stehen, um sie zu betrachten. Calypso spazierte langsam weiter, und Fling trottete gesetzt an der Leine hinterher. Im Écu de France sagte sie zu Max: »Ich habe heute meinen großzügigen Tag. Ich lade dich ein.«

»Danke.« Er ließ den Blick über die teureren Gerichte auf der Speisekarte wandern. »Was gibt es denn zu feiern?«

»Einen persönlichen Scherz.«

»Darf ich ihn erfahren?«

»Irgendwann mal, vielleicht. Was, glaubst du, schmeckt hier am besten?«

Sie berieten sich, wählten und bestellten.

»Hast du Helena gesagt, daß du mit mir essen gehst?«

»Sie kauft wieder mal Fummel ein.«

»Wer hat dir denn den Ausdruck beigebracht?«

»Wieso? Ist er versnobt?«

»Wer hat ihn dir beigebracht? Na komm schon, Max, verrat es mir.«

»Eine junge Frau, die ich kenne.«

»Du betrügst Helena.«

»Und Monika auch. Ich bin ebensowenig ein treuer Mann, wie du eine treue Frau bist.«

Calypso grinste. »Ich bin aus rein wissenschaftlicher Neugier mit dir ins Bett gegangen. Ich wollte feststellen, ob meine Tante es gut mit dir getroffen hat oder ob du ihr das Herz brechen wirst.«

»Meine liebe Calypso, wäre es zuviel verlangt, dich zu bitten, dich um deine eigenen Angelegenheiten zu kümmern?«

»Versprichst du mir, daß du ihr nicht weh tust? Sorge dafür, daß sie nicht erfährt, daß du in der Gegend herumschläfst. Wir haben sie und Onkel Richard sehr gern. Sie sind ein Teil unserer Kindheit.«

»Mit ›unsere‹ sind du, Polly, Oliver, Walter, Sophie und diese Zwillinge gemeint?«

»Ja.«

»Ich werde ihr nicht weh tun. Ich bin ein sensibler Mann. Und deine Tante ist unter ihrem britischen Phlegma auch sensibel.«

»Tatsächlich?« Calypso wurde nachdenklich. »Davon wußte ich ja gar nichts.«

»Es gibt vieles, was du nicht weißt, zum Beispiel, was deinen Hector betrifft.«

»Was ist mit Hector?« Calypso ging sofort in die Defensive.

»Dein Hector ist auch sensibel.«

Calypso lachte. »Ach komm schon! Hector ist nicht sensibel, er ist ein großer, kräftiger, aggressiver Politiker, der auf die Jagd geht und Tiere erschießt.«

»Und ach so reich.«

»Deshalb habe ich ihn geheiratet, wegen seines Geldes, und als Gegenleistung...«

»Ja?«

»Als Gegenleistung hat er eine hübsche Frau.« Keine zehn Pferde, dachte Calypso, während sie spürte, wie ihr das Blut ins Gesicht stieg, keine zehn Pferde bringen mich dazu, Tante Helenas Liebhaber zu sagen, daß ich Hectors Kind erwarte. Ich halte mein Versprechen, und er soll der erste sein, der es erfährt. Warum sollte ich Max, der ohnehin nicht umwerfend im Bett ist, auch nur ein Wort von Hectors Baby sagen? Es ist Hectors Baby, dachte sie, nicht meines. Warum sollte es meines sein, wo ich doch Kinder gar nicht mag? Was um Himmels willen soll ich tun, wenn es erst mal da ist?

Sie mußte an den gemächlich dahinratternden Zug denken und an Hectors Anweisung: »Du mußt Catherine holen«, der er barsch hinzugefügt hatte: »Sie hinkt.« Die schaukelnden Bewegungen einer hinkenden Person würden das Baby auf ihrem Arm in Schlaf wiegen.

»Darf ich dich heute nachmittag wieder besuchen?« Max ging gerne am Nachmittag vor einer Probe ins Bett.

»Nein, tut mir leid. Ich muß Briefe schreiben. Warum gehst du nicht zu Helena oder zu dem Mädchen, von dem du den ›Fummel‹ hast?«

»Deine Stimme klingt grausam, und deine Briefe können warten.« Max versuchte sie umzustimmen.

»Woher willst du das wissen? Laß dir bitte die Rechnung geben, Max.«

Er machte dem Kellner ein Zeichen, während Calypso die Geldbörse aus ihrer Tasche angelte.

»Hat dir unser gemeinsamer Nachmittag nicht gefallen?«

»Schon, aber ich finde, ich sollte mich um Helenas willen auf deine Konzerte beschränken.«

»Du bist plötzlich sehr rücksichtsvoll.« Er warf einen Blick auf die Rechnung, die der Kellner zusammengefaltet auf einem Tellerchen gebracht hatte.

»Heute ist der richtige Tag, um rücksichtsvoll zu sein«, sagte sie feierlich, während sie das Geld auf die Rechnung legte.

»Könnte es sein, daß du es dir noch anders überlegst?«

»Ich glaube nicht. Also«, rief sie leichthin, »danke für deine Gesellschaft. Grüß Helena von mir. Dann bis bald, auf Wiedersehen.« Doch sobald sie nach ihrer Handtasche griff, kam ein Mann, der an einem anderen Tisch gesessen hatte, quer durchs Restaurant auf sie beide zu. Er entschuldigte sich bei Calypso, zog sich einen Stuhl heran, beugte sich über den Tisch und sprach Max auf deutsch an.

Calypso, die kein Wort verstand, beobachtete die beiden Männer. Der zweite Mann war groß, gut und teuer angezogen; sein glänzendes, gewelltes Haar war nach hinten gebürstet. Er roch nach Zigarren und trug eine schwere goldene Uhr. Sie hörte aufmerksam zu und verstand auch das eine oder andere Wort – Amerika, Konzert, Dollars. Auch Monikas Name fiel. Max schüttelte den Kopf, sagte hastig etwas, gestikulierte aufgeregt. Sein Gesicht verlor jenen unterwürfigen, gefälligen Ausdruck, den sie ziemlich verachtete, und bekam einen stolzen Zug. Abschließend sagte er, was er zu sagen hatte, auf englisch: »Nein, ich kann nicht und ich will nicht.«

Der Fremde wandte sich an Calypso. »Bitte verzeihen Sie, Max hat uns nicht bekannt gemacht.« Sein Blick wanderte zu

Max, der ihn unverwandt ansah, ohne Anstalten zu machen, dem Gebot der Höflichkeit und der Konvention nachzukommen. »Ich möchte Max dazu überreden, ein großartiges Angebot anzunehmen.«

»Und worin besteht das?« Calypso war keineswegs beeindruckt von dem Fremden, den sie als zu offensichtlich betucht empfand.

»Ich biete ihm einen Vertrag in den Vereinigten Staaten an, dazu die Schiffspassage für sich und Monika, und er lehnt ab. In Amerika wären die beiden in Sicherheit und würden eine Menge Geld verdienen. Es gibt keinen Grund, warum sie irgendwo bleiben sollten, wo sie in Gefahr sind. In Amerika ist man als Jude sicher.«

»Hier auch«, sagte Calypso.

»Nur bis die Deutschen kommen, dann sind sie in schrecklicher Gefahr.«

Als Calypso etwas erwidern wollte, legte Max seine Hand auf ihre und sagte: »Ich muß für mich selbst sprechen, Calypso. Dieser Mann war ein Deutscher. Jetzt ist er ein Amerikaner, verstehst du? Er versucht mich dazu zu überreden wegzulaufen, und das tue ich nicht. Ich bin weit genug gelaufen. Hier kann ich arbeiten.«

»Für weniger Geld«, warf der Fremde ein.

»Ja, für weniger Geld, mag sein, aber ich arbeite für Menschen, die uns Obdach gewähren. Ich will versuchen, ihre Freundlichkeit mit meiner Musik zurückzuzahlen.«

»Ich war nicht besonders freundlich«, sagte Calypso.

»Dein Land schon, und deshalb möchte ich das auf die einzige Art und Weise vergelten, die mir möglich ist, mit Musik.« Max' Worte hörten sich schwülstig an, dachte Calypso, aber sein stolzes Auftreten verlieh ihm Glaubwürdigkeit. Prüfend betrachtete sie abwechselnd die beiden Männer und stellte fest, daß ihr Max besser gefiel.

»Oliver würde sagen, du bezahlst mit einer Idee.«

»Ideen sind seine Spezialität.« Max entspannte sich und lachte.

»Wer ist dieser Oliver?« fragte der Fremde mißtrauisch. »Ein Dirigent vielleicht? Ein Amateur?«

»Ein junger Mann, der gegen die Nazis und für die Juden kämpft. Genau wie die Zwillinge und dieser andere junge Mann namens Walter.«

»Wer sind diese Leute? Ein Orchester?«

»Nichts, was Sie begreifen würden. Sie haben ebenfalls Ideale.«

»Spielen sie Geige?«

»Sie spielen mit dem Tod.«

Der wohlhabende Fremde lachte, rückte sein breites Hinterteil auf dem Stuhl zurecht. »Hören Sie«, sagte er. »England ist auf dem besten Weg, den Krieg zu verlieren. Bald wird Rommel nach Ägypten vorstoßen. Die britische Streitmacht zieht sich zurück. Hitler bombardiert dieses Land noch ein bißchen, bevor er einmarschiert, und dann heißt es ade für Ihr Talent, ade für jüdische Flüchtlinge. Ich bin unter großen Gefahren hierhergekommen, um Sie und andere Künstler aufzusuchen und in die Vereinigten Staaten zu bringen. Seien Sie vernünftig, denken Sie an Ihre Kunst, an Ihr Talent, vergeuden Sie es nicht. Es hat keinen Sinn, auf diesen Churchill zu hören, der, wie ich zugeben muß, gute Propaganda macht, aber England wird in Kürze verhungern. Ich weiß, daß Sie heute gut zu Mittag gegessen haben, aber wie lange noch? Wissen Sie, was die U-Boote machen, haben Sie von den Millionen Tonnen gehört, die versenkt werden? Es ist eine Frage von Monaten, bis es in ganz Europa so aussieht, während ich Ihnen in Amerika eine Zukunft bieten kann. Ich biete Ihnen sogar an, Ihre Geliebte mitzubringen.«

Calypso, die die beiden Männer beobachtete, erlebte Max von einer ganz neuen Seite. Helenas Liebhaber, charmant, begabt, unbeschwert, einigermaßen gut im Bett, verwandelte sich in ein Wesen aus Stahl, das ihr eine Gänsehaut verursachte. Sie hatte Zorn erlebt, sie hatte Wut erlebt, alltägliche Gefühle im Vergleich zu dem, was Max durchmachte. Er begann mit leiser, harter Stimme auf deutsch zu sprechen und starrte dabei seinem Feind in die Augen, denn sofern der Fremde nicht schon zuvor ein Feind gewesen war, jetzt war er es. Seine Worte waren voller Bitterkeit. Der korpulente Mann versuchte ihn mit höhnischen Bemerkungen zu unterbrechen. Plötzlich sprach Max Englisch.

»Würden Sie jetzt endlich gehen? Raus hier, verlassen Sie

dieses Land, in dem Sie es nicht mal verdient haben, wie ein Haufen Scheiße behandelt zu werden. Fahren Sie zurück in Ihr ungefährliches Amerika. Ich kann nur hoffen, daß die U-Boote, die Sie so bewundern, Sie unterwegs versenken. Verschwinden Sie, Sie Misthaufen...«

Der Fremde stieß seinen Stuhl zurück und ging. Leute an den Nebentischen, die alles mitbekommen hatten, schauten ihm nach; dann sahen sie Max an. Calypso starrte unverwandt in ihre fassungslosen Gesichter. Sie blickten weg. Calypso ergriff Max' Hand.

»Wie wär's mit einem Brandy? Wer war denn dieser Widerling?« Sie winkte dem Kellner. »Einen Brandy, bitte.«

»Ein deutscher Produzent. Entscheidet über Sein oder Nichtsein in der Musikbranche.«

»Aber offenbar konnte er dir keine Angst einjagen, oder? Da kommt dein Brandy. Trink ihn langsam.«

»Ich hasse diesen Mann. War ich sehr ordinär?«

»Da ich kein Deutsch verstehe, kann ich das nicht beurteilen, aber es hat sich schön grob angehört.«

»Gut.« Allmählich kehrte die Farbe in Max' Gesicht zurück. Er drückte Calypsos Hand. »Freundschaft?«

»Ich habe den Eindruck«, sagte sie, »daß ich um einige Jahre erwachsener geworden bin. Das hat schon heute morgen angefangen. Glaubst du, daß dich diese Szene beim Spielen beeinträchtigt und dir dein Konzert heute abend verdirbt?«

»Ich werde besser spielen als je zuvor. Wut bekommt mir noch besser als ein Orgasmus.«

Calypso lachte und stand auf, um zu gehen. Max winkte ihr ein Taxi heran. Als sie durch die Straßen fuhr, denen der Krieg ein schäbiges Aussehen verliehen hatte, grübelte sie über einen für sie neuen Gedanken nach, nämlich daß sie kein Bedürfnis mehr hatte, mit Max ins Bett zu gehen, weil er jetzt ihr Freund war. Sie überlegte, ob sie das in ihrem Brief an Hector in Worte fassen könnte, und kam zu dem Ergebnis, daß es zu schwierig war. Als sie vor ihrem Haus ausstieg und das Taxi bezahlte, kam Max hinter ihr angefahren.

»Du hast deinen armen Fling vergessen. Er war noch in der Damengarderobe angebunden.«

»Leute wie ich taugen nicht dazu, einen Hund zu haben.« Sie nahm ihm Fling ab und sah ihm nach, als er wegfuhr. »Und ob ich dazu tauge, ein Kind zu haben, weiß nur der liebe Gott«, sagte sie zu ihrem nachsichtigen Hund. Sie ging ins Haus, wo in der Diele ihr Fahrrad an der Wand lehnte. Wie lange konnte sie noch radfahren, ohne dem Baby zu schaden? Sie setzte sich an den Schreibtisch und begann ihren Brief: »Geliebter Hector...«

23

Während Sophie die Schule über sich ergehen ließ, klammerte sie sich an Richards allwöchentliche Briefe, seine Berichte über das Leben in Cornwall. Neuigkeiten vom Hund, von der Kuh und den Hennen waren ihr weitaus wichtiger als Geschichte oder Mathematik. Jeden Montag brachte ihr Richards dickes weißes Kuvert die Nachrichten, die es ihr ermöglichten, die Woche zu überstehen. Er schrieb über die Bürgerwehr und was man im Dorf davon hielt, er schrieb, daß sich der General recht herrisch gebärdete. Er schrieb über die evakuierten Leute im Pfarrhaus, die nach London zurückkehrten, sobald die Luftangriffe nachließen, und schnurstracks wiederkamen, sobald es erneut losging. Er schrieb, daß heftig über die Frage diskutiert wurde, ob eine berittene Bürgerwehr in Cornwall im Bereich des Möglichen sei, und daß man eifersüchtig war auf die Bürgerwehr in Exmoor, die angeblich über Pferde verfügte. Er schrieb über die belgische Fischereiflotte in Newlyn und berichtete, daß die kornischen Fischer in die Handelsmarine einberufen worden seien. Er erzählte von der Ernte und von den Blumen auf den Feldern des Generals. Er teilte Sophie mit, wann Monika Marmelade einkochte und wie sie den Zucker dafür zusammensparte. Er schrieb, daß er Monikas Butter gegen Fleisch und die Eier gegen Fisch eintauschte. Er informierte sie darüber, welcher Junge aus dem Dorf zu welchem Regiment einberufen worden war, und wer das Glück hatte, auf einem Reserveposten zu sitzen. Er schrieb, Monika und Mildred seien empört, daß man im Dorfladen unter dem Ladentisch Textilmarken kaufen konnte. Er schrieb ihr, welche Henne für den

Topf bestimmt war. Er schieb über Kaninchenragout und Brombeeren, berichtete getreulich bis in alle Einzelheiten über das Wetter, über Regen, Nebel, Wind und Sonne, über sein neues Bein und Calypsos Besuch, die Kanone, und wie sie abgefeuert wurde. Er schrieb, daß in den Löchern, die die Bomben hinterlassen hatten, mit der Zeit nützliche Teiche entstehen würden, an denen sich Wildenten niederlassen könnten.

Sophie legte die Briefe in das verschließbare Fach neben ihrem Bett, um sie im Lauf der Woche immer wieder zu lesen. Jeden Abend, wenn sie vor Heimweh nicht einschlafen konnte, stellte sie sich vor, wie Richard und Monika am Feuer saßen, Richard seinen Brief schrieb, Monika nähte oder strickte. Sie träumte von den Sommertagen, an denen sich Polly, Walter, Calypso und Oliver lachend und scherzend auf der Kamillenwiese gerekelt hatten. Die Erinnerung an den Abend, den sie mit Oliver in London verbracht hatte, hütete sie wie einen Schatz. Wann immer sie fror, dachte sie an die eiskalten Straßen bei St. Paul's. Sie dachte daran, wie Oliver geweint und sie seine Hand gehalten hatte, nachdem etwas Schreckliches geschehen war, das mit Calypso zu tun hatte. Er hatte zugelassen, daß sie seine Hand mehrere Minuten lang festhielt, bevor er sie zurückzog, um sich zu schneuzen. Jede Nacht, bevor sie einschlief, wünschte sie sich zurück in ihr Schlafzimmer; von dort aus konnte sie auf den Ast des Stechpalmenbaums hinausklettern, der über die Kamillenwiese ragte, und deren Duft einatmen, der sich mit dem salzigen Geruch des Meeres vermischte. Voller Schmerz erinnerte sie sich daran, wie Oliver mit federnden Schritten den Hügel hinunter in den Krieg gegangen war.

Einmal in der Woche schrieb sie an Richard und berichtete von ihrem Leben in der Internatsschule, was sie lernte, wie verhaßt ihr die Kälte und die Spiele waren, was sie im Radio hören durften: die Nachrichten, Unterhaltungssendungen mit Prominenten wie *It's that Man Again* und *The Brains Trust.* Ab und zu einmal, wenn Richard schriftlich um Erlaubnis bat, durfte sie sich eines von Max' Konzerten anhören. Sie sehnte die Ferien herbei. Sie erwähnte niemals ihr Unbehagen gegenüber Mrs. Penrose, noch konnte sie auf Richards Angewohnheit, seine Hand unter ihren Rock zu schieben, zu sprechen kommen; solange sie klein gewesen war, hatte es sie weiter nicht gestört, aber jetzt fand sie es ekelhaft, auch wenn es ihr ein geringer Preis dafür schien, daß die Verbindung mit dem einzigen Zuhause, das sie kannte, aufrechterhalten blieb. Sie würde eine Möglichkeit finden, diesem Problem aus dem Weg zu gehen, ohne Richard, der auch ihre einzige Verbindung zu Oliver darstellte, in Verlegenheit zu bringen. Denn manchmal erwähnte Richard, neben den vielen winzigen Einzelheiten des alltäglichen Lebens, daß sie Nachrichten von anderen Familienmitgliedern erhalten hatten. Nachdem die Eltern von Polly und Walter umgekommen waren, schrieb er: »Können nichts vorausgeahnt haben, schöne Art abzutreten.« Er schrieb, Sarah hätte von Oliver gehört, daß er jetzt in der Wüste kämpfte: »Ganz beachtliche Leistung.« Er schrieb, daß Hector, obwohl er doch schon vierundvierzig war, vielleicht auch an diesem Einsatz teilnehmen würde, ebenfalls eine beachtliche Leistung, nachdem es für ihn »keinen zwingenden Grund gibt, Risiken einzugehen«. Für Walter im Nordatlantik hatte er kein Lob übrig: »Dummer Kerl, daß er über seine Seekrankheit nicht hinwegkommt, schau dir nur Nelson an.« Gelegentlich merkte er an, daß der Pastor und Mildred etwas von den Zwillingen gehört hatten, »inzwischen hat man sie getrennt, was nur vernünftig ist«. Er lobte Churchill und kritisierte die Generäle, er schrieb, er müsse wohl oder übel zugeben, daß »dieser deutsche General Rommel der beste General in diesem Krieg ist«, daß er freilich besiegt werden würde, wenngleich man sich schwerlich vorstellen konnte, wie, und daß, auch wenn er offenbar ein ungeschickter Bursche war, »dieser General de Gaulle der einzige Franzmann ist, der den anderen Paroli bietet und den man ernst nehmen kann«. In dieser Zeit gewann Sophie ihn beinahe richtig lieb. In ihrer Einsamkeit vergaß sie den Ekel vor seinem fehlenden Bein, den Abscheu vor seinem Mundgeruch, den Widerwillen, den sie empfand, wenn er sie berührte, wenn er ihren Oberschenkel tätschelte wie früher den stinkenden alten Köter, der längst tot war. Ducks tätschelte er nicht, sondern kraulte ihn nur hinter den Ohren und murmelte: »Du bist das einzig Gute aus Feindesland.« Um Richards wöchentliche Berichte spann sie das Gewebe, das sie emotional am Leben erhielt. Sie war zu jung, um es als Ironie zu empfinden, daß Richard, den sie nie gemocht hatte und der sie nie gemocht hatte, der einzige Mensch war, der sich die Mühe machte, sie über ihr Zuhause auf dem laufenden zu halten.

Doch als die Ferien begannen, fuhr Sophie mit ihren Schulkameradinnen nach London, wo sie von irgend jemandem abgeholt wurde, den Polly damit beauftragt hatte, übernachtete bei ihr und stieg am nächsten Tag in den Zug nach Penzance. Bis Monika sie am Bahnhof abholte, hatte eine Verwandlung stattgefunden. Sobald sie das Haus auf der Klippe betrat, war sie so schüchtern und zurückhaltend wie eh und je, konnte sich zwar mit Monika und den Floyers unterhalten, aber unmöglich mit Richard. Richard für seinen Teil empfand dies offenbar als ganz natürlich und wartete, bis sie im Internat war, um die vertrauliche Beziehung wiederaufzunehmen, zu der sie in ihren Briefen gelangt waren.

Einmal zu Beginn der Osterferien holte Tony sie vom Zug ab.

»Hallo, Sophie. Polly ist nicht da, sie hat mich gebeten, dich abzuholen.«

»Wo ist sie?«

»Weiß ich nicht. Es hat irgendwas mit ihrer Arbeit zu tun. Walter ist in London auf Urlaub, und er ist ziemlich sauer, daß er sie nicht angetroffen hat. Er hat noch geschlafen, als ich vorbeigeschaut habe, bevor ich zum Bahnhof gegangen bin. Was macht die Schule?«

»Schrecklich. Ich freue mich darauf, Walter wiederzusehen. Wie geht es ihm?«

»Er ist ziemlich geschafft und hat die Nase voll. Nicht nur Polly ist fort, sondern auch Calypso. Sie ist nach Schottland gefahren, so daß er sie ebenfalls nicht sieht.«

»Warum denn das? Sie kann Schottland nicht ausstehen.«

»Bei ihr im Haus hat es sämtliche Fenster erwischt, und während der Glaser sie wieder einsetzt, ist sie nach Schottland gefahren. Außerdem hat sie dort angeblich was zu erledigen, etwas, das mit Hector zu tun hat.«

»Sie würde für Hector keinen Finger krumm machen.«

»Du weißt eine Menge für dein Alter.« Es hörte sich vorwurfsvoll an. Daß dieses Kind an Calypso Kritik übte, ärgerte ihn, auch wenn sie noch so zutreffend war. Als sie bei Pollys Haus ankamen, stellte er Sophies Koffer auf der Türschwelle ab und klingelte. »Kommst du allein zurecht, wenn ich jetzt gehe? Ich muß in ein paar Minuten auf der Feuerwache sein.«

»Ja, danke.« Sophie sah ihm nach. Sie kam sich undankbar vor. Walter machte die Tür auf.

»Ich wollte mir gerade ein Frühstück richten. Hast du Hunger?« Er gab ihr einen herzlichen Kuß.

»Ich habe schon in der Schule gefrühstückt.«

»Du kannst sicher noch was vertragen. Hat dir Tony gesagt, daß beide Mädchen fort sind?«

»Ja.«

»Schrecklich. Da kriege ich den ersten Urlaub seit ewigen Zeiten, und kein Mensch ist da, keine Schwester, keine Cousine.« Er ging voraus in die Küche hinunter. »Magst du Bratkartoffeln?«

»Ja, gern.«

»Und Schinken? Gut, dann setz dich hin, damit du aus dem Weg bist, solange ich koche. Glaubst du, sie hätten in Cornwall was dagegen, wenn ich hinunterkäme? Ich weiß nicht, was ich hier anfangen soll.«

»Sie wären sicher begeistert. Ich jedenfalls. Monika freut sich bestimmt, und Onkel Richard auch.«

»Glaubst du wirklich? Ich möchte ihnen nicht zur Last fallen. Wo steckt eigentlich Tante Helena? Irgendwo bei Max, oder weißt du nicht über die beiden Bescheid?«

»Natürlich weiß ich Bescheid. Ich bin doch kein Baby mehr.«

»Nein«, sagte Walter, »bist du wirklich nicht, du kommst mir erheblich größer vor. Also gut, dann nehmen wir den Nachtzug. Ich war seit den letzten Sommerferien nicht mehr unten.« Er teilte Bratkartoffeln und Schinken aus. »Jetzt lang erst mal kräftig zu, und dann kannst du mich auf den neuesten Stand bringen, was die Veränderungen da unten betrifft.«

Der Nachtzug war unerträglich voll. Sie zwängten sich in ein Abteil zu einigen Matrosen, die nach Plymouth fuhren und die ihre Umgebung in Zigarettenrauch hüllten und Bier aus der Flasche tranken. Walter schob Sophie in eine Ecke und quetschte sich neben sie. Der verdunkelte Zug rappelte gleichmäßig dahin, hielt an schwach beleuchteten Bahnhöfen an, deren Ortsnamen der Schaffner jeweils ausrief. Walter döste vor sich hin, während Sophie, die nicht schlafen konnte, die Matrosen beobachtete und ihnen zuhörte. Zum Schlafen war es zu unbequem, und zum Lesen reichte das Licht nicht aus. Wenn sie das Verdunklungsrollo einen Spaltbreit anhob, konnte sie den Mond sehen, an dem Wolken vorbeihuschten. In Taunton drängten sich noch mehr Leute in den Zug, standen auf den Gängen, rauchten, unterhielten sich murmelnd, verlagerten ihr Gewicht von einem Fuß auf den anderen. Walter kämpfte sich hinaus auf den Bahnsteig, um einen Buffetwagen zu suchen. Der Zug fuhr wieder an, und Sophie wurde unruhig, weil sie befürchtete, er könnte es nicht mehr geschafft haben einzusteigen. Schon drohte ihre Besorgnis in Panik umzuschlagen, als auf dem Gang ein Gedränge entstand und Walter, in jeder Hand eine Tasse Tee, auftauchte, sich mit den Ellbogen den Weg bahnte, über die Beine der Mitreisenden stieg.

»Dachte, das könnte uns guttun.« Dankbar nahm Sophie den Becher entgegen. »Ich fürchte nur, ich hab eine Menge verschüttet.«

»Das spielt keine Rolle«, sagte sie.

»Abscheuliches Zeug, wenn man es recht betrachtet.« Er zwängte sich neben sie. »Es ist sicher ein komisches Gefühl, ohne die Cousins und Cousinen in Cornwall zu sein. Sonst waren wir immer gemeinsam dort.«

»Ich bin doch deine Cousine.«

»Bist du auch.« Walter stellte seinen leeren Becher unter den Sitz. »Irgendwie warst du immer zu klein für eine richtige Cousine.«

»Jetzt bin ich größer.«

»Viel größer.« Er legte seinen Arm um sie. »Bequem so? Es wird nicht dasselbe sein, kein Oliver, der uns herumkommandiert, keine Calypso, keine Zwillinge. Schöne Zeiten waren das damals. Erinnerst du dich an die letzten Ferien, bevor das hier angefangen hat? Erinnerst du dich an den Schreckenslauf? Hat dich nicht eine Schlange oder so was gebissen, und du hast in Calypsos Armen geweint?« Er erinnerte sich an Calypsos beunruhigten und verärgerten Gesichtsausdruck. Das vom Meer zurückgeworfene Licht hatte ihren Augen eine völlig neue Farbe verliehen. »Was hast du gesagt?«

»Ich sagte, ich wurde nicht gebissen, es war etwas anderes.«

»Und dieses andere Spiel, das wir spielen wollten, für das wir Lose gezogen haben. Was war das noch mal? Es ging darum, jemanden zu töten, irgend so was, eine von Olivers schwachsinnigsten Ideen.«

»Er hat behauptet, jeder von uns wäre in der Lage zu töten, aber dann hat er die Sache abgeblasen.«

»Na ja, wie sich die Dinge entwickelt haben, befinden wir uns im Krieg und tun unser Bestes.« Walter, den Arm um Sophie gelegt, fühlte sich schläfrig. Die Mitreisenden im Abteil schnarchten mit offenem Mund, die Beine weit von sich gestreckt. Sophie schluchzte laut auf. »He, was ist los? Erzähl es dem alten Walter. Hier, nimm mein Taschentuch.«

»Ich habe versucht, es Polly zu sagen, aber sie hat es nicht mitbekommen. Ich habe es ihr bei einem Luftangriff gesagt, während wir unter dem Küchentisch saßen. Ich weiß nicht mal, ob sie zugehört hat.«

»Dann erzähl es mir, ich bin ganz Ohr.« Walter gähnte so kräftig, daß er sich fast den Unterkiefer ausrenkte. »Jetzt hätte ich mir um ein Haar den Unterkiefer ausgerenkt. Was hast du gesagt?«

»Ich habe ihn geschubst.«

»Wen hast du geschubst?«

»Den Mann von der Küstenwache. Er hat sich immer hinter einem Busch auf dem Klippenpfad versteckt. Er hatte so ein rosa Ding – es sah aus wie eine Schlange – in der Tasche.«

»Oh.« Allmählich wachte Walter auf. »Ein Exhibitionist.«

»Was ist ein Exhibitionist?«

»Kümmere dich nicht darum, erzähl weiter, ich bin ganz Ohr. Ich bin wach, erzähl nur. Jetzt hör doch auf zu weinen, du schniefst so, daß ich dich gar nicht verstehen kann. Er ist also hinter einem Busch hervorgesprungen, ja?« Walter hielt sie sanft, während sein Blick über die schlafenden Matrosen wanderte.

»Gesprungen ist er eigentlich nicht, er tauchte einfach aus

dem Gebüsch auf. Du weißt doch, wo das ist, in der Nähe der Felsen?«

»Ja, erzähl weiter.«

»Also, das hat mir solche Angst eingejagt, als wir den Schrekkenslauf gemacht haben, und deshalb habe ich geschrien.«

»Ich erinnere mich.« Er erinnerte sich, daß Sophie hysterisch geschrien und Oliver ihr eine Ohrfeige gegeben hatte.

»Als es wieder passierte, habe ich versucht, an ihm vorbeizulaufen, und da ist er hinuntergefallen.« Sophies Stimme war kaum zu hören. »Er wurde im Meer gefunden, ich war krank, und die Polizei kam und holte Monika und Max ab, um sie zu internieren.«

»Was hatten die denn damit zu tun?«

»Nichts, nichts. Ach Walter, was soll ich nur tun? Glaubst du mir?«

Walter sagte nichts, sondern hielt sie nur fest, während der Zug langsam dahinstampfte, die Matrosen schliefen und auf dem Gang ein Trupp Soldaten traurig, aber mit reiner Melodie zu singen begannen.

»Das müssen Waliser sein, nachdem sie so rein singen.« Er wiegte sie sanft hin und her, wobei sein Kinn ihren Scheitel berührte. Was für seidiges Haar sie hatte! Polly behauptete, es sei chinesisch. Er spürte, wie die Spannung aus ihrem Körper wich, und wußte, daß sie schlief. Er überlegte, ob er irgend etwas sagen sollte. Dieses Thema geht über meinen Horizont, dachte er.

»Du glaubst mir doch, oder?« sagte Sophie verschlafen.

»Ja, ja«, sagte er leise. »Aber natürlich.«

»Polly hat mir nicht geglaubt.« Sie versank wieder in Schlummer. Walter hielt sie noch immer im Arm, als der Zug in Plymouth einfuhr. Die Matrosen wachten auf, nahmen ihr Gepäck aus den Netzen, taumelten aus dem Zug. Im Nu waren ihre Plätze wieder besetzt.

Der Zug fuhr weiter, hielt an jeder Station in Cornwall, und Sophie schlief noch immer, bis endlich der Ruf »St. Erth, umsteigen nach St. Ives« ertönte, Walter das Rollo hochschnappen ließ und draußen der Morgen anbrach. »Wach auf, Sophie, wir sind bald da.« Die Sonne glitzerte auf der Mount's Bay, und aus den Wellen erhob sich St. Michael's Mount. »Wach auf, wach auf, du bist zu Hause. Mein Gott, freue ich mich auf diesen Urlaub.«

»Ist das Meer nicht wunderschön? Ich hoffe, daß uns Monika abholt.« Sophie kämmte sich das Haar, schnürte ihre Schuhe fester, blickte mit ihren orientalischen Augen aufs Meer hinaus. »Ich könnte ein Pferd verspeisen«, rief sie.

»Manche Leute können einem dickere Bären aufbinden als andere«, murmelte Walter, während er ihre Koffer aus dem Gepäcknetz hob. »Ich muß unbedingt mal mit Polly reden.«

»Das Furchtbare daran war«, sagte Polly zu Iris und James viele Jahre später auf dem Weg zu Max' Begräbnis, »daß ich in Portugal war, als Walter seinen letzten Urlaub hatte. Ich habe ihn nie wiedergesehen. Wenn ich das gewußt hätte, hätte ich mich irgendwie aus der Sache rausgewunden, um ihn zu sehen.«

»Aber wie hättest du wissen können, daß er umkommen würde?« fragte Iris, die ihre Mutter so oft dasselbe hatte sagen hören, daß sie es auswendig kannte. »Du hättest dich nicht verabschieden können oder so, weil du es ja nicht gewußt hast.«

»Daraus habe ich gelernt, davon auszugehen, daß jeder Fronturlaub der letzte sein könnte. Vielleicht wollte er mir noch etwas sagen. Die anderen meinten, daß ihn irgend etwas beschäftigt hat. Walter und ich, wir hatten nur noch uns selbst, nachdem unsere Eltern von einer Bombe getötet worden waren.«

»Ich weiß.« Auch das hatte Iris schon oft gehört. »Und Helena und Max kamen mit einem Taxi voller Blumen von Covent Garden.«

»Ich langweile euch, wie Onkel Richard uns gelangweilt hat«, meinte Polly vorwurfsvoll.

»O nein, Ma, das tust du nicht, nur ...«

Doch als Walter drei Wochen nach seinem Urlaub im Nordatlantik ertrank, erinnerte er sich lebhaft daran, wie Sophie im Zug geweint hatte. Er machte den Mund auf, um nach Polly zu rufen, und ertrank um so schneller.

24

Calypso und Brian Portmadoc waren die ersten, die von Walters Tod erfuhren. Sie waren zusammen essen gewesen. Statt Brian ins Haus zu bitten, wie er gehofft hatte, sagte Calypso, sie müsse noch zu Polly, um ihr zu erzählen, was sie in Schottland gemacht hatte.

»Kann das nicht warten?« Brian sehnte sich nach Calypsos Bett und nach Calypso.

»Nein, ich muß sie unbedingt sehen.«

Sie nahmen einen Bus, der durch die verdunkelten Straßen kroch. Calypso klingelte an Pollys Haustür und wartete ungeduldig. »Ich muß sie bitten, mir einen Schlüssel zu geben, alle anderen haben offenbar einen.«

Die Tür wurde von einem schmächtigen, dunkelhäutigen Mädchen mit krausen Haaren aufgemacht.

»Wer sind Sie denn?« Calypso trat ins Haus und zog Brian hinter sich her.

»Elizabeth. Ich bin eine Freundin von Walter. Sie müssen Calypso sein.« Das Mädchen war schüchtern und etwas verlegen. »Er hat mir einen Schlüssel gegeben. Er meinte, Polly hätte nichts dagegen.«

»Ist sie hier?«

»Sie ist weg, irgendwo. Walter hat gesagt...«

»Und wo ist er?«

»Er mußte zurück. Er hatte vor ein paar Wochen Urlaub, aber ich...«

»Sind Sie eine Freundin?«

»Also, ich war, ich...«

»Was tun Sie dann hier, wenn Sie eine Verflossene sind?«

»Wir haben uns wieder versöhnt. Wir haben telefoniert, und er hat gesagt, ich soll hierher kommen, zu Polly. Überhaupt, was geht Sie...«

»Oh, es geht mich überhaupt nichts an. Ich möchte nur Polly besuchen.«

»Ach so.« Calypsos harscher Ton schien Elizabeth aus der Fassung zu bringen.

»Haben Sie eine Ahnung, wann sie zurückkommt?« Calypso schaute einen Stapel an Polly adressierte Briefe durch, die auf dem Tisch im Flur lagen. »Was hat dieses Telegramm zu bedeuten?«

»Das weiß ich nicht.«

»Könnte was Dringendes sein.« Calypso machte das Telegramm auf und las es. »Oh«, sagte sie, »o Gott« und schaute erst Brian an und dann Elizabeth. »Er ist tot«, sagte sie. »Warum er? Warum nicht irgendein schlechter Kerl? Haben Sie ihn geliebt?« fragte sie das Mädchen, das aufstöhnte, sich umwandte und nach oben rannte. Calypso sah ihr nach.

»Komm, suchen wir uns was zu trinken.« Calypso ging in die Küche hinunter. Während sich Brian auf die Suche machte, stand sie neben dem Tisch.

»Sind Pollys Eltern nicht auch umgekommen?«

»Ja. Jetzt beeil dich schon.«

»Dann ist Polly ja ganz allein.« Er entdeckte einen Rest Whisky.

»Das nicht gerade, aber sie hat keine Familie mehr. Danke.« Sie trank einen kräftigen Schluck Whisky. »Verflucht noch mal, verfluchte Scheiße.«

»Das arme Mädchen.«

»Sie wird jemand anderen finden. Wie heißt sie eigentlich?«

»Elizabeth.«

»Elizabeth, und weiter?«

Über ihnen tappten Schritte durch den Flur, die Haustür ging auf und krachte zu. Hohe Absätze klapperten davon in die Dunkelheit.

»Das werden wir nie erfahren.« Calypso kippte ihren Whisky hinunter.

»War Walter... hast du...«

»Nein, hab ich nicht. Ich wollte, ich hätte. Jetzt geht es nicht mehr. Ach verflucht, verfluchte Scheiße, warum ausgerechnet er? Er hat keiner Fliege was zuleide getan. Ich glaube, du solltest jetzt lieber gehen, Brian. Ich bliebe hier, Polly könnte jeden Augenblick zurückkommen. Schrecklich für sie, ganz allein zu sein.«

»Könnte ich nicht...«

»Nein. Hör zu, wenn ich dir meinen Schlüssel gebe, würdest du dann Fling holen und ihn herbringen? Sei so lieb. Damit jemand da ist, wenn sie heimkommt.«

»Aber ich hatte gehofft...«

»Ich weiß, aber das hatte ich ohnehin nicht vor. Ich wollte es dir sagen, aber beim Essen warst du so nett. Bitte, Brian, hol mir nur meinen Hund.«

»Auch was zum Anziehen?« Er schluckte und gab sich Mühe, seine Enttäuschung zu verbergen.

»Ich leih mir was von Polly.«

»Ich muß morgen fort auf einen Lehrgang.«

»Ich weiß, du hast es mir gesagt. Heute abend hat keiner von uns beiden viel Glück.«

Nachdem er gegangen war, las Calypso nochmals das Telegramm von der Admiralität. Sie stellte fest, daß es vor vier Tagen aufgegeben worden war. »Trostlos«, murmelte sie, »mein Gott, wie trostlos. Schon vier Tage.« Sie sah die Briefe durch und entdeckte ein Blatt Papier mit einer Notiz in Walters Handschrift. »Ich habe einem Mädchen namens Elizabeth meinen Schlüssel gegeben. Sei so lieb und bring sie eine oder zwei Nächte bei dir unter. War in Cornwall, erinnere mich daran, daß ich dir von Sophie erzähle. Bis zum nächsten Urlaub.« Neben die Briefe hatte das Mädchen den Schlüssel gelegt. Calypso steckte ihn in ihre Handtasche. Sie fragte sich, wie viele Mädchen Walter geliebt hatten. Was Liebesaffären betraf, war er verschwiegen gewesen. Sie sah ihn in Gedanken in seiner Vollmatrosenuniform vor sich, wie er bei ihrer Hochzeit betrunken mit Oliver abgezogen war. Wo mochte Oliver jetzt sein, und was machte er? Und wo war Hector, und wie mochte es ihm ergehen?

Als Brian zurückkam, bedankte sie sich, daß er ihr ihr Hündchen gebracht hatte.

»Kann ich nicht reinkommen?«

»Nein, Brian! Merkst du denn nicht, daß ich allein sein möchte?«

»Aber du warst doch nicht in ihn verliebt.«

»Er war ein Teil meines Lebens, mein Cousin. Ich empfinde seinen Tod als Verlust.«

»Aber du hast ihn nicht geliebt, das ist nicht dasselbe. Das arme Mädchen, das weggelaufen ist, hat ihn geliebt.«

»Ich weiß nicht, was Liebe ist. Und jetzt geh, Brian, bitte. Laß mich mit Fling allein.«

Nachdem er gegangen war, holte sie ein paar Decken, zündete das Kaminfeuer im Wohnzimmer an und machte es sich mit Fling auf dem Sofa bequem. Beim Licht der Tischlampe wirkte der Raum staubig, verlassen von ihrer Tante und ihrem Onkel, die eine unbarmherzige Bombe aus dem Leben gerissen hatte. In diesem Zimmer hatten früher Feste stattgefunden, Kinderfeste mit Spielen, improvisierte Tanzfeste, für die die Teppiche aufgerollt wurden und bei denen sie in Walters oder Olivers Armen zur Musik aus dem Grammophon getanzt hatte. Sie erinnerte sich an fröhliches Gelächter und Schmerzensschreie, wenn ihr die Jungen auf die Zehen traten, später dann an Cocktailpartys, an offene Fenster an heißen Sommerabenden. Jetzt war dieser Raum leblos und verstaubt. Sie würde auf Polly warten.

Sie hüllte sich fest in die Decken, drückte den Hund an sich und stellte fest, daß sie sich wünschte, Hector wäre hier. Er könnte Polly helfen, er würde das viel besser machen als sie. Sie war erstaunt, daß sie so dachte, und ließ ihre Gedanken zu den Wochen zurückwandern, die sie gerade in Schottland verbracht hatte, zu den Menschen, mit denen sie sich angefreundet hatte, und zu den Dingen, die sie über Hector erfahren hatte, den Facetten seines Lebens, die zu verbergen er sich große Mühe gegeben hatte. Sie hatte vorgehabt, an diesem Abend mit Polly über sich selbst zu reden, und war verwirrt, daß sie statt dessen Polly in ihrem Kummer zur Seite stehen und ihre eigenen Bedürfnisse zurückstellen mußte. Obwohl sie müde war, versuchte sie wachzubleiben und überlegte, ob es besser gewesen wäre, wenn Hector oder Oliver oder die Zwillinge umgekommen wären. Oliver liebte sie, sie genoß seine Bewunderung. Und Hector? Sie würde sein Geld bekommen, ob er nun am Leben blieb oder starb. Bei den Zwillingen schien seit Kriegsbeginn die Bewunderung nachgelassen zu haben und bei Walter ebenfalls. Sie versuchte sich vorzustellen, Oliver wäre anstelle von Walter gefallen, und lächelte schläfrig bei dem Gedanken, daß er einmal im Hinblick auf Hector gesagt hatte: »Ich hoffe, daß es ihn erwischt.« Sie glaubte, daß sie ohne alle diese Menschen zurechtkommen konnte. Sie drückte Fling fest an sich, legte den Kopf nach hinten und schloß die Augen.

Als sie aufwachte, stand Polly am Fußende des Sofas und hielt das Telegramm in der Hand. Ihre Blicke trafen sich.

»Ich bin hiergeblieben, um dazusein, wenn du heimkommst.« Sie setzte sich auf.

»Danke.« Polly war sehr ruhig.

»Wo warst du überhaupt? Du bist ja ganz braungebrannt.«

»In Portugal. Lissabon. Es war schön und heiß.«

»Im Rahmen deiner Arbeit?«

»Ja. Es wird nicht wieder vorkommen. Es erschien mir eine gute Gelegenheit. Mein Chef brauchte mich. Ich darf nicht darüber reden.«

»Polly, hier war ein Mädchen...«

»Eine gewisse Elizabeth. Er hat eine Nachricht hinterlassen. Hat sie was gesagt?«

»Nein, sie ist weinend davongerannt.«

»Vermutlich in ihn verliebt. Das waren mehrere Mädchen, ich werde es ihnen sagen müssen.«

»Warum er? Warum Walter? Warum nicht Hector oder Oliver oder die Zwillinge?«

»Nicht die Zwillinge«, stieß Polly hervor. Dann mit einem raschen Blick auf Calypso: »Warum bist du eigentlich hier?«

»Ich wollte dich sehen. Ich wollte mit dir reden. Dann habe ich das Telegramm entdeckt und es gelesen und wollte auf dich warten. Ich dachte, du wärst sonst ganz allein...«

»Lieb von dir. Weshalb wolltest du mich sehen?«

»Ich bekomme ein Baby. Ich wollte es dir sagen.«

»Von Hector?«

»Aber natürlich!«

»Dann ist es gut. Ich hatte gleich den Verdacht, daß es morgendliche Übelkeit war und kein verdorbenes Essen, stimmt's?«

»Ja.«

»Weiß er es schon? Er wird sich sicher schrecklich freuen.«

»Ich habe ihm geschrieben. Inzwischen müßte er es wissen. Er wünscht sich einen Erben. Jemand von seinen Leuten kommt als Kindermädchen. Deshalb war ich oben in Schottland. Hector meinte, wenn ich ein Kind bekäme, müßte Catherine sich darum kümmern. Sie ist klein, unscheinbar, zuverlässig und hinkt. Ich bin hingefahren, um mit ihr zu reden. Sie kommt, wenn es soweit ist. Dann kann sie sich um das Baby kümmern.«

Polly, die das Telegramm in ihren sonnengebräunten Fingern hielt, hörte Calypso zu.

»Vielleicht macht es dich glücklich.«

»Aber ich bin glücklich.«

»Das ist nicht Glück, das ist Geld.« Pollys Stimme klang bitter und gehässig. Doch sie fing sich rasch wieder. »Tut mir leid, Calypso. Ich brauche ein warmes Bad. Meinst du, du könntest in Cornwall anrufen und anschließend Tante Helena und Tante Sarah?« Sie legte das Telegramm neben Calypso auf den Tisch. »Ich glaube nicht, daß ich das jetzt schaffe. Würdest du das übernehmen?«

»Natürlich.« Calypso schüttelte die Decken ab. »Ich lasse Fling nur kurz raus. Nimm du ruhig dein Bad.«

Als Calypso auf der Türschwelle stand und ihrem Hund nachsah, der auf der frühmorgendlichen Straße hin und her lief, begann sie unvermittelt zu weinen, so daß ihre Tränen auf den Gehsteig tropften. Drinnen im Haus lag Polly in der Badewanne. Das Rauschen des Wassers würde ihre Schluchzer übertönen. Anschließend würde sie dann mit verquollenen Augen und grimmiger Miene auftauchen, sich weigern, über ihren Verlust zu sprechen, hartnäckig behaupten, daß es ihr gutgehe, gleich zur Arbeit rennen und jeden anfauchen, der ihr sein Mitgefühl bezeugte. Calypso ging wieder ins Haus, um zu telefonieren.

»Tante Helena, hier ist Calypso. Tante Helena, Walter ist tot. Ja, ein Telegramm. Ja, ganz sicher. Ja, sie weiß Bescheid. Nein, sie liegt in der Badewanne – nun ja, du kennst doch Polly. Ja, ich war da. Ich habe das Telegramm aufgemacht. Was? Man darf die Telegramme anderer Leute nicht aufmachen? Sie hätte es selbst lesen sollen? Sie hat es selbst gelesen. Ich bin eingeschlafen, und als sie nach Hause kam, hat sie es vorgefunden. Was hat Onkel Richard damit zu tun? Ach so, dein erster Mann – tut mir leid. Es hat dir geholfen, das Telegramm selbst aufzumachen? Wirklich? Nun, dazu ist es jetzt zu spät. Ja, ich werde es ihr sagen. Sie ist in der Badewanne. Ich muß jetzt aufhören, Tante Helena, ich muß noch Tante Sarah anrufen. Ja, ja, das werde ich, natürlich werde ich das. Ja, ich bin sicher, sie wird. Ja. Auf Wiedersehen.«

Calypso rief die Vermittlung an und verlangte Sarahs Nummer in Bath.

»Tante Sarah. Hier ist Calypso. Tante Sarah, Walter ist tot. Ja, ganz sicher – ein Telegramm von der Admiralität. Nun, du kennst ja Polly, sie weint in der Badewanne. Ja, ich weine hier... und du weinst dort, in Bath. Das ist vermutlich komisch. Nein, nicht komisch. Warum Walter, warum er? Warum nicht jemand, auf den man verzichten kann? Ja, das werde ich ihr sagen. Ja, ich bin sicher, sie würde sich freuen, wenn du herkämst. Ja, ich habe Tante Helena Bescheid gesagt, sie war verärgert, daß ich das Telegramm aufgemacht habe. Was? Ich habe es gesehen und gelesen, Polly war nicht zu Hause. Tante Helena hat sich ausführlich darüber ausgelassen, wie sie das Telegramm mit der Nachricht vom Tod ihres Mannes aufgemacht hat. Ich hatte ganz vergessen, daß sie noch einen hatte. Oje! Die drei Minuten sind um! Auf Wiedersehen...«

Calypso knallte den Hörer auf die Gabel, wischte sich die Augen und ging in die Küche hinunter, um Fling etwas Milch zu geben. Von oben hörte sie das Gurgeln des Badewassers, als Polly den Stöpsel aus der Wanne zog. Eilig rief sie vom Apparat in der Küche aus die Vermittlung an und ließ sich mit der Nummer in Cornwall verbinden.

»Sophie? Ist Onkel Richard zu Hause? Nein. Oder Monika? Wann kommen sie zurück? Erst sehr spät? Mein Gott! Hör zu, Sophie, ich habe schlechte Nachrichten. Nein, nein, nicht Oliver, sondern Walter. Walter ist tot. Ja. Was hast du gesagt?«

»Er war der Liebste«, kam Sophies deutliche Stimme aus Cornwall.

»Also, mein Liebes, sagst du es Ihnen? Ja, bitte, Sophie. Ja natürlich, ich gebe ihr einen Kuß von dir. Sie ist... ja, sie ist gerade in der Badewanne. Ich habe gerade das Wasser auslaufen hören, deshalb... ja... also, Wiedersehen.«

Polly kam mit geschwollenen Augen in die Küche.

»Hast du es ihnen gesagt?«

»Ja. Sophie sagte, er sei der Liebste von allen gewesen.«

»Das war er auch.« Polly verknotete den Gürtel ihres Bademantels. »Ich brauche einen Kaffee, und dann muß ich mich beeilen, sonst komme ich zu spät zur Arbeit.«

»Ich mache dir einen, während du dich anziehst.«

»Danke, aber dann kommst du zu spät.«

»Bei mir ist das nicht so schlimm.«

»Bei mir schon. Mein Chef ist alles andere als entgegenkommend.«

»Aber heute wird er doch sicher...«

»Du meinst doch nicht im Ernst, daß ich es ihm sagen soll, oder?« fuhr Polly Calypso plötzlich an. Doch als sie ihr Gesicht sah, sagte sie: »Also gut. Komm heute abend zum Essen und erzähl mir von deinem Baby.«

»Hectors Baby.«

»Also gut, Hectors Baby.« Pollys Gesicht war so verhärmt vor Kummer, daß sie fast häßlich aussah. »Nicht daß Hectors Baby irgendein Ersatz wäre.«

»Niemand kann Walter ersetzen!« Calypso umarmte ihre Cousine, spürte ihre steife Reserviertheit. »Ich würde mein Leben hergeben, Liebes, wenn es irgend etwas nützen würde, aber wer bin ich schon? Ich liebe Geld und Vergnügen. Ich genieße den Krieg. Ich finde ihn aufregend und erschreckend. Ich genieße die Luftangriffe, ich mag all die Männer, die mit mir ausgehen. Ich bin gerne Strohwitwe, zumindest bilde ich mir das ein.« Sie spürte, wie Polly sich in ihren Armen entspannte. »Aber wenn so etwas passiert, dann hasse ich ihn, Polly, ich hasse ihn, und jetzt werde ich aufhören, mich zu amüsieren, und zu einem dicken Ballon anschwellen, und monatelang wird niemand mehr mit mir schlafen wollen. Glaubst du, daß ich jemals wieder meine alte Figur bekomme? Polly, worüber lachst du?«

»Über dich.« Polly machte sich von Calypso los und nahm ihr Gesicht in beide Hände. »Du bist so unglaublich selbstsüchtig.« Sie gab Calypso einen zarten Kuß auf die Wange. »Mach dir keine Sorgen. Ganz gleich, was für eine Figur du hast, alle Männer werden dich begehren. Walter hat es nur aufgegeben, weil er es für Zeitverschwendung hielt. Er fand sich nicht attraktiv genug. Und denk an Oliver...« Sie küßte ihre Cousine. »Ich muß jetzt gehen, ich komme ungern zu spät.« Sie wandte sich um und lief nach oben, um sich anzuziehen. Calypso folgte ihr langsam.

»Darf ich heute abend kommen? Du bist ein solcher Trost, dabei dachte ich, ich würde dich trösten.«

»Natürlich.« Polly zog ihre Strümpfe an. »Natürlich mußt du kommen. Ich möchte alles über das Baby erfahren. Wie soll es denn heißen?«

»Darüber habe ich noch nicht nachgedacht«, log Calypso, da sie das Gefühl hatte, Hector schützen zu müssen, der es als erster erfahren sollte. Ich bin nur ein Vehikel, sagte sie sich. Dieses lästige Kind gehört ihm.

25

»Wozu die Aufregung?« rief Max. »Welche Rolle spielt das denn schon? Ein Telegramm ist nicht vertraulich wie ein Brief. Außerdem war es ja nicht für dich.«

»Es geht hier ums Prinzip. Als Anthony gefallen ist, habe ich den Telegraphenjungen kommen sehen. Ich habe das Telegramm selbst aufgemacht. Die Nachricht war für mich. Anthony war mein Mann, Calypso hatte nicht das Recht...« Helena war ganz aus dem Häuschen.

Max nahm sie in seine Arme. »Helena, wo bleibt denn deine Gelassenheit? Von den Mädchen regt sich keine auf. Calypso hat sich doch nicht schlecht benommen, sie...«

»Sie benimmt sich immer schlecht. Wie ich höre, hat sie ständig irgendwelche Affären, seit Hector in Übersee ist. Sie...«

»Ein Telegramm aufmachen und Affären haben sind zwei paar Stiefel. Vielleicht dachte sie, es sei richtig, das Telegramm aufzumachen. Du bist vielleicht etwas altmodisch, mein kleines Phlegma, du...«

»Altmodisch?«

»Na ja, Liebling. Auf dem Kontinent, wo ich herkomme, sieht man diese Dinge etwas lockerer. Ich finde nicht, daß sich die arme Calypso schlecht...«

»Arm! Dieses Mädchen ist reich, sie hat nicht nur einen Haufen Geld, sondern auch einen Haufen Unverfrorenheit. Nimm dich bloß vor ihr in acht, Max. Sie bringt es fertig, mit dir ins Bett zu hopsen, bevor du weißt, wie dir geschieht.«

»Ach Helena.« Er strich ihr übers Haar, dachte an Calypsos

pfirsichfarbenen Körper, ihr entspanntes und fröhliches Beisammensein vor den Proben, und dachte, schön wär's. »Laß uns lieber überlegen, was wir für Polly tun können«, sagte er, während er voller Bedauern an Calypsos entschiedene Weigerung dachte, weiterhin mit ihm zu schlafen. »Wir müssen etwas unternehmen. Sie besuchen vielleicht, aber zuvor sollten wir anrufen, denn nach dem Tod ihrer Eltern war sie keineswegs begeistert, uns zu sehen.«

»Das war etwas anderes. Arme Polly. Was für eine schöne Zeit das damals war. Weiß du noch, das Taxi voller Blumen? Ich werde diesen Morgen in Covent Garden nie vergessen.« Helena küßte ihn, mit geöffneten Lippen, wie sie es inzwischen gelernt hatte.

»Wir rufen sie gleich an, mein Liebling.« Er schubste sie nach hinten aufs Bett. »Wir telefonieren später.« Er strich mit der Zunge über ihre Zähne.

»Wir haben gerade erst gefrühstückt«, sagte Helena, die bereits nachgab.

»Du denkst noch immer, Liebe ist nur etwas für die Zeit zwischen halb elf Uhr abends und Mitternacht?«

»Inzwischen nicht mehr. Komm, ruiniere nur mein Makeup. Um wieviel Uhr beginnt deine Probe?«

»Schsch, meine Kleine...«

Später erklärte Helena Sarah am Telefon: »Wir haben angerufen, aber sie hat sich nicht gemeldet. Vermutlich ist sie ins Büro gegangen. Wie sehr leidet sie deiner Meinung nach wirklich darunter, Sarah?«

»Fürchterlich, glaube ich. Wir sollten sie lieber in Ruhe lassen. Ich habe ihr angeboten, nach London zu kommen, aber sie hat mich ein paar Tage vertröstet, weil die Floyer-Zwillinge zwei Tage auf Urlaub kommen. Sie meinte, ich sollte sie dann anschließend besuchen. Vielleicht ist es für die jungen Leute besser, wenn sie beisammen sind. Wie es aussieht, ist ihr Calypso eine große Hilfe.«

»Den Tag muß ich mir merken«, sagte Helena. »Calypso hilft nie jemandem außer sich selbst.«

»Ach, ich weiß nicht«, sagte Sarah, der einfiel, daß Calypso Oliver dazu gebracht hatten, sie nach seiner Rückkehr aus Norwegen anzurufen. »Sie ist schwer zu durchschauen. Ich habe sie auch schon selbstlos erlebt.«

Während Helena ihr Make-up in Ordnung brachte, überlegte sie, ob Sarah ihr damit einen kleinen Seitenhieb versetzen wollte. Mich kann im Augenblick niemand als selbstlos bezeichnen, dachte sie, als sie sich das Gesicht eincremte. Hier sitze ich, rundherum glücklich, und hole versäumte Zeit nach. Ich muß zu Hatchards gehen, um ein paar Bücher für Richard zu besorgen, und etwas Hübsches für Monika kaufen, die sich um ihn so kümmert, wie ich es tun sollte, und die für Sophie in einer Weise sorgt, wie ich es nie fertiggebracht habe. Schon seltsam, dachte Helena, während sie sich die Creme abwischte und von neuem begann, daß ich trotz der furchtbaren Nachrichten aus dem Mittleren Osten, trotz Walters Tod, trotz der Tatsache, daß sich der Krieg auf die ganze Welt ausweitet, so glücklich bin und Calypso, die so ganz anders ist als ich, ihr Leben offenbar ebenfalls in vollen Zügen genießt. Ohne Hitler wäre ich Max nie begegnet, ohne den Krieg hätte Hector nicht beschlossen, ein zweites Mal zu heiraten. Freilich werden die Juden in Lager gesteckt, dachte Helena, während sie sich die Nase puderte, aber ich bin von diesem unendlich langweiligen Richard endlich befreit. Wenn mir der Telegraphenjunge nicht das Telegramm mit der Nachricht von Anthonys Tod gebracht hätte, was für eine Frau wäre ich dann wohl geworden? Sicherlich nicht Max' Geliebte. Ich finde es immer noch falsch, daß Calypso dieses Telegramm aufgemacht hat. Es war an Polly adressiert. Während sich Helena sorgfältig die Lippen schminkte, versuchte sie sich ins Gedächtnis zu rufen, was sie im Jahr 1917 empfunden hatte, als sie um ihren jungen Ehemann trauerte. Sie hatte an jenem Tag einen grauen Tweedrock mit Fischgrätenmuster getragen, eine weiße Bluse und eine Wolljacke, deren vollgestopfte Taschen ziemlich durchhingen. Sie erinnerte sich, daß sie eine Erkältung gehabt hatte, die vom Weinen noch schlimmer wurde, und daß tags zuvor ihre Regel eingesetzt hatte. Sie erinnerte sich, wie dankbar sie war, nicht schwanger zu sein. Und daran, daß ihre Schwiegermutter weinte und ausrief: »Er war die Zierde der Familie.« Die zwei anderen Söhne, die ihr noch blieben, waren beide schwarze Schafe. Helena betrachtete ihr

Gesicht im Spiegel. Nach Anthonys Tod hatte sie Richard kennengelernt. Fast ein bißchen unfair, daß sie, nachdem der Erste Weltkrieg drei Millionen Frauen zu Witwen gemacht hatte, wieder einen Ehemann fand und jetzt einen Liebhaber hatte. Ein neuer Lebensabschnitt in einem neuen Krieg.

Als Helena etwas später das Haus verlassen wollte, kam gerade der Postbote. Er brachte eine Rechnung und einen Brief von Richard. Sie legte die Rechnung auf den Tisch in der Diele und riß Richards Kuvert auf. Richard schrieb, in Anbetracht der gegenwärtigen Situation und der Rationierung von Textilien wolle er nach London kommen, um seinen Schneider aufzusuchen, und bei ihr wohnen, solange die Anproben es erforderten. Es würde nicht länger als ein paar Wochen dauern. Er sei sicher, schrieb Richard, Helena würde ihm zustimmen, daß es vernünftig sei, nur die allerbesten Stoffe zu nehmen, um die Textilmarken möglichst sinnvoll und langfristig zu nutzen. Außerdem hätte er Lust, schrieb Richard, sich ein paar Shows anzusehen, während er in London sei. Er hoffe, Helena würde ihn begleiten. Es sei auch eine hervorragende Gelegenheit, einmal ein Konzert von Max zu besuchen. Da Monika sich weigerte, Cornwall zu verlassen – im Grunde gab es niemanden, dem sie die Kuh und die Hennen anvertrauen konnte –, wollte sie ihm eine Einkaufsliste mitgeben, und: »Ich habe ihr gesagt, daß du mir bei den Besorgungen sicher gern behilflich sein wirst.«

Helena stand in der Diele neben der offenen Haustür und spürte, wie sie von einem Nebel unerträglicher Langeweile eingehüllt wurde. Wie konnte er es wagen, in ihre neue Welt einzudringen? Sie wußte, daß sie ihn nicht davon abhalten konnte. Sie las den Brief ein zweites Mal. Es gab keinen Ausweg. In einem Postskriptum hieß es: »Ich dachte, wir könnten Sophie eine Zeitlang aus der Schule nehmen.« Helena zerknüllte den Brief mit beiden Händen. »*Du* könntest«, murmelte sie vorwurfsvoll, »ich denke nicht daran.« Am Nachmittag rief sie Sarah nochmals an.

»Sarah, könntest du herkommen und ein paar Tage bei uns verbringen? Du könntest Polly besuchen und mir gleichzeitig helfen.«

»Welche Art von Hilfe brauchst du denn?« Es klang ungehalten.

»Richard gedenkt ein paar Wochen nach London zu kommen. Lach nicht, es ist gar nicht komisch.«

»Ich werde sehen, was sich tun läßt und wie lange ich hier abkömmlich bin.«

»Ich bin dir ja so dankbar«, sagte Helena. »Er könnte, vielleicht würde er...«

»Ich komme bestimmt. Er wird dir nichts verderben. Darum kümmere ich mich schon.«

Helena, der die Zerbrechlichkeit ihres Glücks bewußt war, empfand eine Welle der Dankbarkeit.

Als sie viele Jahre später mit Hamish über die Autobahn fuhr, sagte sie: »Damals konnte man sich nicht sicher fühlen.«

»Wann war das denn?«

»Im Krieg.«

»Das kann ich mir denken, die Bombenangriffe haben euch sicher ziemliche Angst eingejagt.«

»Nein, die Bomben habe ich nicht gemeint, ich meinte meinen Mann...«

»Den habe ich nie kennengelernt.« Hamish war etwas verwirrt. Er drückte auf einen Knopf, um Wasser auf die Windschutzscheibe zu spritzen, und schaltete dann die Scheibenwischer ein, um den Staub zu entfernen. Was mochte mit dem Mann dieser alten Dame nicht gestimmt haben? Wenn er recht überlegte, hatte sie nicht zwei Ehemänner gehabt?

»Was?« fragte Hamish, nur im irgend etwas zu sagen. »Warum?«

»Er platzte in einer heiklen Phase herein. Später freilich spielte das alles keine Rolle mehr. Max und ich gehörten so selbstverständlich zusammen wie H. G. Wells und Rebecca West...«

»Ist der nicht immer wieder mit anderen Damen losgezogen?«

»Natürlich. Max auch, aber er kam immer wieder zu mir und Monika zurück.«

»Wer war Monika?«

»Monika war seine Frau. Sie ist gestorben. Du hast sie sicher mal kennengelernt.«

»Natürlich. Was hat dein Mann denn gemacht?« Ich muß mir Klarheit über diese Beziehungen verschaffen, dachte Hamish. Sie sind von historischem Interesse.

»Er hat gelangweilt«, sagte Helena mit ihrer vom Alter brüchigen Stimme. »Sein Handicap bestand darin, daß er ein Langweiler war. Max hingegen hat, bei all seinen Fehlern, nie jemanden gelangweilt.«

»Wohl kaum«, sagte Hamish mit einem Grinsen. »Ich habe ihn nie gut gekannt, aber er kam mir sehr lebhaft vor und sehr mutig.«

»Das fand deine Mutter auch. Sie war der Ansicht, Max sei ungeheuer tapfer, und behauptete, er hätte sich mit Monika nach Amerika absetzen können, wo er in Sicherheit gewesen wäre. Erstaunlich, wie sie auf diese Idee kommt. Schließlich waren die beiden in England absolut sicher.«

»Sie waren Juden«, sagte Hamish.

»Natürlich waren sie Juden, aber wir haben den Krieg gewonnen. Es bestand kein Grund, sich Sorgen zu machen, nachdem sie einmal hier waren.«

»Wir hätten ihn auch verlieren können.« Hamish hatte sich mit der Geschichte beschäftigt. »Haben wir auch beinahe.«

»Es ist mir nie in den Sinn gekommen, daß das passieren könnte.« Helena schob das Kinn vor. »Niemals. Leute wie dein Vater haben Dünkirchen als Katastrophe bezeichnet und von der prekären Situation im Mittleren Osten gesprochen, und Oliver hat ständig von Norwegen geredet, wenn ich mich recht erinnere. Das war wohl ein kleiner Rückschlag, aber abgesehen von gelegentlichen Verlusten ...«

»Singapur? Birma?«

»Die haben wir zurückbekommen. Die Juden hatten keinen Grund, sich aufzuregen. Max war nicht tapferer als alle anderen.«

»Wenn du meinst.«

»Deine Mutter hat Mut bewiesen, das wird mir erst jetzt klar. Damals dachten wir alle, sie sei eine langweilige und selbstsüchtige Person.«

»Was hat sie denn so Besonderes getan?« Hamish war jederzeit bereit, über seine Mutter zu sprechen, zu der er nie eine wirklich enge Beziehung gehabt hatte.

»In einer Zeit, in der man Kinder und schwangere Frauen aufs Land geschickt hat, wohnte sie mitten in London. Sie weigerte sich, zu ihren Eltern zu fahren, sie weigerte sich, nach Schottland zu fahren, sie hörte auf niemanden, sondern blieb ganz allein mit ihrem Hund in ihrem Haus in London, das heißt, allein bis auf die Putzfrau, die jeden Tag kam. Sie rührte sich nicht von der Stelle, angeblich, weil sie Angst davor hatte, in Kriegszeiten auf dem Land zu leben. Sie hielt Max für tapfer, tat sich mit Polly zusammen und bezeichnete Richard als Held.«

»Interessant. War er irgend so ein Militärexperte, der Bein und Leben aufs Spiel setzte? Hat er vielleicht eine geheime Mission oder so was in der Art erfüllt?«

»Richard war kein Militärexperte.« Helena brach in gackerndes Lachen aus, das in einen Hustenanfall mündete. Als ihr Gesicht rötlichblau anlief, bremste Hamish und fuhr auf die Standspur. Sobald der Wagen zum Stehen kam, klopfte er Helena sanft auf den Rücken, bis das Keuchen nachließ.

»Vielleicht solltest du lieber noch einen Schluck trinken«, schlug er vor und schraubte ihr die Flasche auf. Noch immer nach Luft japsend nahm sie einen Schluck.

»Ah, jetzt geht's mir wieder besser. Jetzt kann ich das komisch finden, aber damals war ich wütend, und wie.«

»Ich finde es sehr interessant, daß die Engländer im Krieg alle am selben Strang gezogen und gemeinsam gearbeitet haben.«

»Was Richard gemacht hat, würde ich nicht als Arbeit bezeichnen.« Noch immer glucksend verstaute Helena die Flasche wieder in ihrer Tasche. »Fahr lieber weiter, sonst kommen wir noch zu spät zum Begräbnis.«

26

Mit Hilfe des Schlüssels, den Elizabeth zurückgelassen hatte, schloß Calypso Pollys Haustür auf. Sie ließ Fling von der Leine und ging ins Eßzimmer, um sich aus dem Schreibtisch ein Blatt Papier zu holen. »Meine liebe Polly«, schrieb sie. »Ich habe Pa und Ma nicht gesagt, daß ich schwanger bin. Sie möchten sicher, daß ich heimkomme, und das könnte ich nicht ertragen. Diesen ganzen Zirkus, diese Langeweile. Hilf mir. Sag ihnen, daß es in London nicht gefährlich ist, daß ich in der Nähe meines Arztes bleiben muß, irgendwas Glaubhaftes. Herzliche Grüße, C.« Sie steckte die Notiz in einen Umschlag und legte ihn auf den Tisch in der Diele. »Jetzt komm«, sagte sie zu Fling, der ein paar über einen Stuhl geworfene Mäntel beschnüffelte. Sie betrachtete sie genauer. Mützen, Mäntel und Gasmasken der Royal Air Force. »Offenbar sind die Zwillinge hier, wie schön.« Sie ging die Treppe hinauf. Oben drückte der Hund seine Schnauze an die Tür von Pollys Zimmer und schnupperte. Calypso hob ihn auf und ging hinein. Trübes, mattes Licht fiel schräg durch die Ritzen der Verdunklungsvorhänge. Polly schlief, das dunkle Haar über eine Wange gebreitet, das Gesicht heiter, die langen Wimpern schwarz auf den sonnengebräunten Wangen, der traurige Mund entspannt. Rechts und links neben ihr lagen David und Paul, jeder einen Arm über ihrem Körper.

Calypso hielt die Luft an. Sie sahen friedlich aus, wunderschön. Sie bewegten sich leise, genossen im Schlaf das Ausruhen von Kummer und Krieg. Sie trat zurück, machte die Tür zu, ging auf Zehenspitzen nach unten, klinkte die Leine ins Hundehalsband und verließ das Haus.

Im Augenblick kam Polly nicht in Frage. Sie mußte an den Abend denken, an dem sie Polly aufgesucht hatte, weil sie Hilfe brauchte, und Richard dazwischengekommen war. Seitdem war sie ihm dankbar. Sie warf einen Blick zu dem verdunkelten Fenster hinauf und machte sich dann auf den Weg zu Helenas Haus. Offenbar hatte Polly entdeckt, wie sie ihr Leben gestalten wollte; dasselbe galt für Helena auf andere Weise. In Zukunft würde sie vorher anrufen. Sie ging langsam, dachte dabei an den Abend, an dem Oliver sie heimbegleitet hatte, an seinen Zorn, die mangelnde Bereitschaft, die sie bei sich gespürt hatte, ihre Erleichterung, als sie Hector mit Gepolter über ihr Rad stolpern hörte, wodurch ihr schwierige Erklärungen erspart blieben. Jetzt waren beide im Mittleren Osten. Ob sie sich begegnen und über sie reden würden? Sie drückte mit dem Daumen auf den Klingelknopf an Helenas Tür und überlegte, mit welchem Zwilling Polly zuerst geschlafen hatte. Sie lächelte, als Max aufmachte. Er kam heraus und zog die Tür rasch hinter sich zu.

»Komm mit«, sagte er und packte sie am Arm. »Ich gehe ins Kino, und du kommst mit.« Er schob sie neben sich her.

»Aber ich wollte Helena besuchen.«

»Die hat schlechte Laune. Es ist besser, sie eine Weile in Ruhe zu lassen.«

»Aber ich möchte nicht ins Kino gehen, ich möchte...«

»Du möchtest doch sicher *Die Marx Brothers in der Oper* sehen, oder?«

»Die habe ich mit Hector gesehen. Am Leicester Square.«

»Jetzt läuft der Film in der Kensington High Street. Das Lachen wird dir guttun, du siehst aus, als könntest du es gebrauchen. Ich brauche es jedenfalls dringend.«

Calypso erlaubte ihm, sie mit energischem Griff weiterzuschieben. »Und warum?«

»Ach, Helena ist miserabel gelaunt, weil dein Onkel nach London kommt. Sie will ihn nicht hier haben, sie hat kein Talent, verschiedene Leben zu leben, sie hätte gern getrennte Abteile.«

»Die hätte ich an ihrer Stelle auch gerne«, entgegnete Calypso heftig.

»Du bist mißgestimmt, meine liebe Calypso.« Er sah sie prüfend an. »Ach so, du bist schwanger, stimmt's?«

»Wie hast du das gemerkt?«

»Man sieht es an deinen Augen. Wird dir oft übel?«

»Das ist schon ein Dauerzustand.«

»Das geht vorüber. Ist das Kind von Hector?«

»Natürlich ist es von Hector.«

»Durchaus nicht natürlich. Die Ehre könnte auch mir gebühren. Und man fragt sich, wem sonst noch. Man sieht dich mit anderen Männern, die dir den Hof machen, man hört...«

»Schwein.«

»Ich mache nur Spaß. Freut sich Hector? Jetzt bekommt er seinen Erben. Ich an Hectors Stelle wäre entzückt. Hast du gewußt, daß es bei Harrods Stiefel mit Gummisohlen gibt, die als ›Wüstenstiefel‹ verkauft werden? Du solltest dem stolzen Papa ein Paar schicken.«

»Er hat welche.«

»Dann ist ja alles bestens. Sein Erbe ist unterwegs, er hat Stiefel, die Gebrüder Marx werden die Mama aufheitern, sie wird ihre Übelkeit vergessen, und dann kehren wir in glänzender Laune zu der mißmutigen Helena zurück.«

»Kommt Onkel Richard nach London, um zu schnüffeln?«

»Nein. Er behauptet, er kommt, um sich was zum Anziehen zu kaufen. Aber ich glaube, es steckt etwas anderes dahinter, nur weiß ich noch nicht, was.«

»Tante Helena wird versuchen, ihn davon abzuhalten.«

»Stimmt. Und ich werde sie mit Erfolg davon abhalten, ihn abzuhalten. Komm, spring auf diesen Bus.«

Während der Bus dahinrumpelte, sagte Max: »Und was macht Polly? Hast du die arme Polly gesehen? Sie trauert sicher sehr um ihren Bruder. Ein liebenswerter Kerl. Wie sie sich wohl tröstet?«

»Sie hat ihre Arbeit.«

»Das wird nicht reichen. Wir müssen uns intensiv um sie kümmern. Wir müssen versuchen, ihren furchtbaren Kummer zu lindern und sie auf erfreulichere Gedanken zu bringen. Was können wir für sie tun? Was schlägst du vor?«

»Ich...«

»Was sie braucht, ist ein Liebhaber, ein guter Liebhaber, der sie ablenkt, aber so jemanden findet man nicht so leicht. Wir sollten...«

»Wir sollten uns um unsere eigenen Angelegenheiten kümmern«, entgegnete Calypso scharf. »Wolltest du dich etwa zur Verfügung stellen?«

»Oho, so ist das also, das ist ja interessant.«

»Du...«

»Ich bin ja schon still.« Max lächelte begierig. »Komm, wir steigen hier aus. Das Lachen wird uns wohltun.«

Max' unmäßiges Gelächter im Kino wirkte ansteckend, und Calypso lachte mehr als beim letztenmal, als sie den Film mit Hector gesehen hatte. Als die Lichter angingen, fühlte sie sich ziemlich erschöpft und blieb noch sitzen, bis sich das Kino leerte.

»Danke, Max, es war wunderbar.« Ihr Lächeln war herzlich.

»Vielleicht hätten wir Polly mitnehmen sollen.«

»Vielleicht auch nicht.« Calypso wurde wieder nüchtern. »Walter wäre sicher begeistert gewesen...«

»Jetzt fahren wir heim und erzählen Helena, was sie versäumt hat.«

»Hast du sie denn gefragt, ob sie mitkommen will? Ich wette, das hast du nicht.«

»Eines kann ich dir sagen«, sagte Helena auf der Fahrt zu Hamish, »Max konnte schwierig sein. Er hatte die Angewohnheit, allein loszuziehen und mir nicht zu sagen, was er vorhatte. Einmal kam er aus dem Kino mit Calypso nach Hause und behauptete, er habe sie dort getroffen. Ich habe es ihm nicht geglaubt. Das war damals, als Calypso ihr Baby erwartete und ihr die ganze Zeit schlecht war.«

»Das erzählt sie mir auch immer«, sagte Hamish kühl.

»Ach natürlich, das warst ja du. Wie vergeßlich man doch wird. Das Baby warst du. Ein ziemlich hübsches Kind, muß ich zugeben, auch wenn ich Babys nicht besonders mag.«

»Sie auch nicht.«

»Sie gehört nicht zu den Leuten, die in jeden Kinderwagen schauen. Wo war ich stehengeblieben?«

»Bei Max und Calypso im Kino.«

»Genau. Sie hatten sich *Die Marx Brothers in der Oper* angesehen und kamen zum Tee nach Hause. Calypso sagte mir, daß sie schwanger ist. Es kam sehr überraschend. Natürlich habe ich mich für deinen Vater gefreut. Ich hatte eine Schwäche für ihn.«

»Er mochte dich auch ziemlich gern.«

»Wenigstens glaube ich das. Als Calypso es mir sagte, habe ich ihr gratuliert. Ich erinnere mich noch gut, daß ich sagte, ich ginge davon aus, daß sie jetzt bei ihren Eltern wohnt. Weißt du, was sie geantwortet hat?«

»Nein.« Hamish wandte den Blick nicht von der Straße, da er pünktlich zum Begräbnis kommen wollte.

»Sie sagte: ›Nie und nimmer, da kannst du Gift drauf nehmen.‹ Max hat sich auch gewundert.«

»Kann ich mir denken.«

»Ihre Eltern, also deine Großeltern, waren ziemlich langweilig. In dem Punkt war ich mir mit Richard einig. Konventionell, puritanisch, finanziell ziemlich schlecht gestellt. Sie hatten keine Ahnung, wie man mit einem Mädchen wie Calypso umgehen mußte. Sie gönnten ihr nur wenig Vergnügen. Sie haben sie nur unterdrückt und versucht, sie an allem und jedem zu hindern. Haben ihr Flausen in den Kopf gesetzt, wenn du mich fragst. Sie hatte Glück, daß sie an deinen Vater geriet. In Anbetracht ihrer Veranlagung hätte sie leicht...«

»Was?«

«...zu einem Flittchen werden können.« Helena kicherte. »›Wild‹ hätten deine Großeltern das euphemistisch genannt. Jedenfalls erklärte Calypso, sie habe nicht vor, sich zu langweilen, und ließ mich raten, was ihre Mutter gesagt hatte, als sie dahinterkam, daß sie T. S. Eliot las.«

»Was hatte meine Großmutter denn gesagt?«

»Sie hat gesagt: ›Also nein, daß du diesen Menschen liest, der keine Poesie schreibt.‹ Max mußte so lachen, daß ihm die Tränen herunterliefen. Ich konnte das gar nicht komisch finden. Er meinte, Calypso könnte unmöglich zu deinen Großeltern fahren, das würde das Baby psychisch aufregen. Deine Mutter meinte dazu: ›Ich mache mir keine Sorgen um das Baby, sondern um mich.‹ Jedenfalls blieb sie in London.«

»Hat niemand versucht, sie davon abzubringen? Es wäre doch sicher vernünftig gewesen, aufs Land zu gehen.«

»Sie bezeichnete ihre Mutter als spießig, und T. S. Eliot diente ihr als Vorwand. Na ja«, sagte Helena, den Blick auf das breite Band der Autobahn gerichtet, »ich konnte damals nicht viel dazu sagen. Ich hatte Eliot auch nicht gelesen. Ich bin still und heimlich zu Harrods gegangen und habe seine Gedichte gekauft. Das war eine gute Seite am Krieg.«

»Was?«

»Die vielen Bücher. Monatsbinden gab es nicht zu kaufen, aber dafür jede Menge Bücher. Leute wie ich fingen an zu lesen, und mit der Zeit lockerten sich unsere Ansichten ebenso wie unsere Moral.«

»Es ist schwer, sich dich locker vorzustellen.«

»Wohlerzogene Mädchen wie Polly und Calypso hatten allerhand Möglichkeiten, und ich war flatterhaft wie ein Schmetterling.«

Hamish schwieg.

»Mag sein, daß ich jetzt wie eine Schmetterlingspuppe aussehe«, sagte Helena verärgert, »aber mit vierzig bin ich richtig aufgeblüht. Der Krieg hat sogar Richard in Schwung gebracht. Als er nach London kam, engte er mich in meinem Lebensstil ein. Und deine Mutter hat ihn noch darin bestärkt. Hätte man ihn in Ruhe gelassen, hätte er sich seine Anzüge schneidern lassen und wäre nach Cornwall zurückgefahren, doch sie und Polly haben seine verrückten Ideen noch unterstützt. Sie waren richtig boshaft, diese Mädchen.«

»Ich wollte, ich hätte euch alle damals gekannt. Ich habe natürlich Photos gesehen.«

»Photos!« schnaubte Helena. »Polly sah aus, als könnte sie kein Wässerchen trüben, dabei war sie egoistisch und gierig und setzte sich über alle Konventionen hinweg. Sie kam damit durch, weil niemand glauben konnte, was sie anstellte. Wenn ihre Eltern noch am Leben gewesen wären, hätten sie ihrem Treiben ein Ende gemacht oder es wenigstens versucht. Deine Mutter tat genau das, was sie wollte, hörte nicht auf Ratschläge und spornte Richard noch an, sich lächerlich zu machen, weil sie fand, daß er ein bißchen Vergnügen brauchte.«

»Aber was hat er denn Schreckliches getan?«

»Ich hatte das Gefühl, daß sein Verhalten auf mich zurückfiel. Ich habe mich über diese Mädchen geärgert, besonders über deine Mutter, und mich richtig aufgeregt, als Olivers Mutter Richards Partei ergriff.« Helena nahm noch einen Schluck aus der Flasche. Mit einem Seitenblick stellte Hamish fest, daß sie vermutlich eine halbe Flasche Whisky faßte, und fragte sich, was Helena wohl zum Begräbnis beitragen würde.

»Früher habe ich diese Flasche in Max' Konzerte mitgenommen; sie hat mir über viele Abende hinweggeholfen.« Helena schraubte den Verschluß fest zu. »Die Leute dachten, ich hätte eine schwache Blase, weil ich andauernd auf die Toilette gerannt bin, haha.«

»Wann kommt Onkel Richard nach London? Nein, keinen Zucker, danke, Tante, davon wird mir schlecht.«

»Nächste Woche. Ich habe Sarah gebeten herzukommen, um Polly zu besuchen. Sie kann mir ein bißchen, na ja, mit Richard helfen. Ich habe soviel zu tun.«

»Ich werde mich von ihm zum Lunch einladen lassen. Ich halte ihn dir schon vom Hals.« Calypso wußte, daß ihre Tante wußte, daß sie wußte, wie wenig willkommen Richard in der Enderby Street war.

»Aber du arbeitest doch den ganzen Tag.«

»Ich höre diese Woche auf.«

»Können sie dich nicht mehr brauchen?«

»Das ist nicht der Grund. Mir ist die ganze Zeit schlecht. Allmählich sind sie etwas sauer auf mich. Sie behaupten, dadurch würde kostbare Arbeitszeit für den Krieg verschwendet.«

»Oje, ist es...« Helena schaute Calypso beunruhigt an. »Ich meine...«

»Das Kind ist von Hector«, sagte Calypso muffig. »Habe ich einen so wüsten Ruf?«

»Nein, nein, natürlich nicht. Was ich sagen wollte, ist es denn klug, in Kriegszeiten ein Baby zu bekommen?«

»Hector möchte eines, und er hofft, daß es mir gelingt, einen Jungen auszubrüten. Deshalb...«

»Wie kann man nur so reden! Freust du dich denn nicht? Hector freut sich sicher.«

»Hector ist weder die ganze Zeit schlecht, noch geht er auf wie ein Ballon. Seine Rolle war einfach, und er spielt diese Rolle mit Begeisterung, er...«

»Das reicht, meine Liebe, doch nicht vor Max, sonst bringst du ihn noch in Verlegenheit.«

»Er wirkt keineswegs verlegen, er lacht. Also gut, dann laßt uns mal überlegen, wie wir euch Onkel Richard aus dem Weg räumen.«

»Ach Calypso.« Helena begann ebenfalls zu lachen. »Richard wird sich freuen, dich zu sehen. Er mag euch Mädchen ja so gern, er wird sich riesig freuen, dich und Polly zu sehen. Vielleicht könntet ihr mit ihm zusammen Sophie besuchen. Ich habe einfach keine Zeit.«

»Ach«, sagte Calypso ungläubig. »Wirklich?«

»Ich arbeite jetzt beim Roten Kreuz mit, das beansprucht meine Vormittage, und...«

»Warum beim Roten Kreuz, sind dort nicht lauter Snobs?«

»Es ist nützlich für Max. Durch Benefizkonzerte des Roten Kreuzes wird sein Name bekannt, und der Name ist nun mal das, was zählt. Ob jemand eine Note von der anderen unterscheiden kann, spielt keine Rolle. Das kann ich auch nicht.«

»Ich wette, Max kennt Sir Thomas Beecham.«

»Aber Lady Cunard nicht. Du siehst also, meine Liebe, ich bin beschäftigt.«

»Du hast dich verändert, Tante.«

»Ich habe nur ein größeres Betätigungsfeld. Noch Tee?«

»Nein danke.«

»Sie hat mich gebeten, sie Emerald zu nennen.«

»Oho, du willst aber hoch hinaus. Wann kommt Onkel Richard an? Ich könnte ihn ja abholen.« Calypso fiel auf, daß Max sein Scone dick mit Butter bestrich. »Woher bekommst du eigentlich die viele Butter, Tante?«

»Monika schickt jede Woche mit der Bahn einen Freßkorb. Und ich schicke ihn leer zurück. Es ist etwas umständlich, jedesmal zum Bahnhof Paddington fahren zu müssen, um ihn abzuholen, aber er kommt uns sehr gelegen.«

»Was schickt sie denn sonst noch?«

»Sahne, Eier, Gemüse, Obst. Letzte Woche hat sie einen Hummer geschickt. Sie hat seine Scheren nicht richtig zusammengebunden, so daß er mich gezwickt hat.«

»Du Arme!«

»War nicht schlimm.«

»Ist so was nicht Schwarzhandel?«

»Es ist mein Haus, mein Garten, es sind meine Erzeugnisse. Monika ist mein Gast.«

»Grau?« schlug Max vor. *»Le marché gris?»*

»Unsinn, Max, du brauchst die Lebensmittel.«

»Vor allem mag ich sie. Ich komme mit zum Bahnhof. Richard bringt sicher Kompott und so Zeug mit.«

»Ich begleite dich«, erbot sich Calypso.

»Ich werde nicht zulassen, daß ihr den Freßkorb plündert.«

»Was für ein Gedanke, Tante.«

»Du solltest dich ein bißchen ins Zeug legen und Hectors Verwandte dazu bringen, dir Waldhühner und Wildbret und Heringe zu schicken.«

»Die würden nur schlecht werden.«

»Dann eben Räucherhering.«

»Ich werde es mir überlegen.«

Richard, der mit mehreren Körben in London ankam, richtete sich in Helenas Gästezimmer häuslich ein; er packte seine Elfenbeinbürsten aus, das Photo seiner ersten Frau, Zahnbürsten, Schwamm und Pyjama und arrangierte alles fein säuberlich in der neuen Umgebung. Binnen einer halben Stunde hatte er sich bedenklich gut eingenistet, wie Helena fand.

Am nächsten Morgen hinkte er los, um seinem Schneider einen ersten Besuch abzustatten, nahm dann einen Bus ins Zentrum und ins East End, um sich die Bombenschäden anzusehen.

»Wirklich höchst eindrucksvoll«, sagte er zu Calypso, die zur Teezeit aufgekreuzt war. »Ich habe in Frankreich eine Menge Schutt gesehen, aber nicht mit dem hier zu vergleichen. Hier gibt es keinen Dreck und keine verendeten Pferde. Diese Burschen vom Luftschutz sind offenbar recht geschickt, was das

Aufspüren von Leichen betrifft. Man vermißt den Geruch, diesen quälenden Gestank feuchter Leichen. Wie sieht es denn in eurem Viertel aus?«

»Bei mir hat es sämtliche Fenster zerrissen, als das Parlamentsgebäude getroffen wurde.«

»Ist das alles? Hast du die Innenstadt gesehen?«

»Nein.«

»Mein Gott, da lebst du in London und hast das nicht gesehen? Ich nehme dich morgen mit, du mußt dir unbedingt die Docks und das Zentrum anschauen. Ich werde dich herumführen. Den besten Überblick hat man vom Oberdeck eines Busses. Natürlich sollte man zu Fuß gehen, aber ich mit meinem Bein...«

»Auch mit dem neuen?«

»Ist doch nicht dasselbe wie Fleisch und Blut, aber es wird mich nicht daran hindern zu tanzen.«

»Tanzen?!« riefen Helena und Calypso im Chor.

Richard lächelte zufrieden. »Ich habe, oder vielmehr, Monika hat mich für einen Kurs in einer Tanzschule in Soho eingeschrieben.«

»Wie viele Stunden?« fragte Helena mißtrauisch.

»Zwölf. Zwei pro Woche, das heißt, daß ich in sechs Wochen... Wo ist sie denn hin?« Helena hatte, die Teekanne in der Hand, mit zusammengekniffenen Lippen das Zimmer verlassen.

»Hat Monika diesen Kurs vorgeschlagen, Onkel?«

»Ja. Tatsache ist, daß ich sie immer trete, wenn ich mit ihr tanze, und langsam habe ich es satt, mit einem Stuhl zu tanzen.«

»Einem Stuhl?«

»Ja. Ich schlage den Teppich zurück und tanze mit einem Stuhl. Der kann sich nicht beschweren, wenn er einen Tritt bekommt, aber es ist natürlich nicht dasselbe, wie wenn man mit jemandem aus Fleisch und Blut tanzt. Aber auch darüber beklagt sich Monika.«

»Warum?«

»Hält sie wach, dieses Scharren auf dem Parkett. Und dazu noch die Musik, da kommt sie einfach zu wenig zum Schlafen. Sie muß früh aufstehen, um die Kuh zu melken, die kann nämlich angeblich nicht warten, also ich bitte dich, dann muß sie sie eben erziehen. Das Endergebnis jedenfalls war, daß sie mit diesem Vorschlag ankam. Ich habe im voraus bezahlt, am Mittwoch geht's los.«

»Eine phantastische Idee, ungeheuer mutig.«

»Was ist mutig?« Helena kam mit der Teekanne zurück. »Möchte noch jemand Tee?«

»Daß Onkel Richard tanzen lernt, finde ich eine Heldentat.«

»Und wie lang wird dieses Theater dauern?« Helena sah Richard unfreundlich an.

»Sechs Wochen, meine Liebe, das hab ich dir doch gesagt.«

»Mein Gott!«

»Ich werde dir nicht zur Last fallen. Ich habe meinen Club, meinen Schneider und Monikas Einkäufe, und soviel ich weiß, gibt es hier ein Lokal namens Windmill.«

»Das ist was für schmutzige alte Männer.«

»Nein, das stimmt nicht, Tante Helena. Hector kennt jemanden, der drin gewesen ist. Er sagte, es sei ein schöner, anständiger Spaß.«

»War er selbst dort? Nein, das kann ich mir nicht vorstellen.«

»Hector hat vermutlich keinen Bedarf«, sagte Richard mit Blick auf Calypso.

»Da gibt es nackte Mädchen.« Helena seufzte.

»Du mußt gerade reden.« Richard hielt ihr die Tasse zum Nachschenken hin.

»Aber, aber«, sagte Calypso, »jetzt zankt euch nicht.«

»Nicht, daß man dich noch als Mädchen bezeichnen würde«, fuhr Richard fort. »Monikas Kategorie, *femme d'un certain âge*, wäre wohl zutreffender. Jetzt, nachdem du mich im Stich gelassen und Gefallen an diesem Leben in London gefunden hast, bist du richtig schön...«

»Danke«, unterbrach ihn Helena.

»Natürlich reagiert Monika empfindlich. Sie muß eine Menge verkraften. Sie weiß nicht, ob ihr Sohn noch am Leben ist – wenn du mich fragst, ist er tot, aber Frauen geben die Hoffnung nicht auf –, und Max hat ein Verhältnis mit dir und, wenn du mich nochmals fragst, auch mit anderen. Na, was meinst du, Calypso?«

»Woher soll ich das wissen?«

»Natürlich weißt du Bescheid, der Bursche hat ein Auge auf die Mädchen, und nicht nur eines.« Richard, der Helena beobachtete, brach in schallendes Gelächter aus. »Jedenfalls habe ich kein Recht, mich zu beschweren, nachdem Monika sich damit abfindet. Das Leben in Cornwall scheint ihr zu behagen. Sie hat mir angeboten, mir das Tanzen beizubringen, aber der Stuhl war mir lieber. Ein Stuhl tut, was man will; er versucht nicht zu führen, sondern geht verdammt noch mal dahin, wo man ihn hinschiebt.«

»Woher nimmst du die Musik? Es gibt nicht viele Tanzplatten im Haus.«

»Ganz richtig, sehr scharfsinnig von dir. Aber spät nachts gibt es im Rundfunk eine Sendung mit Tanzmusik, die hält Monika auch wach, und dann denkt sie wahrscheinlich an ihren Jungen.«

»Ja«, sagte Calypso, »sehr wahrscheinlich.« Sie erinnerte sich an Monikas quälende Angst.

»Also, dann trabe ich mal zu Polly hinüber. Wird inzwischen doch wohl von der Arbeit zurück sein. Ich möchte sie fragen, ob sie mit mir zusammen Sophie besucht. Ich habe noch nie ein Mädcheninternat aus der Nähe gesehen.«

»Ich würde lieber erst anrufen«, sagte Calypso hastig.

»Wirklich? Legt sie inzwischen Wert darauf? Mein lieber Schwan, ihr habt euch vielleicht verändert, alle miteinander. Wahrscheinlich stellt sich heraus, daß Sophie gar nicht schwänzen möchte.«

»Natürlich möchte sie. Ich begleite dich. Wir machen uns einen schönen Tag, es sei denn, du möchtest mitkommen, Tante Helena?« Helena schüttelte den Kopf. »Fling wird so ein Tag auf dem Land sicher gefallen. Ich schlage vor, wir machen ein Picknick.«

»Einverstanden. Ich rufe in der Schule an.«

»Dann kann ich Sophie auch gleich erzählen, daß ich ein Baby bekomme. Ich bin gespannt, was sie dazu sagt.«

»In einem der Körbe ist ein gebratenes Huhn, die gute alte Jane. Sophie hat sie sehr gern gehabt, aber nachdem sie keine Eier mehr gelegt hat, hat Monika ihr den Kopf abgehackt.«

»Ganz schön brutal.«

»Bist du sicher, daß Polly nicht auch mitkommen möchte? Das würde sie von Walter ablenken. Die Floyer-Jungs sind irgendwo in der Nähe stationiert, vielleicht könnten wir ja...«

»Sie sind versetzt worden, seit sie wieder im Einsatz sind.«

»Schade, wir hätten alle zusammen... Hast du sie in letzter Zeit mal gesehen?«

»Nein«, sagte Calypso nicht ganz wahrheitsgemäß.

»Im Dorf heißen sie nur noch die ›High Floyers‹. Dieser Seitenhieb auf die Zugehörigkeit des Pastors zur High-Church stammt vom Baptistenprediger. Hübscher Witz, bis sie heruntergeschossen wurden. Vielleicht hat Sophie ein paar kleine Freundinnen, die Lust auf eine Freßtour haben. So was mögen doch Kinder, solange sie im Schulalter sind.«

»Sie wird nicht mehr lange ein Kind bleiben.« Nachdenklich betrachtete Helena ihren Mann.

»Gerade deshalb sollte ich etwas mehr für sie tun, als nur die Rechnungen zu bezahlen. Natürlich schreibe ich ihr, und sie schreibt zurück, aber wenn sie zu Hause ist, frage ich mich manchmal...«

»Was fragst du dich?« Helenas Stimme verriet Besorgnis.

»Ob sie ganz normal ist. Nicht eine Träne, als Walter gefallen ist, hat einfach einen Zettel auf dem Tisch in der Diele hinterlassen und ist zu einem langen Spaziergang verschwunden. Für Monika und mich war das ein Schock. ›Calypso hat angerufen, Walter ist tot.‹ Einfach so, also ich bitte euch. Kühl und sachlich.«

»Ich vermute, sie war froh, daß es nicht Oliver war.« Calypso schaute Helena nachdenklich an. »Sie liebt ihn.«

»Blödsinn, ein Kind hat doch keine Ahnung von Liebe. Es wird ihr viel mehr ausmachen, wenn sie erfährt, daß das, was sie da ißt, mal Jane war«, sagte Richard sarkastisch.

»Trottel«, entgegnete Helena bösartig.

27

»Nun, hoffentlich hat es ihnen ein bißchen Spaß gemacht.« Richard tastete durch den Stoff seiner Hose nach dem Scharnier an der Prothese. »Sophies kleine Freundinnen waren ungleich mitteilsamer als sie. Sie hatte mehr Interesse am Futtern als an uns, wenn du mich fragst.«

»Sie hat sich doch gefreut, uns zu sehen.«

»Bist du da sicher? Aus ihren kleinen Freundinnen habe ich mehr herausbekommen, allerdings nicht sehr viel über Sophie.«

»Wie es scheint, kennt sie diese Mädchen kaum. Sie gehen nicht in ihre Klasse. Sie haben ihr leid getan, weil sie nie von jemand rausgeholt werden.«

»Wirklich? Das verrät eine anständige Einstellung. Was Jane betrifft, habe ich mich allerdings geirrt. ›Ist das Jane?‹ fragt das Kind, während es in die Keule beißt, und dann mit vollem Mund: ›Kann ich ein Stück Brust haben?‹ Und anschließend feilscht sie darum, wer am Gabelbein ziehen und sich was wünschen darf. Ich habe dir ja gesagt, daß sie kalt und nüchtern ist. Na ja, wir haben unsere Pflicht getan.« Richard brachte sein Bein in eine bequeme Lage und schüttelte die Abendzeitung auf. Der Schaffner blies in sein Pfeifchen. Der Zug setzte sich mit metallischem Dröhnen Richtung Liverpool Street in Bewegung.

Calypso zog die Verdunklungsblende herunter, lehnte sich zurück und schloß die Augen. Wenn sie an Sophies elfenbeinfarbenes Gesicht dachte, an die aufmerksamen Augen und den vollen, verletzlichen Mund, konnte sie sie nicht für kalt halten; und lieblos war sie auch nicht, dachte Calypso und verspürte einen Stich Neid.

Es war ein frischer Tag gewesen, blau und golden, und die weiten Rasenflächen, die bis zum Fluß hinunterreichten, hatten sich von ihrer schönsten Seite gezeigt. Sie war mit Sophie langsam hinter Richard hergegangen, der mit den beiden eingeladenen Mädchen, eine rothaarig, die andere blond, vorausging. Sie hatte Sophie erzählt, daß ein Baby im Anmarsch war.

»Was wirst du damit anfangen?« Sophie hatte instinktiv begriffen, daß Calypso das nicht bewältigen konnte oder wollte.

Unwillkürlich erzählte sie Sophie von ihrem Besuch in Schottland und von ihrem Plan. Sophie verstand vollkommen, daß das Baby in Hectors Schloß mit Freuden aufgenommen werden würde. Sie erzählte Sophie von Catherine, der hinkenden Frau, die sich um den Säugling kümmern und ihn aufziehen würde. Während sie dahinschlenderten, schilderte sie Sophie sachlich, wie es da oben in Schottland aussah. Sophie brauchte keinerlei Erklärung oder Begründung, um zu begreifen, warum das eine Umgebung war, die Calypso nicht ertragen konnte, die für Hectors Kind jedoch ideal sein würde.

»Vermutlich liebt Catherine deinen Hector.«

»Ich glaube schon.«

»Ist es Hectors Schuld, daß sie hinkt?«

»Er fühlt sich dafür verantwortlich, aber sie behauptet, er sei nicht an dem Unfall schuld gewesen, es wäre in jedem Fall passiert.«

»Und stimmt das?« Sophie betrachtete den voraushinkenden Onkel. Ab und zu berührte er eines der Mädchen, legte die Hand auf einen Arm oder eine Schulter.

»Darüber äußert sie sich nicht näher.«

»Er fühlt sich vermutlich schuldig, weil er sie nicht liebt. Was hast du mit ihr ausgemacht?«

Calypso erläuterte, daß Catherine zu dem errechneten Geburtstermin nach London kommen würde. »Ich habe ein Zimmer in einer privaten Entbindungsklinik in der Wimpole Street reservieren lassen.«

»Und danach?«

»Dann nimmt sie das Kind mit nach Schottland und zieht es in Hectors Kinderzimmer groß. Das Schloß ist voller Militär, aber im Kinderflügel über der Küche gibt es ein gemütliches Zimmer.«

»Und was machst du mit deiner Milch?«

»Welcher Milch?«

»Gibst du ihm nicht selbst zu trinken? Mütter tun das. Das habe ich gelesen. Man nennt es ›stillen‹.«

»Das könnte ich nicht ertragen.« Calypso schauderte, bedeckte unbewußt ihre Brüste mit den Händen.

Sophie, die die vor ihr gehenden Gestalten beobachtete, erwiderte nichts. Dann sagte sie leichthin: »Natürlich nicht, sie gehören dir. Was sonst?«

Sophie begann schallend zu lachen, was selten geschah, und Calypso ließ sich davon anstecken.

»Ich habe es noch niemandem gesagt. Hector hat es mir überlassen, selbst dahinterzukommen. Dieser Mistkerl. Seine Familie ist katholisch, alle seine Verwandten da oben sind Katholiken. Er ist in Ungnade gefallen, weil er sich von Daphne hat scheiden lassen, und deshalb betrachten sie mich nicht als seine rechtmäßige Frau.«

»Und was ist mit dem Baby?«

»Blut wiegt in diesem Fall schwerer als die Konfession, und das Kind werden sie lieben, auch wenn sie mich ablehnen.«

»Du hast dir nie viel aus Religion gemacht.«

»Sicher nicht, das tun wir doch alle nicht. Schau dir bloß die Zwillinge an. Mr. Floyer ist Pastor, aber das würde man ihnen nie anmerken. Hector stammt offenbar aus einer dieser uralten schottischen Familien, die die Sippe von Heinrich VIII. überlebt hat. Ganz schön raffiniert. Mich brauchen sie, um ihr Blut aufzufrischen.«

»Wahrscheinlich hat er befürchtet, du würdest ihn nicht heiraten, wenn du es wüßtest.«

»So ein Unsinn. Ich habe ihn geheiratet, weil er reich ist, das weiß doch jeder.«

»Ich hoffe nur, daß er seine Hand nicht unter ihren Rock schiebt«, rief Sophie plötzlich.

»Was?«

»Onkel Richard. Das hat er bei mir immer gemacht. Er tätschelt und streichelt Valerie und Miranda die ganze Zeit.«

»Dann laß uns schneller gehen, damit wir sie einholen.« Calypso beschleunigte das Tempo.

»Hat er das bei dir und Polly auch gemacht?«

»Vermutlich schon, in harmloser Form. Ach Sophie, das ist ja schrecklich, beeil dich.«

»Es ist nicht schrecklich«, sagte Sophie. »Nur langweilig, aber das werden die zwei nicht kapieren. Onkel Richard!« schrie sie, »warte auf uns.« Die beiden Mädchen drehten ihre unschuldigen Gesichter fragend nach hinten. »Calypso möchte sich die Kapelle des King's College ansehen, die liegt in der anderen Richtung.«

»Dann können wir irgendwo Tee trinken, wenn wir eine Teestube finden«, sagte Calypso zu dem Rotschopf Miranda.

»Das wäre schön«, sagte Miranda. »Können wir zuvor noch auf die Toilette gehen?«

»Ich warte in der Kapelle auf euch«, sagte Richard. »Gönne meinem Bein etwas Ruhe.«

Als Calypso die Kapelle betrat, war er in einer Ecke eingedöst. Sie betrachtete ihn voller Zuneigung. Er hatte seine Onkelrolle gut gespielt. Den beiden Mädchen war es ohnehin nur darum gegangen, das Picknick in sich hineinzustopfen. Warum sollte er ihnen die Hand nicht unter den Rock schieben? dachte sie unwillig. Ihre Unterhosen hatten Gummibänder. Sie hatte beobachtet, wie die blonde Valerie einen kleinen Napfkuchen in ihr Taschentuch gewickelt und unters Turnhemd gestopft hatte.

»Besuch mich doch mal, wenn du durch London kommst«, hatte sie zu Sophie gesagt.

»Darf ich? Das würde ich gerne tun. Bei Polly ist es oft ziemlich voll.«

Was mochte Sophie damit meinen, überlegte Calypso. Was wußte sie?

»Gar nicht übel, diese zwei kleinen Freundinnen von Sophie.« Richard wachte plötzlich auf. »Auf ihre Art ausgesprochen hübsch und appetitlich. Schade, daß Sophie so schnell erwachsen wird.«

»Sie wird eines Tages eine Schönheit.«

»Glaubst du?«

»Ja. Diese Augen, so tiefschwarz. Wer war ihr Vater, Onkel Richard?«

»Die Frage ist berechtigt. Aber es ist besser, nicht nachzuforschen; ich hab's auch nie getan. Hätte nicht viel genützt, selbst wenn ich es gewollt hätte. Ihre Mutter war tot, bis ich hinkam, und ich stand mit dem Baby im Arm da. Also ich bitte dich. Zum Glück hatte ich Helena überredet, mich zu heiraten, nicht, daß sie das Kind je liebgewonnen hätte. Sie mag Kinder nicht besonders.«

»Ich auch nicht.«

Richard lachte. »Dann such dir eine Amme.«

»Ich habe ein Kindermädchen gefunden. Das Baby kann auch mit der Flasche gefüttert werden.«

»Na also, dann ist es ja ein Kinderspiel.«

»Ich muß das Ding immerhin austragen.«

»Ein kräftiges Mädchen wie du.« Richard Cuthbertson schnippte mit den Fingern. »Ein Kinderspiel. Meine arme Schwester war der Zwerg in der Familie.«

»So? Ich weiß gar nichts über sie.«

»Aber gescheit. Die hatte Köpfchen, und ganz versessen aufs Reisen war sie, begnügte sich nicht mit ihrem eigenen Land, sondern war immer irgendwo im Ausland. Ich war nie auf dem laufenden, wo sie sich gerade aufhielt.«

»Und ihr Mann?«

»Sie hatte keinen Mann, lieber Himmel, bloß nicht. Der hätte sie festgebunden, hätte dieser Herumtreiberei um die ganze Welt ein Ende gemacht. Sie ist nach Hause zurückgekehrt, um Sophie dort zu bekommen – selbst Leute wie meine Schwester legen Wert auf einen britischen Paß –, gerade noch rechtzeitig. Das Kind kam praktisch in den Docks zur Welt. Das hat sie gut hingekriegt.«

»Und wo war sie zuvor?«

»Da müßte ich genauso raten wie du. Als ich den Brief bekam, war das Kind auf der Welt und meine Schwester tot.«

»Oh. Und gab es ...«

»Nichts. Irgend so ein Pater hat ihr die letzte Ölung gegeben, und dann ist sie gestorben. Wenn der blöde Kerl nur eine Sekunde nachgedacht hätte, hätte er vielleicht noch irgendwelche Details in Erfahrung bringen können, aber er schwebte wie Floyer über den Dingen, war nur an geistigem Zeug interessiert, römisch-katholisch, wenn ich es mir recht überlege. Dachte wohl, er tut das Richtige. ›Ihre Schwester ist im Stand der Gnade gestorben‹, hat er zu mir gesagt. Woher wollte er das wissen? Sagte, sie hätte noch ›Sagen Sie es meinem Bruder‹ rausgepreßt und dann den Schirm zugeklappt. Seitdem frage ich mich, was sie mir mitteilen wollte.« Richard Cuthbertson hob die Blende an und blickte in die Dunkelheit hinaus. »Wir nähern uns London, wie es aussieht. Indochina.«

»Was?«

»Sieht so aus, als sei sie aus Indochina gekommen. Was ist denn jetzt los? Warum halten wir an?«

»Irgendeine Verzögerung.«

Der Zug ächzte, zischte, dann war es still. Calypso versuchte, Gesprächsfetzen von einer Unterhaltung im nächsten Abteil aufzuschnappen. Es entstand eine lange Pause.

»Das Leben ist nicht einfach, nicht wahr?« Richard sah seine Nichte an.

»Eigentlich nicht.«

»Ich habe dich heute gesehen. Ich kann nichts dafür, ich mag kleine Mädchen einfach. Sie sind so niedlich.«

»Onkel Richard, du brauchst dich nicht...«

»Ich tue ihnen nie weh. Dir und Polly habe ich auch nicht weh getan, oder? Jetzt, wo Sophie älter wird, entfernt sie sich immer mehr von uns. Die Leute sagen, Ruskin sei ein Dreckskerl gewesen, aber ich glaube nicht, daß er etwas dafür konnte, hat sich wahrscheinlich nur Bilder und Statuen angeschaut. ›Kunst‹ war zu seiner Zeit etwas anderes, der arme Kerl war garantiert noch Jungfrau, und als er dann geheiratet hat, bekam er einen Wahnsinnsschock. Warst du Jungfrau, als du geheiratet hast?«

»Aber natürlich.«

»Gar nicht natürlich. Wette, für dich war es auch ein Schock.«

»Eigentlich...«

»Ah, der Zug fährt weiter. Vermutlich ein Blindgänger auf der Strecke, was meinst du?«

»Es gab schon ewig keine Luftangriffe mehr.«

»Das stimmt. Sonderbare Wirkung haben diese Züge, ehe

man sich's versieht, redet man, als hinge man im luftleeren Raum, äußert ganz... hm... ganz persönliche Gedanken. Nur Gedanken natürlich.«

»Natürlich, Onkel Richard.«

»Dann ist es ja gut. Das Erstaunliche ist, daß es mich bei Monika nicht stört, ja, ich mag es sogar, und sie rasiert sich auch nicht die Achseln wie ihr Mädchen.«

»Das ist auf dem Kontinent nicht üblich.« Calypso begann zu lachen.

»Worüber lachst du?«

»Über dich, Onkel Richard.« Calypso schüttelte sich vor Lachen und konnte gar nicht mehr aufhören. Schließlich wischte sie sich mit dem Handrücken die Tränen aus den Augenwinkeln.

»Ich möchte zu gerne wissen, was so komisch ist. Ihr Kinder macht euch über mich lustig. Ich bin einfach nur ein einbeiniger Außenseiter in diesem verfluchten Krieg.« Plötzlich wurde Richard wütend. »Wenn ich in meinen Club gehe, wimmelt es da nur so von lauter Ärschen in Uniform, und ich bin absolut nutzlos. Helena hat einen Liebhaber, einen bekannten Geiger, und von ihrem langweiligen, einbeinigen Ehemann hat sie die Nase voll. Ich war überhaupt nie in der Lage, mit ihr zu schlafen, also ich bitte dich. Ich habe Frauen nie gemocht, bis...«

»Monika?«

»Ja. Warum rede ich solchen Blödsinn daher? Das kommt von diesem Zug, ich weiß gar nicht, was mit mir los ist.« Calypso hatte sich neben ihn gesetzt und legte ihm einen Arm um die Schultern.

»Du bist tapfer, Onkel Richard, du leistest einen großen Beitrag. Schau nur, was du mit meiner Stimmung gemacht hast. Zuvor war ich deprimiert. Du bist großartig.« Calypso wußte nicht, ob sie lachen oder weinen sollte.

»Nein, nein«, winkte Richard verlegen ab.

»Doch, doch, du bist furchtbar tapfer. Wir haben dich alle sehr lieb, und das weißt du auch.«

»Unsinn.« Richard errötete richtig.

»Es stimmt«, rief Calypso, die es im Augenblick wirklich so empfand. »Ohne dich sähe unser aller Leben anders aus. Denk daran, wie du Max und Monika aus dem Internierungslager gerettet hast – phantastisch.«

»Gleich fahren wir in den Bahnhof ein, dann sollten wir zusehen, daß wir ein Taxi bekommen.« Richard war sichtlich verlegen.

Calypso kämmte sich die Haare und trug Lippenstift auf. Nachdem sie ausgestiegen waren, nahm sie Richards Arm, und untergehakt gingen sie zum Ausgang.

»Machst du den Paten für das Baby, Onkel Richard?«

»Ich glaube nicht, daß ich mich dafür eigne. Ich bin nicht reich, und ich glaube nicht an Gott. Aber lieb von dir, daß du mich fragst.«

»Ich meine es ernst.«

»In dem Fall danke ich dir. Ich werde es mir überlegen.«

»Da ist ein Taxi, wir haben Glück. Schnell, steig ein.«

Richard kletterte hinein, zog sein Bein nach. Das Taxi schlängelte sich durch die dunklen Straßen, und nachdem Richard eine Weile geschwiegen hatte, sagte er: »Ich wünschte, ich wäre bei diesen Luftangriffen dabeigewesen, als Mann fühlt man sich sonst irgendwie ausgeschlossen.«

»Ich nehme an, daß noch welche kommen. Läßt du mich an der nächsten Ecke raus? Ich bin so gut wie zu Hause.«

»Sag dem Fahrer Bescheid. Danke, daß du mich begleitet hast.«

»Es hat mir Spaß gemacht. Gute Nacht, Onkel. Ich steige hier aus.« Calypso machte die Taxitür auf.

»Auf Wiedersehen, meine Liebe. Sie hat mir angeboten, sich zu rasieren, äh, du weißt schon...«

»Was? Wer?« Calypso war schon halb ausgestiegen.

»Monika, ihre Muschi, aber ich habe gesagt... also, paß gut auf dich auf. Zur Enderby Street, bitte.«

Auf der Matte lagen zwei Briefe von Hector. Calypso schloß die Haustür und zog die Vorhänge zu, bevor sie sich hinsetzte und zu lesen begann. Daß er noch nichts von dem Baby wußte, war offensichtlich. Er berichtete in seiner ordentlichen Handschrift von Bekannten, die es ebenfalls nach Kairo verschlagen hatte, von einem alten Schulfreund, der einen Hundekarren fuhr, um Benzin zu sparen, vom Schwimmen im Gehzira-Club, vom Tennisspielen, einem Ausflug zu den Pyramiden, der unguten Ausstrahlung König Farouks, dem ständigen Partykarussell, den Ehefrauen, denen es gelungen war, ihren Männern hinterherzureisen, und er bezweifelte, daß sie hier in Sicherheit wäre, falls sie den Wunsch hätte herzukommen. Er beschrieb das Licht und die Gerüche und meinte, daß er ihr eines Tages dieses Ägypten gerne zeigen würde. Dann legte er ihr seine Pläne für den Frieden dar und, über mehrere Abschnitte hinweg, die Calypso übersprang, seine politischen Ansichten, die sich allmählich wandelten. Damit endete der ziemlich gestelzte Brief, so daß Calypso sich fragte, ob sie diesen Mann vermißte, dieses politische Wesen, einen Mann, so alt wie ihr Vater. Zumindest interessiert er sich für Frauen, dachte sie, und hat keine Sehnsucht nach kleinen Mädchen. Aus dem zweiten Brief ging hervor, daß Hector noch immer nichts von ihrer Schwangerschaft erfahren hatte. Sie runzelte die Stirn. Hector schrieb, daß er vorhabe, Land in England zu kaufen und Bäume zu pflanzen.

> *Wenn ich diese endlose Wüste ringsum sehe, sehne ich mich nach Bäumen. Einst waren die Küsten Nordafrikas bewaldet. Die Römer fällten die Bäume und forsteten nie wieder auf, so daß der Boden erodierte und zu der Wüste wurde, in der wir kämpfen. Das ist metaphorisch gemeint. Meine Teilnahme am Gefecht findet bisher vom Schreibtisch aus statt. Vielleicht läßt sich das abstellen. Zurück zu meinem Traum. Ich werde Eichen-, Buchen- und Kastanienwälder pflanzen und dazwischen blühende Kirschen. Ich werde die Kirschbäume so in Linien und Kreisen anordnen, daß jeder Pilot, der in Zukunft darüber hinwegfliegt, in Blüten geschrieben den Namen Calypso sieht. Ich lag mit Fieber im Lazarett, als ich diesen Beschluß faßte. Gestern traf ich in einer Bar deinen Cousin Oliver, er war auf Urlaub. Er hat Wüstenfurunkel, unangenehm, aber nicht gefährlich. Alles Liebe, Hector.*

Calypso ließ die dünnen Blätter des Luftpostpapiers auf den Schoß sinken. Das war ein Hector, den sie nicht kannte. In Schottland gab es wenig Bäume. Nur Pinien, Birken und Ebereschen. Auf ihrer Hochzeitsreise war es kalt gewesen, und es war kalt, als sie hinauffuhr, um mit Catherine zu reden. Sie war den Schotterweg am Fluß entlangspaziert. Catherine, die Tochter des Jagdgehilfen, die hinkend neben ihr gegangen war und in ihrem melodischen Tonfall geredet hatte, war irgendwann stehengeblieben, um auf einen Felsen zu deuten. Als Hector einmal in den Schulferien nach Hause kam, hatte er sie überredet, von diesem Felsen herunterzuspringen, hatte sie praktisch dazu gezwungen, um sie auffangen und mit seiner Kraft protzen zu können. »Da drüben«, hatte sie gesagt und mit ihrem spitzen Kinn auf die Stelle gedeutet, »da sind wir hingefallen, und dabei ist mein Bein gebrochen.«

»Und seitdem hinken Sie«, stellte Calypso schockiert fest.

»Ja.« Catherine lächelte. »Damit ich ihn nie vergesse.«

Sie hatten dagestanden und sich angesehen, und die klaren blauen Augen der älteren Frau hatten im Licht der Highlands in Calypsos dick umrandete grüne Augen geblickt. Dann hatte Catherine gelacht und damit dieses Thema beendet. »Diese Daphne war kein solcher Springinsfeld wie Sie, und unser Hamish wird die Glens lieben, machen Sie sich da mal keine Sorgen. Das wird so einer, der in den Hügeln herumstromert.«

Während Calypso allein im zerbombten London saß, dachte sie nicht an Hector, sondern an die Berge und die rauschenden Bäche, die seine Heimat waren, an die dahintreibenden Wolken und den peitschenden Regen, der sich in Schnee verwandelt hatte, an Catherine, die gekommen war, um das Feuer in ihrem Schlafzimmer anzufachen und eine zweite Daunendecke über sie zu breiten, als sie sich in Hectors Bett wie eine Fremde fühlte. Sie war dankbar dafür, daß Catherine, genau wie Hector, sie nicht dazu drängte, diese wilde Schönheit zu lieben, sondern daß sie sie als einen Menschen aus dem Süden der Insel akzeptierte und daß sie sie auch respektierte, weil sie im Gegensatz zu Daphne nicht heuchelte, um von Hectors Verwandten akzeptiert zu werden. Hectors Familie hatte deutlich durchblicken lassen, daß Daphne in den Augen Gottes zwar noch immer Hectors Frau war, die Familie dies aber zutiefst bedauerte.

Calypso rief Polly an.

»Was sind Wüstenfurunkel?«

»Keine Ahnung. Wieso?«

»Hector schreibt, daß Oliver welche hat.«

»Armer Oliver. Frag Tante Sarah, sie wollte ohnehin bald nach London kommen. Kommst du herüber? Die Zwillinge sind da.«

»Nicht heute abend, ich bin ziemlich beschäftigt.«

»Womit?«

»Mit nichts. Das beansprucht meine ganze Zeit.«

»Geht es dir gut so ganz allein?«

»Ich habe Fling. Ich bin lieber allein.«

»Das sieht dir aber gar nicht ähnlich.«

»Na ja, ist nun mal so.« Damit legte sie auf.

»Seit Calypso schwanger ist, ist sie recht ungesellig«, sagte Polly zu David, der Kartoffeln fürs Abendessen schälte.

»Sie war immer etwas unberechenbar«, murmelte der andere Zwilling. »Eine Einzelgängerin.«

»Im Gegensatz zu uns«, sagte sein Bruder. »Aber bei uns ist das Schicksal, es ist sozusagen angeboren.«

»Nach all den Jahren weiß ich noch immer nicht, wer von euch der ältere ist.« Polly hielt beim Tischdecken inne.

»Wir wissen es auch nicht«, sagte Paul. »Unsere Eltern waren der Ansicht, daß der erste der letzte sein soll und umgekehrt. Vater wurde damit seinen kirchlichen Prinzipien gerecht und Mutter ihrer Vorstellung von Gerechtigkeit.«

»Soso.«

»Ähnlich wie du, Liebling. Meinst du, die Kartoffeln reichen?«

Polly errötete und blickte von einem Bruder zum anderen. »Ich glaube, eure Eltern haben recht«, sagte sie. »Ihr gebt mir einen Funken Hoffnung.«

»Wirst du sie besuchen, wenn wir weg sind?«

»Weg? Wohin?«

»Nach Übersee, Liebling. So, wie sich die Dinge entwickeln, werden wir garantiert abkommandiert. Sämtliche Einsätze erfolgen derzeit in Nordafrika. Gut möglich, daß wir beide oder einer von uns auf Malta landen.«

»O Gott, nur das nicht!« Polly brach in Tränen aus.

»Ist es wirklich so schlimm? Wir haben es uns fast gedacht.« Sie waren voller Mitgefühl für Polly, die in ihrer Küchenschürze dastand, einen Topfhandschuh in der Hand, während ihr Tränen über die Wangen liefen.

»Weine nicht, Liebes, denk lieber daran, wie gut uns die Sonne tun wird.«

»Wir können nicht alles den Orang-Utans überlassen. Hector und Oliver sind schon ewig da unten. Und es ist ihnen nichts passiert.«

»Oliver hat irgendwelche Geschwüre, hat mir Calypso erzählt.« Pollys Tränen schienen kein Ende zu nehmen.

»Und Hector hat einen Schreibtischjob, ich weiß.« Liebevoll umarmten sie sie, tätschelten sie, wischten ihr die Tränen ab, strichen ihr das braune Haar aus dem Gesicht. »Na komm«, sagten sie, »na komm. Jetzt ist es gut.«

Polly murmelte erstickte Worte an Davids Schulter, legte ihren Kopf an seine Brust, streckte die Hand nach Paul aus.

»Es ist wegen Walter.«

»Das ist schon Monate her.«

»Ich weiß, aber es ist immer noch...«

Die Brüder lächelten sich über ihr zerzaustes Haar hinweg an.

»Komm, jetzt schneuz dich mal. Vielleicht mußt du um uns ja nicht weinen.«

»Wann müßt ihr weg?«

»Wir können nur Vermutungen anstellen, mehr nicht. Wahrscheinlich erfährst du in deiner Behörde mehr.«

»Deshalb die Tränen.« Polly trocknete sich die Tränen ab und gab sich Mühe, ihre Angst zu unterdrücken.

28

Nachdem Monika allein in Cornwall zurückgeblieben war, erweiterte sie die Lebensmittelproduktion. Zu den Hühnern kamen Enten, die sie in den Blumenbeeten herumlaufen ließ, damit sie die Schnecken fraßen. Sie kaufte zwei Kaninchen und setzte sie auf den eingezäunten Tennisplatz, wo sie herumhoppelten, ohne sich um das Schicksal zu scheren, das sie erwartete. Der General kam und warf einen prüfenden Blick auf die hübschen Dinger.

»Ihnen ist doch klar, Monika, meine Liebe, daß Sie da zwei Rammler haben. Man hat Ihnen eine Niete verkauft.«

»Ich verstehe nicht recht.«

»Mit zwei Rammlern kriegen Sie nie Junge. Sie müssen einen davon schlachten und sich ein Weibchen besorgen.«

Das Ergebnis war ein Kaninchenragout, wie es der General nicht für möglich gehalten hätte. Er lud sich zu einem weiteren Besuch ein, zum Ergötzen der Dorfbewohner, die jeden seiner Schritte, über die Mrs. Penrose getreulich berichtete, verfolgten. Wetten wurden abgeschlossen, ob es dem General gelingen würde, Monika in seinen Junggesellenhaushalt zu locken, bevor Richard aus London zurückkehrte oder Max das nächste Mal zu Besuch kam. Im Pfarrhaus äußerte Mildred Floyer ihrem Mann gegenüber, daß der Dorfklatsch durchaus eine gewisse Berechtigung haben mochte und daß Monika merkwürdig naiv sei.

»Die Angst um ihren Sohn bringt sie fast um. Alles, was sie von ihm ablenkt, kann ihr nur guttun«, meinte der Pastor. »Die Frauen vom Women's Institute hätten das mit den Kaninchen auch machen sollen, statt darauf zu warten, daß Monika ihnen mit gutem Beispiel vorangeht.«

»Sie ist kein Mitglied.«

»Warum nicht?«

»Weil sie Ausländerin ist, und noch nicht mal aus dem englischen Einflußbereich. Die anderen ärgern sich schwarz, daß sie solche Delikatessen herzaubert.«

»Lieber Gott! Weiber!« In seiner eigenen Küche hielt es der Pastor für ungefährlich, sich bei Gott zu beschweren.

»Irgendwann wird sie es übertreiben«, meinte Mildred lachend. »Die anderen finden Pilze abscheulich, Knoblauch widerlich und sind sauer, daß Monika ganz ohne Schwarzmarkt so viel auf die Beine bringt. Und sie hoffen, daß sie damit auf die Nase fällt.«

»Hat sie nicht schon genug Kummer?«

»Sie hoffen, daß sie sich auch noch die Männer zu Feinden macht.«

»Für gewöhnlich hast du recht«, sagte der Pastor. »Arme Frau. Wir wissen wenigstens mehr oder weniger, was unsere zwei Flieger treiben.«

»Mehr oder weniger«, wiederholte Mildred. »Obwohl es mir manchmal so vorkommt, als würden sie ziemlich viel bei Polly herumhocken.«

»Sie kennen Polly von Kindesbeinen an. Eigentlich habe ich immer Calypso als potentielle Gefahr betrachtet, bevor sie sich häuslich niedergelassen hat.«

»Wobei man sich fragt, wie häuslich das ist.«

Der Pastor gab keine Antwort, sondern mühte sich weiter mit seiner Predigt ab; er wollte zum Frieden aufrufen, an den er glaubte, gleichzeitig aber auch den Gemeindemitgliedern Trost spenden, deren Söhne im Krieg waren.

Sophie, die die Ferien zu Hause verbrachte, lieh sich Mrs. Penroses Fahrrad aus, um in den Hafen von Newlyn zu fahren. Zwar war der Zugang zu den Kais ohne Passierschein verboten, doch sie hatte herausgefunden, daß man bei einem Kind ein Auge zudrückte, zumal wenn dieses Kind Eier mitbrachte, um sie gegen Fisch einzutauschen.

Nachdem sie sich für ihre Eier eine Languste eingehandelt

hatte, hockte sie sich neben einem belgischen Trawler, der am Kai vertäut lag, auf einen umgestülpten Hummerkorb und hörte den Fischern zu, die in unverständlichem Flämisch laut und ausgelassen von ihrem nächtlichen Fischzug berichteten. Männer in Zweier- und Dreiergrüppchen gesellten sich nach und nach dazu, schlugen sich gegenseitig auf die Schultern, brachen hie und da in Gelächter aus. Willy Penrose, ein Vetter zweiten Grades von Mrs. Penrose, kam vorbei und setzte sich auf einen Poller.

»Was ist los, Willy?«

Willy blickte um sich, dann sagte er: »Die haben gestern abend einen komischen Fang gemacht.«

»So, was denn?«

»Darf ich nich sagen. Bist du nich allmählich bißchen zu groß, um in' Hafen zu kommen?«

»Was ist denn passiert, Willy?«

»Großes Ehrenwort, daß du 'n Mund hältst?« Er blinzelte.

»Großes Ehrenwort, Willy.«

Willy beugte sich vor, steckte sich eine Zigarette in den Mund und legte die Hände schützend um das Streichholz.

»Zwischen Land's End und den Scillies is 'n deutsches Flugzeug runtergekommen. Der Pilot steigt aus. Der Belgier fischt ihn aus 'm Teich, bindet ihm 'ne Leine um die Füße und schleift ihn hinter sich her. Die Belgier mögen die Deutschen nich besonders.«

»O Gott, Willy!« Sophie sah ihn entgeistert an.

»Du hast mir dein großes Ehrenwort gegeben, stimmt's? Brauchst ja nich glauben, was ich sag, tun viele nich.«

»Ach Willy.«

»Und komm mir nich mehr in' Hafen, da hast du nichts zu suchen. Geh mit dein' Hummer nach Hause und komm mir nich wieder. Du bist jetzt 'n großes Mädchen, zu groß, um dich hier reinzuschleichen.«

Sophie kehrte zu ihrem Rad zurück, legte die Languste in den Korb und fuhr los. Eine halbe Stunde später, verfolgt von dem Bild des toten Piloten, der durchs Wasser geschleift wurde, rutschte sie auf einem Kuhfladen aus, fiel hin und schlug sich beide Knie auf. Während sie am Straßenrand saß und ihre

Wunden betrachtete, trug der Wind Stimmen aus einem nahe gelegenen Cottage herüber. Sie humpelte zu dem Haus und klopfte an die Tür. Als eine Frau aufmachte, deutete sie stumm auf ihre Knie. Die Frau führte sie hinein, ließ sie auf einem Stuhl Platz nehmen, wusch ihr die schmerzenden Wunden aus, gab ihr eine Tasse Tee und erklärte ihr, sobald der Vater mit dem Auto zurück sei, würde er sie nach Hause bringen.

»Das Fahrrad.« Sophie zitterte noch von dem Schock.

»Unser Tom, der holt es. Los, geh schon.«

Ein aufsässig wirkender Junge ging nach draußen und stellte das Fahrrad scheppernd ans Gartentor.

»Das ist das Fahrrad von Mrs. Penrose, nicht wahr?«

»Ja, sie hat es mir geliehen. Ist es beschädigt?«

»Nee.« Der Junge setzte sich bockig an den Küchentisch und legte beide Hände schützend auf eine Pappschachtel.

Seine Mutter warf ihm einen strengen Blick zu und griff den Streit wieder auf, den Sophie unterbrochen hatte: »Du bringst sie auf der Stelle diesem John zurück.«

»Geht nicht. Der gibt mir mein Messer nicht zurück.«

»Tu, was ich dir sage.«

»Das geht aber nicht.«

»Das einzige, was nicht geht, ist, daß du diese Dinger hier behältst.« Sie wandte sich an Sophie, die in kleinen Schlucken ihren Tee trank. »Tom hat sein Messer gegen Meerschweinchen eingetauscht, widerliche Dinger. Ich werf sie raus.«

»Tu's doch, ich will sie nicht.« Der Junge stieß die Schachtel zu seiner Mutter hinüber und stürzte aus dem Haus.

»Er bringt Tiere nach Hause und läßt sie dann eingehen«, sagte seine Mutter.

»Wirklich?«

»Junge Hunde, Kätzchen, Vögel, und alle gehen ein, wie wenn es nicht reichen täte, daß unsere Burschen umkommen.«

»Haben Sie einen Sohn beim Militär?«

»Nein, aber dieser Krieg macht mich richtig zornig. Gehörst du zu den Cuthbertsons oben auf der Klippe?«

»Ja.«

»Du hast deinen Cousin verloren. Ertrunken wahrscheinlich.«

»Ja.«

»Dann nimm du die Meerschweinchen. Toms Vater wird böse, weil er dauernd so Zeug nach Hause bringt. Wenn sich der Kerl wenigstens drum kümmern würde.«

Wenig später setzte Toms Vater Sophie, das Fahrrad und die Meerschweinchen zu Hause ab; Monika steckte sie zu den Kaninchen. An diesem Abend schaute der General vorbei und brachte eine Flasche billigen Sherry mit.

»Wenn Sie ihn nicht mögen, können Sie ihn zum Kochen verwenden.«

»Natürlich mag ich ihn. Sehen Sie mal, was Sophie heute bekommen hat.« Monika ging voran zum Tennisplatz. »Da«, sagte sie stolz.

»Donnerwetter, das weckt Erinnerungen. Ich hatte als Junge auch Meerschweinchen. Das Problem ist nur, daß sie sich schneller vermehren als die Kaninchen, das hat meine Mutter ganz verrückt gemacht.« Der General legte seinen Arm um Monikas Taille und drückte sie. »Erinnert mich an Peru«, sagte Monika und wich zur Seite aus. »Als Max eine Konzerttournee durch Südamerika machte, sind wir von Lima aus in die Berge gefahren, um uns die Dörfer anzusehen.«

»Die Frauen dort tragen angeblich Melonen. Schon von dem deutschen Flugzeug gehört? Wollte nach Hause hoppeln, aber eine Flugzeugabwehrkanone in Bristol landet einen Glückstreffer, was anderes war's nicht, und der Vogel geht vor Land's End im Wasser runter, belgischer Trawler fischt den Piloten auf, und als sie ihn nach Newlyn bringen, ist er tot.«

»Wie entsetzlich.« Monika sah den General tief betrübt an.

»Deutsche, Monika, das waren Deutsche. Ein feindliches Flugzeug, daran ist nichts Schreckliches.«

Monika ging stirnrunzelnd ins Haus.

»Wenn man nicht wüßte, daß sie sich um ihren Sohn Sorgen macht, würde man denken, sie hält zu den Deutschen«, sagte der General angewidert zu Sophie.

»Sie ist dagegen, daß überhaupt jemand getötet wird.«

»Weibischer Unsinn. Fang bloß nicht auch noch damit an. Man kann keinen Krieg führen, ohne zu töten, das geht doch nicht.«

»Sie hat den Krieg nicht gewollt.«

»Ich kann ihre Einstellung nicht verstehen, so eine hübsche Frau, so eine gute Köchin.«

Oben lag Monika mit dem Gesicht in den Kissen auf dem Bett und wünschte, Max würde für ein paar Tage kommen, in ihrer Muttersprache mit ihr reden, würde die ständige Belastung verringern, als Ausländerin in einem Land leben zu müssen, das sich mit ihrem Land im Krieg befand. Sie hatte die anderen in dem Glauben gelassen, daß die Angst vor Luftangriffen sie von London fernhielt. Tatsächlich zog sie es vor hierzubleiben, während Helena ein häusliches Ambiente schuf, das es Max ermöglichte, andere Musiker einzuladen und in der englischen Musikszene Fuß zu fassen. Mit Helenas Unterstützung war das für ihn leichter. Sobald er sich eingewöhnt hatte, würde Helenas bestimmender Einfluß abnehmen. Monika lag da und lauschte den Wellen, die sich an den Klippen brachen. Sie fürchtete das Meer, und zeitweise haßte sie die Engländer mit ihrer halsstarrigen Courage und ihrer gönnerhaften Freundlichkeit. Sie sehnte sich verzweifelt nach dem wienerischen Witz, nach dem Duft heißer Schokolade und nach anständigen Zigaretten. Max hatte ihr erzählt, man habe ihn um jeden Preis dazu überreden wollen, nach Amerika zu gehen, in ein Land, das sie noch weniger mochte als England. Sie war dankbar, daß er abgelehnt hatte. Sie öffnete die Schublade ihres Nachtkästchens und erlaubte sich einen längeren Blick auf einen Schnappschuß von Pauli. Seine mißbilligend gerunzelte Stirn verursachte ihr Schuldgefühle.

»Ist das dein Sohn?« Sie hatte Sophie nicht hereinkommen hören. »Ich habe geklopft.«

»Ich war in Gedanken weit weg. Ja, das ist Pauli. Falls er«, fügte sie hinzu, »noch am Leben ist.« Monika legte das Photo wieder in die Schublade.

»Der General ist gegangen. Er sagte, er kommt wieder mal vorbei.« Ihre Blicke trafen sich. »Er hat ein Auge auf dich geworfen.«

»Was soll das heißen?«

»Er ist auf dem besten Weg, sich in dich zu verlieben, wie Onkel Richard.« Beide lachten. »Bist du sehr unglücklich?«

»Nur ein Anfall von Heimweh, das ist alles.«

»Das reicht«, meinte Sophie. »In der Schule habe ich das die ganze Zeit. Findest du es hier fürchterlich?«

»Nur manchmal. Ich vermisse vor allem meine Muttersprache.«

»Das kann ich mir denken.«

»Max sagt, daß wir nur Englisch sprechen dürfen, daß wir lernen müssen, englisch zu denken, aber manchmal wehre ich mich dagegen. Und gerade habe ich an die Gerüche von zu Hause gedacht. Kannst du das verstehen?«

»Ja, das verstehe ich gut. In der Schule denke ich auch immer an den Duft der Kamillenwiese. Wie hat Pauli gerochen? Hoffentlich lerne ich ihn irgendwann kennen. Ihr werdet doch nicht sofort zurückkehren, oder? Wollt ihr euch gleich auf die Suche nach ihm machen, oder wird er euch suchen?«

»Wir werden nie zurückkehren. Juden ziehen immer weiter.«

»Dann wird er herkommen, und ich lerne ihn kennen. Ich wünschte«, sagte Sophie und schaute den dahineilenden Wolken nach, »ich wünschte, sie würden alle heimkommen. Walter wird nie mehr nach Hause kommen. Ach Monika.« Sie warf sich in Monikas Arme, erzählte von dem belgischen Trawler und was Willy Penrose gesagt hatte.

Nachdem Monika sie getröstet hatte, sagte sie: »Das erzählen wir aber niemandem.«

»Es würde ohnehin nichts nützen. Nur die andere Seite tut abscheuliche Dinge«, sagte Monika nüchtern.

»Aber...«

»Glaubst du, Oliver würde so etwas nicht tun oder Hector oder die Zwillinge?« sagte Monika voller Bitterkeit. »Sie bekommen dafür Orden. Blech, wie sie es nennen.«

»Das ist nicht dasselbe«, schluchzte Sophie. »Die Fischer waren keine Engländer.«

»Aber der Mann, der dir das erzählt hat, hat sich gefreut, nicht wahr? Er hat es gebilligt, oder? Er war Engländer.«

»Ja, ich nehme an... er war aus Cornwall.«

»Und wo ist da der Unterschied? Die Nazis sind nicht die einzigen.«

»Sie haben damit angefangen.«

»Wenn das alles irgendwann einmal ein Ende hat, spielt es für niemanden mehr eine Rolle, wer damit angefangen hat.« Monika strich über Sophies Haar. »Komm«, sagte sie, »hilf mir die Körbe für unsere tapfere Familie in London packen.«

»Einverstanden.«

»Bist du so lieb und bringst Mrs. Floyer ein paar Eier und Mr. Floyer ein Stück Butter? Er ißt nicht genug.«

Sophie lehnte das Fahrrad an die Veranda und betrat, ohne zu klopfen, das Pfarrhaus. Aus dem Souterrain hörte sie Mildred Floyers Stimme: »Nicht so laut«, übertönt vom Lärm mehrerer Kinder, die atemlos Fred Astairs *Putting on my top hat* sangen, während sie einen Steptanz um den Wasserboiler aufführten, ein launisches eisernes Ungetüm undefinierbaren Alters, in dem das Badewasser erhitzt wurde.

»Monika schickt Ihnen diese Eier, und die Butter ist für Mr. Floyer.« Sophie übergab ihr den Korb.

»Sie tut so, als würde ich ihn verhungern lassen. Er war schon immer dünn, dabei ißt er wie ein Pferd. Ach Kinder«, sagte sie mit erhobener Stimme, »macht doch nicht so viel Lärm, *bitte*.« Der Krach nahm etwas ab. »Komm mit in die Küche, Sophie. Mein Mann ist sehr dankbar für die Butter, aber wahrscheinlich gibt er sie jemandem, der sie seiner Meinung nach nötiger hat. Sag aber Monika nichts davon.«

»Bestimmt nicht. Ihrem Kindergarten geht es offenbar prima. Was machen die Nissen?«

»Wir haben sie im Griff.«

»Sie fühlen sich hier anscheinend wie zu Hause.«

»Das kann man wohl sagen. Ein paar sind heimgefahren, aber kaum fangen die Luftangriffe an, sind sie wieder da.«

»Es hat schon ewig keine mehr gegeben. Haben Sie was von Paul und David gehört?«

»Ja, sie kommen auf Urlaub, alle beide.«

»Wie schön.«

»Überhaupt nicht schön. Es ist nur ein Versetzungsurlaub, bevor es nach Übersee geht.« Mildred Floyer wirkte besorgt.

»So, wohin denn?«

»Das weiß ich nicht. Warum ist es schlimmer, sie in Übersee

zu wissen? Sie sind so oder so in Gefahr. Es ist ihr zweiter oder dritter Einsatz, ich zähle schon gar nicht mehr mit.«

»Kein Telefon. Briefe dauern eine Ewigkeit. Und man kann sich nicht vorstellen, wie es dort aussieht. Ich versuche immer...«

»Ja?«

»Ich versuche immer, mir Hector vorzustellen, wenn ich Calypso treffe, und natürlich Oliver, wenn ich Tante Sarah sehe.« Und sonst auch die ganze Zeit, dachte Sophie. »Vielleicht treffen sie sich alle irgendwo dort draußen und denken an zu Hause.«

Mildred stand mit Monikas Korb in der Hand neben dem Küchentisch. »Man kann sich so schwer vorstellen, was sich da abspielt. Hier bekommt man vom Krieg kaum etwas mit. Übungsmanöver natürlich schon, dann die Truppen in der Gegend von St. Ives und jetzt noch die Amerikaner, aber man sieht nie mit eigenen Augen, daß was passiert.«

In Gedanken sah Sophie den Körper vor sich, den der belgische Trawler hinter sich herschleifte. »Monika behauptet, daß beide Seiten abscheuliche Dinge tun.«

»Wie kann man nur so etwas Komisches behaupten. Vielleicht, weil sie hier fremd ist.«

»Meinen Sie?«

»Arme Monika. Denkt immer nur an ihren Sohn. Für Leute wie Monika gibt es anscheinend keine Möglichkeit, sich Gewißheit zu verschaffen. Man sollte denken, daß das Rote Kreuz...«

»Das Rote Kreuz hat angeblich keinen Zugang zu den Konzentrationslagern.«

»Ich glaube, ich hoffe, daß Monika übertreibt. Man kann wirklich schwer glauben, daß selbst jemand wie Hitler... das ist sicher unsere Propaganda... ich meine, die übertreibt wohl auch. Ich bin sicher, wenn der Krieg vorbei ist, stellt sich heraus, daß ihr Pauli wohlauf ist und die ganze Zeit etwas Nützliches getan hat.« Mildred klammerte sich an ihre christliche Moral.

»Ich glaube eher, daß er tot ist.«

»Sophie, wie kannst du so etwas Schreckliches sagen?«

»Wieso? Dann müßte er nicht so leiden.«

»Aber er leidet doch nicht, wenn er einen guten Job hat.«

»Er ist Pianist.«

»Dann unterhält er wahrscheinlich die Truppen. Die können doch nicht so anders sein als wir.«

»Aber er ist Jude, er darf nicht arbeiten.«

»Ach so.« Mildred verstaute die Eier. »Keiner von uns weiß, was wirklich los ist, und jetzt, wo die Jungen nach Übersee müssen, weiß ich nicht mehr, was ich denken soll. Wir hören die Nachrichten, aber im Grunde erfahren wir doch gar nichts, oder? Nur lauter Namen...«

»Tobruk, Kairo, El Alamein, Malta«, sagte Sophie.

»Bloß nicht Malta. Ich glaube, wenn man sie dahin schickt, werde ich verrückt.« Sie legte die Butter auf einen Teller und trug sie in die Speisekammer. »Ich kann es mir nicht leisten, verrückt zu werden«, fügte sie hinzu. »Ich habe alle Hände voll zu tun mit diesen vielen Kindern. Sag Monika, daß ich die Jungen diesmal bei mir haben möchte. Ich möchte sie unter meinem eigenen Dach haben, nachdem es...« Voller Verzweiflung begann Mildred zu weinen. »Tut mir leid, daß ich mich so dumm benehme.«

»Es wird nicht das letzte Mal sein«, sagte Sophie beherzt. »Weinen Sie nicht, Mrs. Floyer.« Sie gab Mildred ein Taschentuch.

»Ich glaube, das kommt von dieser Melodie«, sagte Mildred. »Diese Kinder singen sie seit sechs Wochen ohne Unterbrechung. Sie geht mir auf die Nerven.«

»Es ist die beste Melodie zum Steppen.« Sophie ertappte sich dabei, daß sie sie vor sich hin summte, als sie auf Feldwegen nach Hause strampelte. Als sie oben angekommen war, blickte sie aufs Meer hinaus, das mit weißen Schaumkronen gesprenkelt war. Der Klippenpfad unter ihr war mit Farngestrüpp und Brombeersträuchern überwuchert. Wäre da nicht der Stacheldraht gewesen, hätte es keine Spur mehr vom Schreckenslauf gegeben. »*Putting on my top hat*«, sang Sophie, während sie gegen den Wind anstrampelte. »Tra-la-la *my tails.*« Ihre Augen brannten vom eisigen Wind, der ihre Stimme davonwehte und sie im Gekreisch der Möwen an der Klippenflanke untergehen ließ.

29

Polly vergrub sich ganz in ihre Arbeit, ging früh zum Dienst und kam spät nach Hause. Sie zwang sich zuzuhören, zu schreiben, über nichts anderes zu reden als über ihre Arbeit. Sie versetzte die Leute, mit denen sie arbeitete, in Erstaunen, weil sie sich auf eine Tasse Tee zu ihnen setzte, mit ihnen zum Mittagessen ging und Einladungen auf einen Drink oder zum Essen annahm, die sie normalerweise abgelehnt hätte. Sobald sie nach Hause kam, stellte sie das Radio an oder telefonierte mit Freunden, ließ Bekanntschaften mit Leuten wieder aufleben, die sie hatte einschlafen lassen. Sie erweiterte ihren Bekanntenkreis, ging jedoch allen Leuten aus dem Weg, die ihr nahestanden, so daß sie nicht einmal wußte, wie es Helena, Calypso oder Sophie ging. Doch all das konnte nicht verhindern, daß sie in jenen stillen Stunden aufwachte, in der es zum Aufstehen noch zu früh und zum Einschlafen schon zu spät ist, daß sie wieder und wieder die nichtssagenden Worte voll falscher Fröhlichkeit hörte, die David und Paul auf dem Luftwaffenstützpunkt, von dem aus sie nach Nordafrika geflogen waren, ins Telefon geschrien hatten. Beide waren betrunken gewesen, und beide hatten Angst gehabt. Ein Amerikaner sollte sie hinfliegen. Beiden war es zuwider, wenn statt ihrer ein anderer an der Steuerung saß. Hätte Polly sich gefragt, ob sie zuletzt mit David oder mit Paul gesprochen hatte, hätte sie ebensowenig eine Antwort gewußt wie auf die Frage, mit welchem von beiden sie zuerst geschlafen hatte. Für sie waren die beiden ein Mann in doppelter Ausführung, ihre Geliebten. Sie wollte alle beide.

Nachdem sie fort waren, wurde sie wochenlang von Sorgen

und Trauer gequält. Da ihre Eltern sie entsprechend den schichtspezifischen starren Konventionen erzogen hatten, war sie völlig unvorbereitet auf die Situation, in der sie sich befand. Sie wurde mager und aufbrausend, machte Fehler bei der Arbeit, so daß ihr Chef sie eines Tages zu sich rufen ließ.

»Sind Sie krank?« Er betrachtete sie prüfend.

»Nein, keineswegs«, sagte sie abweisend.

»Haben Sie Sorgen? Ich möchte meine Nase natürlich nicht in Ihre Angelegenheiten stecken.« Er wandte den Blick ab.

»Nein, vielen Dank«, sagte sie steif.

»Daß Sie Ihre Eltern verloren haben und jetzt auch noch Ihren Bruder, ist sicher schwer für Sie...«

»Nein, ich bin froh, daß sie... ich bin froh, daß sie... na ja, sie würden sich nur einmischen... ich...« Haßerfüllt sah sie ihren Chef an.

»Ich glaube, Sie sollten lieber ein paar Tage Urlaub nehmen.« Verliebt in einen verheirateten Mann, kein Zweifel. »Fahren Sie irgendwohin, wo es ruhig ist. Sie mögen doch Cornwall, oder?«

»Um Himmels willen, bloß das nicht.«

»Versuchen Sie es mit Dartmoor. Kennen Sie die Gegend? Nein? Dann fahren Sie hin und wandern Sie in einer Umgebung, in der keine Manöver stattfinden. Wandern Sie bis zur Bewußtlosigkeit, und warten Sie ab, was Ihr Unterbewußtsein zutage fördert.«

Polly gestattete sich einen kurzen erstaunten Blick.

»Sie hätten mir wohl nicht zugetraut, daß ich Freud und Jung lese, habe ich recht? Also, fahren Sie nach Newton Abbot, nehmen Sie sich ein Taxi und – ich schreibe es Ihnen auf – übernachten Sie in diesem Gasthof. Können Sie reiten?«

»Ja.«

»Wenn Sie keine Lust mehr haben zu laufen, können Sie sich ein Pferd mieten, der Gastwirt hat mehrere. Ich wette, nach zehn Tagen oder so haben Sie die Antwort gefunden. Fahren Sie gleich morgen.«

»Vielen Dank.« Sie nahm den Zettel und ging hinaus. Er fragte sich, ob sie schwanger war, fragen konnte er sie schlecht. Verheiratete Männer waren ebenso potent wie Junggesellen.

Polly verließ das Büro und ließ ihre Arbeitskolleginnen

eifersüchtig und verwirrt zurück. »Sie ist sein Liebling, er hat sie nach Portugal mitgenommen. Warum nicht mich? Ich spreche Portugiesisch.«

»Ach, sei doch still. Bei ihrer Rückkehr hat sie erfahren, daß ihr Bruder gefallen ist.«

»Wirklich? Sie hat nie ein Wort gesagt...«

»Ich weiß es von jemand, der eine Freundin von ihm kennt, eine gewisse Elizabeth.«

»Ihre Eltern sind doch auch umgekommen, oder?«

»Ja, schon vorher. Wirklich Pech.«

»Ich weiß nicht recht, jetzt hat sie ihr Geld und ihr Haus. In gewisser Weise ganz angenehm. Mir würde das behagen, denn meine Familie mischt sich ständig in mein Leben ein.«

»Meine Mutter ist so beschäftigt, daß sie sich überhaupt nicht um mich kümmert. Solange meine Verdauung funktioniert und ich nicht schwanger bin, ist sie zufrieden.«

»Da seht nur.« Polly schaltete in den nächsten Gang, sobald sie die Kuppe des Hügels erreichten. »Ich liebe diesen Blick. Das Gelobte Land...« Die sanften Hügel von Dartmoor, die vor ihnen lagen, erstreckten sich im Westen bis zum Horizont.

»Wir könnten doch die Straße durchs Moor nehmen und da oben ein Picknick machen, was haltet ihr davon?« Iris beugte sich vom Rücksitz nach vorne. »Und der alte Junge kriegt ein bißchen Auslauf.« Bei dem Wort »Auslauf« erhob sich die Promenadenmischung auf dem Beifahrersitz und wedelte mit dem Schwanz.

»Es dauert länger«, sagte James, »ist aber wunderschön. Haben wir soviel Zeit?«

»Das Begräbnis ist doch erst morgen.«

»Sonst sind wir immer am Moor vorbeigefahren, weil wir es eilig hatten. Kennst du es überhaupt, Ma?«

»Eigentlich nicht. Ich war im Krieg mal ein paar Tage auf Urlaub hier. Zum Wandern und Reiten.«

»Hört sich gut an. Und wo hast du gewohnt?«

»Irgendwo zwischen Haytor und Manaton. Ich werde versuchen, den Flecken zu finden. Sitz«, sagte sie zu dem Hund. »Ich muß mich konzentrieren.«

Später saßen sie, an einen Felsen gelehnt, in der Sonne, verspeisten ihren Lunch, mampften Roggenbrot, Käse und Essiggurken und tranken dazu Wein. Der Hund tollte übermütig durchs Gestrüpp und sprang immer wieder hoch, um über die goldenen Farnwedel hinwegsehen zu können. Zwischen dem wogenden Farn war meist nur sein Schwanz zu erkennen. Die Herbstsonne schien warm auf ihre Gesichter.

»Schön ist das hier.« Iris legte sich auf den Rücken, streckte die Beine aus und wandte ihr Gesicht der Sonne zu. »Warum kommen wir nicht öfter hierher?«

»Wir haben es immer eilig, nach Cornwall zu kommen.« James lag da, auf einen Ellbogen gestützt, in der Hand einen Becher Wein. Er war zwei Jahre jünger als seine Schwester, hatte dasselbe kastanienfarbene Haar, doch während Iris braune Augen hatte, waren seine grün wie die von Polly. Seine Zähne standen ebenfalls etwas schräg.

»Mit wem warst du damals hier?«

»Allein. Ich hatte einen ziemlichen Tiefpunkt...«

»Warum?« fragte James interessiert. Seine Mutter sprach selten über persönliche Dinge.

»Wann war das?« fragte Iris beiläufig, um die zarte Erinnerung ja nicht abzublocken.

»Ich bin gewandert«, sagte Polly rückblickend. »Ich bin durch diese Moorlandschaft gewandert und über diesen Felsturm da drüben geklettert. Ich wollte mich müde laufen, um schlafen zu können. Ich hatte lange Zeit nicht richtig geschlafen – es war Krieg, ich machte mir Sorgen, und ich mußte eine Entscheidung treffen.« Die Geschwister wechselten einen Blick. »Ich dachte...« Polly sprach jetzt, als hätte sie fremde Menschen vor sich. »Ich dachte, daß ich sie aufgeben müßte, daß ich nicht den einen heiraten und den anderen stehenlassen könnte. Ich dachte, falls einer von ihnen umkäme, würde mir diese Entscheidung abgenommen. Ich war unglücklich. Mädchen wie mich hatte man dazu erzogen, sich ehrbar zu verhalten. Durch die Atmosphäre, die der Krieg schuf, wurde diese Einstellung erschüttert, aber die Erschütterung tat weh. Leute wie Calypso machten sich anscheinend keine Sorgen, aber ganz sicher bin ich mir da auch nicht. Ich habe Calypso nie sehr gut gekannt, das hat sie nicht zugelassen. Es gab Dutzende von Mädchen, die weiterhin tugendhaft waren, aber wir sind ausgebrochen.«

Polly streckte eine Hand aus, um den Hund zu streicheln, der sich wieder zu ihnen gesellt hatte. »Braver Junge. Hast du dich schön ausgetobt?« Iris und James saßen schweigend da und blickten über das Moor, das braun und purpurfarben in der Ferne lag.

»Dann habe ich mir ein Pferd gemietet und bin geritten. Weit ins Moor hinein. Bis dort hinüber.« Polly deutete auf die felsige Erhebung. »Ich bin um diesen felsigen Hügel herum geritten, und auf der anderen Seite, nicht sehr weit entfernt, lag im Heidemoor eine Farm; mit Steinmauern umzäunte grüne Felder, durch die sich ein breites Flußtal zog. Smaragdgrüne Felder, blauer Himmel, die Lerchen sangen, an die erinnere ich mich besonders gut. Und plötzlich kam eine Herde Lamas daher, die sich weiß vom Himmel abhob. Mein Pferd scheute und bäumte sich auf, die Lamas spuckten, das Pferd ging durch; meine Füße rutschten aus den Steigbügeln, und als das Pferd dann seitlich ausbrach, fiel ich herunter.«

»Lamas!« James und Iris lachten. »Warum hast du uns das nie erzählt? Was hatten die denn da zu suchen?«

»Die hatte man aus dem Zoo von Paignton evakuiert, wie ich später erfuhr.« Polly streichelte den Kopf des Hundes, den Blick auf den fernen Felsturm gerichtet, der mal in der Sonne lag, dann wieder im Schatten, wenn die aus Westen heranziehenden Wolken sich vor die Sonne schoben. »Ich hatte eine Gehirnerschütterung. Ein Farmer fand mich und brachte mich zurück. Sie verfrachteten mich in die Dorfklinik, wo alle sehr nett zu mir waren. Kein Mensch wußte was von den Lamas, alle dachten, ich würde phantasieren oder so was. Aber der Arzt stellte fest, daß es dort wirklich Lamas gab, nur wußte niemand etwas davon; und daß ich auf einem Pferd daherkommen würde, konnte ja schließlich keiner ahnen.«

»Ich dachte immer ...«

»Es war Krieg. Die Menschen hatten sich so in ihr eigenes kleines Leben verkrochen, daß sie nicht unbedingt wußten, was im nächsten Sprengel vor sich ging. Deshalb denke ich auch oft, daß die Deutschen, die behaupten, sie hätten nichts von den

Konzentrationslagern gewußt, vielleicht die Wahrheit sagen. Jedenfalls ...« Sie zupfte den Hund, der verträumt zu ihr aufsah, sanft an den Ohren.

»Jedenfalls?« wiederholte Iris beinahe flüsternd.

»Jedenfalls«, fuhr Polly fort, »stellte sich heraus, daß ich mit dem Arzt gut reden konnte. Ich erzählte ihm von meinem Dilemma. Er war ein netter, gütiger Mensch.« Polly rief sich das Bett im Dorfkrankenhaus in Erinnerung. Iris und James wechselten ungeduldige Blicke, während sie schwieg. »Er gab mir keinen Rat. Er setzte sich auf die Bettkante und erzählte von Nepal. Er hatte an einer Expedition teilgenommen und erzählte mir von den Frauen, die mit mehreren Männern zusammenlebten. Eines Morgens meinte er, es ginge mir jetzt gut genug, um nach London zurückzufahren, und ...«

»Und?« Iris zog das Wort seufzend in die Länge.

»Er schüttelte mir die Hand und sagte: ›Was Sie vorhaben, verstößt nicht gegen das Gesetz.‹ Er hatte erraten, daß ich keinen von beiden aufgeben wollte. Und so«, Polly sah zum erstenmal, seit sie mit ihrer Erzählung begonnen hatte, ihren Sohn und ihre Tochter an, »und so seid ihr zwei zustande gekommen. Und jetzt«, sagte sie, während sie aufstand, »muß ich pinkeln, und dann müssen wir uns auf den Weg machen.« Damit verschwand sie hinter ein paar Felsbrocken.

»Vermutlich wäre es zuviel verlangt, sie zu fragen, wer wessen Kind ist oder ob wir von einem oder beiden abstammen?« sagte James zu seiner Schwester.

»Viel zuviel. Sie sind austauschbar. Ich glaube, sie weiß es selbst nicht. Wir haben schon oft darüber gesprochen; weiter werden wir nie kommen. Ich muß auch pinkeln.« Iris bahnte sich den Weg durchs Farngestrüpp. James sammelte die Überreste der Mahlzeit auf und packte alles in den Korb. Als Polly zurückkam, fiel ihr Schatten auf ihren knienden Sohn. Er sah zu ihr auf, und ihr Herz setzte einen Schlag aus, weil er den Zwillingen so ähnlich war. Er stand auf und gab ihr einen Kuß.

»Alter Gierschlund.« Seine Stimme war voller Zuneigung.

»Genau das haben alle gesagt.«

»Was haben sie gesagt?« Iris zog im Gehen ihren Pullover über die schmalen Hüften nach unten.

»Daß ich gierig und egoistisch bin.«

»Na Gott sei Dank!« Ohne es zu bestreiten, gab Iris ihrer Mutter einen raschen Kuß auf die Wange und fügte hinzu: »Wir empfinden das nicht so.«

»Seht euch nur diesen Himmel an, da braut sich ein Wetter zusammen.« James zeigte nach Westen. »Richtiges Begräbniswetter. Ich bin gespannt, wer außer uns noch kommt. Ich glaube fast, es wäre für alle furchtbar gewesen, wenn du einen von beiden geheiratet hättest.«

»Aber sicher.«

»Es ist nett von dir, daß du uns wenigstens ein bißchen was erzählst. Vermutlich bist du der Ansicht, jetzt, wo wir in den besten Jahren sind, ist es...«

»In den besten Jahren?« protestierte Polly. »Wohl kaum.«

»Ich bin fast dreißig...«

»Ich weiß nicht, wann man in den besten Jahren ist. Seht euch Helena an, sie ist fast neunzig, ihre besten Jahre müssen ziemlich spät angefangen haben.« Iris verstaute den Picknickkorb zwischen dem Gepäck.

»Diese Generation war zäh. Deine auch.«

»Zäh, gierig, egoistisch und so weiter«, sagte Polly leichthin. »Wir standen unter Druck. Menschen reagieren anders unter Druck. Wir haben uns großartig amüsiert...«

»...und lauter lustige Sachen erlebt, wie es scheint. Warum hast du uns nie von den Lamas erzählt?«

»Das war eine persönliche Angelegenheit.« Polly ließ den Motor an. »Ging niemanden etwas an.« Daß sie damit nicht die Lamas meinte, war ihren Kindern klar.

»Gab es bei deiner spießigen Verwandtschaft denn kein großes Gezeter?« Das hatte sich Iris schon oft gefragt.

»Sie haben es ewig lang gar nicht bemerkt. Und als sie es dann merkten, ging das schon so lange, daß andere Leute viel interessanter waren. Erst zog Calypso ihre Aufmerksamkeit auf sich, dann Monika. Dazu kam die liberale Einstellung des Pastorenehepaars und, ach, ich weiß nicht, irgendwie wußten alle Bescheid und hatten sich daran gewöhnt, bevor sie auf die Idee kamen, schockiert zu sein. Es hat niemandem geschadet, warum also sich Gedanken machen?«

»Das war vermutlich deiner Schlauheit zu verdanken, stimmt's?«

»Vielleicht hast du recht. Ja, wahrscheinlich.«

»Warst du eine Einzelgängerin?«

»In mancher Beziehung schon. Aber denkt euch nichts, Calypso ist eine Einzelgängerin, und Sophie hat sich auch als ausgesprochene Eigenbrötlerin entpuppt. Das war eben unsere Art, sich gegen die Erziehung aufzulehnen.«

»Und es hat euch Spaß gemacht.« James, der sich auf dem Rücksitz rekelte, genoß die Aussicht.

»Ja«, sagte seine Mutter, »und wie.«

»Seht mal, es blitzt.« Iris zeigte nach vorn. »Und gleich wird es in Strömen regnen.«

»Sophie hat uns früher immer von den Herbststürmen erzählt. Vom heulenden Wind, von den Wellen, die an die Klippen donnerten, und den schweren Regenfällen. Hoffentlich holen wir uns nicht alle den Tod und leisten Max auf diese Weise Gesellschaft.«

»War er wirklich ein solcher Schürzenjäger?« Iris, die mit einer Legende aufgewachsen war, wollte die Wahrheit erfahren.

»Ach, ich weiß nicht recht. Manche Männer greifen nach der Flasche, wenn sie Probleme haben; Max griff sich das nächste Mädchen, und wenn das Mädchen Probleme hatte, war er großartig im Trösten. Nein, als Schürzenjäger würde ich ihn nicht bezeichnen, höchstens als rührig.« Während Polly in das Gewitter hineinfuhr, lächelte sie bei dem Gedanken an alte Zeiten.

»Hat er dich auch mal getröstet?« wagte James zu fragen.

»Das habe ich nicht gesagt.« Die Geschwister lächelten sich an.

»Ich bin gespannt, ob bei diesem abscheulichen Wetter überhaupt jemand aufkreuzt. Seht euch das an!«

Der Regen, der schräg aus Westen einfiel, klatschte auf die Windschutzscheibe. Der Hund rutschte vom Beifahrersitz und kauerte sich unter das Armaturenbrett, und Polly mußte zu ihrer Verwunderung plötzlich an einen Sonntag nachmittag zur Zeit der Landung in der Normandie denken. Damals hatte Max sie allein angetroffen und daraufhin zum Bett geleitet, hatte mit ihr geschlafen und ihre aufgestauten Ängste liebevoll und geschickt gelindert. »Ich tue das den Zwillingen zuliebe, meine liebe Polly. Du machst dir Sorgen um sie, und ich mache mir Sorgen um Monika und Helena. Und wenn ich Sorgen habe, werde ich bei Monika und Helena immer ganz scharf. Nur leider machen beide ihren Laden dicht. Aber du machst mir auf, ja?« Die sechzigjährige Polly lachte vergnügt, während sie den Scheibenwischer schneller stellte.

»Was gibt es denn zu lachen?«

»Ich mußte gerade an die Landung in der Normandie denken...«

»Die Zwillinge waren dabei, nicht wahr?«

»Und ob sie dabei waren. Ich war ganz krank vor Sorge.«

»Und warum lachst du dann?« fragte Iris verwirrt.

»Max hat mich aufgeheitert. Er hatte ein großes Talent, andere in gute Laune zu versetzen. Du solltest das wissen, du bist in seinen Konzerten gewesen.«

»Du hast nicht so gelacht, als würdest du dich an ein Konzert erinnern...«

»Was könnte es sonst wohl sein...«, murmelte Iris, so daß nur ihr Bruder es hören konnte. Sie lächelten sich verständnisinnig an, erheitert über ihre Mutter und deren Eskapaden.

»Und weshalb machte Max sich Sorgen? Mit seiner Karriere ging es im Krieg doch steil bergauf.« Iris versuchte sich den weißhaarigen alten Mann, dessen Begräbnis sie bald beiwohnen würden, mit ihrer Mutter im Bett vorzustellen.

»Er hatte eine ganze Menge Sorgen. Mit seiner Karriere lief es phantastisch, aber der Krieg war für ihn eine Höllenqual. Er machte sich Sorgen um Monika, weil diese sich so große Sorgen machte, und die Angst um Pauli fraß ihn schier auf. Er hatte kaum noch Hoffnung, ihn jemals wiederzusehen. Er sprach oft von ihm und meinte, er würde ein großartiger Pianist werden, falls er überlebte.«

»Wieviel haben die Leute eigentlich gewußt?«

»Gerüchte. Nachrichten, die auf dem Weg über neutrale Länder durchsickerten. Wenn wir das Ausmaß der Schrecken gekannt hätten, wäre das unerträglich gewesen. Flüchtlinge wie Max hörten immer wieder Einzelheiten von Leuten, die auf dem

Umweg über die Schweiz oder Schweden Post erhielten. Jedesmal, wenn Max ein abscheuliches Gerücht zu Ohren gekommen war, spielte er besser. Der Kummer nährte sein Genie, seine Gefühle flossen in seinen Bogen.« Polly machte eine Pause und blickte angestrengt auf die Straße.

»Und in seine Eier«, füllte James die Pause aus.

»Um ehrlich zu sein, ja.« Pollys Mundwinkel zuckten. »Das ist wohl kaum eine passende Erinnerung an einen Toten.«

»Du sprichst mit uns so selten über persönliche Dinge. Wir finden das schön.«

»Ich dachte, wir reden über Max.«

»In Verbindung mit dir.«

»Wir waren alle miteinander verbunden.« Pollys Ton machte deutlich, daß sie dieses Thema als beendet betrachtete. Während sie ihren Blick auf die Straße und den peitschenden Regen richtete, dachte sie, daß Tonbänder und Schallplatten nie den großen, hageren Mann ersetzen würden, der einmal unten in der Küche für sie gespielt hatte, nachdem er vom Tod eines engen Freundes erfahren hatte. »Angeblich ist er in einem Krankenhaus gestorben, das wird jedenfalls behauptet, aber ich habe erfahren, daß Tausende von Menschen vergast werden...«

»Das glaube ich einfach nicht«, hatte sie empört ausgerufen, »es ist zu abscheulich.« Er hatte seine Geige geholt und so eindringlich und traurig gespielt, daß sie um seinen Freund geweint hatte, dessen Namen sie nicht einmal kannte, und diesmal war sie es gewesen, die die Arme nach ihm ausgestreckt hatte.

»Es hört sich an, als hättet ihr euch intensiv umeinander gekümmert«, sagte Pollys Tochter Iris, die gute Taten vollbrachte, um ihr Gewissen zu beruhigen, obwohl sie keinen Grund hatte, sich in irgendeiner Weise schuldig zu fühlen, da sie als guter Mensch zur Welt gekommen war.

»Nicht genug, wie sich bei Calypso herausstellte. Freilich war es zum Teil ihre eigene Schuld, einen verschlosseneren Menschen kann man sich kaum vorstellen.«

»Ich bin gespannt, ob sie zur Beerdigung kommt«, meinte James.

»Hamish fährt Helena hin, also ist es unwahrscheinlich«, sagte Iris.

»Hamish legt Wert auf die Ehre, das Familienoberhaupt zu kutschieren«, sagte ihr Bruder, der sich angeboten und einen Korb bekommen hatte. »Außerdem hat er das bequemste Auto.«

30

Helena freute sich auf Richards letzte Tanzstunde. Ein Lichtschimmer am Ende des Tunnels der Langeweile bestimmte jetzt ihre Tage. Zugegeben, Richard verfrachtete die leeren Freßkörbe nach Paddington und holte die vollen dort ab. Zugegeben, er ging jeden Mittag zum Lunch in seinen Club, wo er Männer traf, die jünger waren als er und jetzt hohe Positionen bekleideten, Männer, mit denen er im Ersten Weltkrieg gedient hatte. Zugegeben, er blieb an den meisten Tagen fort, bis es dunkel wurde, doch er kam stets rechtzeitig zum Fünf-Uhr-Tee zurück und blieb dann da, um sich entweder mit ihr zu unterhalten, falls sie bereit war zuzuhören, oder mit Max, sofern er zu Hause war; und er plauderte unermüdlich mit Max' Musikerfreunden, die häufig zum Abendessen blieben und von den Pasteten, Kompotten und Fleischtöpfen mit frischem Gemüse kosteten, mit denen Monika die Körbe gefüllt hatte. Der reichhaltige Vorrat an Eiern und Butter bescherte Helena manch geselligen Abend, obwohl sie sich nach nichts anderem sehnte, als mit ihrem Geliebten allein zu sein.

»Du bist ungeduldig, meine liebe Helena.«

»Seine neuen Anzüge sind fertig, er hat für Monika eingekauft, jetzt könnte er wirklich nach Hause fahren.«

»Er genießt seinen Aufenthalt hier. Er ist den ganzen Tag unterwegs, im Gegensatz zu mir. Komm lieber ein bißchen mit ins Bett. Ich habe um drei Uhr eine Probe, da bleibt uns gerade noch Zeit.« Max drückte sie an sich, streichelte ihren Rücken, küßte sie auf den Hals und warf dabei einen Blick über ihre Schulter auf die Armbanduhr. Viertel vor zwei. »Komm, mein

Dickerchen.« Er rieb seine Nase an ihrem Hals. »Du riechst gut.«

»Er könnte plötzlich hereinkommen. Er kommt manchmal zurück und geht dann wieder fort.«

»Dann geht er eben wieder fort. Laß mich rein.« Er schubste sie aufs Sofa.

»Max!« Ein symbolischer Protest. »Also wirklich!«

»Schon gut, entspann dich und genieße...«

»Oje, jetzt läutet das Telefon...«

»Dann laß es läuten, wir spielen zu dem Geklingel eine Symphonie. Das Telefon hat zwar keine Seele, aber ich werde versuchen zu dirigieren. Na also, das war gut, nicht wahr?«

»Für dich.« Helena heulte vor Wut.

»Du bist nervös.« Er umarmte sie zärtlich. »Wo ist dein Phlegma geblieben?«

Helena zog ihren Rock herunter. »Ich wünschte, du würdest mich nicht so nennen, das bringt die Leute zum Lachen.«

»Die Leute kennen deinen Spitznamen doch gar nicht.«

»Manchmal denkst du nicht dran und nennst mich... äh... nennst mich vor deinen Freunden so.«

»Aber meine Kleine. Jüdische Flüchtlinge wissen doch gar nicht, was das bedeutet. Sie denken, ich nenne dich meine Heldin, sie denken, ›Phlegma‹ ist so was wie der Geist von Dünkirchen oder was weiß ich.«

»Trotzdem...« Helena küßte ihn nachgiebig aufs Ohr.

»Ich muß gehen. Bei der Probe warten sie sicher schon auf mich.« Er gab ihr einen herzhaften Kuß. »Falls ich ein paar Freunde mitbringen sollte – haben wir was zu essen? Ich mache ein Omelett. Ludwigs Frau macht Omeletts aus Eipulver, Natron, damit das Eipulver aufgeht, und eine Salatsauce mit Rizinusöl. Er war noch nie so gesund.« Max strich sich das Haar glatt, zog seine Krawatte zurecht, beugte sich hinunter, um sie zu küssen, während er seine Hose zuknöpfte.

»Richard hat heute morgen einen Freßkorb abgeholt«, sagte sie steif.

»Ausgezeichnet. Wiedersehen.« Auf der Schwelle traf er Richard. »Hättest du Lust, mein Lieber, zur Probe mitzukommen? Ich mache mich gerade auf den Weg.«

»Und ob«, sagte Richard und machte auf dem Absatz kehrt. »Weißt du was, ich habe General de Gaulle auf dem Piccadilly am Ritz vorbeigehen sehen, sah einsam aus, der arme Kerl, trägt seine große Nase ziemlich hoch.«

Mißbilligend sah Helena den beiden nach, bis sie, die Köpfe zusammengesteckt und angeregt plaudernd, um die Ecke bogen. Es ärgerte sie, daß sie sich so gut verstanden. »Verdammt, verdammt, verdammt!« schrie sie in ihr leeres Wohnzimmer. Sie schüttelte die Sofakissen auf und packte dann den Korb aus, um ein kaltes Abendessen vorzubereiten. Max kam von seinen Proben nie ohne zwei oder mehr Freunde zurück. Wenn er mich heute abend »Phlegma« nennt, schlage ich zu, nahm sie sich vor, oder verweigere mich ihm. Sie lachte, als es draußen klingelte. Vor der Tür stand ihre Schwägerin.

»Sarah, meine Liebe, wie schön.«

»Ich habe angerufen. Wahrscheinlich warst du gerade fort.«

»Nein, nein, ich habe es schon gehört, aber wir waren ... ich war auf der Toilette. Komm doch herein.«

»Ich war nicht sicher, ob du zu sprechen bist.«

»Was soll das heißen, nicht zu sprechen. Da bin ich doch.«

»Ich meinte, ob du beschäftigt bist«, sagte Sarah, die sich gefragt hatte, ob Helena mit Max im Bett gewesen war. »Bist du beschäftigt?«

»Ich wollte gerade das Abendessen herrichten. Max hat Richard zur Probe mitgenommen. Ach Sarah, glaubst du, er fährt jemals wieder nach Hause?«

»Was sollte ihn denn daran hindern?«

»Er genießt es hier. Er sagt, er bekommt den Krieg aus nächster Nähe mit.«

»Ich dachte, er ist hergekommen, um zum Schneider zu gehen und Einkäufe zu machen.«

»Kannst du zum Abendessen bleiben? Die Sachen vom Schneider sind fertig, seine Einkäufe hat er erledigt, er war in sämtlichen Kinos und im Windmill, er hat seinen Tanzkurs so gut wie beendet, aber er macht keinerlei Anstalten abzureisen. Ich sage dir, er amüsiert sich richtig.«

»Das ist doch prima.« Sarah, die Helena in die Küche gefolgt war, half ihr beim Auspacken. »So viele gute Sachen!«

»Monika ist schlau. Hält mich nicht für eine grandiose Köchin und schickt deshalb eine Menge fertiges Zeug. Natürlich hat sie recht. Könntest du das hier mal aufschneiden und auf eine Platte richten? Ich weiß nie, wie viele Leute Max mit nach Hause bringt. Nur gut, daß dieser Korb heute gekommen ist. Richard holt die Dinger immer ab und schickt die leeren zurück; wenigstens diese Aufgabe hat er übernommen.«

»Was ist das denn?« Sarah suchte ein Messer.

»Hühnchen, Kaninchen, du kannst beides mischen. Und da ist noch Pastete. Mit Getränken sind wir allerdings ziemlich knapp.«

»Ich habe eine Flasche mitgebracht.«

»Großartig, Sarah! Man kommt so schwer an das Zeug ran.«

»Und was macht der arme alte Junge sonst so?«

»Mir auf die Nerven gehen. Du brauchst diese Dinger nur zerlegen, da ist eine Platte. Er geht in seinen Club und zählt Generäle. Viele von ihnen kennt er aus seiner Jugend. Dann streicht er auf den Straßen herum.«

»Was meinst du mit ›herumstreichen‹?« fragte Sarah besorgt.

»Er streicht im Clubviertel herum und in Whitehall; manchmal kommt er mir vor wie ein Kind, Sarah. Er ist ganz aufgeregt, wenn er General Eisenhower oder Brooke oder Alexander oder sonst eine Persönlichkeit sieht, die in den Nachrichten vorkommt. Heute früh hat er General de Gaulle gesehen. Ich habe gehört, wie er es Max erzählt hat.«

»Erscheint mir ziemlich harmlos«, meinte Sarah erleichtert.

»Er ist dein Bruder, du weißt, daß er harmlos ist. Ich bin diejenige, die leidet. Ich möchte, daß er nach Hause fährt. Er geht davon aus, daß er das Recht hat, in diesen Häusern zu wohnen, nur weil ich sie gekauft habe.« Helena begann heftig zu weinen. »Ich möchte mit Max allein sein. Der Himmel weiß, wie selten das vorkommt, er ist furchtbar gesellig, lädt ständig Leute zu uns ein. Wenn ich nicht einmal nachts mit ihm allein sein kann, wann dann? Lach nicht, Sarah, das ist überhaupt nicht lustig.«

»Ist es schon. Was ist mit Monika? Ich dachte, Richard und sie...«

»Dachte ich auch, aber sie schickt Unmengen von Lebensmitteln, sie hält das Haus in Cornwall viel besser in Schuß als ich jemals zuvor, und offenbar steht sie auf sehr vertrautem Fuß mit dem General, den Floyers und den Dorfbewohnern.«

»Warum lädst du sie nicht nach London ein?«

»Himmel, bloß das nicht. Außerdem kann sie die Hühner und die Kuh nicht alleinlassen. Nein, Sarah, er muß weg von hier, er ruiniert mein Leben.«

»Ich werde mir Mühe geben, mir irgendwas einfallen zu lassen. Übrigens muß ich unbedingt mit Calypso reden. Sie macht einen großen Bogen um ihre Eltern, und die sind ganz aus dem Häuschen vor Sorgen.«

»Kein Grund, sie gehört auch zu denen, die den Krieg genießen.«

»Sie ist doch schwanger.«

»Das eine schließt das andere nicht aus.«

»Wirklich?«

»Jedenfalls was ich so höre. Nie zu Hause. Trifft sich zum Lunch, zum Abendessen und zum Tanzen mit Franzosen, Polen, Amerikanern, Belgiern, Australiern. Sogar mit einem Sikh hat man sie gesehen, das nächste Mal wird es ein Schwarzer sein.«

»Es gibt keine schwarzen Offiziere.«

»Ist auch gut so. Sie arbeitet nicht mehr, also hat sie jede Menge Zeit und dazu dieses phantastische Haus.«

Nachdem sich Calypso nach dem Lunch von ihrem Begleiter, einem Offizier der französischen Brigade mit dem Pseudonym einer Pariser Metrostation, verabschiedet hatte und auf dem Deck eines Busses Richtung Kensington fuhr, bemerkte sie von ihrem erhöhten Sitzplatz aus Onkel Richard, der mit Max die Knightsbridge entlanggging; er hinkte behende neben dem Geiger einher, der sein übliches Tempo drosselte, um es dem des älteren Mannes anzupassen. Der Bus raste die Kensington Gore entlang. Sie stieg am Broad Walk aus, um Fling im Park laufen zu lassen. Über der gewaltigen Ulmenallee hing ein Schleier aus dunstigem Grün, der vor dem blassen, noch winterkalten Himmel nahezu unsichtbar war. Am Nordende des Parks tanzten trübe ein paar Sperrballons. Calypso steuerte durchs Gras an den Sportanlagen vorbei zur Serpentine, wo sich die Enten immer noch zur gewohnten Fütterung zusammenscharten, während die dafür zuständigen Kindermädchen und Kinder längst aufs Land evakuiert waren. Sie war dankbar für den breiten Grasstreifen, seit Ausbruch des Krieges vereinsamt, von Pekinesen, Dackeln und Pudeln verlassen. Fling verbellte ein Eichhörnchen, das, verschlafen vom langen Winter, eine Papiertüte untersuchte. Die Anlagen wirkten vernachlässigt und ungepflegt, umgekippte Parkbänke, die einen Anstrich gebraucht hätten, rastlose Papierfetzen, die der frostige Wind vor sich her trieb. Voll wehmütiger Gedanken machte sie kehrt und ging zum Round Pond, aber niemand ließ Spielzeugboote schwimmen, keine Modelljachten segelten umher. Ein Vandale hatte eine Parkbank ins Wasser geworfen; Möwen hockten aufgereiht auf ihrer Lehne. Hier hatte Oliver sie früher einmal ins Wasser geschubst. Sie hatte bis zur Taille im eisigen Wasser gesessen und geschrien, während Walter, von seinem Cousin angesteckt, erst Polly hineingeschubst und dann dem Kindermädchen einen Stoß versetzt hatte, als dieses sich vornüberbeugte, um die beiden herauszufischen, ohne sich die Füße naßzumachen. Calypso erinnerte sich, daß es bei der Rückkehr in Tante Sarahs Haus ein Riesendonnerwetter gegeben hatte und anschließend heißen Tee und warme Teekuchen. Die Möwen erhoben sich kreischend und flogen nach Westen. Ein Soldat spazierte vorbei, ohne sich mit einem Mädchen zu treffen, ohne ein Rendezvous zu haben. Sie ging schneller, steuerte auf den streng symmetrisch angelegten Teil des Parks zu. Fling lief unterdessen zwischen den Teichen umher, um nachzusehen, ob die emsigen Bleßhühner und Enten in ihrer winzigen Schilfgraswelt bereits nisteten, und als er sich über den Uferrand beugte, erhaschte er einen Blick auf sein bärtiges Spiegelbild und sprang bellend zurück. Die Hände in die Taschen vergraben, kehrte Calypso zur Serpentine und in den nördlichen Teil des Parks zurück, beobachtete die Wildenten, die auf der Jagd nach Enten übers Wasser schlitterten, sich dann in die Luft schwangen und über den St. James's Park dahinflogen, während sich ihr Gequake im abendlichen Himmel verlor. Unten in der Senke trat sie ans Geländer. Ein Teichhuhn spazierte mit ruckartigen Schritten aus dem Gebüsch, und Kaninchen, unberührt vom Krieg, hoppelten langsam durchs Gras. Hector hatte ihr eingeschärft aufzupassen, daß sich Fling nicht durch die Stäbe zwängte und auf die Tiere Jagd machte; er hatte einmal einen Jagdhund gehabt, der über das Geländer gesprungen war und ein Chaos verursacht hatte. Sie ging weiter zur Rotten Row, schäbig und trist, ihrer Gitter beraubt. Hector war erbost gewesen, hatte im Unterhaus unangenehme Fragen gestellt und auf unfeine Weise Lord Beaverbrook die Schuld an der Entweihung der Londoner Parks und Plätze gegeben, weil dieser die aus den Kanonen des Peninsularkrieges und von Waterloo hergestellten Gitter hatte wegreißen lassen. Sie mußte daran denken, wie sie im 400 mit ihm getanzt hatte, eng an ihn geschmiegt, wie sich sein an ihren Körper gepreßtes Glied vor Verlangen aufgerichtet hatte. Als sie jetzt an dem verlassenen Reitweg stand, spürte sie im Nachhinein einen Stich. Angewidert starrte sie auf den wachsenden Schuttberg aus zerbombten Häusern, der sich auf dem Fußballplatz des Garderegiments auftürmte. Befanden sich unter all dem Schutt Knochen von Menschen, von denen keiner wußte, kostbare Möbelstücke, Kunstgegenstände? Sie schlängelte sich zwischen den fahrenden Autos hindurch über den Platz an der Hyde Park Corner, ging am Palast vorbei und tauchte, erschöpft, in das Straßengewirr rund um die französische Botschaft ein. Sie mußte innerlich lachen, als sie auf dem Weg zur U-Bahn auf einmal Polly entdeckte, die ihr Fahrrad aus einem Bürogebäude schob und in Richtung Knightsbridge fuhr. Sie betrachtete den häßlichen Kasten, in dem Polly ihre geheime Arbeit verrichtete. Ihr eigener Arbeitsplatz lag zwei Häuser entfernt. Beide hatten schwören müssen, niemandem zu verraten, wo sich ihre Büros befanden. Wir hätten uns leicht zum Lunch treffen können, überlegte sie, und mußte an die vielen lächerlichen, als *Top Secret* gekennzeichneten Schriftstücke denken, die häufig Informationen enthielten, die man ebensogut dem *Daily Mirror* entnehmen konnte.

Als sie den Schlüssel ins Schloß steckte, klingelte das Telefon.

»Hallo«, sagte sie. »Hallo.«

»Ein Telegramm.«

»Ja?«

»Für Mrs. Calypso Grant.«

»Ich bin Calypso Grant. Ja, bitte lesen Sie es vor... ja, ich habe verstanden. Ja. Nein... ja, eine Abschrift. Ja bitte. Danke.« Sie legte den Hörer auf die Gabel und bückte sich, um Fling von der Leine zu lassen. Beim Betreten des Hauses hatte sie in der Eile die Tür offengelassen. Die Platanen auf der Straße sprenkelten den Gehsteig mit ihren Schatten, auf dem Fluß hupte ein Schleppdampfer. Sie machte die Tür zu und horchte in die Stille des Hauses. Dann ging sie in die Toilette neben der Garderobe und übergab sich. Sie spritzte sich kaltes Wasser ins Gesicht und spülte sich den Mund aus, um den nachhaltigen Gallegeschmack loszuwerden.

»Was zum Teufel hatte er da zu suchen?« sagte sie zu ihrem Hund. »Ich dachte, in Kairo sei er sicher.« Sie trocknete sich das Gesicht ab und sah sich in der Garderobe um. Schirme, ein Jagdstuhl, Gummistiefel, ein alter Filzhut, eine Spy-Karikatur seines Großvaters an der Wand, ein schwacher Geruch nach Haaröl und Tabak. Sie setzte sich auf die unterste Treppenstufe. Fling hockte sich neben sie, preßte seinen rauhen kleinen Körper an ihre Beine. Sie lehnte den Kopf ans Geländer und wartete darauf, daß ihre Kraft zurückkehrte. Als sie die Augen aufschlug, war es Nacht. Sie verspürte ein eigenartiges Pulsieren in ihrem Bauch. »Aha«, sagte sie grimmig. »Da bist du ja. Aber er wird nicht dasein, um dich zu begrüßen, und ich will dich eigentlich gar nicht.«

31

»Das war ein richtig schöner Abend.« Sarah half Helena, den Tisch abzuräumen. »Und du hast uns alle neun satt gekriegt. Ein köstliches Essen, erinnert mich an die Zeit vor dem Krieg.«

»Ohne Monika hätte ich das nicht geschafft.« Helena trug ein Tablett in die Küche, wobei sie vorsichtig die steilen Stufen hinunterstieg. Wenn die Häuser den Krieg überlebten, wollte sie sie von Grund auf umgestalten. Sie umrundete einen Stuhl im Gang, auf den die Männer ihre Mäntel getürmt hatten, zwängte sich an Ludwigs Cellokasten vorbei, der neben den Schirmen an der Wand lehnte. Sie verfluchte nicht nur Ludwigs Instrument, sondern auch seine Frau Irena, die die Angewohnheit hatte, sich im Schneidersitz auf den Boden zu hocken, worüber sich Helena jedesmal ärgerte. »Die Stühle kann jemand anderes haben, ich bin so klein, daß ich keinen Platz wegnehme.«

Sarah kam zu ihr in die Küche herunter. »Das ist jetzt alles. Laß mich abspülen, du kannst trocknen.«

»Einverstanden.« Helena schnappte sich ungnädig ein Geschirrtuch.

»Was ist denn los?« Sarah ließ heißes Wasser einlaufen.

Helena gab keine Antwort, sondern wartete auf die nassen Teller.

»Na, spuck's schon aus. Was ist los?« Sarah reichte ihr einen Teller.

»Das ist schwer zu erklären. Ich versuche es lieber erst gar nicht.«

»Wie du willst.« Sarah spülte die Teller ab und stapelte sie so, daß sie abtropfen konnten. »Ich muß George anrufen. Vielleicht ist ja ein Brief von Oliver gekommen. Wir machen uns große Sorgen. Es hat so viele Gefechte in der Wüste gegeben.«

»Das Telefon steht im Wohnzimmer. Das ist ein guter Vorwand, um die anderen auf taktvolle Art loszuwerden.« Helenas Miene hellte sich auf.

»Bloß nicht. Sie genießen das Beisammensein.«

»Aber du möchtest doch in Ruhe reden.«

»Ich gehe schnell zu Polly hinüber, ist ja nur ein Katzensprung. Ich möchte eure Runde nicht sprengen.«

Helena seufzte. Sie wünschte, Sarah würde zum Aufbruch blasen und die Gäste würden verschwinden. Sie gab sich selbst die Schuld, daß sie nicht schon längst dagegen protestiert hatte, daß Max ständig seine Freunde einlud, die dann ihr Essen aufaßen, ihre Flaschen leertranken, sich in ihrem Wohnzimmer breitmachten. Als sie die Häuser gekauft hatte, waren ihr seine Freunde anfangs willkommen gewesen, doch jetzt dachte sie anders darüber. Sie mißgönnte ihnen nicht etwa das Essen, sondern die vielen Stunden, die sie hier verbrachten, in denen sie über ihre Musik sprachen, sich benahmen – wie ihr viele voller Dankbarkeit gestanden –, als wären sie zu Hause in Wien, Prag, Berlin oder Budapest. Sie behandelten Helena liebevoll, merkten offenbar nicht, daß diese sie samt ihrer Musik und ihrem Lachen weit weg wünschte, um Max für sich allein zu haben, mit ihm im Bett zu liegen, seinen zaundürren Körper an ihrem zu spüren und sich des Wunders zu erfreuen, das sich so spät in ihrem Leben ereignet hatte.

»Ich laufe kurz rüber zu Polly. Bin in ein paar Minuten zurück. Ist alles in Ordnung, Helena? Du siehst merkwürdig aus.«

»Nein, nichts ist in Ordnung«, entgegnete Helena heftig.

»Was ist denn? Bist du krank?«

»Nein. Ich wünschte, sie würden allesamt verschwinden. Seit Richard da ist, bekomme ich Max überhaupt nicht mehr zu sehen. Ich bin nie mehr mit ihm allein. Ich dachte...«

»Wenn du Besitzansprüche anmeldest, wirst du ihn verlieren. Versuch es so zu machen wie Monika, laß ihm eine lange Leine.«

»Wie Monika?«

»Die zwei sind seit ewigen Zeiten verheiratet. Sie hat nie

versucht ihn zu ändern. Wenn du seinen Freunden zuhörst, wirst du feststellen, daß sie allesamt auch ihre Freunde sind.«

»Warum ist sie dann nicht hier?«

»Das ist ziemlich offensichtlich, möchte ich meinen.«

»Weil ich hier bin?«

»Du und die Luftangriffe. Obwohl ich sie nicht kenne, glaube ich, daß sie für ihn tut, was sie kann, indem sie sich um Richard kümmert, Lebensmittel schickt und dein Haus in Schuß hält.«

»Ich wünschte, Richard würde zu ihr zurückfahren.«

»Dann hättest du immer noch die Freunde am Hals.«

»Vermutlich«, stöhnte Helena.

»Sie sind sein Leben, wie seine Geige. Du kannst nicht nur das eine haben...«

»Das Bett?«

»Du mußt dir klarmachen, daß mehr zu ihm gehört als das Bett, wenn du ihn halten willst.«

»Du meinst, ich muß in alle diese Konzerte gehen und muß ewig seine Freunde in Kauf nehmen?«

»Wenn du ihn halten willst, schon«, wiederholte Sarah.

»Ich liebe ihn.«

»Dann denk darüber nach. Ich gehe jetzt hinüber zu Polly zum Telefonieren. Es wird nicht lange dauern.«

Helena setzte sich an den Küchentisch, hörte das Geplauder und Gelächter aus dem Zimmer über sich, versuchte aus dem Stimmengewirr Max herauszuhören, hörte Richards Lachen, schrille Beifallsschreie von den Frauen, empfand das Ganze als eine Qual. Würde sie je in diese weltoffene Clique passen, sie, die stockunmusikalisch war? Reichte Liebe allein aus? Da kam Irena in die Küche. Irena, die so klein war und die mit ihrem Überschwang, ihrem scharfen Verstand und ihrer Begeisterung so viel Platz einnahm.

»Helena, was tust du denn hier so ganz allein?« rief sie.

»Nichts«, entgegnete Helena ungnädig.

»Komm rauf, du fehlst uns, laß uns nicht im Stich.«

»Ihr braucht mich nicht«, sagte sie mißmutig.

»Aber sicher. Du bist unser Zement. Wir können nicht auf dich verzichten.«

»Ich bin stockunmusikalisch«, sagte Helena mit harter, ausdrucksloser Stimme in der Hoffnung, Irena so zu schockieren, daß diese sie aus Max' Leben, seiner Musik, seinem Herzen vertreiben würde. In dem Augenblick hatte sie das Gefühl, als besäßen Irena und alle anderen Freunde von Max die Macht, sie davonzujagen. Demütig würde sie in das plumpe Haus an der Küste und zu ihrem früheren Leben zurückkehren. Angesichts dieser kleinen Person packte sie die Verzweiflung. Irena lachte.

»Das ist doch lächerlich«, rief sie ausgelassen, ohne Helenas Aussage anzuzweifeln; dabei lachte sie so, daß Helena ebenfalls lachen mußte, da sie ihre bärbeißige Eifersucht als solche erkannte. Sie hakte sich bei Irena ein, und gemeinsam gingen sie die Treppe hinauf und rempelten sich dabei gegenseitig an, weil sie so schmal war. In der Diele trafen sie auf Sarah, die soeben vom Telefonieren zurückkam.

»Gibt's was Neues?« fragte Helena, der es in Anbetracht ihrer glücklichen Stimmung egal war, ob es Neuigkeiten gab oder nicht.

»George hat einen Brief von Oliver bekommen. Er hat ihn mir vorgelesen. Er schreibt, Hector ...«

In dem Augenblick klingelte das Telefon im Wohnzimmer und übertönte alle Neuigkeiten, die Sarah womöglich zu berichten gehabt hätte.

Richard, der abgenommen hatte, rief: »Mildred, altes Haus, geht's dir gut? Deine Stimme klingt ...« Das Telefon knackte, und Richard hielt den Hörer mit ungläubigem Gesichtsausdruck vom Ohr weg.

»Sie möchte mit dir reden.« Er übergab den Hörer an Max. »Hat mich als taktlos bezeichnet. Also ich bitte euch, was ist nur in sie gefahren? Sie sagt, Monika ...«

Max nahm den Hörer. »Max hier.« Alle im Zimmer horchten, versuchten sich einen Reim auf Max' Antworten zu machen. »Wann? Wo? Die Klippe... aber wie denn? Welche Schweine? Wir essen nie Schweine. Das hat der General behauptet? Blöder alter Spinner! Wo ist sie jetzt? Der Mann von der Küstenwache... ich komme sofort und bringe diesen Kerl um. Ich nehme den ersten Zug.« Mit funkelnden Augen legte er auf. »Sie hat sich über die Klippe gestürzt«, schrie Max, »meine wunderschöne Monika. Warum hast du sie so lange allein gelassen?« brüllte er Richard an. »Ich muß arbeiten, du bist mein Freund, du hättest dich um sie kümmern müssen.«

»Ist sie tot?« fragte Helena und stellte damit tapfer die Frage, die alle beschäftigte.

Irena begann heftig zu weinen und warf sich in Ludwigs Arme. »Monika ist tot.«

»Nein«, schrie Max, »aber ich bringe dieses Schwein von General um, dieses beschissene Nazi-Arschloch.«

»Was ist denn passiert? Hör auf zu schreien, Max, und sag uns, was passiert ist.« Helena packte ihn an den Handgelenken und sah ihm fest ins Gesicht.

»Ihr verdammten Engländer!« schrie Max völlig außer sich.

Helena reckte sich auf Zehenspitzen und gab ihm eine Ohrfeige. »Sag uns, was passiert ist, statt uns zu beschimpfen, du großer Flegel.«

»Deine Körbe sind daran schuld, deine verdammten Freßkörbe. Sie hat Schweine hineingetan.«

»Bist du verrückt?« schrie Helena und wurde ganz aufgeregt. »Hühnchen, Kaninchen, Butter, Eier – du weißt ganz genau, daß sie keine Schweine hat.«

»Meerschweine, mein Phlegma, sie hat Meerschweinchen gezüchtet. Wir haben sie gegessen, und dein dreckiger General behauptet, Monika sei eine Spionin, eine Ausländerin, eine Jüdin, und in England sei es nicht erlaubt, Meerschweinchen zu essen...«

»Ich hatte als Junge auch Meerschweinchen«, mischte sich Richard ein. »Bezaubernde kleine...«

»Halt den Mund«, sagte Helena.

»Im Orient essen die Leute Singvögel«, fuhr Richard fort.

»Halt den Mund«, sagte Helena. »Und du, Max, versuch dich zu beruhigen und erzähl der Reihe nach.«

Max setzte sich unvermittelt aufs Sofa und preßte die Hände an die Schläfen.

»Und die Franzmänner essen Frösche, aber Meerschweinchen, also ich bitte euch, das ist doch ein bißchen stark«, fuhr Richard unbeirrt fort.

»Du sollst den Mund halten, hab ich gesagt.« Helena brachte

ihn zum Schweigen. »Also Max, jetzt sei so gut und sag uns, was Mildred...«

»Sie hat gesagt...« Max holte tief Luft. »Sie hat gesagt, daß irgendein Idiot Sophie diese Meerschweinchen geschenkt hat. Sie gibt sie Monika, Monika steckt sie zu ihren Kaninchen, und das Ergebnis, das haben wir wahrscheinlich heute abend verspeist.« Er blickte sich im Zimmer um.

»Köstlich«, sagte Ludwig ruhig, während er Irenas Schulter streichelte und sie so zärtlich in den Arm nahm wie sein Cello. »Köstlich und originell.«

»Und?« Helena ärgerte sich über Ludwigs Unterbrechung.

»Sie kocht für diesen schrecklichen alten General ein Abendessen. Er fragt, was er da ißt, denn es schmeckt ausgezeichnet, viel besser als die miesen Rationen. Monika sagt es ihm, und da« – Max' Stimme wurde wieder lauter – »fängt dieser abscheuliche alte Kerl an, sie zu beschimpfen, und Monika dreht durch, läuft hinaus und stürzt sich über die Klippe hinunter.«

»O nein, nein, nein«, stöhnten Irena und eine andere junge Frau im Chor.

»Aber«, sagte Max gedehnt, »sie bleibt an einem Felsvorsprung hängen, und die Floyers und die Leute von der Küstenwache ziehen sie wieder herauf.«

»Ist sie verletzt?«

»Woher soll ich das wissen? Mildred sagt, sie hat einen Nervenzusammenbruch.«

»Wir sollten versuchen, den Nachtzug zu erwischen. Schnell ... seht zu, daß einer von euch ein Taxi auftreibt. Beeilt euch. Ich begleite dich, Max.« Helena, plötzlich ruhig, britisch und praktisch, übernahm das Kommando.

»Ich komme auch mit.« Richard hinkte aus dem Zimmer. »Brauche keine Minute, um zu packen. Das meiste ist schon hergerichtet, ich...«

Aber niemand hörte ihm zu. Sarah, entsetzt über das ganze Geschehen, verabschiedete sich und machte sich wieder auf den Weg zu Pollys Haus, da sie nicht in ein solches von Ausländern verursachtes Durcheinander verwickelt werden wollte. Als sie die Straßenecke erreichte, fingen Irena und Ludwig gerade ein Taxi ab, das seine Fahrgäste ausspuckte.

»Tut mir leid, Gnädigste«, sagte der Taxifahrer. »Ich bin fix und fertig und todmüde, ich fahr jetzt heim.«

»Aber es ist sehr wichtig«, bettelte Irena.

»Tut mir leid, Gnädigste, heute nicht mehr.«

»Doch nur bis Paddington«, flehte Irene ihn an.

»Tut mir leid, Gnädigste...«

»Es ist für den im Exil lebenden griechischen König«, rief Ludwig. »Er wohnt hier. Es ist lebenswichtig, daß er den Zug erreicht...«

»Der König von Griechenland?« fragte der Taxifahrer ungläubig.

»Staatsgeheimnis«, flüsterte Irena. »Sehr dringend, streng geheim.«

Der Taxifahrer machte den Schlag auf. Irena und Ludwig sprangen ins Taxi und winkten Sarah, als sie mit fröhlichen Gesichtern an ihr vorbeifuhren. Obwohl Sarah das Vorgehen der beiden nicht billigte, war sie von ihrem Einfallsreichtum beeindruckt.

Als Helena mit Hamish zu Max' Begräbnis fuhr, fiel ihr dieser Abend wieder ein.

»Hast du schon mal die legendäre Geschichte von den Meerschweinchen gehört?« fragte sie Hamish.

»Ja. Das ist eine Seite an eurem Krieg, die mich beeindruckt hat.« Hamishs Ton verriet, daß dieser Eindruck nicht gerade positiv war.

»In Anbetracht der Schrecken des Krieges ist es bemerkenswert, daß ausgerechnet Meerschweinchen für Monikas Nervenzusammenbruch verantwortlich waren. Max hat mir die Schuld gegeben. Er war nicht ganz fair, was diese Meerschweinchen betraf, aber trotzdem habe ich Monika in dieser Zeit richtig liebgewonnen.«

»Und wie kam das?«

»Wenn man jemanden wirklich liebt«, sagte Helena mit ihrer gesetzten Altdamenstimme, »sieht man die Menschen, die der Betreffende liebt, mit dessen Augen. Monika hätte ihm Blumen gekauft, wenn sie jetzt an meiner Stelle wäre.«

»Tatsächlich?«

»Ja. Chrysanthemen konnte er nicht ausstehen. Die kann ich ihm unmöglich kaufen. Bei denen mußte er immer niesen.«

»Ich auch.«

»Lilien? Ein bißchen banal. Wie wäre es mit Veilchen? Auf dem Weg zum Nachtzug sah er einen Händler, der seinen Blumenkarren die Straße entlangrollte, ließ den Taxifahrer anhalten und kaufte einen Korb Veilchen für Monika. Wir hätten deshalb um ein Haar den Zug verpaßt.«

»Soso.«

»Eigentlich blödsinnig«, gluckste Helena, »wenn man sich überlegt, daß sie aus Cornwall kamen. Wenn ich es recht bedenke, vielleicht sogar von den Blumenfeldern dieses alten Idioten, der Monika so aus der Fassung gebracht hatte, daß sie sich umbringen wollte.«

Hamish, der sich die Szene vorzustellen versuchte, schwieg.

»Wir waren an diesem Abend ziemlich durcheinander. Wir mußten uns so beeilen, um den Nachtzug zu erwischen, daß wir vergaßen, die Haustür abzusperren.«

»Hat man euch ausgeraubt?«

»Nein. Irgendwann in der Nacht kreuzte Sophie auf. Sie war aus dem Internat weggelaufen. Wir haben nie herausgefunden, warum.«

»Arme Kleine.« Hamish hatte Sophie zu einem späteren Zeitpunkt erlebt. »Ich hatte nicht den Eindruck, als gehörte sie zu den Kindern, die weglaufen«, sagte er nachdenklich.

»Wie gut kennst du sie eigentlich?« erkundigte sich Helena, während sie einen Blick auf Hamishs Profil warf und fand, daß er recht gut aussah. Schon möglich, daß ich alt bin, dachte sie, aber ich habe noch immer eine Schwäche für gutaussehende Männer.

»Ich würde nicht behaupten, daß ich sie gut kenne.« Er dachte an den Sommer zurück, in dem er sechzehn gewesen war und Sophie ihn in Südfrankreich, im Haus gemeinsamer Freunde, mit in ihr Bett genommen, ihn zärtlich von seiner Jungfräulichkeit befreit und damit einen Maßstab für die Zukunft gesetzt hatte. Er hatte sich eingebildet, in sie verliebt zu sein. In ihrer Beziehung gab es keinen Kummer. »War sie unglücklich?« fragte er Helena. »Hatte sie Kummer?«

»Reine Zeitverschwendung, sich Gedanken über die Empfindungen dieses Kindes zu machen. Ich habe sie nie danach gefragt. Sie ist noch immer so wie früher. Hat keinerlei Gefühle. Viele Leute meinen zwar, sie hätte etwas Rätselhaftes an sich, aber ich frage mich, ob überhaupt etwas an ihr ist.«

Voller Ablehnung sagte Hamish zu seiner Beifahrerin: »Vielleicht hast du dir nie die Mühe gemacht dahinterzukommen.«

Helena schwieg. Sie ließ sich nicht gerne zurechtweisen. Sie wollte von Männern anerkannt werden. Max hatte ihr dieses Geschenk gemacht; von jetzt an mußte sie sich mit weniger Anerkennung begnügen, mit weniger in jeder Beziehung. »Es wäre schön, wenn ich Veilchen bekommen könnte«, sagte sie. »Veilchen mochte er sehr gern.«

»Nicht die richtige Jahreszeit«, sagte Hamish in der Hoffnung, sie damit zu verletzen. Er war in Gedanken noch bei Sophie. »Keine Veilchen.«

Sophies Flucht erfolgte ohne Vorsatz. Plötzlich hielt sie es nicht mehr aus. Der heimtückische Horror hatte gegen Ende des letzten Halbjahrs begonnen, bei der Rückkehr ins Internat wieder angefangen und im Laufe der Woche unerträgliche Ausmaße angenommen. Wenn sie gewußt hätte, worum es ging, hätte sie sich vielleicht gewehrt, aber so konnte sie nichts gegen das Gekicher ihrer Mitschülerinnen unternehmen, konnte nichts tun, um sich vor den sarkastischen Anspielungen der Lehrerinnen zu schützen, konnte nichts gegen die Sticheleien und höhnischen Bemerkungen ausrichten, nichts gegen den unbegreiflichen Neid, die Ablehnung und die verschleierten Vorwürfe, die sie in einen Nebel einhüllten, der ihr angst machte. Statt sich auf die Geschichtsstunde vorzubereiten, nahm sie ihr Taschengeld, zog ihre Straßenschuhe und den Mantel an und stieg in einen Bus, der zum Bahnhof fuhr. Das Geld reichte für eine Fahrkarte zur Liverpool Street, und von da aus ging sie zu Fuß, bis sie frühmorgens mit wunden Füßen, hungrig, aber überglücklich, ihrem Gefängnis entronnen zu sein, vor Pollys Haus anlangte. Sie freute sich darauf, Polly zu erzählen, wie sie allein und trotz Verdunklung quer durch London gelaufen war.

Niemand machte auf ihr Klingeln hin auf. Sie trat auf die

Straße zurück, um zu den Fenstern hinaufzuschauen. Im Erdgeschoß waren die Läden geschlossen; im Mondlicht konnte sie erkennen, daß die Vorhänge in den oberen Stockwerken zugezogen waren. Da fiel ihr ein, daß Polly geschrieben hatte: »Manchmal fahre ich nach Bletchley.« Sicher war das ein solcher Zeitpunkt. Ihre Hochstimmung verflog. Sie war zu erschöpft, um zu Calypso nach Westminster weiterzulaufen. Helena wohnte fast um die Ecke. Sie schleppte sich zu Helenas Haus. Sie hoffte, Richard oder Max würden die Tür aufmachen, würden dasein, um sie vor Helenas Mißbilligung zu schützen. Als sie ankam, zögerte sie, auf die Klingel zu drücken. Wie konnte sie Helena ein Rätsel erklären, bei dem anstößige und widerwärtige Untertöne mitschwangen? Sie drückte auf den Klingelknopf und machte sich darauf gefaßt wegzulaufen, falls Helena öffnen sollte, doch wie bei Polly machte auch hier niemand auf. Niedergeschlagen lehnte sie sich an die Tür. Sie gab nach.

Als Tony Wood, der sich nach seinem Dienst auf der Feuerwache auf ein paar Stunden Schlaf freute, an Helenas Haus vorbeikam, bemerkte er, daß die Haustür offenstand und drinnen Licht brannte. Er ging hinein, um nachzusehen.

»Hallo? Hallo? Helena? Sind Sie da? Ihre Haustür ist offen, stimmt was nicht?« Er bekam keine Antwort. Irritiert legte er seinen Blechhelm und die Gasmaske auf den Tisch in der Diele, schloß die Haustür und machte sich auf die Suche. Starker Zigarettengeruch und Alkoholdunst, Spuren von einer Party, zerknautschte Kissen, im Zimmer verteilte Stühle, schlampig auf einem Beistelltisch gestapelte Notenblätter, kein Mensch. Als er in die Küche hinunterging, entdeckte er Sophie, die vor Schreck wie versteinert dastand, in einer Hand ein Glas Milch, in der anderen ein Stück Fleisch.

»Lieber Himmel«, sagte er, »was zum Teufel machst du denn hier? Wo ist Helena?«

Sophie stürzte in seine Arme, hängte sich an seinen Hals, stieß unverständliche Sätze hervor. »Ich habe es nicht mehr ausgehalten ... niemand da ... Hunger ... von der Liverpool Street zu Fuß gelaufen ... sie haben gesagt ... ich kann nicht ... es war schrecklich ... ich gehe nie mehr zurück ... bitte, Tony ... bitte, hilf mir... ich werde nie... ich kann nicht... ich mußte einfach weglaufen.« Ihre dünnen Arme, die ihn wie ein Schraubstock umklammerten, erinnerten ihn an eine zu Tode erschrockene Katze auf einem Baum.

»Nur ruhig Blut«, sagte er. »Ist ja gut, beruhige dich, du schnürst mir ja die Kehle zu.« Er versuchte sie von seinem Hals loszueisen, aber sie klammerte sich nur noch fester an ihn, preßte ihr Gesicht an seinen Hals, so daß ihre Haare ihn in der Nase kitzelten. Er hielt ihren verspannten Körper fest, tätschelte sie auf den Rücken, streichelte sie. »Beruhige dich doch und versuch mir zu erklären, was das zu bedeuten hat.« Es gelang ihm, sich ihre Haare aus dem Gesicht zu streichen. »Na komm, jetzt suchen wir uns ein Plätzchen zum Hinsetzen.« Er führte sie ins Wohnzimmer, setzte sie auf dem Sofa ab, legte seinen Arm um sie. »Und jetzt erzähl mir mal, was passiert ist, armes Kind, erzähl es mir...« Aber sie ist kein Kind mehr, dachte er, sie ist ein Mädchen und noch dazu ein verdammt attraktives. »Hat es Ärger mit einem Mann gegeben, hast du einem Jungen Briefchen geschrieben? Meine Schwester hatte in der Schule auch diese Sorte Ärger. Ist es das?«

»Nein!« schrie Sophie und riß sich von ihm los. »Nein. Sie haben gesagt... sie dachten... sie... sie... es ging nicht um Männer, sie sagten... sie sagten, ich sei... ich sei in Miss Stevens verliebt.«

»Eine Frau? Eine Lehrerin?«

»Ja.«

»Dumme Kühe.« Trotz seiner Verwirrung ging Tony ein Licht auf. Die Vernarrtheit eines Schulmädchens, das war es also.

»Wie könnte ich in eine *Frau* verliebt sein?« Sie sah zu ihm auf, ihre Augen wirkten riesig in dem weißen Gesicht, ihr Gesicht verriet abgrundtiefen Ekel.

»So was kommt vor.«

»Eine Frau, die in eine Frau verliebt ist? Das kann ich nicht glauben.« Ihre Miene unterstrich ihre Worte.

»Vielleicht hatte sie ein Faible für dich?« vermutete Tony.

»O Gott.« Sophie schauderte. »Widerlich.«

»Es gibt Männer, die Männer lieben«, sagte Tony unversehens.

»Das ist etwas anderes.« Sophie rückte von ihm ab. »Das ist in Ordnung, ich weiß, daß das vorkommt, aber bei Frauen, igitt.«

Tony lachte und zog sie an sich. »Versuch, das Ganze zu vergessen, das ist jetzt vorbei.«

»Nicht, wenn sie mich zurückschicken.«

»Ich glaube nicht, daß sie das tun werden.« Dabei dachte er: Wahrscheinlich tun sie das. Helena möchte sie aus dem Weg haben.

»O Gott.« Sophie begann zu weinen. »O Gott, wenn sie nur wüßten, wie schrecklich es war.«

Tony schwieg, nahm sie in den Arm, ließ sie weinen, gab ihr sein Taschentuch, damit sie sich die Tränen abwischen konnte, die ihr halfen, die Angst vor dem Ungewissen in ihrem Inneren loszuwerden. Er ging davon aus, daß sie ihm nicht mehr erzählen würde und vermutlich auch gar nicht konnte.

»Es verstößt nicht gegen ein Gesetz«, sagte er, »wenn Frauen so was tun. Bei uns Kerlen ist das was anderes. Wenn sie einen erwischen, wandert er ins Gefängnis.«

»Und warum?«

»Das habe ich mich auch oft gefragt«, sagte Tony, der seine Geschlechtsgenossen häufig attraktiv fand. »Die Gesetze für Sexualität sind ziemlich verworren.«

»Ich wünschte, ich würde mich mit Sex auskennen. Niemand sagt einem etwas, und was die Mädchen in der Schule erzählen, ist offensichtlich unwahr.«

»Ich brenne darauf, es zu hören.«

»Ich werde es dir nicht sagen, du würdest nur lachen. Mein Gott«, sagte sie plötzlich, »ich bin furchtbar müde.«

»Dann ab ins Bett.« Er nahm sie bei der Hand und führte sie nach oben. »Am besten legst du dich in Helenas Bett. Sie ist irgendwohin verschwunden, und Max ebenfalls.«

»Laß mich nicht allein.« Wieder verriet ihre Stimme Panik.

»Also gut, aber dann wasch dich und zieh dich aus.« Er gähnte, da ihn nach den vielen Dienststunden die Müdigkeit einholte. Sophie zog Rock und Pullover ihrer Schuluniform aus und legte beides über einen Stuhl. Er betrachtete sie, wie sie mit dem Rücken zu ihm dastand, die dünne Beine in schwarzen

Florgarnstrümpfen, die unter dem langen grauen Schulschlüpfer hervorkamen. Er zählte die Höcker ihrer Wirbelsäule, bevor sie sich umdrehte und er sehen konnte, wie sich ihre Brüste unter dem wollenen Leibchen klein abzeichneten.

»Glaubst du, ich darf mir eines von Tante Helenas Nachthemden ausleihen?«

»Klar.« Wieder gähnte er.

Sie kramte in den Kommodenschubladen herum. »Mensch!« rief sie. »Seidene Unterwäsche, schau mal!« Sie hielt ein rosa Hemdhöschen hoch. »Mannomann, wie sie sich verändert hat, seit sie in Max verliebt ist. Früher hat sie enge Schnürmieder getragen und, oh, schau dir das mal an.« Sie hielt einen Büstenhalter hoch.

»Mach schon, such dir ein Nachthemd.«

»Meinst du, ich darf mir das da ausleihen?« Sophie flüsterte, als wäre sie in der Kirche, während sie ein weißes spitzenbesetztes Satinnachthemd hochhielt. »Es sieht furchtbar bräutlich aus.« Sie begann zu kichern. »Ausgerechnet Tante Helena. Dabei ist sie so alt.«

»Beeil dich, Sophie, ich bin hundemüde.«

»Schon gut.« Sie verschwand mit dem Nachthemd im Bad. Tony rieb sich die Backe und spürte die Stoppeln. Aus dem Bad hörte er kurze Aufschreie, das Geräusch von Wasserhähnen, die auf- und zugedreht wurden, das Klirren von Glas auf der gläsernen Ablage. »Beeil dich«, rief er, »ich bin todmüde.«

Sophie kam aus dem Bad, eingehüllt in eine erstickende Duftwolke, das schwarze Haar gebürstet, bekleidet mit dem weißen Nachthemd. Sie hielt es auf einer Seite gerafft wie ein Ballkleid. Er starrte sie an, betrachtete die langen Arme und Beine, die schwarzen Augen, die schwarzen Haare, den Schatten des kleinen Haarbüschels unter der weißen Seide, die ausgestreckte Hand.

»Wofür hältst du das?« Sie streckte ihm die Hand entgegen. »Sie hat da drin eimerweise Chanel Nr. 5 und Make-up von Elizabeth Arden. Was könnte das deiner Meinung nach sein?« Sie überreichte ihm ein Pessar. »Wofür ist das?«

»Das solltest du lieber dorthin zurücklegen, wo du es gefunden hast.«

»Oh, was Medizinisches?«

»So könnte man es nennen.«

»So was wie ein Bruchband? Für den Busen?«

»Jetzt aber marsch ins Bett. Aber leg dieses Ding erst zurück.«

»Na gut.«

»Jetzt spring ins Bett und schlaf schnell ein.«

»Laß mich nicht allein.« Sie bekam wieder Angst.

»Ich bin unten.«

»Kannst du nicht warten, bis ich eingeschlafen bin? Mrs. Floyer tut das auch immer. Und gib mir einen Gutenachtkuß, wie sie.«

»Wer ist diese Mrs. Floyer?«

»Die Frau des Pastors, die Mutter der Zwillinge.«

»Ich bin nicht die Frau des Pastors«, sagte Tony mit zusammengebissenen Zähnen.

»Sie setzt sich immer ans Fußende.«

Tony setzte sich auf einen Stuhl in sicherer Entfernung. Er spürte, wie sich ihr Schulrock und der lange Schlüpfer unter ihm zusammenschoben.

»Gibst du mir keinen Kuß?« Sie streckte die Arme aus.

Er beugte sich über sie und küßte sie auf den Mund. »Du stinkst«, sagte er.

»Ich wollte nicht so viel nehmen.« Sie legte sich wieder zurück. »Warum legst du dich nicht her, wenn du so müde bist?«

»Zum Kuckuck noch mal, jetzt schlaf endlich«, schrie er sie verärgert an.

»Tut mir leid.« Sie machte die Augen zu, und während er sie betrachtete, entspannte sie sich plötzlich wie eine Katze und schlief ein.

Sofort stand er auf und sah auf ihre vollen Lippen hinunter, auf die kurzen, dichten Augenwimpern. Er preßte die Hand auf sein Geschlecht und stöhnte vor Wut und Bedrängnis.

Unten stand er dann neben dem Telefon, hatte den Hörer auf den Tisch gelegt und wählte mit einer Hand, während er mit der anderen an seinem Hosenschlitz herumfummelte. Bei Polly antwortete niemand, und in Calypsos Haus klingelte das Telefon, ohne beachtet zu werden. »Verfluchte kleine Sexbombe«, sagte er laut. »Noch dazu minderjährig«, murmelte er gequält. »Miss Stevens, wahrhaftig. Und was ist mit mir?« Er legte sich bäuchlings aufs Sofa, drückte sein Gesicht in ein Kissen, um die Empfindung von Sophies Mund auszulöschen, während er einzuschlafen versuchte.

32

Sarah, die hoffte, Helenas Zugehfrau anzutreffen, klingelte in der Enderby Street. Sie war überrascht, als Tony Wood, zerzaust und verschlafen, die Tür aufmachte.

»Wer sind Sie denn?« fragte sie. »Sie waren gestern abend nicht mit von der Partie.« Es klang betrübt.

Tony stellte sich vor, kämmte mit den Fingern seine Haare nach hinten, zog die gelockerte Krawatte zurecht.

»Ich bin ein Freund von Helena. Ich habe sie durch Polly und Calypso kennengelernt.«

»Meine Nichten.« Sarah musterte ihn frostig.

»Dann sind Sie sicher Sophies Tante. Sie ist oben.«

»Sophie ist im Internat.«

»Sie schläft in Helenas Bett, zumindest hat sie da geschlafen, als ich das letzte Mal nachgesehen habe. Sie ist ausgerissen.«

»Vielleicht könnten Sie mir die Sache erklären. Haben Sie etwas dagegen, wenn ich hereinkomme?« Sarah trat über die Schwelle. Hastig knöpfte Tony seinen Hosenbund zu und griff nach seinem Mantel. »Hat es denn gebrannt?« Sarah steckte die Nase ins Wohnzimmer, da sie sich fragte, was ein Feuerwehrmann in Helenas Haus zu suchen hatte. »Wo ist Helenas Zugehfrau?«

»Ich glaube nicht, daß sie heute kommt. Möchten Sie einen Kaffee oder sonst was?«

»Ich werde Ihnen einen machen«, sagte Sarah, entschlossen, die Dinge in die Hand zu nehmen. »Machen Sie die Fenster auf, damit dieser Mief abzieht. Während ich Kaffee mache, können Sie mir alles erklären.«

Tony gehorchte schuldbewußt, riß die Fenster weit auf und ließ die eisige Luft herein. Dann ging er zu Sarah in die Küche.

»Warum ist sie weggelaufen? Ist das Kind in Sie verliebt oder hat sie...« Er konnte sehen, wie ihr der Ausdruck ›eine Dummheit‹ auf den ehrbaren Lippen gefror.

»Ich wünschte... ich meine, nein. Sie ist hierhergekommen, weil sie Polly nicht angetroffen hat. Sie...«

»Ich muß sie verfehlt haben. Ich bin erst spät von Helena zurückgekommen. Vielleicht sollten Sie mir lieber erzählen, was Sie wissen.«

»Wissen Sie, wo Helena ist?«

»Sie müßte demnächst zu Hause in Cornwall eintreffen.«

Während Sarah Kaffee kochte, schilderte sie Tony mit nüchternen Worten Helenas Abreise mit Richard und Max, ohne die Gründe dafür zu nennen. Tony wiederum berichtete, daß er das Licht entdeckt, die Haustür offen vorgefunden und in der Küche Sophie angetroffen hatte. Er sagte ihr nicht, warum Sophie weggelaufen war.

»Warum ist sie weggelaufen?«

»Ich glaube, das sollten Sie sie lieber selbst fragen. Sie war gestern abend sehr aufgeregt. Sie möchte nicht mehr ins Internat zurück.«

»Wäre wohl kaum weggelaufen, wenn sie hätte bleiben wollen«, bemerkte Sarah treffend. Tony gewann seine Fassung wieder. Er hatte nichts getan, sagte er sich. Nicht viel jedenfalls.

»Helena wird außer sich sein«, sagte Sarah.

»Ja. Danke.« Er nahm die angebotene Tasse.

»Ich werde sehen, was ich tun kann. Jetzt muß ich erst mal zu Calypso. Sophie kann ich mitnehmen.«

»Ich habe gestern nacht versucht, sie anzurufen; sie hat sich nicht gemeldet. Zuvor habe ich es bei Polly versucht.«

»Polly ist nicht da. Und ich schlafe sehr fest. Ich wohne bei ihr.«

»Ach so«, sagte Tony gleichgültig. Sie saßen sich am Tisch gegenüber. Tony trank seinen Kaffee. Sarah beobachtete ihn und fragte sich, wo sie ihn einordnen sollte, ob man ihm trauen konnte.

»Dann sind Sie also ein Freund meiner Nichten?«

»Ja.« Sie hörte sich kühl und unerbittlich an. Als nächstes würde sie fragen, ob er mit ihnen ins Bett ging. Er hatte absolut keine Lust, ihr zu sagen, daß er und Polly eine Zeitlang miteinander geschlafen hatten und Calypso ihn bei seinem letzten Versuch, sich in ihr Bett einzuladen, unter dem fadenscheinigen Vorwand abgewiesen hatte, daß es ihr beim letztenmal keinen Spaß gemacht hatte. Was Sophie betraf, handelte es sich eher um Gedanken als um Taten. Diesen Zustand hoffte er zu einem späteren Zeitpunkt korrigieren zu können. Er lächelte Sarah an und besann sich auf seinen Charme.

»Sie müssen Olivers Mutter sein.«

»Ja.«

»Wie geht es Oliver?« Der Teufel soll ihn holen, dachte er, als ihm einfiel, wie Oliver ihm Calypso vor der Nase weggeschnappt hatte, dieser selbstbewußte, gutaussehende Kerl.

»Oliver? Hast du Oliver gesagt?« Sophie kam erwartungsvoll in die Küche. »Grüß dich, Tante Sarah, wie geht es Oliver?« Sie umarmte Sarah. »Ich freue mich, dich zu sehen«, sagte sie ernsthaft.

»Geh und zieh dir einen Morgenmantel an, dann mache ich dir Frühstück. In diesem Ding holst du dir noch eine Erkältung.«

»Ist es nicht wunderschön? Tante Helena hat phantastische Sachen zum Anziehen. Wo kriegt sie bloß die Textilmarken her?«

»Ich weiß es nicht, Liebes. Geh und zieh dir was an.« Sarah war verblüfft über das durchsichtige Nachthemd.

Tony trug seine Tasse zur Spüle. Er fragte sich, ob Sarah, die Sophie gefolgt war, glaubte, daß er Sophies Jungfräulichkeit unangetastet gelassen hatte. Es kam ihm unwahrscheinlich vor. In Helenas seidenem Nachthemd sah sie ungleich älter aus, ungleich begehrenswerter. »Ich muß jetzt gehen, Sophie«, rief er nach oben. »Ich werde anrufen und mich erkundigen, wie es dir geht. Wo kann ich dich finden?«

»Bei Polly, zusammen mit Tante Sarah«, rief sie fröhlich von oben herunter. »Oder bei Calypso.«

»Danke, Mr. Wood. Wir geben Ihnen Bescheid.« Sarah beugte sich übers Treppengeländer. Er wußte, daß sie ihm schlechte

Absichten unterstellte. »Jetzt werde ich mich um sie kümmern.« Damit verabschiedete sie ihn.

»Ich geh dann mal«, sagte er. »Wiedersehen.«

»Auf Wiedersehen«, sagte Sarah. »Und nochmals danke.«

Tony ging die Straße hinunter; er fühlte sich ausgelaugt. Ein paar Stunden lang hatte Sophie sich an ihn geklammert; jetzt hatte sie ihre energische, in Tweed gehüllte Tante. Olivers Mutter, ein rechter Drachen.

»Sobald du angezogen bist«, sagte Sarah zu Sophie, die in der Badewanne lag, »gehen wir zu Calypso. Sie hat einen Brief von Oliver bekommen. Ich vermute, daß Hector etwas zugestoßen ist.«

»Wenn er tot ist, wird Oliver begeistert sein.«

»Wie kann man so etwas Furchtbares sagen.«

»Aber es stimmt«, beharrte Sophie. »Nichts würde ihn mehr freuen.«

»Aber Sophie!« Sarah war entsetzt.

»Mich würde es allerdings nicht freuen.« Sie griff nach ihrem Unterhemd und dem langen Schlüpfer. »Ich hasse diese Sachen«, sagte sie plötzlich heftig.

»Kannst du mir verraten, warum du weggelaufen bist? Ist es was Ernstes? Was ist passiert? Was hast du angestellt?«

»Nichts ist passiert. Ich habe nichts angestellt. Für mich ist die Sache sehr ernst. Ich gehe nicht mehr zurück.« Sophies Gesicht war verschlossen. Sarah war realistisch genug, um zu wissen, daß sich Sophie eher von ihren Backenzähnen trennen würde, als freiwillig Auskunft zu geben. Im stillen dankte sie ihrem Gott, der die Konservativen wählte und auf seiten der Alliierten stand, daß er ihr keine Tochter beschert hatte. Sie saß da und sah zu, wie Sophie ihre Schuluniform anzog – Rock, Krawatte, Pullover und vernünftige Schuhe – und Stück für Stück das glanzvolle Bild verblaßte, das sie in der Küche abgegeben hatte.

»Wenn wir zum Sloane Square laufen, können wir den Bus Nr. 11 nehmen«, sagte sie.

»Genau.« Sophie wirkte so zufrieden, als hätte Sarah von einer gläsernen Kutsche gesprochen.

Wenig später standen sie auf der Schwelle von Calypsos Haus und klingelten. Drinnen begann Fling wie wild zu bellen und wetzte an die Tür, so daß seine Krallen auf den Steinplatten klapperten. Niemand machte auf.

»Anscheinend ist sie weg.«

»Ich bin sicher, daß sie da ist.« Sophie klingelte nochmals, preßte diesmal den Daumen fest auf den Klingelknopf. Fling kläffte wütend, schnappte vor Aufregung nach Luft. Sophie drückte den Briefschlitz auf und versuchte hineinzuschauen. Plötzlich ging die Tür auf.

»Hallo«, sagte Calypso. »Kommt herein.« Mit einer Hand hob sie den Hund auf, während sie mit der anderen die Briefe von der Fußmatte auflas. »Kommt herein«, wiederholte sie. »Schön, euch zu sehen.« Sie gab ihrer Tante und Sophie einen Kuß und ging geistesabwesend die Briefe durch. »Fast nur Rechnungen«, sagte sie und legte sie weg. »Ruhe, Fling, jetzt sei still. Er hat irgendwo hingemacht, paßt auf, wo ihr hintretet... er war noch nicht draußen.«

»Vermutlich konnte er nicht länger an sich halten, es ist längst zehn Uhr vorbei.« Sarah, die eigentlich Mitgefühl hatte zeigen wollen, ärgerte sich über sich selbst wegen des indirekten Vorwurfs.

»Ich mache gleich sauber. Mrs. Welsh mag ihn nicht. Ich dachte, du bist in der Schule, Sophie.«

»Ich bin weggelaufen.«

»Das kann ich dir nicht verdenken. Mich hat man aufgefordert, die Schule zu verlassen, weil ich angeblich mit dem Gärtner geflirtet habe, also, ich bitte euch, wie Onkel Richard sagen würde. Ein pickliger Jüngling. Es war eine Beleidigung für meine Intelligenz. Ich war etwa so unwissend wie ein neugeborenes Baby.« Calypso unterdrückte ein leises Kichern bei dem Gedanken, wie glanzvoll Hector sie von ihrer Unwissenheit erlöst hatte. »Kommt mit in die Küche. Ich mache uns Tee oder irgendwas.« Sie durchquerte die Diele. Ihr schwangerer Körper wirkte unbeholfen.

»Ich habe einen Brief von Oliver bekommen.« Sarah betrachtete Calypso, die Wasser aufsetzte, und fragte sich, wann das Baby fällig war.

»Er schreibt vermutlich, daß Hector tot ist, oder? Das gefällt ihm sicher.«

»Aber nein, Calypso.« Sarah war schockiert.

»Wie geht es seinen Furunkeln?«

»Welchen Furunkeln?« Die Frage brachte Sarah aus dem Gleichgewicht.

»Olivers. Hector hat geschrieben, daß Oliver Wüstenfurunkel hat. Hat er dir das nicht geschrieben?«

»Nein.« Sarah überlegte, wie sie den Panzer der Gleichgültigkeit durchdringen sollte, mit dem sich Calypso umgab. »Ich bin gekommen... ich bin gekommen«, sagte sie tapfer, »um zu sehen, ob ich irgend etwas für dich tun kann.«

Calypso ließ den Wassertopf nicht aus den Augen. »Danke, Tante Sarah, aber da gibt es nichts.«

Sarah fragte: »Wann hast du es erfahren? Warum hast du nicht...« Sie unterbrach sich.

»Warum ich es euch nicht gesagt habe? Wahrscheinlich wollte ich lieber allein sein.« Sie löffelte Tee in die Kanne und goß das Wasser darüber. »Nur bin ich nicht allein, da ist dieses verfluchte Baby. Ich kann es nicht erwarten, meinen Körper wieder für mich zu haben. Wenn ich doch nur schon im neunten Monat wäre.«

»Es ist ganz normal, daß du dich aufregst.« Sarah erschrak über ihre Unzulänglichkeit.

»Warum können sie einem nicht die Wahrheit sagen? Was soll dieses ›Vermißt, vermutlich tot‹? Das sagen sie doch nur, weil sie die Leiche nicht gefunden haben. Die von Walter haben sie auch nicht gefunden. Sie sagen es nur, um die Qual zu verlängern.« Calypso sprühte vor Zorn. »Möchtet ihr Milch und Zucker?« Ebenso unvermittelt kehrte ihr normaler Gesichtsausdruck zurück.

»Nur Milch, bitte.« Sarah saß mit steifem Rückgrat auf einem Küchenstuhl. »Es ist ein furchtbarer Schock, wenn jemand, den man liebt...«

»Ich weiß nicht, was Liebe ist«, sagte Calypso. »Nimmst du Zucker, Sophie? Ich habe Hector wegen seines Geldes geheiratet. Jetzt habe ich sein Geld. Er hat ein großzügiges Testament gemacht, alles geht an mich und nach meinem Tod an das Baby. Ich kann wieder heiraten, wenn ich möchte, und trotzdem das Geld behalten, so lange ich lebe. Für das Kind ist getrennt gesorgt.« Sie lächelte bitter und nippte an ihrem Tee. »›Getrennt‹ ist dabei das entscheidende Wort. Sobald dieser Klumpen und ich getrennt sind, ist alles in Ordnung. Damit ist die Angelegenheit erledigt. Liebe hat damit nichts zu tun, Tante.«

»Ich mach mal den Hundedreck weg und gehe mit ihm raus.« Sarah stand auf, zu bestürzt, um etwas zu sagen.

»Die Leine liegt auf dem Tisch.« Calypso schaute ihrer Tante nach, bis sie mit dem Hund hinausgegangen war, dann grinste sie Sophie an. »Sie kann mit ihm um den Parliament Square laufen, bis sie sich wieder beruhigt hat«, meinte sie. »Du könntest doch bei mir bleiben, Sophie, während sich Onkel Richard und Tante Helena mit dem Gedanken anfreunden, daß du nicht mehr ins Internat zurückgehst.«

»Glaubst du, sie werden das zulassen?«

»Ja, das glaube ich. Monika hat versucht, sich umzubringen. Tony hat mich angerufen, bevor du gekommen bist. Mach dir keine Sorgen, sie hat es nicht geschafft. Tante Helena hat sicher alle Hände voll zu tun, um die Wogen in Cornwall zu glätten. Ich kümmere mich hier um alles. Tante Sarah kann dich in Bath nicht gebrauchen, weil ihr Freiwilliger Frauenhilfsdienst sie so beansprucht. Du bleibst einfach eine Zeitlang hier und heiterst mich auf.«

»Wenn mir das nur gelingen würde!«

»Das kriegen wir schon hin. Erst müssen wir dir was zum Anziehen besorgen, in dem Zeug kannst du nicht herumlaufen.«

»Hast du Marken?«

»Mrs. Welsh hat einen unerschöpflichen Vorrat, und zwar vom Schwarzmarkt zu einem Pfund pro Stück.«

»Ein Pfund! Wahnsinn!«

»Ich bin reich, was ist da schon ein Pfund?«

»Was hast du vorhin von Monika erzählt? Tante Sarah sagte, sie sei krank.«

»Typisch. Ich würde tatsächlich behaupten, daß sie krank ist. Tony wußte lediglich, daß sie versucht hat, über die Klippe hinunterzuspringen. Ich glaube, der Krieg setzt dem menschlichen Gehirn ganz schön zu. Weißt du, worum sich Hectors Briefe gedreht haben? Um Bäume, er wollte Bäume pflanzen, ›gestalten‹ ist das Wort, das er verwendet hat, Wälder gestalten.

Man hatte den Eindruck, daß er sich für nichts anderes interessierte.«

»Sie wäre nicht tief gefallen«, sagte Sophie, die gar nicht zugehört hatte. »Die Militärbehörden haben den Pfad, auf dem wir immer gelaufen sind, mit Stacheldraht abgezäunt.«

Sarah, die ihren Gleichmut wiedergewonnen hatte, kehrte mit dem Hund in die Küche zurück.

»Was schreibt Oliver in seinen Briefen, Tante Sarah?«

»Ach mein Liebes, er schreibt, daß die Wüste kalt und sandig ist, daß er sich langweilt, daß er erschöpft ist, daß er...«

»Angst hat?«

»Das schreibt er nicht, aber zweifellos hat er Angst. Wegen der Zensur kann er nicht das schreiben, was man gerne erfahren möchte. Es ist alles so schrecklich.« Sarah setzte sich hin und sah ihre Nichte besorgt an.

»Hector hat über Bäume geschrieben. Davor über Politik. Er schrieb, die gesamten Streitkräfte würden das nächste Mal Labour wählen und er ebenfalls; und außerdem habe er vor, die Politik an den Nagel zu hängen. Aber das spielt jetzt keine Rolle mehr.«

»Aber er ist doch nur vermißt, Liebes«, sagte Sarah sanft.

»Vermutlich tot«, entgegnete Calypso nüchtern. Die zwei Frauen sahen sich an, dann sagte Calypso fröhlich: »Ich habe Sophie vorgeschlagen, daß sie vorerst bei mir bleibt. Sie kann mir Gesellschaft leisten. Erledigst du die Sache mit der Schule und sagst Bescheid, daß sie nicht zurückkommt?«

»Die Sache mit der Schule sollte Helena erledigen. Vielleicht sollte Sophie doch zurückgehen, ich weiß auch nicht, warum sie weggelaufen ist.«

»Aber ich«, sagte Calypso, die es von Tony erfahren hatte. »Sie kann unmöglich zurückgehen. Vielleicht ist es besser, du überläßt die Angelegenheit mir.«

»Aber...«

»Sie werden nicht erfahren, daß ich erst zwanzig bin, sie werden auch nicht erfahren, daß ich es bin. Ich kann ungeheuer hochnäsig sein. Ich werde schon mit ihnen fertig, ich mache sie zur Schnecke. Und mir tut es sicher gut, Sophie hier zu haben, sie wird mich ein bißchen ablenken.«

»Wenn du meinst…« Sarah gab sich geschlagen.

»Ich meine es, Tante Sarah, ganz bestimmt. Das wird uns beiden guttun. Sophie wird sich um mich kümmern, nicht wahr, Sophie?«

»Ja.«

»Nun ja, vorübergehend. Zumindest für kurze Zeit…« Sarah in ihrem rustikalen Tweedkostüm warf einen besorgten Blick auf Calypso, deren Morgenmantel aus Spitze nicht viel dazu beitrug, ihren Körper zu verhüllen. »Ich würde sie ja zu mir nehmen, wenn ich könnte.« Sie stand auf, da sie das Gefühl hatte, daß es Zeit war zu gehen. »Ich werde mit Helena und Richard reden.«

»Mein Bauch und ich freuen uns sehr, sie bei uns zu haben«, sagte Calypso.

»Ich begleite dich zum Bus«, sagte Sophie.

»Soll ich dir nicht ein Taxi rufen?« Calypso gab ihrer Tante einen Kuß, mit dem sie sie in Gedanken verabschiedete.

»Nein, ich nehme den Bus, den Elfer.« Sarah küßte Calypso. »Paß gut auf dich auf, Liebes.« Sie fühlte sich unzulänglich, ausgeschlossen.

»Das werde ich. Und Sophie auch.« Calypso klang distanziert und entschieden.

»Ich wünschte, ich wüßte, ob ich richtig gehandelt habe.«

»Mach dir keine Sorgen, Tante. Und vergiß nicht, uns zu benachrichtigen, sobald es was Neues von Oliver gibt.«

»Ich bin sicher, daß er dir öfter schreibt als mir.«

»Aber nein«, rief Calypso, während sie ihr nachwinkte, »keineswegs.« Sie winkte nochmals, machte die Tür zu und sammelte dann die Briefe auf, die sie zuvor auf dem Tisch abgelegt hatte, darunter einen von Oliver.

»Ich wette, er freut sich diebisch, der gemeine Kerl«, murmelte sie. Nachdem sie den dünnen Luftpostbrief aufgeschlitzt hatte, las sie: »Nachdem du jetzt Witwe bist, mein Liebling, können wir für den Fall, daß ich diesen verdammten Scheißkrieg überlebe, allmählich Pläne für unsere Zukunft schmieden. Ich schätze, wir können vom Geld deines betrauerten (nicht von mir) ehemaligen Gatten recht angenehm leben, während ich meinen ersten Roman schreibe, und danach wird unserem Weg in eine rosige Zukunft nichts mehr im Wege stehen. Apropos Romantik, das Leben hier in der Wüste ist voller Entbehrungen, also bereite dich schon mal darauf vor, die verlorene Zeit nachzuholen, sobald...« Sie knüllte den Brief zusammen und warf ihn auf den Boden. »Den Teufel werde ich tun«, murmelte sie. Fling stürzte sich knurrend auf den Brief, beutelte ihn erst wie eine Ratte und riß ihn dann in Fetzen. Sophie, die gerade das Haus betrat, fragte: »Was frißt er denn da?«

»Einen Brief von Oliver.«

»Er hat Tante Sarah die Sache mit Hector berichtet. Vermutlich freut er sich.«

»Sag das nicht so traurig. Wer weiß, vielleicht kommt Oliver um und die Zwillinge auch, und das ist dann das Ende unserer Clique. Hector hat freilich nicht dazugehört...« Ihre Stimme verlor sich.

Sophie fragte: »Hat Oliver wirklich Furunkel?«

»Das hat Hector jedenfalls geschrieben. Komm, wir machen uns im Wohnzimmer ein Feuer an.« Calypso ging voraus die Treppe hinauf. »Hoffentlich hat Mrs. Welsh alles hergerichtet.« Sie riß ein Streichholz an, hielt es an das Papier, sah zu, wie eine Flamme emporschlug und sich ausbreitete. »Du brauchst mir nichts von der Schule zu erzählen, wenn du nicht möchtest. Ich kann es mir schon denken. War Tony lieb?«

»Sehr, aber er hat behauptet, ich stinke.« Sophie schilderte Helenas Bad, ihre Seifen und Duftwässer. »Ich habe zuviel davon genommen. Er hat mir einen Gutenachtkuß gegeben.« Unbewußt berührte sie ihren Mund. Calypso lächelte.

»Er wird sich in dich verlieben.«

»In mich wird sich niemand verlieben. Die Mädchen in der Schule bezeichnen mich als...«

»Als was denn?«

»Als Eurasierin. Sie sagen, keiner ihrer Brüder...«

»Ihre Brüder können dich mal. Auf diese Sorte von Brüdern kleiner Mädchen kannst du verzichten. Du bist sehr hübsch, Sophie, du bist schön, weißt du das denn nicht?«

»Ich?« Sophie blickte Calypso ganz erstaunt an. »Du willst mir nur was Nettes sagen.«

Calypso grinste. »Nett ist ein Wort, das ziemlich schlecht zu mir paßt. Ich ziehe mich jetzt an. Während ich bade, kannst du das hier lesen, und anschließend gehen wir einkaufen und besorgen dir was zum Anziehen.« Sie reichte Sophie einen Stapel Briefe und verließ das Zimmer.

Sophie hielt die Briefe in der Hand und drehte sie hin und her. Briefe von Hector, auf dünnes Luftpostpapier geschrieben. Sie begann zu lesen, faltete sie sorgfältig auseinander, legte dann jeden zusammen, sobald sie damit fertig war. Nachdem sie alle gelesen hatte, legte sie sie auf ein Beistelltischchen und starrte ins Feuer. Wenig später kam Calypso zurück.

»Ich wünschte, jemand würde mir solche Briefe schreiben.«

»Über Bäume«, blaffte Calypso. »Was hat er sich nur dabei gedacht, was hat er damit gemeint? Es steht nichts drin, absolut nichts über den Krieg oder das, was er macht. Olivers Furunkel sind so ziemlich das einzige Konkrete, was wir erfahren.«

»Vielleicht wollte er nicht über den Krieg nachdenken. Die Briefe drehen sich alle um die Zeit nach dem Krieg und um die Dinge, die er für dich tun möchte, mit dir...«

»Ich habe sie nicht gründlich gelesen«, sagte Calypso abwehrend.

»Er wollte einen Wald pflanzen, in den er mit wilden Kirschbäumen deinen Namen schreiben wollte.«

»Aus deinem Mund klingt das poetisch. An mich ist es verschwendet. Komm, jetzt gehen wir einkaufen, Sophie. Ich möchte nicht über Hector reden. Er ist nicht so, er ist eher ein Schlägertyp, der sich betrinkt und...«

»Das tun Oliver und die Zwillinge auch, Onkel Richard tut es, und Walter hat es getan.«

»War Tony gestern abend betrunken?«

»Nein.«

»Da hast du Glück gehabt.« Wäre er betrunken gewesen, dachte Calypso, würde Sophie jetzt nicht so jungfräulich dasitzen. »Es ist Krieg. Alle Leute trinken, sogar Tante Helena.«

»Wirklich?«

»Jawohl. Die Leute behaupten, das kommt von der Angst. Ich glaube, es kommt daher, daß viele befürchten, der Alkohol könnte knapp werden. Sie schütten ihn hinunter, nur damit niemand anderes ihn bekommt. Der Krieg treibt uns zum

Trinken. Im Augenblick wird mir davon schlecht. Aber sobald ich diesen Klumpen da zur Welt gebracht habe, gehe ich auf eine Sauftour.«

Um die Zeit vor dem Begräbnis auszufüllen, spazierte Sophie trotz des Windes, der ihr in den Augen brannte, an den Klippen entlang. Sie dachte an die Zeit zurück, die sie bei Calypso verbracht hatte, während sich Richard und Helena hier in Cornwall um Monika kümmerten, sich beide aus unterschiedlichen Beweggründen große Mühe gaben, Richard, weil er sie wirklich gern hatte, Helena, weil sie nach London zurückwollte. Max, der sich große Sorgen um Monika machte, war nach Cornwall gefahren, sooft er London verlassen konnte. Er kam häufig zu Calypso zu Besuch, brachte ihr Bücher oder Blumen mit, setzte sich dann zu ihr und erzählte vom Leben in Wien vor dem Krieg und ganz selten einmal von seinem Sohn Pauli, einem, wie er gelegentlich voller Bestürzung andeutete, aufbrausenden, aggressiven Charakter, aus dem, falls er überlebte, ein Künstler werden könnte oder auch nicht, einem jungen Mann, der seinen Eltern übermäßige Schuldgefühle einjagte, wobei Max den Eindruck erweckte, als hätte er aus irgendeinem unseligen Grund nichts Liebenswertes an sich. Dann machte er jedesmal eine Pause, rieb sich die Hände, schüttelte die Arme aus, lachte und wechselte das Thema. Ähnlich verhielten sich Calypso, die nur selten von Hector sprach, und Polly, die nach der Arbeit oft vorbeikam und die Zwillinge auch immer nur beiläufig erwähnte.

Während Sophie den von der Nationalparkverwaltung ordentlich beschilderten Pfad entlangschlenderte, rief sie sich diese glücklichen Monate in London ins Gedächtnis. Calypso ging mit ihr einkaufen, schenkte ihr hübsche Kleider, brachte ihr bei, wie man Haare und Fingernägel pflegte. Abends kamen Max, Brian Portmadoc, Tony Wood und andere Freunde von Calypso und Polly zu Besuch, und man unterhielt sich, scherzte, kochte in Calypsos Küche Abendessen, trank ein paar Flaschen Wein, die der eine oder andere mitgebracht hatte. Deprimierende Themen wie Hector, Pauli, Oliver und die Zwillinge wurden von allen gemieden, dachte Sophie, und alle hatten sie wie einen guten Kameraden behandelt, mit dem man unbesorgt alles mögliche unternehmen konnte, ohne daß es zu Peinlichkeiten kam. Sie gingen mit ihr ins Kino und führten sie zum Lunch aus. Ein- oder zweimal nahm Max sie in ein Konzert mit, und Tony schmuggelte sie mehrere Male in ein Pub. Mit Brian führte sie Fling in den Londoner Parks spazieren. Es galt als abgemacht, auch wenn nicht darüber gesprochen wurde, daß Sophie, sobald es Monika wieder gutging und sobald Helena wieder nach London kam, nach Cornwall zurückkehren, sich mit um die Kuh und die Hennen kümmern und vielleicht eine Tagesschule besuchen würde. Offenbar war man allgemein der Ansicht, daß keine Eile geboten war; die Dinge würden schon ins Lot kommen, und in der Zwischenzeit sollte Sophie die ekelhafte Schule vergessen, sich amüsieren, erwachsen werden. Ja, dachte Sophie, während sie in ihren grünen Gummistiefeln durch das kurze Gras auf der Klippe stapfte, das war die Zeit, in der ich erwachsen geworden bin, in der wir geplaudert und getratscht und gelegentlich die alten Herrschaften angerufen haben, Helena, Sarah, Onkel Richard und Monika, die damals alle, Onkel Richard vielleicht ausgenommen, noch nicht so alt waren wie ich jetzt.

Sie hatten über die Nachrichten aus den Kriegsgebieten diskutiert, über die Lebensmittelknappheit, den Blindgänger, der monatelang unter der Knightsbridge lag, während die Busse darüber hinwegrollten, die Überflutung Londons durch die Amerikaner, die sich lautstark betranken, sehr hilfsbereit und höflich waren und den Mädchen Nylonstrümpfe, Nylonstrümpfe und nochmals Nylonstrümpfe schenkten. Während Sophie über die Klippe trottete, hörte sie das schrille, wilde Gekreisch der Möwen, das ihr von Kind an so vertraut war. Sie versuchte sich daran zu erinnern, wie Calypso die Sache mit der Schule gedeichselt hatte, diesem alptraumhaften Ort, aber vergebens. Wir waren alle verliebt, dachte sie, als sie an der Landspitze stehenblieb und aufs Meer hinausblickte, Onkel Richard in Monika, Max in Monika und Helena, Polly in die Zwillinge, Helena in Max, ich in Oliver. Oliver und alle anderen Männer in Calypso, die behauptete, sie wisse nicht, was Liebe ist.

Sophie überlegte, wie Calypso jetzt nach ihrem Schlaganfall

aussehen mochte, von dem sie sich angeblich bis auf das Gesicht erholt hatte. Es war einige Jahre her, seit sie sie zum letztenmal gesehen hatte. Sie fragte sich, ob sie sich die Haare färbte und wie sie wohl mit ihrem leicht schiefen Gesicht aussah. Ich erinnere mich noch gut, dachte Sophie, und ich werde es auch nie vergessen, wie sie aussah, als sie die Nachricht erhielt, daß Hector in Gefangenschaft war und keineswegs tot.

33

Als sie sich auf den Rückweg zum Haus machte, immer den Wind im Nacken, dessen schon winterliche Kälte sie in die Ohren kniff, konnte sie über die Felder hinweg den Kirchturm sehen, der sich über das geduckte kleine Dorf erhob und seit Jahrhunderten die Gebeine der Toten bewachte, unter denen Onkel Richard, die Floyers und Monika lagen und bei denen morgen auch Max liegen würde; mit ihm hatte sie jenen Tag verbracht, an dem Calypso die Nachricht erhielt, daß Hector nicht mehr vermißt wurde, sondern sich in Kriegsgefangenschaft befand.

Während der Wind Farbe auf ihre hohen Wangenknochen hauchte, erinnerte sich Sophie an jenen Tag, versuchte es zumindest, da sie sehr wohl wußte, daß einem das Gedächtnis Streiche spielt und Verstand und Gefühl beeinflußt. Das Bild, das zum Zeitpunkt des Ereignisses verschwommen ist, wird in der Erinnerung hell und klar.

Max hatte sie zu einer Probe mit Yehudi Menuhin mitgenommen. Sie beobachtete Menuhin und die anderen Musiker, hörte, was sie redeten, und dann wurde sie von den überirdischen Klängen von Menuhins Violine davongetragen. Sie bemerkte, daß Max den Saal verlassen hatte, um mit einem Fremden zu sprechen. Als er zurückkam, setzte er sich neben sie, hielt ihre Hand, bis die Musik aufhörte, sagte dann: »Wir müssen gehen«, und führte sie hinaus. Er hatte sich von keinem der Musiker verabschiedet. Während er sie in ein Taxi schob, hatte er gesagt: »Bleib bei mir und sag bitte nichts.« Auf dem Weg in die Enderby Street hatte er sie an sich gedrückt, hatte angespannt dagesessen und sie einfach nur festgehalten, bis sie an ihrem Ziel angekommen waren, hatte Geld aus seiner Tasche gefischt, das Taxi bezahlt und sie wortlos vor sich her in Helenas Haus geschoben. Im Wohnzimmer oder in Helenas Schlafzimmer hatte er ihr eröffnet, der Mann im Konzertsaal, der auf undurchsichtigen Wegen an Informationen gelangte, habe ihm mitgeteilt, daß Pauli im Konzentrationslager umgekommen sei. »Ich habe meinen Sohn verloren. Was soll ich nur Monika sagen? Warum sind wir nicht geblieben? Warum sind wir weggelaufen?« Er hatte sie in seinen Armen gewiegt und an seinen knochigen Körper gedrückt. Sie hatte reagiert, hatte seinen Kopf an ihre Brust gelegt, ihn mit der ganzen Leidenschaft getröstet, die Menuhins Spiel in ihr entfacht hatte. Und wieder tauchte Sophie ein in jenen Nachmittag in Helenas Bett, in die sanften Zärtlichkeiten eines todtraurigen Mannes. Sie hatte neben ihm gelegen, während er schlief, froh über das, was er getan hatte. Dann war er aufgewacht und hatte sie geküßt. »Habe ich dir weh getan, mein Kind?«

»Nur ein bißchen«, hatte sie ehrlich geantwortet.

»Ich bin so froh, daß du da warst«, hatte er gesagt, um sie zu trösten.

»Ich bin auch froh«, hatte sie beruhigend geantwortet.

Wenn sie jetzt an Helenas bequemes Bett zurückdachte, an Max' harte Rippen, war sie froh, daß sie zur Stelle gewesen war, als er seinen qualvollen Verlust erlitt – nicht unerwartet, kein Tod war unerwartet. Später nahmen sie gemeinsam ein Bad, benutzten Helenas Badezusatz, hüllten sich in ihre riesigen weißen Handtücher, in deren Ecken ein rotes H gestickt war. Dann zogen sie sich an und gingen zu Fuß von der Enderby Street zu Calypsos Haus. Max hatte auf dem ganzen Weg ihre Hand gehalten. Jetzt, nachdem er tot war, war sie die einzige, die wußte, daß sie miteinander geschlafen hatten. Bei dem Gedanken mußte sie lächeln. Sie war einfach zufällig im richtigen Augenblick zur Stelle gewesen.

Sie waren im Dämmerlicht stehengeblieben, um ein Ruinengrundstück zu betrachten, und beide hatten, ohne es zu erwähnen, das Unkraut bemerkt, das aus den Ritzen des Schutthaufens wuchs, der einst ein Haus gewesen war. Als sie Calypsos Haus erreichten, wurde es bereits dunkel. Sie schlossen die Haustür auf. Fling stürzte ihnen entgegen, um sie zu begrüßen, und Calypso rief von oben: »Seid ihr es?«

Sie saß in der Mitte des Sofas, hochschwanger und breitbeinig, in der Hand das Telegramm. Sophie erinnerte sich noch gut an Calypsos Blick, und sie erinnerte sich an Max' Miene, als er das Telegramm las, das sie ihm hinhielt.

»Welche Freude«, hatte er gesagt und Calypso geküßt, die ihre Arme um ihn schlang und ihr Gesicht an seines legte. Mit einem Blick hatte er Sophie ein »Nein« signalisiert, und so war kein Wort über Pauli gefallen.

»Das schreit nach Schampus, findet ihr nicht?« hatte Max gesagt. Und dann waren sie in den Keller hinuntergestiegen, um Hectors kostbare Vorräte zu plündern, während Calypso Tante Sarah, ihre Eltern, Helena und Richard anrief. Polly war mit Brian Portmadoc, Tony Wood und einem Franzosen, der Hector kannte, herübergekommen. Sie hatten ziemlich ausgelassen gefeiert. Wahrscheinlich, dachte Sophie, war das das Beste für Max, der Monika erst Wochen später die Hiobsbotschaft überbrachte, weil er abwarten wollte, bis sie sich einigermaßen erholt hatte und man nicht mehr befürchten mußte, daß sie ein zweites Mal versuchen würde, sich über die Klippe zu stürzen. Es muß etwa hier gewesen sein, dachte Sophie und spähte vorsichtig hinunter. Dort war der Felsvorsprung, auf den sie gefallen war. Jedem außer Monika hätte man vermutlich unterstellt, er habe gewußt, daß er nicht weit fallen konnte. Während Sophie hinuntersah, bewußt das Meer wahrnahm, den Wind, die kreischenden Möwen, und die Entfernung bis zu dem Felsvorsprung abschätzte, lief einer dieser frechen Klippenfüchse, denen der arme Ducks immer nachgejagt war, im Zickzack über den Abhang. Plötzlich füllten sich Sophies Augen mit Tränen; sie weinte um den Hund, weinte um Max, der morgen beerdigt werden sollte, weinte, weil sie ihm so unbedacht ihre Jungfräulichkeit geschenkt hatte. Ein Glück, dachte sie, daß damals kein Ersatz für Pauli gezeugt wurde; dabei fiel ihr der längst vergessene Blickwechsel zwischen Calypso und Max ein, dieses komplizenhafte Lächeln, und dann Calypsos veränderter Tonfall.

»Vielleicht bleibt er lange genug in Gefangenschaft, um zu erfahren, daß ich schwanger bin.«

»Du sagst das so, als säße er im Kittchen«, hatte Polly vorwurfsvoll gesagt.

»Er ist sehr weit weg«, hatte Calypso geantwortet. »Ich kann ihn mir schwer vorstellen, wenn er nicht da ist.«

Sophie kletterte das letzte Stück Klippe hinauf und landete außer Atem auf der Kamillenwiese. Sie betrachtete das Haus, verwaist, die Räume leer, die Fenster blind. Der Stechpalmenbaum stand, wo er immer gestanden hatte, und schützte die Ostfassade; der Ast, den sie als Kind immer entlanggerobbt war, verdunkelte das Wohnzimmer. Hier hatte Helena in ihrem Liegestuhl gesessen, hier hatten sich Oliver, Walter, Polly, die Zwillinge und Calypso an den Sommerabenden in ihrer Jugend gerekelt und sich unterhalten. Hier hatte sie, als Onkel Richard mit einer Lungenentzündung im Bett lag, gestanden und Ducks zurückgepfiffen und gerufen, wenn er wieder einmal die Füchse auf der Klippe jagte. Ihr Onkel hatte sich große Sorgen um seinen Hund gemacht. Stundenlang hatte sie nach ihm gepfiffen und gerufen, und ihre Stimme hatte sich mit dem Gekreisch der Möwen vermischt. Am dritten Abend war Ducks wieder aufgetaucht, die Pfoten wund vom Wühlen, das Fell voller Erde, die Augen sandverklebt, so erschöpft, daß er gerade noch zu Sophie hinkrabbeln konnte und sich mit einem matten Schwanzwedeln vor ihre Füße legte. Sie hatte ihn ins Haus getragen, ihm Wasser gegeben, ihn mit Fressen gelockt und ihn zu Onkel Richard hinaufgetragen, der in seinen Kissen lag und nach Luft rang. Hustend hatte er gesagt: »Gib ihn mir, leg ihn da hin.« Der Hund hatte in seiner Armbeuge gelegen, die längliche Schnauze auf dem Ärmel des gestreiften Schlafanzugs, die Augen vor Erschöpfung geschlossen, und Richard hatte zum erstenmal seit Tagen geschlafen. Monika hatte Sophie ins Bett geschickt und bei Richard Wache gehalten, voller Sorge, weil sein Zustand noch nie so ernst gewesen war und er auf die vom Arzt verschriebenen Vitamintabletten nicht reagierte.

Mildred Floyer war gekommen, um Richard Gesellschaft zu leisten. Sophie hatte gelauscht, als die beiden Frauen darüber sprachen, daß Richard mit Penicillin gerettet werden könnte, das aber nur an die Streitkräfte ausgegeben wurde. Da sie nicht einschlafen konnte, ging sie in die Küche hinunter, wo die beiden Frauen saßen und Kakao tranken.

»Er hat sich solche Sorgen um den Hund gemacht. Nachdem er wieder aufgetaucht ist, geht es ihm sicher bald besser.«

»Das kann man nur hoffen«, hatte Monika geantwortet. Monika, die keine Hoffnung mehr für Pauli hatte, errötete jetzt nicht mehr, wenn die Sprache auf Meerschweinchen kam. Monika, die trotz ihres Kummers noch Kraft für Richard übrig hatte, der sie liebte, hatte gesagt: »Vielleicht gibt er sich jetzt Mühe, gesund zu werden, vielleicht versucht er es dem Hund zuliebe.« Sophie hatte um die Erlaubnis gebeten, an Richards Bett sitzen zu dürfen. Die beiden Frauen waren einverstanden. Mildred ging nach Hause, um sich etwas auszuruhen, das Gesicht gefurcht von der Sorge um die Zwillinge, die jetzt in Italien stationiert waren, denn der Krieg hatte eine Wendung zum Besseren genommen, die deutschen Streitkräfte waren auf dem Rückzug, wenn auch langsam.

Als Sophie jetzt auf der Wiese stand, dachte sie an Richard und daran, wie sie an seinem Bett gesessen und seinem Atem, seinem Schnaufen und Schnüffeln gelauscht hatte. Angewidert von dem Krankenzimmergeruch saß sie kerzengerade da, unfähig, sich zu entspannen, betrachtete Richards graues Gesicht, den schlaff offenstehenden Mund, die Mühe, die ihm jeder Atemzug bereitete. Er schlug die Augen auf und sagte: »Ich kratze ab.«

»Was?«

»Komm hier rüber.« Sie stand auf und trat an das Bett.

»Der Hund ist auch am Ende.« Sein Atem keuchte.

»Was?« Vor lauter Angst konnte sie ihn kaum hören.

»Kann die Beine nicht mehr bewegen, der arme kleine Kerl.« Sie hatte den Hund hochgehoben und auf den Boden gesetzt, und als er auf den Rücken rollte, hatte sie seinen teilnahmslosen Blick erhascht. »Leg ihn wieder her.« Richard hustete, rang nach Luft, keuchte, atmete pfeifend, wobei sein Gesicht ein stumpfes Purpurrot annahm.

Behutsam legte sie den Hund wieder auf seinen Platz. »Er ist noch nicht alt«, hatte sie Ducks verteidigt.

»Aber erledigt.«

»Ich hole den Tierarzt, sobald es hell wird.«

»Nützt nichts, wir sterben beide.« Richards Augen waren auf ihr Gesicht gerichtet, der Hund starrte sie an, warnte sie mit entblößten Zähnen davor, ihn nochmals wegzunehmen.

»Er hat dich lieb«, hatte sie gesagt und nach einer Pause hinzugefügt: »Wir haben dich alle lieb.«

»Liebe«, keuchte Richard, und auf seinem Gesicht zeichneten sich Argwohn und Verachtung ab. »Früher mal habe ich Helena geliebt.« Sophie hatte sich hinuntergebeugt, um ihn zu verstehen. Der Hund knurrte, drohte zuzuschnappen. »Jetzt liebe ich Monika. Deine Mutter hat gesagt, sie hätte deinen Vater geliebt; hat der Priester jedenfalls behauptet.« Das Kinn sank ihm auf die Brust. »Irgend so ein Schlitzauge, also ich bitte dich. Vielleicht ein Kuli, würde mich nicht wundern, ein Glück, daß wir den Krieg gewinnen, die Deutschen würden gleich merken, daß du nicht reinrassig arisch bist.« Seine Stimme verlor sich in einem Hustenanfall. Sophie mußte daran denken, wie sie ihm ein Glas Wasser an die Lippen gehalten hatte, damit er einen Schluck trinken konnte, und seinen Atem abstoßend fand. Er hatte ihre Hand gepackt.

»Möchte dich um was bitten, Sophie. Bist du Sophie?«

»Ja«, hatte sie gesagt. »Ja, ich bin Sophie.« Sie ekelte sich vor ihm.

»Komm näher her.«

Sie hielt die Luft an, um den Gestank, vor dem sie sich fürchtete, nicht einatmen zu müssen, und beugte sich tiefer hinunter.

»Sorg dafür, daß sie ihn mit mir begraben.«

»Zu deinen Füßen?«

»Im Sarg. Versprich es mir.« In seinen sorgenvollen Augen lag derselbe Ausdruck wie in Ducks' Hundeaugen. »Ich bitte dich...« Sein Griff um ihre Hand lockerte sich, das Kinn sank auf die Brust, und sie hörte den Wecker ticken, den Monika auf die Kommode gestellt hatte. Sie starrte den Hund an, und der Hund starrte zurück. Sie schloß Richards Augen; jetzt konnte sie ihn ohne Furcht berühren. Sie erinnerte sich, daß sie Monika aufgeweckt und Monika den Hund vom Bett gehoben und mit nüchterner Stimme gesagt hatte: »Bring ihn in seinen Korb.« Sie hatte den Hund in seinen Korb im Ankleidezimmer getragen, nach dem nächstbesten Stück Stoff gegriffen, um ihn zuzudekken, und dabei eine Hose erwischt. Sie hatte die Beinprothese herausgezogen und das Tier in die Hose gewickelt.

Sophie mußte daran denken, daß sie an dem Morgen, an dem Richard starb, an derselben Stelle gestanden hatte wie jetzt und um den Hund geweint hatte, der im Sterben lag. Sie war ins Haus zurückgelaufen, wo Monika den Arzt anrief und Helena den toten Hund entdeckte. Max hatte Sophie geholfen, ihn in den Sarg zu schmuggeln, in dem Richard in einem dunklen Anzug lag, das schüttere Haar ordentlich zurückgekämmt, im Gesicht jenen Ausdruck, den der Leichenbestatter für Würde hielt. Ducks gesellte sich zu seinem Herrn, die Lippen zu einem Knurren aufgestülpt, der Körper gekrümmt und steif. Max schob ihn neben Richard in den Sarg, holte den Leichenbestatter und ließ ihn den Deckel zuschrauben. Während Sophie jetzt auf der Wiese stand und zum Haus hinaufblickte, fragte sie sich, wieviel Trinkgeld Max dem Leichenbestatter in die Hand gedrückt haben mochte und wie er es angestellt hatte, daß das Begräbnis des Hundes ein Geheimnis blieb. Als sie mit Helena, Monika und Mildred Floyer am Grab stand und Mr. Floyer mit flatternder Soutane das Totengebet über den in die Grube hinabgelassenen Sarg sprach, hatte Max über das offene Grab hinweg ihren Blick aufgefangen und gelächelt. Der alte Teufel, dachte Sophie, als sie sich umwandte, um aufs Meer hinauszusehen, wo später, im Frühjahr 1944, sonderbare Gebilde vorbeigeschleppt wurden, Bruchstücke des Hafens von Mulberry. Onkel Richard wäre von der Landung in der Normandie begeistert gewesen, dachte sie, obwohl beide Floyer-Jungen verwundet wurden und mehrere Männer aus dem Dorf nicht mehr zurückkehrten. Es hätte ihn glücklich gemacht mitzuerleben, wie die amerikanischen Bomber über die Küste hinwegflogen, um Frankreich zu bombardieren. Ohne seine Begeisterung war der Krieg trist geworden, da er mit Richard sein Publikum eingebüßt hatte. Wir anderen, dachte sie, die wir 1939 auf der Kamillenwiese versammelt waren, haben alle Nebenrollen gespielt. Sie bückte sich, um die Wiese genauer zu betrachten. Erstaunlich, daß sie überdauert hatte. Sie strich mit der Handfläche darüber, sog den aufsteigenden Duft ein, der die Erinnerung an andere Zeiten, andere Lieben, wachrief. Jemand klopfte an das Glas der Verandatür. Sie erschrak, weil sie gedacht hatte, das Haus sei leer. Das Licht, abgeschwächt durch rasch vorbeiziehende Wolken, blendete sie. Hinter der Glasscheibe konnte sie eine schattenhafte Gestalt ausmachen, die nochmals klopfte und sich dann aus dem Blickfeld zurückzog.

Sophie überquerte die Wiese und schaute in Monikas akribisch möbliertes Wohnzimmer, aus dem Helenas Spuren vollständig getilgt worden waren. Als Max in den fünfziger Jahren das Haus gekauft hatte, hatte sich Helena endgültig in London niedergelassen. Sophie versuchte die Verandatür zu öffnen, stellte fest, daß sie abgesperrt war, und ging ums Haus herum zum Vordereingang.

»Ich bin in der Küche«, rief Calypso, »und mache Tee.«

Sophie reagierte mit gemischten Gefühlen: Unwillen darüber, daß sie bei ihren nostalgischen Erinnerungen gestört wurde, Erleichterung, als sie Calypsos Stimme erkannte.

»Komm rein, Sophie, ich bin es.«

Die beiden Frauen umarmten sich; dabei verbarg jede ihr Gesicht an der Wange der anderen.

»Du benützt noch immer Mitsuko«, sagte Sophie.

Calypso trat einen Schritt zurück, hielt Sophie an den Schultern fest und lächelte.

»Nicht ein graues Haar. Nicht mal eine Tönung! Wie viele Jahre ist es her?«

»Was tust du hier? Das Begräbnis ist doch erst morgen.« Beide sprachen gleichzeitig.

»Ich wollte mal meine Gedanken sammeln. Ich bin seit Jahren nicht mehr hier gewesen.« Sophie erwiderte Calypsos schiefes Lächeln.

»Man sieht es nicht sehr, oder? Ich dachte, ich komme lieber am Abend vor dem Leichenschmaus. Ich habe das Auto voller Getränke. Hast du eine Ahnung, wer alles kommt?«

»Die Nachbarn vermutlich, Freunde, andere Künstler. Hamish bringt Helena mit, wie du weißt.«

Calypso lachte. »Nicht schlecht für ihr Alter.«

»Sie hat eine Vorliebe für Beerdigungen, sie hält einiges aus. Sie war bei den Beerdigungen von Richard, Monika und Mr. und Mrs. Floyer. Sogar bei General Peachums Begräbnis ist sie aufgetaucht.«

»Scheint mir etwas übertrieben. Warst du auch überall dabei?«

»Nein, nein, nur bei Monika und Onkel Richard. Ich habe es für meine Pflicht gehalten. Warum bist du denn nicht gekommen?«

»Ich war verreist. Außerdem, wenn du denkst, was ich glaube, daß du denkst, dann wüßte ich nicht, was ich...«

»Ich hatte schon immer den Eindruck, daß du deine Qualitäten hast.«

Calypso gluckste. »Ich nehme an, daß Polly auch kommt, was meinst du?«

»Ja.« Sophie sah zu, wie Calypso die Tassen aus dem Schrank holte, die Zuckerdose suchte, die Kanne anwärmte. »Ich wollte einen Rundgang durchs Haus machen.«

»Ich begleite dich, es sei denn, du möchtest allein sein.«

»Nein.«

»Wahrscheinlich wird es jetzt verkauft. Pauli will es sicher nicht behalten.«

»Ganz sicher nicht.«

Sie verließen die Küche und gingen durch die Diele – »Erinnerst du dich an Monikas Hyazinthen?» – ins Eßzimmer. »Weißt du noch, diese Frühstücke in den Ferien, als Onkel Richard immer die *Times* zerknittert hat?«

»Monika hat dieses Zimmer wirklich hübsch eingerichtet.« Sie standen im Wohnzimmer.

»Helena hatte dafür kein Geschick.«

»Die Schlafzimmer waren immer gemütlich.«

»Aber im Winter sehr kalt.«

»Seit sie die Zentralheizung eingebaut haben, nicht mehr.«

Wie alte Freundinnen gingen sie die Treppe hinauf. Sophie bemerkte, daß Calypso ein Bein nachzog.

»Von diesem Zimmer aus hat man den schönsten Blick.« Calypso machte eine Schlafzimmertür auf.

»Hier ist Onkel Richard gestorben.«

»O Gott, schau mal, Sophie, hast du das gewußt?«

Da lag Max in seinem Sarg, der auf ein paar Hockern stand. Calypso bekreuzigte sich. Sophie ergriff ihre Hand.

Das Nachmittagslicht schmeichelte Max. Er schien zu lauschen, das widerspenstige weiße Haar nach hinten gekämmt, die gebogene Nase, der agile Mund, die Unterlippe leicht vorgeschoben, die Stirn gefurcht, aber heiter, papierdünne Augenlider, die die schwarzen wachsamen Augen verdeckten.

»Mir ist nie aufgefallen, daß er so schön ist«, flüsterte Calypso.

»Weil er ganz damit beschäftigt war, uns das Gefühl zu geben, schön zu sein.« Sophie sprach mit normaler Stimme. »Wir brauchen nicht zu flüstern«, sagte sie.

»Er sieht gar nicht so alt aus. Dabei ist er so alt wie Tante Helena.«

»Nicht ganz.« Sophie beugte sich hinunter, um das unbewegte Gesicht zu küssen. Calypso betrachtete sie.

»Das könnte ich nie«, sagte sie. »Ich könnte nicht mal Hector zum Abschied küssen. Warum lachst du?« Sophie hatte sich aufs Bett gesetzt und kicherte.

Sophie erzählte ihr, wie Max den Hund in Richards Sarg geschmuggelt hatte. Calypso lachte hell auf.

»Der alte Gauner.«

»Er war ein mitfühlender Mensch«, sagte Sophie.

»Und wie! Ein richtiger Schwerenöter«, sagte Calypso grinsend.

»Aber Monika und Helena treu ergeben«, sagte Sophie.

»Sofern man eine *ménage à trois* mag«, sagte Calypso.

»Die beiden offenbar schon. Die Ehefrau fürs Land und die Ehefrau für die Stadt. Sie waren glücklich.«

»Die Geliebte«, sagte Calypso.

»Das sind doch Haarspaltereien«, sagte Sophie, die nie geheiratet hatte.

»Wie wär's jetzt mit einem Tee?« Sie gingen nach unten. »Ich wärme das Wasser noch mal auf. Ich möchte nur wissen, warum sie den Sarg nicht zugemacht haben, warum er allein da liegt, warum das Haus leer ist...«

»Wir sollten lieber hierbleiben und ihm Gesellschaft leisten.«

»Ich will aber nicht«, sagte Calypso. »Ich habe ein Zimmer im Queen's.«

»Dann bleibe ich eben da. Jemand sollte dableiben, bis Pauli kommt...«

»Natürlich, deshalb ist er noch offen. Ich hatte Pauli ganz vergessen.« Calypso machte Tee.

»So was kommt vor«, meinte Sophie, während Calypso Wasser in die Kanne goß.

»Er ist keiner von uns, nicht wahr?« Calypso setzte den Wasserkessel ab. »Lapsang Souchong klingt zwar besser, schmeckt aber nicht so gut wie Earl Grey.« Sie reichte Sophie eine Tasse. »Zucker?«

»Nein danke.«

»Komm doch mit und übernachte im Queen's. Ich lade dich ein.«

»Nein danke, Calypso.«

»Dann komm zum Abendessen, wir haben so viel nachzuholen... bitte. Es ist so lange her.«

Doch Sophie lehnte ab. »Nein danke, Calypso.« Um ein Haar hätte sie Hamish geheiratet. Wie wäre Calypso wohl als Schwiegermutter gewesen?

»Sag mir eines.« Calypso, die an ihrem Tee nippte, erriet Sophies Gedanken.

»Was?« Sophie war auf der Hut. »Ich dachte immer, du wüßtest alles.«

»Wollte Hamish dich heiraten?«

»Ich war schon da, als er auf die Welt kam...«

»Das ist keine Antwort.«

Sophie lachte. »Ich bin beinahe alt genug, um seine Mutter zu sein.«

»Du hast meine Frage nicht beantwortet.« Calypso ließ sich nicht so leicht ablenken. »Du wärest reich geworden, hat dich das nicht gereizt? Ich bin gerne reich, das hat mir schon immer gefallen.«

»Das hast du auch immer gesagt. Du hast auch gesagt, daß du nicht weißt, was Liebe ist. Das war gelogen.«

»So?« Es klang unverbindlich. »Wie kommst du darauf?«

»Als Hamish auf die Welt kam, hast du dich verraten.«

»Wie denn?«

»Es war deine Stimme.«

»Ich kann mich nicht erinnern, irgendwas gesagt zu haben. Ich weiß nur noch, daß ich ziemlich geschrien habe.«

»Als du ihn zum erstenmal gesehen hast, hast du gesagt: ›Seine Eier sind so groß wie die von Hector.‹ Es war deine Stimme.«

»Ich hatte noch nie zuvor ein Neugeborenes gesehen, das war ein Schock für mich.«

»Es hat sich angehört, als würdest du Hector lieben.«

»Das bildest du dir ein.« Calypso trank von ihrem Tee, ohne Sophie aus den Augen zu lassen. »Du hast meine Frage noch immer nicht beantwortet.«

»Es hätte nicht funktioniert.«

»Dann wollte er dich also heiraten.«

»Er war doch noch ein Kind.«

»Zu jung, um zu wissen, was er wollte?«

»Aber sicher.«

»Er hat niemals eine andere geheiratet.«

»Dafür ist noch genug Zeit«, sagte Sophie energisch.

Calypso lachte. »Das war vielleicht eine Geburt! Hat mich abgeschreckt, noch ein Kind zu bekommen.«

»Du wolltest kein zweites.«

»Stimmt. Hamish reicht. Wir hätten uns vielleicht ganz gut vertragen, du und ich. Du hättest mir zu einem Enkelkind verhelfen können. Hector hätte das gefallen.«

»Wir wären Cousins gewesen.«

»Aber nur weitläufige. Walter war zu nahe verwandt und Oliver auch.« Calypso ließ Olivers Namen in der Luft hängen. »Kommt er jemals nach England?«

»Woher soll ich das wissen?« Sophies neutrale Stimme klang fest. Wenn Oliver auftauchen sollte, wäre das unerträglich.

Beide Frauen saßen nachdenklich mit ihren Teetassen in der Küche, die so ausschließlich Monikas Reich geworden war.

»Du warst ungeheuer tapfer, als Hamish zur Welt kam. Ich habe dir nie richtig dafür gedankt. Nachdem sie mich schleunigst ins Krankenhaus gebracht hatten, habe ich dich nicht mehr gesehen. Wie ist es dir damals eigentlich ergangen?«

»Brian hat mich in den Zug nach Penzance gesetzt.«

»Nicht Max?«

»Nein, Brian. Sie sind gleichzeitig gekommen, um dich zu suchen. Max ist mit dir ins Krankenhaus gefahren.«

»Ach ja?«

Calypso und Sophie erinnerten sich an den unerwarteten Luftangriff, an die Bombe, die Calypsos Haus zertrümmert hatte, so daß sie beide im Souterrain eingeschlossen waren, an den Schock, der vorzeitige Wehen auslöste, an die endlosen Stunden, in denen Rettungsmannschaften verzweifelt nach ihnen gruben.

»Fling hat wie ein Wilder gebellt!«

»Und ich habe wie eine Wilde geschrien. Für dich muß das entsetzlich gewesen sein.«

»War es auch, bis das Baby kam.«

»Du hast ihn in Geschirrtücher gewickelt.«

»Sonst war ja nichts da.«

»Und irgendwo hast du Mrs. Welshs Schürze entdeckt und ihn damit zugedeckt.«

»Genau.«

»Es war herrlich, als sie uns endlich rausgeholt haben.«

»Und wie!«

»Und es war noch herrlicher, als Catherine kam und Hamish mit nach Schottland nahm, so daß ich frei war. Ich möchte bloß wissen, wer sie benachrichtigt hat?«

»Ich.«

»Wirklich? Wie schlau von dir.«

»Ich habe sie angerufen, und sie kam auf dem schnellsten Weg. Sie war wütend. Meinte, du hättest dich unverantwortlich verhalten.«

»Hab ich ja auch.« Calypso lachte. Kritik machte ihr nichts aus. »Aber es gab keinen Grund, sich aufzuregen. Es ging mir ausgezeichnet.«

»Sie hat sich um Hamish Sorgen gemacht«, meinte Sophie trocken, »nicht um dich.«

»Ja, um Hectors Baby. Es ist so lange her, daß es einem unwirklich vorkommt, nicht wahr?« Sie stand auf. »Bist du sicher, daß du nicht mit ins Queen's kommst? Es ist sehr komfortabel.« Sie schlüpfte in ihren Mantel und nahm ihre Tasche, ohne eine Antwort zu erwarten. »Dann bis morgen in der Kirche. Auf Wiedersehen, Sophie.« Als Zeichen ihrer Zuneigung legte sie ihre Wange an die von Sophie. Sophie sah ihr nach, bis das Auto außer Sichtweite war, machte dann die Tür zu, ging ans Wohnzimmerfenster und schaute hinaus. Sie schlang die Arme um sich und mußte daran denken, wie sie in Calypsos zerbombter Küche in London den neugeborenen Hamish im Arm gehalten hatte, der mit seinem Geschrei gegen diese schreckliche Welt protestierte. Sie hatte sich hingehockt, den Säugling im Arm, hatte die Flüche der Rettungsleute gehört, die sich durch den Schutt zu Calypso vorarbeiteten, von der sie wußten, daß sie verschüttet war, von der sie annahmen, sie sei verletzt – ohne zu ahnen, daß Sophie bei ihr war, ohne zu ahnen, daß sie Hamish zur Welt gebracht hatte. Sophie war in der Küche herumgekrochen, die noch erstaunlich intakt war. Die Decke brach erst ganz herunter, nachdem sie gerettet worden waren. Sie hatte das Telefon entdeckt, es ausprobiert, festgestellt, daß es wundersamerweise funktionierte, und das Mädchen vom Amt gebeten: »Verbinden Sie mich mit Schottland.« Vermutlich hatte sie die Nummer irgendwo gefunden, vielleicht hatte sie auch Calypso gefragt. Sie konnte sich nicht mehr erinnern. Catherine hatte abgenommen – an ihre Stimme, die aus den Highlands deutlich an ihr Ohr drang, erinnerte sie sich noch gut: »Ich kann sein Begrüßungsgeschrei hören.« Sie hatte Mrs. Welshs Schürze fester um das klebrige, schreiende Baby gewickelt, sich neben Calypso gehockt und darauf gewartet, daß man sie befreite.

»Glaubst du, sie kriegen uns hier raus?« Calypsos Widerstandskraft war grandios.

»Aber natürlich.« Sophie konnte die Pickel und Schaufeln hören, das Ächzen der Männer, die, von Flings schrillem Gekläff dirigiert, zu ihnen vorzudringen versuchten.

»Hector wird mich umbringen» – Calypso, die in der demolierten Küche hockte, hatte zufrieden geklungen –, »wenn er das erfährt. Ich habe wirklich geglaubt, er sei tot.«

»Ich weiß. Ich möchte gerne wissen, wie das ist, wenn man sich in Kriegsgefangenschaft befindet. Wenigstens ist er in Sicherheit.«

»Er schreibt noch immer über seine Bäume«, hatte sich Calypso beklagt. »Nicht ein Wort über das Lager oder über mich.«

»Wenn er Liebesbriefe schreiben würde, wäre es ihm sicher nicht recht, daß sie außer dir noch jemand liest. Vermutlich findet er, daß solche Dinge niemanden etwas angehen. Mir ginge das jedenfalls so.«

»Glaubst du? Auf diese Idee wäre ich gar nicht gekommen.«

»Natürlich. Denn blühende Bäume drücken all das aus, was er sagt, wenn er dir sagt, daß er dich liebt.« Calypso hatte gelacht.

»Unsere kluge Sophie. Dann rate mal, was er sagt, wenn er mich liebt.«

»Keine Ahnung. Aber ich weiß, daß er dich liebt.«

»Er liebt meinen Körper und, aber nein, ich kann dir nicht sagen, was er sagt, es würde dich schockieren.«

»Mag sein.«

»Ich flüstere lieber. Das Baby soll doch nicht hören, was sein Pa sagt.« Sie flüsterte Sophie etwas ins Ohr. Beide lachten, als der erste Lebensretter, begleitet von einem Schuttregen, zu ihnen durchstieß. Mein Gott, was haben wir damals gelacht, dachte Sophie. Dabei war Hector keineswegs in einem Kriegsgefangenenlager und damit in Sicherheit, sondern flüchtete auf verschlungenen Pfaden quer durch Italien. Sie selbst war wieder zu Hause in Cornwall, als er zu Calypso zurückkehrte. Hamish war in Schottland aufgewachsen. Hector war in die Labour Party eingetreten und hatte sich der Forstwirtschaft zugewandt. Calypso hatte weitergelebt, schön, distanziert, bewundert. Irgendwann in den fünfziger Jahren war Hector gestorben. Calypso hatte kein zweites Mal geheiratet, und Oliver liebte sie vermutlich immer noch, denn obwohl er geheiratet hatte, war Sophie nie zu Ohren gekommen, daß er glücklich wäre.

Während sie jetzt auf das graue, unfreundliche Meer hinausblickte, dachte sie an die letzte Phase des Krieges, die sie bei Monika verbracht hatte und ihr mit der Kuh, den Hennen und dem Garten zur Hand gegangen war; sie dachte an Mr. und Mrs. Floyer, an die Ereignisse im Dorf und daran, wie sehr sie sich nach dieser schrecklichen Schule gesehnt hatte, nur um die kurzen Augenblicke auf dem Weg durch London wiederzuerleben, in denen sie sich als ein Teil von Helenas, Pollys und Calypsos Leben gefühlt, das Neueste über Oliver erfahren und zwischendurch kurz die Zwillinge gesehen hatte; sie dachte an die Augenblicke mit Max, die Gespräche über Hector, dieses Gefühl der Zugehörigkeit zu jener kleinen Gemeinschaft, die in den letzten Augusttagen des Jahres 1939 auf der Wiese um einen runden, von Kerzen erleuchteten Tisch gesessen und zu Abend gegessen hatte, während der Mond über dem Meer emporgestiegen war.

Damals war ich allein, dachte sie. Und jetzt bin ich auch allein. Oliver, Fluch meines Lebens.

34

»Schon sonderbar, daß beide in diesem Haus gestorben sind.« Helena hatte eine Zeitlang nichts gesagt, so daß Hamish glaubte, sie würde schlafen.

»Wer, welche beiden?« sprudelte er überrascht hervor.

»Mein Mann Richard und mein Liebhaber Max.« Helenas Tonfall war herb. »Ich habe das Haus nach Richards Tod an Max verkauft. Angeblich soll ich ihn mit einem Kissen erstickt haben. So jedenfalls lautet die Legende. Traurig war ich allerdings nicht, als er starb.«

»So?« Hamish hatte diese Legende gehört. Er fühlte sich unbehaglich.

»Ich hätte ihn gar nicht ersticken können, weil ich mit Max in London war. Richard hat mich erstickt, bevor ich die Häuser in London gekauft habe. Eine vernünftige Investition, auch wenn es damals nicht so aussah, zweitausend Pfund für beide.«

»Das ist unglaublich. So wenig?«

»Richard meinte, es seien Bruchbuden. Mich werden sie schon noch aushalten.« Helena machte eine Pause, in der sie an ihre Häuser dachte. »Ich mag ein gewisses Risiko«, sagte sie. »Pollys Haus wurde von einer V1 getroffen, nur ihr Bett hat den Einschlag überstanden. Deine Mutter wurde ebenfalls bei einem Luftangriff verschüttet.«

»Das hat sie mir erzählt. Und der hat dann die Wehen ausgelöst.«

»Sie kann einen ganz schön damit langweilen. Dabei war Sophie bei ihr und hat ihr geholfen. Man könnte sagen, sie war die Hebamme.«

»Das habe ich gar nicht gewußt.« Ich darf nicht vergessen, meine Mutter zu fragen, ob das stimmt, dachte Hamish. Vielleicht erfindet Helena das ja nur.

»Wenn überhaupt jemand Richard erstickt hat, dann käme nur Sophie in Frage. Sie war bei ihm, als er starb.«

»Warum um Himmels willen hätte sie das tun sollen?« Hamish war erstaunt über die heftige Aversion, die die alte Frau zu wecken vermochte.

»Richard war, was kleine Mädchen betraf, nicht gerade unbedenklich, auch wenn ich damals glaubte, Monika hätte ihm das abgewöhnt. Vielleicht stimmt das auch, vielleicht irre ich mich in bezug auf Sophie.« Nachdenklich blickte Helena auf die vor ihr liegende Straße. »Immerhin war sie als Kind recht verschlossen; das ist sie noch immer. Als Richard starb, war sie ein Teenager, vielleicht war es Rache. Irgend etwas Sonderbares ist zu Beginn des Krieges passiert.« Nach einer Pause fuhr sie fort: »Na ja, es spielt ohnehin keine Rolle mehr, es liegt so lange zurück. Ich war mit Max beschäftigt. Meine Verliebtheit ließ mir keine Zeit für irgendwas anderes. Aber das kannst du dir vielleicht nicht vorstellen.«

So, meinst du? dachte Hamish, während er voller Bitterkeit an Sophies Körper dachte, an das seidige Haar, die schrägen Augen, ihre Zärtlichkeit. Was für ein verfluchtes altes Weib diese Helena doch ist, dachte er. Welcher Teufel hat mich geritten, überhaupt zu diesem Begräbnis zu fahren?

Inzwischen sprach Helena weiter. »Mag sein, daß ich mich täusche. Damals hatte sonst niemand diesen Verdacht, es war auch nur so eine Ahnung...«

»Was für eine Ahnung?« fragte Hamish, unwillkürlich neugierig geworden, seine Beifahrerin.

»Ein Mann von der Küstenwache ist über die Klippe hinuntergestürzt. Ich habe mich manchmal gefragt, ob Sophie ihn vielleicht gestoßen hat.«

»Lieber Gott!«

»Nicht der liebe Gott, sondern Sophie. Es war nur so ein Gedanke. Sie hatte irgend so einen Anfall. Ich dachte, falls sie den Mann geschubst hätte, wäre das eine Erklärung gewesen. Dann kamen Max und Monika in Internierungshaft, und natürlich dachte niemand mehr an etwas anderes.« Helena lachte ihr kehliges Lachen. »Der Krieg hat uns alle auf Trab gehalten, auch wenn wir keine Waffen in die Hand nehmen mußten wie dein lieber Vater und all diese jungen Leute – Oliver, Walter, David und Paul, lauter attraktive junge Männer. Inzwischen sind sie freilich etwas gealtert, nur Walter nicht, dem blieb ja keine Zeit, um abzubauen.«

»Aber Sophie ...« Hamish verriet sich, wie Helena bemerkt hatte.

»Sophie war viel jünger. Viel zu schüchtern, um irgend jemanden irgendwo hinunterzuschubsen. Daß ich so etwas auch nur denken konnte, zeigt, wie uns der Krieg zugesetzt hat; obwohl ich die Zeit durchaus genossen habe; das zu leugnen wäre gelogen. Sophie hätte keiner Fliege etwas zuleide getan«, sagte Helena mit Nachdruck, da sie Hamish keinesfalls verletzen wollte. »Sophie hatte etwas an sich, was die Leute anzog. Schon bevor es in Mode kam, so auszusehen wie sie, hatte Max ...«

»Max?« Hamish war sich der Eifersucht in seiner Stimme nicht bewußt, doch Helena, die sie bemerkte, fand ihren Verdacht bestätigt, daß Hamish Sophie liebte. Ich darf nicht geschwätzig werden, ermahnte sie sich selbst.

»Max hatte Sophie gern, er meinte, sie würde bei einem bestimmten Männertypus gut ankommen.«

»Wirklich?« Hamish klang erleichtert. Helena lächelte. Nein, mein Junge, dir werde ich nicht sagen, was ich noch keinem Menschen gesagt habe, daß ich nämlich schwarze asiatische Haare in meinem Bett gefunden habe und es mich sehr getroffen hat, obwohl es mir bei den anderen Frauen nichts ausmachte. Unversehens wurde sie von der Erinnerung eingeholt.

»Und wie es mich getroffen hat! Mein Gott, und wie!« Helenas Stimme war kräftig.

»Was denn?« Hamish empfand ihren Schmerz als peinlich.

»Daß Max gestorben ist«, log sie und seufzte dabei.

»Wir wollen mal sehen, ob wir Veilchen finden«, sagte Hamish, der seinen Unwillen bereute; doch Helenas Kummer ließ sich nicht lindern.

»Nur weil ich uralt bin, heißt das nicht, daß ich vergessen habe, was Liebe ist«, sagte sie bitter.

Hamish, der eingeschnappt schwieg, wünschte, er hätte sich von der Neugier, einen Blick auf Mutters Zeitgenossen zu werfen, nicht dazu verleiten lassen, zu dieser Beerdigung zu fahren.

»Ich bin gespannt, ob sich bei dieser Veranstaltung jemand eine Blöße gibt«, sagte Helena und kicherte unvermittelt. »Bloßstellung«, sagte sie mit einem Seitenblick auf Hamish, »das war einer seiner Lieblingsausdrücke.«

»Von wem sprichst du?« Hamish konnte die Gedankensprünge seiner Beifahrerin nicht ohne weiteres nachvollziehen.

»Von Max. Er war ganz versessen darauf, ausgefallene Wörter zu lernen. Die meisten wendete er dann prompt verkehrt an.«

»Wie denn?«

»Zum Beispiel im Bett. Ich habe ihn auch nie eines Besseren belehrt. Einmal bekam ich bei einem seiner Konzerte mit, wie eine Frau einer Freundin ziemlich pikiert erzählte, daß Max sie ins Bett gelockt und anschließend gesagt hatte: ›Na, das war aber eine schöne Bloßstellung, was?‹ Mein Gott, war das komisch.« Helena lachte ausgelassen. »Er gab sich ungeheure Mühe, sich den Ausländer nicht anmerken zu lassen.«

Als Hamish einen Blick zu Helena hinüberwarf, sah er auf einmal, wie die Jahre von ihr abfielen. »Das hört sich an, als hättet ihr euch königlich amüsiert.«

»Haben wir auch. Wir haben uns wirklich amüsiert. Max und ich, Max und Monika, Monika und ich. Es gab ungeheuer viel zu lachen.«

»Ich habe Monikas Einstellung nie verstanden«, sagte Hamish, der die ziemlich puritanischen Ansichten mancher streng katholisch erzogener Leute teilte.

»Ganz einfach«, meinte Helena. »Wir mochten uns alle. Sobald Monika ihre Vorliebe für das Landleben entdeckt hatte, regierte sie in Cornwall. Ich war die Frau für die Stadt. Und gereist sind wir abwechselnd mit ihm. Es ging niemanden etwas an außer uns. Nach Richards Tod funktionierte es recht gut. Als die arme Monika starb, lebte ich so weiter. Max brauchte ebenso zwei Frauen wie Polly...«

»Polly?«

»Ich wollte sagen, genau wie Polly zwei Männer brauchte. Sie war gierig, sie wollte, bekam und behielt die Zwillinge. Mein lieber Schwan, die hättest du mal als junges Mädchen erleben müssen.«

»Wie war sie denn?«

»Hübsch, zurückhaltend. Machte einen recht konventionellen Eindruck, der signalisierte, es sollte ja niemand wagen, ihren Lebensstil anzuzweifeln. Im großen und ganzen tat das auch niemand. Ihre Unverfrorenheit stopfte denen, die sie gern kritisiert hätten, den Mund und trug ihr die Bewunderung ihrer Altersgenossen ein. Das erwies sich als nützlich, als sie beschloß, James und Iris zu bekommen.«

»Weißt du eigentlich, welcher Zwilling der Vater von welchem Kind ist? Diese Frage habe ich mir schon oft gestellt.«

»Iris oder James vermutlich auch. Ich habe nie danach gefragt, weil ich glaube, daß Polly es selbst nicht weiß.« Helena lachte ihr kehliges Lachen, das Anerkennung für Richards Nichte Polly ausdrückte, und fügte hinzu: »Es hat funktioniert und funktioniert noch. Da hast du's, mein lieber Junge, zwei Fälle, in denen drei zu einer Ehe nötig sind. Warum probierst du es nicht aus?« fragte sie fröhlich.

»Da steht die Kirche im Weg, und meine Erziehung.«

»Von uns hat keiner zugelassen, daß die Erziehung seiner Lebensweise in die Quere kommt.«

»Na ja...«

»Dein Kindermädchen Catherine! Deine Mutter! Du meine Güte! Deine Mutter ist konvertiert, um deinen Vater zu ärgern, der vom Glauben abgefallen war. Dann stellte sie fest, ähnlich wie der Heilige Paulus, als er vom Pferd fiel oder was weiß ich, daß es ihr zusagte. Dein Vater war völlig durcheinander.«

»Er hatte nichts dagegen.«

»Er war wie Wachs in ihren Händen.«

»Er betete sie an. Sie haben sich fürchterlich gestritten«, sagte Hamish bei dem Gedanken an seine Kindheit.

»Wenn er betrunken war, nur wenn er betrunken war. Einmal hat er ihr ein Veilchen verpaßt.«

»Das hat meiner Mutter sicher nicht gefallen.« Hamish war entsetzt.

»Du würdest dich wundern, was Menschen in Kauf nehmen, wenn sie jemanden lieben.«

»Willst du damit sagen, daß meine Mutter meinen Vater geliebt hat?« Helena war über Hamishs ungläubigen Ton entzückt.

»Aber natürlich. Sie hat es sich nur nie anmerken lassen.«

»Mein Gott!« flüsterte Hamish. »Mein Gott!«

»Warum, glaubst du, hat sie nicht mehr geheiratet?« Helena ließ die Frage in der Luft hängen, damit sie in Hamishs Bewußtsein einsickern konnte. Ich kann begriffsstutzige Männer nicht ausstehen, dachte sie, wie soll ich ein Leben ohne Max nur ertragen? Sie angelte den Flachmann aus ihrer Tasche und schraubte den Verschluß auf. Nachdem sie einen Schluck getrunken hatte, sagte sie in verändertem Ton: »Wenn du irgendwo ein Pub siehst, dann halt bitte an, damit ich meine Flasche auffüllen und auf die Toilette gehen kann.«

»Und wenn es mich das Leben kosten sollte, ich werde Veilchen für dich auftreiben.« Hamish empfand überschwengliche Dankbarkeit für Helena, die ihm Calypsos Gefühle enthüllt hatte. »Ich werde ihr nicht verraten, daß du es mir gesagt hast«, meinte er.

»Das wäre auch besser«, stimmte Helena ihm zu. Sie mußte daran denken, wie Hector nach seiner Flucht aus der italienischen Kriegsgefangenschaft nach Hause zurückgekehrt war und Calypso sich große Mühe gegeben hatte, ihre Freude zu verbergen.

»Sie versucht sich zu schützen, unsere Calypso«, hatte Max zu ihr gesagt. »Sie tut so, als könnte sie nicht lieben, das ist ihre Tarnung.«

»Wenn dein Vater deine Mutter nicht so bedingungslos geliebt hätte, wäre er in den Schoß der Kirche zurückgekehrt«, sagte Helena nachdenklich.

»Wie denn das? Ich kann dir nicht folgen.«

»Dadurch hätte sich ihr Bild von ihm geändert, und das konnte er nicht riskieren.«

»Falls es mir nicht gelingt, Veilchen aufzutreiben, welche Blumen mochte Max sonst noch?«

»Wir finden bestimmt Veilchen«, sagte Helena. Hamish, der

sie an seinen Vater Hector erinnerte, wurde ihr immer sympathischer. Dann sagte sie herzlich: »Wie du weißt, war deine Mutter dafür bekannt, daß sie in der Gegend herumschlief.« Hamish zuckte zusammen. »Aber nachdem dein Vater aus dem Krieg zurückkehrte, habe ich nie wieder auch nur eine Andeutung gehört. Max behauptete, sie habe es aufgegeben, andere Männer anzusehen, weil sie erkannt hatte, daß sie das Beste aus beiden Welten gefunden hatte.«

»Als sie in die Kirche eintrat?«

»Von wegen! Sie hat in die Welt des Geldes eingeheiratet und dort prompt eine Welt der Liebe entdeckt. Die Kirche war für dich, denke ich mir, ebenso wie für Hector. Was dem einen recht ist, ist dem anderen billig.«

»Meinst du damit meine Eltern oder wen?«

»Noch ungefähr eine Meile, dann kommt ein Pub, an dem wir anhalten können«, sagte Helena. »In eurer Kirche haben sie ein brausendes Requiem für deinen Vater gespielt. Ich war mit Max und Monika dort – höchst eindrucksvoll. Calypso hat alles sehr geschickt eingefädelt. Du warst da, ein netter kleiner Junge, die gleichen Haare wie dein Vater.«

»Ich kann mir nicht denken, daß da irgendwas eingefädelt wurde«, sagte Hamish abwehrend. »Die Kirche ist nicht so.«

»Aber Calypso.« Helena ließ ihre Tasche zuschnappen, als sie vor dem Pub vorfuhren. »Schau mal«, sagte sie, »da steht Pollys Auto. Sie wollte mit Iris und James kommen. Hup doch mal.«

Gehorsam drückte Hamish auf die Hupe und parkte neben Pollys Auto. James kam aus dem Pub.

»Hallo«, sagte er und gab Helena einen Kuß auf die Wange, als sie ausstieg. »Mutter und Iris sind auf dem Klo.«

»Gut.« Helena richtete sich kerzengerade auf. »Laß sie auffüllen.« Sie reichte Hamish ihre Flasche. »Am liebsten mit Vat 69. Wir könnten alle zusammen hinfahren.«

Hamish und James sahen ihr nach, als sie das Pub betrat.

»Die alte Dame verträgt wirklich allerhand«, meinte Hamish.

»Wir dachten, wir kriegen hier vielleicht was zu essen. Wir haben in diesem winzigen Fortnums in Tavistock Proviant für unterwegs besorgt. Dort haben wir auch übernachtet.« James war ausgesprochen liebenswürdig.

»Großtante Helena hat in Erinnerungen geschwelgt«, sagte Hamish.

»Mutter auch.« James grinste. »Das bringen Beerdigungen eben so mit sich.«

»Hat sie irgendeine Katze aus dem Sack gelassen?«

»Eigentlich nicht, eher eine winzige Klarstellung.« James betrat mit Hamish das Pub. »Über unseren Hintergrund.«

»Unseren soliden Hintergrund«, sagte Hamish. »Was möchtest du trinken?«

»Nichts, danke. Ich fahre das letzte Stück.«

Hamish bestellte sich einen Whisky und bat den Mann am Tresen, Helenas Flasche mit Vat 69 aufzufüllen.

»Wenn wir deinen und unseren Hintergrund betrachten«, sagte James, »würde ich sagen, unserer ist bemerkenswert solide.«

»Was willst du damit sagen?« Hamish mochte James nicht besonders gern. Seine Schwester, die mehr Taktgefühl besaß, war ihm lieber.

»Wir haben zwei Väter, du hast keinen«, konstatierte James voller Stolz.

»Anfangs hatte ich einen.« Hamish war eingeschnappt. »Er ist gestorben. Sie waren nicht geschieden oder so was. Die euren haben eure Mutter nicht geheiratet.«

»Wie denn auch?« fragte James aufgebracht.

»Aber, aber.« Iris hatte sich von hinten genähert. »Laßt es gut sein, um Himmels willen. Je weniger wir die familiären Beziehungen aufdröseln, um so besser. Ihr vergeßt, daß ich verheiratet bin und zwei kleine Kinder habe, die bald Fragen stellen werden.«

Hamish lachte, denn er hatte tatsächlich vergessen, daß Iris verheiratet war und zwei Kinder hatte; und daß ihr Mann und ihr ganzer Lebensstil so respektabel waren, daß ihr Glück keinerlei Anstoß erregte.

»Und was willst du ihnen sagen?« Während Hamish von seinem Whisky trank, lächelte er Iris an, die weniger hübsch war als ihre Mutter und ungleich weniger schön als Calypso.

»Ich glaube nicht, daß sie sich dafür interessieren«, meinte Iris, »es liegt schon so weit zurück. Und uns interessiert es auch nur dann, wenn ein Begräbnis bei Mutter Erinnerungen weckt.«

»Und bei Helena«, sagte Hamish.

»Ja, das kann ich mir vorstellen. Arme alte Frau, aber wenn sie einmal nicht mehr ist...«

»Dann ist noch meine Mutter da, Sophie ist noch da und eure... äh... eure Väter. Kommen sie übrigens auch?«

»Wahrscheinlich nicht. Sie sind in Vichy, und ich glaube nicht, daß sie es rechtzeitig schaffen.«

Hamish mußte daran denken, daß sich Paul und David selten bei Familientreffen sehen ließen und ihre Arthritis dafür als Ausrede benutzten.

35

Pauli Erstweiler fuhr mit seinem Mercedes vor dem Haus vor. Er knallte die Autotür zu. Sophie hörte seine schweren Schritte in der Diele. Er blieb kurz vor dem Ablagetisch stehen und ging dann nach oben, um sich seinen Vater anzusehen, der sich in England aufgehalten hatte, während er selbst im Konzentrationslager gewesen war. Sophie spürte geradezu, wie Paulis Bitterkeit das Haus erfüllte, sobald er es betrat und sie in eisiges Schweigen einhüllte wie in ein Leichentuch. Sie zog sich rasch in das nächstbeste Zimmer zurück und blieb hinter der Tür stehen. Sie hörte ihn mit schweren Tritten die Treppe herunterkommen, hörte, wie er den Telefonhörer abnahm, wählte, mit dem Bestattungsunternehmer sprach und ihn beauftragte, den Sarg zuzumachen. Dann sagte er: »Danke. Ja, ja. Morgen, zwei Uhr dreißig. Wie?« Nach einer Weile: »Ja, ja, das Haus soll verkauft werden. Wissen Sie vielleicht einen Interessenten? Also dann morgen, danke, geht in Ordnung.« Er hatte einen starken Akzent.

Mit dem festen Schritt des Eigentümers ging er ins Wohnzimmer. Er klappte den Klavierdeckel auf, und mit jenen Fingern, die von den KZ-Wächtern zerquetscht worden waren und ihn zu einem Leben ohne Musik verurteilten, spielte er ein paar verwaschene Akkorde. Er ließ den Deckel zuknallen, dann folgten wieder schwere Schritte bis zur Tür, die aufgemacht wurde und wieder zuknallte, das Knallen der Autotür, das Aufheulen des Motors, das Knirschen der Reifen, das Heulen des Windes, das den Autolärm übertönte, dichter Regen, der ans Fenster schlug.

Armer Pauli, du bist völlig verbittert, hatte sie gedacht, als sie in seinen Armen lag. Wie kannst du lieben, wenn du voller Haß bist?

Wie konnte er glauben, er wäre ein Musiker geworden, da er doch unfähig war zu lieben? Er hatte es zum Millionär gebracht, angeblich durch geschickten Handel mit Panzern, Flugzeugen und Waffen. Sie kehrte wieder zu Max zurück, der still dalag, dessen Musik verstummt, dessen quälende Sorge um Pauli vorüber war. Als er erfuhr, daß Pauli überlebt hatte, war seine Freude ungeheuerlich gewesen. Sophie mußte an den zum Skelett abgemagerten jungen Mann denken und daran, wie sich die Freude seiner Eltern in Angst, Schmerz, Bitterkeit verwandelt hatte.

»Er braucht Liebe«, hatte Monika gesagt.

»Er braucht Liebe«, hatte auch Max gesagt.

»Er braucht Ruhe«, hatten die Floyers gesagt, »und Frieden.«

»Er braucht einen ordentlichen Klaps«, hatte Helena gesagt.

Sie hatten miterlebt, wie sich Pauli auf das Leben stürzte und sich bediente ohne Rücksicht auf die Wunden, die er anderen zufügte – gierig, grausam, selbstsüchtig.

»Er war ein grausamer, selbstsüchtiger junger Mann«, sagte Sophie zu dem toten Max im Sarg. »Ich habe mich lächerlich gemacht, als ich versucht habe, in seinem Herzen Liebe zu wecken. Calypso hatte recht, als sie ihn als ›Kuckucksei‹ bezeichnete. Daran hat sich nichts geändert. Als Calypso ihm zum erstenmal begegnete, sagte sie: ›Er ist keiner von uns.‹ Polly meinte: ›Er gehört nicht zu den Juden, für die die Zwillinge gekämpft haben‹, und Helenas Einschätzung lief auf Anhieb darauf hinaus, daß es für Max und Monika besser gewesen wäre, wenn er gestorben wäre und sie sich ein ungetrübtes Andenken an ihn hätten bewahren können.«

Behutsam strich Sophie mit einem Finger über Max' Gesicht, spürte die kalte Wange, den agilen Mund. Es wäre besser gewesen, Max ohne Paulis arrogante Anwesenheit zu begraben.

Durch Paulis plötzlichen Besuch unruhig und nervös geworden, wanderte sie durchs Haus, richtete es in Gedanken wieder so ein, wie es in ihrer Kindheit ausgesehen hatte. Sie ging in ihr altes Schlafzimmer hinauf und mußte beim Anblick des Stechpalmenbaums an die Zeiten denken, in denen sie von Oliver geträumt hatte, von Oliver, der Calypso liebte. Sie versuchte eine Zeit zu bestimmen, in der sie ihn nicht geliebt hatte, oder einen Punkt, an dem sie aufgehört hatte, ihn zu lieben, aber es gelang ihr nicht. Sie konnte sich weder erinnern, wann sie ihn zuletzt gesehen hatte, noch wo das gewesen war. Vor vielen, vielen Jahren, in einem anderen Leben, dachte sie, während sie in Onkel Richards Zimmer ging. Armer alter Mann, zu krank, um seine Träne abzuwischen. Warum habe ich es nicht für ihn getan, warum habe ich ihn mit einer verschmierten Wange sterben lassen?

»Sophie.« Calypsos deutliche Stimme. »Bist du noch da? Bist du verrückt?«

»Ich dachte, es wäre besser, wenn ich heute nacht bei ihm bleibe.« Sophie ging Calypso auf der Treppe entgegen.

»Ganz schön morbide, aber wie du willst. Kannst du mir mal helfen? Ich habe die Getränke für morgen mitgebracht. Hilfst du mir, das Auto auszuladen?«

Sophie folgte Calypso nach draußen. »Du meine Güte, Champagner.«

»Er mochte Schampus. Weißt du noch, daß er das Zeug Schampus nannte? Weißt du noch, wie wir gefeiert haben, als wir erfuhren, daß Hector nicht gefallen war?«

»Und ob ich mich erinnere.«

»Also habe ich mir gedacht«, sagte Calypso, während sie den Kofferraumdeckel aufmachte, »wir trinken morgen Schampus, das hätte ihm gefallen.«

»Ganz bestimmt.«

»Rate mal, wen ich in der Stadt gesehen habe – Pauli.«

»Er war hier. Ich habe mich versteckt.«

»Kann ich dir nicht verdenken, er ist ein blöder Heini. Ich glaube fast, daß er als Baby vertauscht wurde. Wenn man sich Monika und Max ansieht, kann man sich gar nicht vorstellen, daß er ihr Sohn sein soll.«

»Schlecht.«

»Nicht ›schlecht‹. Absolut nicht. Weißt du... kannst du das alles tragen, es ist ziemlich schwer... Weißt du was? Er hat sich einmal an mich rangemacht.«

»Ich habe mit ihm geschlafen.«

»Wie konntest du nur? Welcher Teufel hat dich da bloß geritten?«

Sophie lachte über Calypsos verblüfftes Gesicht. »Ich dachte, ich könnte ihm beibringen, wie man liebt«, sagte sie mit einem schiefen Lächeln.

Calypso setzte die Kiste ab, die sie trug, und brach in schallendes Gelächter aus. Einen Augenblick lang sah sie aus wie in alten Zeiten vor dem Krieg. »Aber Schätzchen, du liebst Oliver, du hast ihn immer geliebt, sonst war dir doch niemand wichtig.«

»Als Kind, ja. Woher weißt du das?« Während sie bei Wind und Regen den Champagner ausluden, gab sich Sophie alle Mühe, ihre Privatsphäre zu schützen.

»Wir haben es alle gewußt.« Calypso stieß die Haustür auf. »Dein rätselhaftes kleines Gesicht, deine Augen. Wo sollen wir ihn denn hinstellen?«

»In die Küche.« Sophie ging mit einer Kiste Champagner voraus, froh, Calypso den Rücken zuwenden zu können. »Am besten stellen wir ihn in die Speisekammer, da ist es kühl.«

»Oliver ist ein solches Rindvieh. Hast du ihn in letzter Zeit mal gesehen?«

»Seit Jahren nicht.«

»Seine beiden Frauen. Einfach schrecklich.«

Sophie, die das Thema Oliver lieber fallenlassen wollte, fragte: »Sind noch mehr solche Kisten da?«

»Ja, im Auto. Er hat mich vor unzähligen Jahren rumgekriegt. Damals fiel bei mir der Groschen«, fuhr Calypso unbeirrt fort.

»Welcher Groschen?«

»Der Groschen, bei dem es ›Hector‹ klingelte.«

»Ich habe immer gewußt, daß du Hector liebst.«

»Nein, nein, mit Liebe hat das nichts zu tun. Hector hat mir eben zugesagt, alle anderen nicht.«

»Das ist deine Version«, entgegnete Sophie naserümpfend.

»Wenn wir mit dem Ausladen fertig sind, lade ich dich zum Essen ein.«

»Ich wollte eigentlich hier übernachten.«

»Warum denn?«

»Max ist ganz allein. Er brauchte immer einen von uns in seiner Nähe.«

»Also gut, dann machen wir uns Rühreier mit Schinken, und ich leiste dir Gesellschaft. Du kannst nicht allein hier bleiben, womöglich kommt Pauli noch mal zurück. Warum ist er deiner Meinung nach überhaupt gekommen?«

»Um sich Max anzusehen. Ich habe gehört, wie er dem Bestattungsunternehmer aufgetragen hat, den Sarg zuzumachen, und ihm außerdem sagte, das Haus stünde zum Verkauf. Es gehört jetzt ihm.«

»Der fackelt wirklich nicht lange. Auch wenn das jetzt keine Rolle mehr spielt. Es wird ohnehin nie mehr so sein wie früher. Wie damals im Krieg, als Brian die Kanone abgefeuert hat. Für mich ist es immer noch das Haus von Richard und Monika.«

»Von Monika und Max. In letzter Zeit nur noch das von Max, und Helena kam zu Besuch.«

»Natürlich, aber wir haben unsere Wurzeln auf der Kamillenwiese. Glaubst du, daß sie jetzt duftet?«

»Ein kleines bißchen.« Sophie lächelte Calypso an und war froh, daß sie hergekommen war.

»Laden wir fertig aus, und dann entkorken wir zum Essen eine Flasche. Er würde das sicher richtig finden.«

»Ich lasse ihn nicht gern im Dunkeln da liegen.«

»Dann zünden wir eben Kerzen an. Elektrisches Licht wäre unpassend. Ich wünschte, ich hätte ein paar geweihte Kerzen da.«

»Max hat ein einziges Mal geweihte Kerzen angezündet, während einer Stromsperre. Er raste hinüber in die Kapelle und hat sich bedient. Helena war schockiert.«

»Ich bin sicher, die Kirche hätte nichts dagegen.« Calypso wühlte in einem Wandschrank herum. »Na, wer sagt's denn, nur schade, daß sie rot sind.«

»Sie geben so ziemlich dasselbe Licht.« Sophie nahm sie ihr ab und ging voraus die Treppe hinauf. »Wir nehmen dieselben Kerzenleuchter, die bei seinem ersten Abendessen in diesem Haus vor dem Krieg auf dem Tisch gestanden haben.«

»Erinnerst du dich noch daran?«

»Ja, es war Vollmond. Du hast Olivers Hand gehalten.«

»Das hast du bemerkt?« Calypso lachte.

»Und Onkel Richard brachte einen Toast auf ferne Freunde aus, womit Pauli gemeint war«, sagte Sophie.

»Und die Wiese duftete herrlich nach dem heißen Tag, und Max betrachtete uns alle der Reihe nach.« Calypso riß ein Streichholz an, um die Kerzen anzuzünden.

»Tante Helena trug ein langes Kleid und gab Onkel Richard einen Tritt, als er eine taktlose Bemerkung über Pauli machte.« Sophie stellte die Kerzenständer an Max' Kopfende.

»Und Monikas Augen waren riesengroß, als sie an Pauli dachte, der in Auschwitz zurückgeblieben war. Warum, meinst du, haben sie ihn zurückgelassen?« Nachdem Calypso die letzte Kerze angezündet hatte, stand sie mit dem brennenden Streichholz da und schaute hinüber zu Sophie.

»Ein Freund, dem sie vertrauten, hatte hoch und heilig versprochen, daß er ihn herausholen und sich darum kümmern würde, daß er nachkommt. Es hat nicht funktioniert. Der Freund ist ebenfalls in einem Lager gelandet.«

»Au!« Calypso ließ das Streichholz fallen, an dem sie sich die Finger verbrannt hatte. Es fiel auf Max' Brust.

»Paß auf, sonst zündest du ihn noch an.« Sophie schnippte das Streichholz weg. »Du hast seinen Anzug versengt.« Sie wischte die verkohlten Reste weg.

»Ekelhafter Geruch, puh.« Calypso blies sich auf die Finger. »Monika war sehr klug«, sagte sie nachdenklich, während sie Sophie über Max' Leichnam hinweg ansah. »Am Ende liebten sie und Helena sich herzinniglich. Gegensätze, die sich anziehen? Wechselseitige Interessen? Sie war klug. Und gut.«

»Und diplomatisch. Damals bei dem Meerschweinchenskandal ist sie in das Haus des Generals umgezogen.« Sophie mußte lächeln, als sie daran dachte.

»Aber er hat die Sache ins Rollen gebracht, dieser schreckliche alte Kerl«, rief Calypso. »Was meinst du mit ›umgezogen‹?«

»Sie packte einen kleinen Koffer, spazierte die Klippe entlang zu seinem Haus und machte ihm klar, daß es jetzt, nachdem die Presse hinter der Geschichte her war, seine Pflicht als englischer Gentleman sei, sie zu beschützen und ihr Asyl zu gewähren.«

»Mein lieber Schwan, ganz schön raffiniert.«

»Sie wußte, und er wußte es auch, daß er ziemlich dumm dastehen würde, wenn die Geschichte in die Zeitung käme, also hat er den Pressefritzen das Maul gestopft. Ich fand das ziemlich gerissen von Monika.«

»Ich wette, auf diese Idee hat Max sie gebracht.«

»Nein, bestimmt nicht. Max, Helena und Onkel Richard kamen hier an und stellten fest, daß sie beim General untergeschlüpft war.«

»Das habe ich gar nicht gewußt.«

»Das wußte niemand. Sie brachte ihn dazu, sich wie ein perfekter englischer Gentleman zu verhalten«, sagte Sophie.

»Dabei hat er uns immer den Arm um die Taille gelegt, um uns zu drücken. Wie hast du das herausgefunden?«

»Mrs. Floyer hat es mir erzählt. Ihrer Meinung nach war das die Strafe für seine nazifreundliche Gesinnung.«

»Ach ja. Wie vergeßlich man doch wird.« Calypso wirkte nachdenklich. »Hat er nicht auch Monika regelmäßig Avancen gemacht?«

»Ja, das stimmt, aber nach der Meerschweinchenaffäre nicht mehr. Ich wünschte, du könntest dich an dieser Unterhaltung beteiligen«, sagte Sophie mit einem Blick auf Max. »Ich glaube nicht, daß man den Brandflecken sieht.«

»Komm, jetzt machen wir eine Flasche auf. Nach einem oder zwei Gläsern wird uns sicher noch mehr einfallen.« Calypso ging auf die Treppe zu. »Wenn wir nicht zu alt wären, würden wir jetzt eine Runde im Mondlicht laufen. Meine Güte«, sagte sie und packte Sophie bei der Hand, »was waren wir damals bloß für ein ahnungsloser Haufen!«

»Das kann man wohl sagen!«

»Mit wem hast du eigentlich zuerst geschlafen? Wer war dein erster Liebhaber?« Calypso biß sich auf die Zunge, als sie sah, daß Sophies Miene schlagartig verschlossen wurde. »Bei mir war es Hector«, fuhr sie hastig fort. »Niemand hat es geglaubt, aber Hector war mein erster Mann, und ich habe nicht lange gebraucht, um festzustellen, daß er auch der beste war.« Sie bemerkte, daß Sophie sich langsam entspannte. »Als ich geheiratet habe, dachten alle, ich würde hochnäsig werden, und vielleicht stimmte das ja auch. Reich zu sein ist mir in den Kopf gestiegen.« Diese Gefahr ist vorbei, sagte sie sich. »Jetzt laß uns eine Flasche aufmachen«, sagte sie, während sie in die Küche hinunterging, in deren grellem Licht sie ziemlich alt aussah, aber dank ihres Schlaganfalls jetzt viel menschlicher als das Mädchen auf der Kamillenwiese.

36

Da Sophie für den Gottesdienst zu früh dran war, spazierte sie in ihren grünen Gummistiefeln, um den Kopf ein wollenes Tuch gewickelt, auf dem Kirchhof herum, wo ihr der Wind den Rock um die Knie peitschte.

Zwischen all den Penhaligans, Boscences, Penroses, Tremaynes und Tredinnicks aus dem Dorf suchte sie die Floyers, Onkel Richard und Monika. Sie entdeckte die Namen der Floyers, las ihre Geburts- und Sterbedaten. Darunter: Pastor dieser Gemeinde R. I. P. Jemand hatte Osterglocken auf das Grab gepflanzt. Im Frühling lagen die beiden unter einem gelben Federbett. Jemand anderes hatte Herbstzeitlosen gepflanzt. Jetzt, um diese regnerische Jahreszeit, ruhten die Floyers unter einer grellrosa Decke, die sich auf die benachbarten Gräber erstreckte, ähnlich wie sich ihre liberale Einstellung auf die Gemeinde übertragen hatte. Sophie wunderte sich, daß die Floyers ihre Söhne und Polly nie kritisiert oder sich eingemischt hatten. Die Tatsache, daß sie diese ungewöhnliche Situation akzeptiert hatten, brachte auch die giftigsten Zungen endgültig zum Schweigen.

Richard Cuthbertson lag ein Stück entfernt. Sein Grab war mit Frühlings- und Herbstalpenveilchen bepflanzt, geriffelten rosa Blüten, die zwischen marmorierten Blättern hindurch ans Licht drängten.

»Sei gegrüßt, Onkel Richard, und du auch, Ducks.« Sophie strich mit der Hand über die kühlen Blätter. Als Richard sich am Stepptanz der evakuierten Kinder im Pfarrhaus rund um den Heißwasserboiler beteiligt hatte, war er ins Schwitzen geraten und hatte sich eine Erkältung zugezogen, die zu einer Lungenentzündung und schließlich zu seinem Tod geführt hatte. *»Putting on my top hat...«* Wo würden sie Tante Helena hinlegen, wenn es soweit war? Es wäre jammerschade, die Alpenveilchen zu entfernen, die so gut angewachsen waren.

Sophie hielt ihr Kopftuch unter dem Kinn fest zusammen und betrachtete die Grube, die für Max ausgehoben und deren schwarze Erde auf einer Seite aufgehäuft worden war, jene Grube, in der bereits Monika ruhte und die jetzt mit Kunstrasen ausgekleidet war. War darin Platz für drei? Sophie unterdrückte ein Lächeln, während sie an den Penhaligans, Boscences, Penroses, Tremaynes und Tredinnicks vorbeiging. Welcher der zahlreichen Penroses mochte der gewesen sein, der kein anständiger Ehemann war, der sich vor einem entsetzten Kind entblößt hatte, der über die Klippe gefallen oder gestoßen worden war? Im überdachten Kirchenvorbau nahm Sophie ihr Tuch ab und schüttelte es aus. Mit den Regentropfen flog auch die quälende Erinnerung an den Schrei eines Mannes davon, während sie über die Felder hinweg auf die Klippen und den grauen Atlantik blickte, der von Westen heranbrauste. Nachdem Sophie sich das Tuch wieder umgebunden hatte, betrat sie die Kirche, an deren Halbdunkel sich ihre Augen erst gewöhnen mußten.

Der Innenraum war ein leuchtendes Farbenmeer, rote, gelbe, rosa- und orangefarbene Dahlien, Lilien, Chrysanthemen und Astern, blaue, grüne, rosa und weiße Hortensien, Getreidegarben, Pyramiden aus Gemüse, Töpfe mit Marmelade, Säcke voller Kartoffeln, Karottenbüschel, Kürbisse, Töpfe mit Chutney, Körbe voller Pilze, Zwiebelschnüre, Knoblauchzöpfe, Orangen, Bananen. Morgen war Erntedankfest.

Draußen heulte und klapperte der Wind. Der Regen fiel in tückischen, schrägen Bündeln aus geblähten Wolken. Richtiges Regenbogenwetter.

Vor dem Altar standen für Max zwei Sargböcke bereit. Sophie setzte sich in den hinteren Teil der Kirche, um dort den Beginn der Totenmesse abzuwarten. Bald würden sich alle versammeln, die Freunde, die Kollegen, die Geliebten und die Neugierigen, um den Ausländer zu begraben, den Flüchtling, den Mann, der diesen Ort zu seinem Zuhause gemacht hatte, der sich das Recht erworben hatte, hier unter den Einheimischen zu ruhen. Nach fast fünfzig Jahren hatten sie Monika ihre fremdartigen Gewohnheiten vergeben, was man an den Knoblauchschnüren und den Körben voller Pilze sah, stummen Zeugen dafür, daß sie sie mehr oder minder akzeptiert hatten. Sophie atmete den durchdringenden Duft der Chrysanthemen und den erdigen Geruch der Kartoffelsäcke ein und mußte niesen. Da sie zu frieren begann, stand sie auf und ging zu der freien Stelle unterhalb des Turmes, wo sich sonst die Glöckner versammelten, und hüpfte von einem Bein auf das andere, um ihren Kreislauf in Schwung zu bringen; dabei klatschten ihre Gummistiefel auf den Steinboden. Als sie im Eingang Stimmen hörte, setzte sie sich, schnaufend, wieder nach hinten ins Halbdunkel.

Drei oder vier Reporter kamen herein und schoben die Kapuzen ihrer Parker nach hinten.

»Wird nicht lange dauern, denn in London findet noch ein Gedenkgottesdienst statt. Ist nur für einen oder zwei Absätze gut.«

»Kommt drauf an, wer kommt. Wird nicht viel Prominenz sein bei diesem Wetter.«

»Kann man nie wissen. Da waren zwei Polizisten, um den Verkehr zu regeln. Und im Pub habe ich mehrere Gesichter gesehen, die es wert sind, erwähnt zu werden.«

Die Dorfbewohner trafen in Zweier- und Dreiergrüppchen ein, Frauen mittleren Alters mit Schirmen, Männer in dunklen Anzügen. Sie nahmen auf den hinteren Bänken in Sophies Umgebung Platz.

»Sieht richtig schön aus dieses Jahr.« Voller Stolz betrachteten sie die Dekoration für das Erntedankfest.

»Ich glaub, ich seh nicht recht, Lorna Tremayne hat drei Töpfe mit Pickles neben den Taufstein gestellt. Sieht ihr gar nicht ähnlich.«

»Nach dem Gottesdienst tut sie garantiert einen wieder weg. Die ist so knickrig, daß sie dir nicht mal ihr Nasentröpfchen geben würde – falls du zufällig Wert drauf legen solltest.«

»Der Pastor muß wie ein Luchs auf das Zeug aufpassen, wenn er es fürs Krankenhaus haben will.«

»Mrs. Floyer hat immer eine Liste gemacht, die hat sich nicht reinlegen lassen. Der neue Pastor braucht eben eine Frau.«

»Der ist zu sehr High-Church. Noch viel mehr als unser alter Floyer.«

»Genau. Werden uns fehlen, die zwei, jetzt wo sie nicht mehr da sind. Ich glaub nicht, daß der Neue das Zeug dazu hat.« Die Stimmen sanken zu einem unverständlichen Geflüster herab, und unterdrücktes Gelächter ließ die Bank erbeben.

Wieder Schritte im Vorraum. Die Reporter fragten nach Namen. Ein Grüppchen warm angezogener Frauen, gefolgt von ihren Ehemännern in Regenmänteln und Hüten, blieb einen Augenblick stehen, um den Zeitungsleuten ihre Namen zu nennen; dann gingen sie weiter, um sich einen Platz zu suchen, ihre Gesäße zurechtzurücken, sich umzusehen, Freunden diskret zuzuwinken, die Erntedank-Blumendekoration zu bewundern, das Gemüse zu beäugen.

Ein paar junge Leute mit Musikinstrumenten kamen hastig herein, Mädchen, die ihre langen Haare nach hinten warfen, junge Männer, die sich in ihren dunklen Anzügen sichtlich unbehaglich fühlten.

»Seine Meisterklasse«, sagte eine gut informierte Frau in der Reihe vor Sophie. »Dann gibt es also Musik. Aha.«

Polly mit einem braunen Hut, gefolgt von Iris und James. Richtig fett war Polly geworden; sie sah komisch aus, als sie James ihren Schirm zum Ausschütteln gab und sich dann mit ihren beiden Kindern vorne in der dritten Reihe niederließ.

Ein älterer Mann, ziemlich wackelig auf seinen dürren Beinen, mit einer korpulenten, gesund aussehenden Gattin. Sophie erkannte in ihm Brian Portmadoc. Eine andere irgendwie vertraute Gestalt, die Haare quer über den Schädel gekämmt, so daß sie die Glatze verdeckten, fragte ganz aufgeregt: »Wo sollen wir uns hinsetzen? Auf welcher Seite?« Sophie erkannte den Mann an seiner Stimme. Tony Wood, der tapfere Feuerwehrmann, ein wirklicher Freund.

»Spielt keine Rolle, ist ja keine Hochzeit. Wir setzen uns hin, wo Platz ist. Hier ist es gut.« Tonys Freund: Er hatte sich schließlich mit einem männlichen Liebhaber abgefunden. Die beiden besaßen ein Antiquitätengeschäft in Brighton.

Zwei identische Gestalten, kahle Köpfe mit einem weißen Haarkranz, beide mit dickem Bauch, beide hinkend, beide unsicher auf den Beinen. Sie schauten sich um, erspähten Polly, Iris und James. Polly blickte auf und winkte.

»Ich wußte gar nicht, daß ihr kommt.« Polly war sichtlich entzückt, lächelte ihr ansteckendes, sämtliche Zähne entblößendes Lächeln.

»Rutscht ein Stückchen. Wir sind mit dem Zug gekommen. Du wirst dich in die nächste Reihe setzen müssen, James.« Eine Variante elterlicher Zuneigung.

»Nein, nein, das geht schon, es ist netter, wenn wir alle beisammen sind.« Auch hier Zuneigung.

»Wird ein bißchen eng werden.« Paul nahm lächelnd Platz.

»Wie war es in Vichy?« fragte Iris statt einer Begrüßung.

»Hast du dich eigentlich um einen Kranz gekümmert?« David zeigte sich leicht besorgt.

»Natürlich. Psch...«

Jetzt strömten die Leute herein. Die jungen Musiker stellten ihre Notenständer auf, ein oder zwei zaghafte Orgeltöne, ein Violinstrich, ein auf einem Cello gezupfter Ton. Sophie, die den feuchten Geruch der Herbstblumen einatmete, träumte von Kamille, von dem trockenen, aromatischen Duft ihrer Jugend. Die Reporter im Vorbau traten beiseite, um Helena, die, in eine Whiskywolke gehüllt, in die Kirche wehte, festen Schrittes durch den Mittelgang bis zur ersten Reihe gehen zu lassen, wo sie dicht bei den Sargböcken allein auf der linken Seite Platz nahm. Das Geflüster in der Kirche verstummte; aller Augen waren auf Helena gerichtet, bohrten sich in ihren Rücken. Gleich darauf kam Calypso in weißem Regenmantel, schwarzem Hut, schwarzen Handschuhen, Strümpfen und Schuhen, das hübsche Gesicht gefaßt, an ihrer Seite Hamish, der sie leicht am Ellbogen stützte. Sie setzten sich unmittelbar hinter Helena. Hamish beugte sich nach vorn, um eine Schachtel neben Helena zu legen. Helena nickte dankend.

Die Kirche war voll, alle Bänke mit Ausnahme der ersten Reihe waren besetzt; dort saß auf der linken Seite Helena, die rechte war leer, harrte des Hauptleidtragenden.

Über das Flüstern der Gemeinde hinweg rüttelte und schüttelte der Wind die Kirche, winselte um die Kreuzblume auf dem Turm, grummelte über das Bleidach. Helena holte die Flasche aus ihrer Tasche, schraubte den Deckel auf und nahm einen großzügigen Schluck. »Ob mir jemals wieder warm sein wird...«

Die Gemeinde stand auf. Langsame Schritte knirschten auf dem Kiesweg.

»Ich bin die Auferstehung und das Leben, spricht der Herr...«

Die Baßstimme des neuen Pastors, der vor dem Sarg auf die Kirche zuging, übertönte den Sturm. Die Reporter wichen beiseite, als der Pastor einen Augenblick unter dem Portal stehenblieb, ein Riese in einem schwarzen Talar, den der Wind so blähte, daß man das rote Futter sah.

»Denn wir haben nichts in die Welt mitgebracht, und wir können auch nichts aus ihr mitnehmen.«

Die Worte flossen in herrlichem Rhythmus dahin.

»Du nimmst meine Liebe mit«, murmelte Helena lautlos, und Calypso sog die Luft durch die Zähne ein, während Hamish ihr einen raschen Blick zuwarf und sich fragte, ob seine Mutter betete und welcher Art diese Gebete sein mochten. Sie sah in der Kirche immer besonders schön aus.

»Ich vermisse dich, mein Gott, wie ich dich vermisse.« Jetzt wurde der Sarg behutsam auf die Böcke gestellt, doch Helena hörte weder des Pastors sonore Stimme, noch nahm sie den Gottesdienst oder die von Max' Schülern gespielte Musik wahr. Max' Seele war nicht in diesem viel zu pompösen Sarg, den Pauli ausgesucht hatte, Pauli, der hinter dem Sarg in die Kirche gekommen war und jetzt auf der rechten Seite des Ganges allein in der ersten Bank saß. Wie konnte er Max' Sohn sein, wie konnte Monika ihn zur Welt gebracht haben, Monika, die so reizend, so liebenswürdig, so gut gewesen war, ohne je langweilig zu sein? Helena schaute zu Pauli hinüber, der geradeaus blickte. Von welchem glänzenden Geschäft mochte er träumen, dieses von Max gezeugte Finanzgenie? »Ich wette, daß du im Bett nie schlüpfrige Bemerkungen machst«, murmelte Helena, die daran denken mußte, wieviel sie und Max zusammen gelacht hatten. »Was soll ich nur ohne seine Scherze anfangen?« weinte ihr altes Herz.

Der Gottesdienst lief unaufhaltsam weiter. Mechanisch stand Helena auf, kniete nieder, setzte sich hin, und Calypso in der Bank hinter ihr, deren Gedanken wie stets während der Messe umherwanderten, dachte ans Essen, an Sex und an Hector. Daran, wie sich seine Haut angefühlt hatte, an seinen nußartigen Geruch, sein Lachen, seine Leidenschaft, seine Tobsuchtsanfälle. Max hatte im Bett auch Späße gemacht. Zwischendurch war sie kurz bei der Sache. Max hätte sich gefreut, sie alle hier zu sehen, Helena und Polly, Sophie, die sich im rückwärtigen Teil der Kirche versteckte, und sie selbst; weiß der Himmel, wie viele von den hier Versammelten sonst noch mit ihm geschlafen haben, dachte Calypso. Hector hatte immer behauptet, Max würde dieses Eckchen Cornwall mit einem Spritzer musikalischen Spermas markieren. Sie wünschte, sie könnte sich, ohne gegen Sitte und Anstand zu verstoßen, nach vorne beugen und Helena um einen Schluck aus ihrer Flasche bitten. Sie ergriff Hamishs Hand und drückte sie, freute sich über sein kurzes Lächeln, das sie sehr an Hector erinnerte.

»Bald ist es vorbei.«

»Ja.«

Helena hatte den Blick starr auf Pauli gerichtet, der von den Toten auferstanden war, um zu hassen, Geld zu verdienen, wieder zu hassen, noch mehr Geld zu verdienen. Er empfand keine Liebe für Monika und Max, hatte kein Verständnis für sie und, höchst seltsam, keine musikalische Ader. Max, unfähig zu begreifen, daß sein verlorengeglaubter Sohn wieder aufgetaucht war, hatte geweint, und Monika, die sich die Schuld für die Wechselfälle des Schicksals gab, hätte sich beinahe noch einmal über die Klippe gestürzt.

»Nicht noch mal, mein Schatz, das darfst du kein zweites Mal tun. Das eine Mal für die Meerschweinchen war genug.«

Helena schenkte dem Pastor ein breites Lächeln, während sie sich an Max' Stimme erinnerte, das Nachlassen der Spannung, das Lachen. Ohne angetrunken zu sein, könnte ich das hier nicht durchstehen, dachte sie.

Als der Pastor ihr breites Lächeln bemerkte, stockte er mitten in seinem Redefluß, stutzte kurz, machte dann tapfer weiter, froh darüber, daß seine Routiniertheit es ihm erlaubte, einen

Gottesdienst abzuhalten, ohne viel zu überlegen. Und er war froh, daß er warme Socken angezogen hatte. Am Grab würde es kalt sein.

Wie Helena diesen Pauli haßt, dachte Calypso. Wie hatte Sophie nur mit ihm schlafen können? Ich wünschte, sie hätte Hamish geheiratet; daß sie älter ist, hätte keine Rolle gespielt. Das Problem bei Sophie war, daß sie glaubte, ein bißchen Liebe sei ein Allheilmittel. Was hatte Hector gleich wieder gesagt? »Sie vergeudet vorsätzlich ihre Talente.« Ach Hector, mein Liebling, du hast die deinen nicht vergeudet, die Wälder, die du gepflanzt hast und die im Frühling meinen Namen rufen. Ich bin gespannt, ob Pauli dafür gesorgt hat, daß wir zu meinem Champagner etwas zu essen haben. Daran hätte ich früher denken müssen, nicht erst in der Kirche. Ihr ehrfürchtiger Gesichtsausdruck gefiel dem Pastor, der an Helena vorbeischaute und seinen Blick voller Anerkennung auf Calypso ruhen ließ. Würde mich interessieren, wie er im Bett ist, dachte Calypso aus reiner Gewohnheit. Brauchten Pastoren auch einen kleinen Schubs, so wie Max vor der Probe? Wie er damals im Kino gelacht hatte! Welcher Film war das noch mal gewesen? Stirnrunzelnd versuchte sie sich daran zu erinnern.

»War Max Protestant?« flüsterte Hamish ihr zu, als sie niederknieten.

»Keine blasse Ahnung«, flüsterte Calypso hinter gefalteten Händen. »Als irgendwas muß er ja geboren sein.«

»Wenn er Katholik war, ist das hier völlig verkehrt.«

»Zu spät. Sei jetzt still.«

»Ich frage mal Helena. Helena«, er beugte sich vor, so daß sein Kopf auf gleicher Höhe mit Helenas Kopf war, die sich hingesetzt hatte, nachdem sie feststellte, daß ihr das Knien weh tat. »Tante Helena, war Max Protestant oder Katholik?«

»Jude. Warum fragst du?« Helenas Stimme war deutlich zu hören.

»Wegen dieses Begräbnisgottesdienstes. Sicher...«

»Er war kein praktizierender Jude. Er war kein aktiver Gläubiger, aktiv war er nur, was sein Geigenspiel betraf. Und natürlich Frauen.«

»Psch«, flüsterte Hamish.

»Du hast damit angefangen, sei lieber selbst still.« Helena stand auf, als sich die Gemeinde zum Singen anschickte.

»O Gott, du Helfer durch die Zeit.«

Sie räusperte sich, da sie die Worte wiedererkannte. Es würde ihr nicht mehr sehr viel Zeit bleiben, dachte sie zufrieden, während sie die Schachtel an sich nahm und sich bereit machte, um hinter dem Sarg zum Grab zu gehen. Es hat ihn nie gestört, daß ich stockunmusikalisch bin, tröstete sie sich, er fand es lustig.

Oliver, nach dem langen Weg vom Bahnhof völlig durchnäßt, wünschte, er wäre nicht gekommen. Zuerst der Schock, als er feststellte, daß man den Hafen von Penzance, wo das Meer zur Begrüßung immer plätschernd bis an die Bahngleise herangerollt war, zu einem Parkplatz aufgeschüttet hatte. Dann, nachdem er zu spät gekommen war und eingezwängt in der Menschenmenge im hinteren Teil der Kirche stand, den Anblick einer Polly ertragen zu müssen, die fett und schwerfällig geworden war, flankiert von zwei Kindern, die mindestens dreißig sein mußten. Calypso, begleitet von der jüngeren Ausgabe Hectors, die wie konserviert aussah. Konserviert wofür? Er hatte erfahren, daß sie einen Schlaganfall gehabt hatte. Sie wirkte zurechtgemacht, perfekt hergerichtet, der Inbegriff all dessen, was er ablehnte: ein in Geld konserviertes Klasseweib. Na ja, genau das hatte sie gewollt, sie hatte nie einen Hehl daraus gemacht. Wie dumm man doch als junger Mensch war! Und da drüben die Zwillinge, nicht zu verkennen. Diese göttergleichen Riesen, korpulent geworden, kahl, hinkend. Wahrscheinlich hatten sie Hämorrhoiden; soweit er wußte, hatten alle Piloten Hämorrhoiden. Doch das konnte er schlecht in seinen Roman einbauen. Na ja, wieso eigentlich nicht? Heutzutage war alles möglich. Blödsinnige Idee allerdings, sich einzubilden, Max' Begräbnis würde sich als Vorlage für ein Manuskript eignen. Begräbnisse in Büchern und Theaterstücken waren altmodisch. Diese erschreckend alte Frau, konnte das Helena sein? Mußte wohl, mußte an die Hundert sein, mumifiziert, eine Überlebende, die ständig diesen Burschen in der anderen Bank anstarrte. Pauli natürlich. Pauli, der wie Phoenix aus der Asche auferstanden war. Also das hätte ich nie gedacht, das ist also Pauli. Na wunderbar! Oliver erinnerte sich, daß Max ihm erzählt hatte, mit wieviel List und Tücke er und Monika den Nazis entkommen waren und daß Pauli unglücklicherweise nicht, wie erwartet, nachkommen konnte. »Wir werden uns immer schuldig fühlen. Wir werden immer das Gefühl haben, wir hätten mit ihm sterben sollen.« Nun ja, er war nicht gestorben. Was er da anhatte, sah wie ein Lamamantel aus. Trägt man so etwas heute noch? Ich muß das recherchieren, obwohl keine meiner Figuren Klamotten dieser Art trägt. Behutsam bewegte Oliver seine Beine in der feuchten Cordhose, zog die Schultern unter dem schweren, wetterfesten Parka hoch und wünschte sich, er hätte einen anderen Pullover angezogen. Die Frau vor ihm, in Gummistiefeln und mit einem Wolltuch um den Kopf, mußte niesen. Sie war nicht korrekt gekleidet wie all die anderen Leute. Von denen trug niemand Gummistiefel. Lederstiefel mit hohen Absätzen, hier in den hinteren Bänken Plastikstiefel mit Reißverschluß. Nein, für meinen Roman nicht zu gebrauchen, dachte Oliver, da lehne ich mich doch lieber zurück und genieße nachher die Musik. Max' Schüler sehen aus, als wollten sie sich die Seele aus dem Leib spielen; sonderlich gut hören würde man sie bei diesem verfluchten Sturm freilich nicht.

»Wissen Sie denn, was sie spielen werden?« fragte er seinen Nachbarn.

»Mozart, glaube ich, und Bach, während die Trauergemeinde zum Grab geht. Wir könnten nachher ein Stück vorrücken, sobald sich die ersten Bänke leeren.«

»Danke.« Oliver bemerkte, daß er gar nicht auf den Gottesdienst geachtet hatte. Ein weißhaariger Mann beendete gerade die Lesung: *»... und alle Posaunen erschallten für ihn auf der anderen Seite.«*

Oliver wurde wütend. Posaunen. Woher wollten sie das wissen? Ungeheuerlich. Sie halten uns zum Narren. Wie können sie es wagen, an Posaunen zu denken? Da gibt es nur Erde. Ich habe es in Spanien selbst gesehen. Ich habe es in der Wüste gesehen, Erde, nicht als Erde, keine verfluchten Posaunen, nur Löcher im Boden. Ich weigere mich, solche Illusionen zu Papier zu bringen, ich schreibe über unangenehme Dinge, so was verkauft sich. Oliver spürte, wie bei dem Gedanken, daß er sich von dem unreifen Jungen zu einem erfolgreichen Schriftsteller entwickelt hatte, eine Woge der Freude seine Bitterkeit auslöschte.

Die Zeremonie in der Kirche näherte sich dem Ende, der imposante Pastor in seinem beeindruckenden Talar machte sich bereit, Max nach draußen zu seinem Grab zu begleiten. Bald würde er weiter vorrücken können, um die Musik besser zu hören. Über seine halbmondförmigen Brillengläser hinweg beobachtete Oliver, wie sich die Prozession formierte, Pauli hinter dem Sarg, breitschultrig, plump, Monikas Augen, spekkige Backen, keine Spur von Max' geschmeidigem Körper oder humorvollem Gesicht. Helena, zusammengeschnurrt, das ganze Gewicht in der Mitte konzentriert, eine Pappschachtel in der Hand, die blauen Augen glasig, die Haare verblichen, staubfarben. Calypso in einem schwungvollen weißen Mantel, die Augen von einem schwarzen Hut überschattet, Hamish, eine Neuauflage von Hector. Die Zwillinge, tapfer an Stöcken hinkend, und ihre Kinder, die auch nicht mehr die jüngsten waren. Polly mit Brille, das Haar mehr oder weniger hennafarben. Elizabeth, ohne Zweifel jene Frau, die als Mädchen Walter geliebt und Brian Portmadoc geheiratet hatte. Walter, der über diese Versammlung gelacht hätte. Und dort Brian, der sich mit Tony Wood unterhielt; das konnte niemand anderes sein. Und die vielen anderen Leute, wer waren die? Woher kamen sie? Oliver spürte ein hysterisches Lachen in sich aufsteigen, als die Prozession an ihm vorbeidefilierte. Gleich würden die Celli und Violinen ihn besänftigen. Ein Mann, in dem er den derzeit vermutlich kompetentesten Musikkritiker erkannte, legte seine Hand auf Helenas Arm.

»Meine liebe Helena. Ich muß Ihnen sagen, wie leid es mir tut, daß... daß... Max gestorben ist.«

»Ihm werden bald andere nachfolgen.« Einen Augenblick lang richtete Helena ihre alten Augen auf den Mann, dann ging sie mit festen Schritten hinaus. Calypso, Hamish und die Zwillinge schlossen sich ihr an. Oliver, der nicht mehr an die Violinen und die Celli dachte, schob seine Brille höher auf die Nase, klappte den Kragen hoch und schloß sich der kleinen Gruppe an. Es hatte zu regnen aufgehört, und vereinzelte Bündel der Nachmittagssonne kämpften sich durch die eilig dahinziehenden schwarzen Wolken.

»Das gibt einen Regenbogen.« Die Stimme eines Jungen übertönte das Geräusch der schlurfenden Füße.

»Kümmere dich nicht um den Regenbogen, paß lieber auf, wo du hintrittst.« Eine besorgte Mutter packte ihren Sohn, der auf Kränze und teure Blumengestecke trat, die die Helfer des Bestattungsunternehmers am Wegrand aufgestapelt hatten und deren Schönheit von Cellophan verhüllt wurde. »Alter Tolpatsch.«

Die Frau in Gummistiefeln nieste gottsjämmerlich.

»Brauchen Sie ein Taschentuch?« bot Oliver an.

»Danke, ich habe selbst eines.«

Sie ließen Max in den grünen Plastikschoß hinunter.

»Der Mensch, vom Weib geboren, knapp an Tagen, unruhvoll...«

Lieber Himmel, dachte Oliver, diese niesende Frau ist ja Sophie. Was für eine Überraschung.

»...von wem wollen wir Beistand erflehen, wenn nicht von...«

Wann hatte er Sophie zum letztenmal gesehen? Das war Jahre her. Er zermarterte sich das Gehirn. Sie nieste wieder, drückte ihr Taschentuch auf die Nase, um das Geräusch zu ersticken. Die sonore Stimme des Pastors dröhnte weiter, und aus der Kirche erklang plötzlich Mozart.

»Und ich hörte eine Stimme vom Himmel her rufen: Schreibe!«

Schön und gut, dachte Oliver, das sagt sich so leicht. »Schreibe!« Schreiben ist verdammt harte Arbeit, wenn keine himmlischen Stimmen soufflieren. Und jetzt das Vaterunser. Oliver murmelte mit den anderen, nahm wie jedesmal Anstoß an der Zeile »... und führe uns nicht in Versuchung«. Wenn Gott Gott wäre, vorausgesetzt, er existiert überhaupt, würde er nichts derart Blödsinniges tun.

»Durch die Gnade des...«

Oliver blickte über das Grab zu Helena hinüber. Was hatte sie vor? Was war in dieser Schachtel?

»Sei mit uns jetzt und alle Zeit. Amen.«

»Amen«, sagten Calypso und Hamish und bekreuzigten sich. Natürlich hatte Oliver erfahren, daß sie zum Papst übergelaufen war, der alte Hector war ja so etwas wie ein Kathole gewesen.

»Amen.« Helena machte die Schachtel auf und begann den Inhalt mit ihrer vom Alter knochigen, geäderten und mit den braunen Flecken des Todes gesprenkelten Hand in das Grab zu streuen: Veilchen, deren Duft im Fallen die feuchte Luft erfüllte.

Hamish und die Zwillinge warfen eine Handvoll Erde hinunter, es folgten Calypso und Polly, die dann langsam rechts und links von Helena zum Pastor gingen, ihm die Hand schüttelten und auf ihre Autos zusteuerten.

Oliver trat von hinten an Sophie heran und packte sie am Ellbogen.

»Kannst du mich mitnehmen?«

»Natürlich.« Verblüfft sah Sophie Oliver an, betrachtete ihn mit ihren orientalischen Augen von oben bis unten, gebeugte Haltung, dünn gewordenes Haar, Brille, sehr groß, sehr dünn, durchnäßt, auf Anhieb wiederzuerkennen.

»Ich bin zu Fuß von Penzance gekommen.« Er hielt ihren Arm fest.

»Ein weiter Weg.« Sie trat einen Schritt zur Seite. »Sie haben den Hafen zugeschüttet«, sagte er zornig.

»Ja. Vor langer, langer Zeit.«

Pauli stand am Tor. Unmöglich, ihm aus dem Weg zu gehen.

»Sophie, du kommst natürlich mit ins Haus.« Ein Befehl.

»Also... ich...« Sophie wirkte betrübt.

»Du mußt kommen. Calypso hat sich um die Getränke gekümmert, Polly um das Essen.«

»Das ist Oliver Anstey.«

»Ich habe selbstverständlich von Ihnen gehört. Sie kommen auch mit. Helena wird vermutlich auch da sein...« Pauli strahlte Autorität aus, Selbstvertrauen.

»Gut, wir kommen.« Rasch ging Sophie zu ihrem Auto, und Oliver folgte ihr.

»Er sieht so selbstgefällig aus«, brach es aus ihr heraus.

»Er ist das, was Onkel Richard als Lump bezeichnet hätte.«

»Das Konzentrationslager hat ihm nicht gutgetan.« Sophie begann nervös zu kichern. »O Gott, ich habe eiskalte Füße. Ich muß andere Schuhe anziehen.« Sie zog die Stiefel aus und suchte ihre Schuhe. »Sie liegen auf dem Rücksitz. Oh, danke.«

Oliver sah sie unverwandt an. »Du hast dich nicht verändert. Alle anderen...«

»Wir sind alt geworden.« Sie wahrte Distanz.

»Daran liegt es nicht, es liegt...«

»Tante Helena ist betrunken, wir sollten uns lieber beeilen.« Sie ließ den Motor an. »Ich glaube, ich habe mich erkältet.«

»Ich habe dich niesen hören.«

»Sie in ihr eigenes Haus einzuladen...«

»Gehört es ihr noch?«

»Sie hat es vor Jahren an Max verkauft, aber sie war ständig da. Sie war nur zufällig in London, als er starb.«

»Dann gehört es also nicht Pauli?«

»Theoretisch schon, aber...«

»Aber was?«

»Er gehört nicht dazu. Max hat zu uns gehört, Pauli nicht.«

»Du magst ihn wohl nicht?«

»Ich glaube eher, er mag uns nicht.« Sophie würgte den Motor ab. »Verdammt.«

»Horch.« Oliver legte eine Hand auf ihren Arm. »Kurble mal das Fenster herunter.«

Ein kurzes Nachlassen des Sturms, brausende Töne aus der Kirche, wo sich Violinen und Celli zu einem Fortissimo steigerten. Oliver fing mit einem Finger die Träne auf, die über Sophies Wange rollte.

Er schleckte den Finger ab. »Wie salzig deine Tränen sind.« Sie ließ den Motor wieder an und folgte der langen Autoprozession. »Wir müssen wohl oder übel zu diesem Leichenschmaus gehen.«

»Ich möchte mich vergewissern, daß es Tante Helena gut geht«, meinte Sophie besorgt.

»Tante Helena ist aus härterem Holz als wir. Und sie ist stockunmusikalisch. Hast du gewußt« – Oliver lehnte sich im Sitz zurück und streckte die Beine aus –, »daß einer meiner Freunde beobachtet hat, wie sie während einer Aufführung des *Rings* den ganzen *Krieg und Frieden* gelesen hat?«

»Schön für sie. Wo zum Kuckuck soll ich parken? Ich hatte keine Ahnung, daß so viele Leute kommen würden. Schau dir bloß diese vielen Autos an.« Sophie klang verzweifelt.

»Bleib hier stehen. Das restliche Stück gehen wir zu Fuß«, sagte Oliver ruhig.

Sie stellten das Auto am Straßenrand ab, stiegen über einen Zauntritt und näherten sich dem Haus auf dem Klippenpfad.

»Ich bin seit den letzten Schulferien vor dem Krieg nicht mehr hier gewesen. Wo sind wir gleich wieder gelaufen?« Oliver spähte über den Rand hinunter.

»Der Pfad wurde während des Krieges mit Stacheldraht abgesperrt und ist zugewachsen. Dieser Weg ist neu.«

»Mir wurde immer schwindlig. Ich hatte wahnsinnige Angst.«

»Ich hatte auch Angst. Ich bin gelaufen, um anzugeben, um euch zu imponieren.«

»Komm, nimm meine Hand.« Er half ihr die Böschung zur Wiese hinauf. »Duftet es hier immer noch?«

»Natürlich.« Es klang abweisend. Sophies Blick wanderte zum Haus hinüber. Sie ließ Olivers Hand los und lief über die Wiese zur Verandatür, klopfte, um sich bemerkbar zu machen, schlüpfte hinein, ein kleiner dunkler Schatten, der von James eingelassen wurde, während Oliver draußen blieb. Plötzlich überfiel ihn ein Gefühl, das er nicht ohne weiteres benennen konnte. Angst. Habe ich Angst? fragte er sich. Und wenn, wovor habe ich Angst? Sie ist weggelaufen, sie hat mich verlassen. Warum zum Teufel hat sie das getan? Er stand auf der Wiese, während der Wind wieder auffrischte und an ihm zerrte, während sich Wolken vor die Sonne schoben, die kurz durchgebrochen war, und der Regen schräg herabfiel. Hamish öffnete die Verandatür und winkte mit einer Champagnerflasche.

»Sie werden noch klatschnaß. Kommen Sie rein, um Himmels willen, kommen Sie herein und trinken Sie ein Glas, bevor alles weg ist.« Hamish hatte ein paar Gläser getrunken, und jetzt trat seine angeborene Fürsorglichkeit zu Tage.

»Ist Sophie verheiratet?« Oliver schälte sich aus seinem nassen Parker.

»Lieber Himmel, nein, natürlich nicht, nicht aus Mangel...«

»Ich war so lange im Ausland, daß ich nicht mehr auf dem laufenden bin. Oh, danke.« Oliver nahm das Glas entgegen, das ihm der Fremde in die Hand drückte.

»Ich bin einer Ihrer großen Bewunderer. Ich habe alle Ihre Bücher gelesen.« Hamish strahlte Oliver an und drängte ihn ans Fenster. »Vermutlich können Sie wegen der Steuer nicht zurückkommen...«

»Wieso Steuer?«

»Wegen der Einkommensteuer.« Hamish strahlte immer noch.

»Ich gehöre nicht zu dieser Sorte von Schriftstellern. Wundert mich, daß Sie lesen können.« Oliver, der sich plötzlich verletzt fühlte, wollte sein Gegenüber ebenfalls verletzen. »Sind Sie Calypsos Sohn?«

»Ja. Das bin ich.« Hamish wirkte gekränkt.

Oliver empfand eine perverse Freude. »Ich habe gesehen, wie Ihr Vater im Krieg von einem Panzer überrollt wurde. Hat ihn aber nicht umgebracht. Damals habe ich mich darüber aufgeregt, jetzt kommt mir das Ganze vor wie ein Witz. Ich mochte ihren Vater, er war ein Mann mit Phantasie. Als Calypso ihn heiratete, dachte ich, wir alle dachten...«

»Was dachten Sie?« Hamish stierte Oliver durch einen Alkoholschleier an. Der viele Champagner auf leeren Magen machte sich unangenehm bemerkbar.

»Wir dachten, sie macht einen Fehler, wenn sie des Geldes wegen heiratet...«

Hamish zielte mit seinem Schlag auf Oliver, traf aber den Vorhang.

Als er sich bemühte, das Gleichgewicht wieder zu erlangen, streckte Oliver eine Hand aus, um ihn zu stützen.

»Aber, aber, was ist denn da los?« Auf einmal stand Calypso neben ihnen. »Zankt ihr zwei euch? Das kann ich nicht zulassen.«

»Er hat gesagt...«, versuchte Hamish zu erklären.

»Ich habe gesagt, daß du wegen des Geldes geheiratet hast«, sagte Oliver.

»Stimmt genau«, antwortete Calypso unbekümmert. »War das Klügste, was ich je gemacht habe. Wegen Geld geheiratet. Und mich *dann* verliebt.« Ihr Blick wanderte von Oliver zu Hamish.

»Warum hast du mir das nie gesagt?« brüllte Hamish seine

Mutter plötzlich an. »Warum hast du es so verdammt gut geheimgehalten? Warum hast du dir nie etwas anmerken lassen? Warum hast du mich leiden lassen?«

»Du bist betrunken. Hol dir irgendwas Fettes zu essen, du machst dich ja lächerlich.« Sie winkte Hamish fort. »Hast du Kinder, Olly?«

»Nein.«

»Aber geheiratet hast du.«

»Zweimal.«

»Zweimal. Meine Güte, das hatte ich vergessen. Bist du noch verheiratet?«

»Nein.« Olivers Blick streifte suchend umher.

»Bist du glücklich?« Sie betrachtete ihn. Er wirkte mager, hatte sich aber gut gehalten.

»Und du?« Sein Blick kehrte zu ihrem Gesicht zurück. »Was ist mit deinem Gesicht passiert?«

»Ich hatte einen kleinen Schlaganfall. Ja, danke, ich bin glücklich. Na ja, so glücklich, wie es eben geht. Wo lebst du?«

»Im Ausland«, antwortete Oliver unverbindlich.

»Na gut, du brauchst es mir nicht zu sagen.«

»Polly ist ungeheuer dick und ehrbar geworden.«

»Wie eine Dampfnudel. Sie ist auch glücklich...«

»Wer ist der Vater von...«

»James und Iris? Ich habe nie danach gefragt. Frag du sie doch. Wir trauen uns nicht.« Damit ließ Calypso ihn stehen und kehrte zu den Gästen zurück, die fast alle ein Glas Champagner in der Hand hielten. Oliver stand am Fenster und beobachtete das Menschenmuster, zwei fließende Kreise, von denen sich der eine zu und um Pauli bewegte, ihn begrüßte, ohne stehenzubleiben. Der zweite, der sich um die in einem Sessel thronende Helena, Polly und ihre wie Schutzengel postierten Kinder bildete, veränderte sich so langsam, daß man es gar nicht merkte; er bestand aus den Gästen, die mit ihr reden wollten. Calypso in Weiß, die sich durch die Gästeschar bewegte. Knallende Korken und Gelächter aus der Küche, wo die Zwillinge Flaschen öffneten und Gläser füllten, die von den jungen Musikern auf Tabletts hereingebracht wurden; sie reichten sie mit schüchternem Lächeln herum, ließen sich zu ihrer Darbietung gratulieren, bedankten sich mit der Freundlichkeit der Jugend für die Komplimente der Alten.

»Na so was, daß du hier aufkreuzt.« Tony Wood schüttelte Oliver die Hand. »Erinnerst du dich an mich, Tony Wood? Wir haben uns zum erstenmal vor Pollys Haus getroffen.«

»Ja, ich erinnere mich.« Die Jahre hatten Tony Wood arg zugesetzt.

»Natürlich haben wir uns alle verändert. Das Alter hat uns am Schlafittchen.«

Tony registrierte mit boshaftem Vergnügen Olivers Gesichtsausdruck.

»Das kann man wohl sagen.«

»Haben Sie Sophie gesehen?« fragte Iris freundlich. »Helena möchte sie sprechen.«

»Nein.« Erst jetzt merkte Oliver, daß er nach Sophie Ausschau gehalten hatte. »Sie war hier. Wir sind nach der Kirche zusammen hergekommen.«

»Ach wirklich?« Tony Woods helle Augen blickten forschend. »Was für ein hinreißendes kleines Mädchen sie war, da wurde man beinahe...«

»Beinahe?«

»Schwach. Ah, da bist du ja. Hast du Peter schon kennengelernt? Peter und ich haben ein Geschäft in Brighton, Antiquitäten und Kunstgegenstände. Peter, das hier ist Oliver Anstey, dessen Bücher du so gern liest.«

»Tu ich das, Liebling?« sagte er schmollend zu Oliver.

»Ja, das tust du. Wie wäre es mit einem neuen Drink und ein paar von diesen leckeren Happen, die Polly mitgebracht hat?« Peter ließ sich von Tony wegführen. Oliver bahnte sich mit den Ellbogen den Weg durch die Menge und folgte den beiden. »Hätte nicht gedacht, daß du mal Schriftsteller wirst«, sagte Tony über die Schulter zu Oliver.

»Hätte nicht gedacht, daß aus dir mal eine ältliche Schwuchtel wird.«

»Ach, scher dich zum Teufel.« Tony lachte schrill und ausgelassen.

Oliver blieb stehen, um Pauli zuzuhören, dem es gelungen war, einen Fremden festzuhalten und auf ihn einzureden.

»Wenn ich einen Flügel für ein Restaurant anbaue und einen Swimmingpool, dann wird es sich in dieser Lage sehr gut als Hotel verkaufen lassen.«

»Ja«, sagte der Fremde. Oliver hörte aufmerksam zu. »Sicher.«

»Der Name meines Vaters wird Besucher anlocken. Er hat seine Meisterklassen hier unterrichtet, müssen Sie wissen.«

»Wie schön.«

Pauli wedelte mit seinen verkrümmten Fingern. »Wie ich schon sagte, die Lage über dem Meer ist einmalig, zumal der National Trust den gesamten Küstenstrich erwerben möchte. Der Pool wird selbstverständlich geheizt.«

»Selbstverständlich«, pflichtete ihm der Mann lächelnd bei.

Oliver fand, daß dieser Mann nicht aussah wie einer von Max' Freunden. Verband Pauli den Leichenschmaus mit Geschäftemacherei?

»Die Wiese wird umgegraben, mit Steinplatten in warmen Farbtönen gepflastert, und da drüben kommt eine Terrasse hin.« Pauli zeigte mit ausholender Geste auf die vom heftigen Regen durchweichte und verfärbte Wiese.

»Mit Plastikstühlen und Blumenkübeln.« Oliver mischte sich in die Unterhaltung ein. »Möglichst etwas, was nicht riecht.«

»Bewundernswerter Vorschlag«, bedankte sich Pauli bei ihm, »und natürlich Garagen, eine Sauna und selbstverständlich Haute Cuisine. Aber erst muß eine Planungsgenehmigung eingeholt werden.«

»Da läßt sich ein hübsches Anwesen draus machen«, meinte der Mann. »Wieviel wollen Sie denn dafür verlangen?« Er vermied es, Pauli ins Gesicht zu sehen, und blickte gleichgültig auf die mit Wasser vollgesogene Wiese.

»Ich muß es schätzen lassen«, meinte Pauli nachdenklich.

Oliver ging zu einem anderen Grüppchen weiter, da er sich von Helena verabschieden wollte, nachdem ihm von dem Gerede übel geworden war.

»Hat irgend jemand Sophie gesehen?« Pollys Stimme, nicht sonderlich verändert. »Es wird allmählich spät. Helena möchte sie sehen, bevor sie geht. Ich kann sie nirgends entdecken.«

»Ich schaue mal oben nach.« Oliver lief, zwei Stufen auf einmal nehmend, nach oben.

Sophie stand am Fenster ihres ehemaligen Schlafzimmers, schaute durch die Zweige des Stechpalmenbaums, der im Sturm zitterte und ächzte, hinaus.

»Sophie, Helena hat nach dir gefragt«, sagte er barsch.

»Was will sie denn?« Sophie sah aus, als wollte sie davonlaufen.

»Fährst du heute abend wieder ab?« Er näherte sich ihr, langsam, wie einem verängstigten Tier.

»Ja, ziemlich bald.« Sie ging auf die Tür zu. »Warum bist du hier? Auf den anderen Beerdigungen warst du nicht«, fragte sie argwöhnisch.

»Ich dachte, ich könnte mir ein paar Ideen für das Buch holen, an dem ich gerade schreibe. Es war dumm von mir.« Verglichen mit den anderen Mädchen war sie nicht mehr viel gewachsen, dachte er. Sie war eine sehr kleine Frau. »Warum bist du hier oben?«

Sie wandte den Blick von ihm ab. »Früher bin ich immer auf den dicken Ast hinausgeklettert.«

»Im Schlafanzug, und hast gehorcht.«

Sie sah ihn schräg von der Seite an. »Was will Helena denn von mir?«

»Du hast dich fallen lassen, und ich habe dich aufgefangen. Würdest du mich im Auto mitnehmen? Ich bin mit dem Zug gekommen. Wir könnten im Red Lion in Truro etwas essen.« Er folgte ihr auf den Treppenabsatz hinaus.

»Sie haben ihn abgerissen. Er ist nicht mehr da.« Sie rannte die Treppe hinunter.

»O nein!« Beunruhigt lief er ihr nach.

»O doch.« Inzwischen war sie in der Diele.

»Pauli will die Wiese untergraben lassen.« Er packte sie am Arm.

»Sie gehört jetzt ihm.« Ihre Stimme war ausdruckslos. »Du hättest nicht zurückkommen sollen«, sagte sie und sah ihn schmerzerfüllt an. »Für dich ist es schlimmer.«

»Aus dem schönen Hafen haben sie einen verfluchten Riesenparkplatz gemacht.« Olivers Zorn richtete sich auf geringere

Kümmernisse. »Wenn wir damals aus dem Zug gestiegen sind, konnten wir das Wasser an den Kai klatschen hören.«

»Ich weiß, ich weiß.« Behutsam entfernte sie seine Hand von ihrem Arm. »Ich muß zu Helena.«

»Sie hat die Wiese angelegt...« Wieder packte er sie am Arm.

»Ich weiß, ich weiß. Bitte, Oliver...« Rasch drehte sie sich um und schlüpfte wie ein Aal durch die Menge, um Helena zu suchen.

»Weshalb wolltest du mich sprechen?« Helena ergriff ihre Hand. »Hör zu, Sophie, beug dich zu mir herunter.« Helena sagte Sophie eindringlich etwas ins Ohr. Oliver, der dazukam, hörte sie sagen: »Versprich mir, daß du das für mich tust.«

»Natürlich tue ich das. Hast du deinem Anwalt Bescheid gesagt, hast du es schriftlich niedergelegt?«

»Aber sicher. Noch bin ich nicht senil. Ich hoffe zu sterben, bevor es dazu kommt.«

»Dann ist es ja gut.« Sophie blieb dicht neben Helena, die von Polly, David, Paul, Iris und James umringt war.

»Was gibt es denn für ein Geheimnis? Lauf doch nicht andauernd weg, früher bist du mir nicht so aus dem Weg gegangen.«

»Sie möchte, daß ihre Asche im Grab von Max und Monika beigesetzt wird.«

»Lieber Himmel.« Oliver war verblüfft.

»Finde ich vernünftig.«

»Und was ist mit Onkel Richard?«

»Der hat seinen Hund, wußtest du das nicht? Genau so würden Max und Monika es sich wünschen. Onkel Richard würde sie nicht haben wollen.«

»Lieber Himmel«, sagte Oliver nochmals.

»Es ist das einzig Richtige. Onkel Richard wäre der erste, der... Warum lachst du?«

»Es ist zu komisch.« Oliver sah Sophie an. »Damals bei diesem Abendessen waren wir ein stinknormaler Haufen.«

»Du erinnerst dich auch noch?« fragte sie. »Max' erster Auftritt.«

»Und so konventionell«, sagte Oliver beharrlich. »Das waren wir wirklich.«

»Calypso ist immer noch konventionell«, sagte Sophie abwehrend.

»Was wohl dieser großartige Pastor davon hält?«

»Er wird es nicht erfahren.«

»Wie willst du das denn hinkriegen?«

»Ich werde Rosmarin oder sonst was auf Max' und Monikas Grab pflanzen und Helenas Asche einfach hineinkippen. Es besteht kein Grund, es an die große Glocke zu hängen; ich tue es einfach. Wenn du möchtest, kannst du mitkommen und mir helfen.« Es klang trotzig. »Du warst früher nicht so konventionell.«

»O doch, genau das war mein Problem«, sagte Oliver, dem plötzlich klar wurde, wie er als junger Mann gewesen war. »Falls es den Red Lion nicht mehr gibt, wie wäre es mit Austern irgendwo am Helford? Wir könnten...«

»Ich weiß nicht recht.«

Er merkte, daß Sophie sich wieder einigelte. »Was weißt du nicht?«

»Ich weiß überhaupt nichts mehr. Das hier war mein Zuhause. Es ist nicht mehr da, es zerbröckelt.« Sie war den Tränen nahe.

»Dann gehen wir irgendwohin, wo wir beide noch nicht waren.«

Sie rückte von ihm ab.

»Ich kann verstehen, daß du durcheinander bist.« Er fühlte sich unzulänglich.

Sophie mußte heftig niesen. »Ich habe mich erkältet. Ich muß jetzt gehen.«

»Ich begleite dich. Wir können nicht vor Helena gehen. So konventionell bin ich noch, um das zu wissen.«

»Arme Helena.« Sophie wirkte beunruhigt. »Sie wird gleich aufstehen und gehen.«

Oliver hielt Sophie am Handgelenk fest.

»Laß los«, flüsterte sie.

»Nein, ich lasse nicht los.« Er verstärkte seinen Griff, als sie sich wand, um freizukommen.

»Du tust mir weh.«

»Das stimmt nicht. Schau, sie macht Anstalten zu gehen.«

Oliver hielt Sophie fest, die nachgab und ruhig stehenblieb. »Jetzt nimmt sie noch einen letzten Schluck. Ich wußte gar nicht, daß Helena trinkt. In diese Flasche paßt sicher ein halber Liter.«

»Sie trinkt eigentlich nicht. Das hier ist eine besondere Gelegenheit.«

»Das möchte ich meinen!« Auf einmal stand Hamish neben ihnen. »Ich habe das Ding auf der Fahrt hierher aufgefüllt, und ich habe Veilchen für sie aufgetrieben. War das nicht phantastisch? Ich meine, Veilchen im Oktober! Sie wollte auf keinen Fall etwas anderes für Max.« Hamish hörte sich angenehm betrunken an.

»Ich werde Helena nach Hause fahren.« Calypso trat zu Hamish. »Du setzt dich besser nach hinten.«

»Und was ist mit meinem Wagen?« fragte Hamish aufsässig.

»Darum habe ich mich schon gekümmert. Du möchtest doch nicht ins Röhrchen pusten müssen, oder? Ach, da kommt sie.«

Aller Augen waren auf Helena gerichtet, die aufgestanden war und sich zu verabschieden begann.

»Wo ist deine Frau?« Sophie entriß Oliver ihre Hand.

»Welche Frau?« Schon hatte Oliver sie wieder gepackt.

»Ich dachte, du bist verheiratet.« Sophie, die keine Szene machen wollte, überließ Oliver ihre Hand.

»Ich habe zweimal geheiratet, Frauen, die wie Calypso aussahen; es hat beide Male nicht funktioniert. Ich bin seit Jahren nicht mehr verheiratet. Und wie steht's mit dir?«

»Nein, nein.« Es klang unglücklich.

»Liebhaber?«

»Ja, sicher.«

»Ich habe Gerüchte über diverse...«

»Das kann ich mir denken«, sagte sie steif. »Laß mich jetzt los. Wir sind keine Kinder mehr.« Sie verdrehte ihre Hand, doch Oliver ließ sie nicht los.

»Ich bin über sechzig, und du?«

»Über fünfzig. Sieh mal.« Sophie deutete mit dem Kinn auf Helena.

Helena kam nur langsam voran. Sie gab den Gästen die Hand oder küßte sie und sagte: »Ich freue mich, daß Sie gekommen sind, es war schön für Pauli, vielen Dank.« Sie sagte zu jedem dasselbe, so daß der Satz immer kürzer wurde, und übrig blieb: »Schön für Pauli, vielen Dank.« Sie ging ziemlich sicheren Schrittes, flankiert von Polly und Calypso, durch die Gästeschar, die sich ebenfalls von dem Erben verabschieden wollte, von Max' und Monikas Sohn – korpulent, erfolgreich, in jeder Lebenslage imstande, ein Geschäft anzuleiern –, dessen Denken und Fühlen nicht von musikalischem Unsinn okkupiert wurde.

Mit dem ist nicht zu spaßen, dachte Helena, als sie vor Pauli stand und zu ihm aufsah.

Olivers Blicke und die aller anderen Gäste folgten Helena, die sich jetzt beim Gastgeber bedankte, sich verabschiedete und ihm nochmals ihr Beileid zum Verlust seines Vaters aussprach; anschließend würde sie dann in ein Auto steigen, mit einem Seufzer der Erleichterung abfahren, sich in den Zug setzen, in die Normalität zurückkehren, in ihr Leben, und dieses kurze Zwischenspiel bis zum nächstenmal vergessen, bis zum nächsten Begräbnis, möglicherweise dem eigenen.

Jetzt sprach Helena. Es war erstaunlich, daß eine so alte Frau eine derart klare und deutliche Stimme hatte. Sie drang durch die feuchte Abendluft – der Regen hatte aufgehört, so daß es einen herrlichen Sonnenuntergang geben würde – zu sämtlichen Gästen im Haus, auf der Treppe, in der Auffahrt.

»Auf Wiedersehen, Pauli, es tut mir leid...« Sie zögerte. »Ich weiß nicht mehr, was ich sagen wollte«, sagte sie, während sie ihn genau ansah, nach irgendeiner winzigen Ähnlichkeit mit Max suchte und keine entdecken konnte. Sie wandte sich mit einer vagen Geste ab, ergriff Calypsos Arm und ging hinaus zu dem wartenden Auto.

Es tut mir leid, dachte Helena, daß eine solche Bagatelle wie sein Vorhaben, die Kamillenwiese unterzugraben, mich wünschen läßt, er wäre im Konzentrationslager gestorben und nie zurückgekommen.

»Ich kann nichts für meine Gedanken«, sagte sie sehr viel später zu Calypso. »Und die toben.«

Als sich die Gäste zerstreuten, verdunkelte ein Schwarm

Stare, die zu ihren Schlafplätzen heimkehrten, den Himmel; das Geräusch ihrer Flügel erstickte alle anderen Geräusche. Oliver stopfte Sophies Hand in seine Tasche und ging mit ihr zum Auto.

Polly, die den beiden nachsah, sagte zu den Zwillingen: »Hoffentlich hat sich der alte Junge damit nicht zu lange Zeit gelassen.«

In Calypsos Auto drehte sich Helena zu Hamish um, der auf dem Rücksitz saß. »Lauf ihnen nach, mein Junge, und gib ihnen das da.« Sie reichte ihm ihren silbernen Flachmann. »Es wird ihnen über diese peinlichen Augenblicke hinweghelfen.« Und als sie sah, daß er zögerte, weil er die Flasche gerne selbst gehabt hätte, fügte sie hinzu: »Und sorge dafür, daß sie sie auch kriegen.«

Hamish trabte gehorsam los, erreichte Sophies Auto gerade, als sie den Motor anließ, und gab ihr die Flasche. Er sah ihr nach, als sie losfuhr, ohne sich noch einmal umzudrehen, und trottete dann zu Calypso und Helena zurück.

Sophie fuhr auf den Seitenstreifen; sie blieb sitzen und starrte geradeaus. Von Zeit zu Zeit nieste sie so heftig, daß sich ihr ganzer Körper zusammenkrampfte. Oliver betrachtete sie aus den Augenwinkeln. Er fühlte sich ungeheuer erschöpft. Aller Zorn und Groll war von ihm gewichen.

Die Trauergäste fuhren vorbei, ihre Reifen zischten auf der Straße und bespritzten die Windschutzscheibe mit Schmutz.

Erst Polly, deren ganze Familie gleichzeitig redete, während der Hund bellte – ein Schwall mißtönenden, fröhlichen Lärms, der Oliver charakteristisch für sie erschien und um den er sie flüchtig beneidete, als er die anderen Autos mit Max' Freunden, Kollegen und Nachbarn vorbeifahren sah. Dann Calypso in ihrem weißen Mantel, die heiter hinter dem Steuer saß, auch wenn sie nur kurz im Profil zu sehen war. Neben ihr Helena, alt, verbraucht, entkräftet. Auf dem Rücksitz Hamish, mit leicht geöffnetem Mund und ausdruckslosem Gesicht.

Schließlich Paulis vorbeiflitzender Mercedes, mit eingeschalteten Lichtern, blinkenden Scheinwerfern, tönender Hupe, in rasender Eile. Dann war die Prozession vorüber, so daß nur noch das Geräusch des Windes zu hören war, in der Ferne das

Meer, schreiende Möwen, erneut Regen, der an die Scheiben klopfte.

Oliver betrachtete Sophies Profil, das winzige Gesicht, die hohen Wangenknochen, die riesigen schwarzen Augen, den vollen Mund. Sie zog die Nase kraus, um zu niesen; dabei klammerten sich ihre dünnen Finger um das Steuer, und aus ihrem Augenwinkel trat eine Träne.

»Ach.« Sie ließ den Kopf auf die Hände sinken, die auf dem Lenkrad lagen. »Ach Gott.«

Er entdeckte weiße Haare zwischen den schwarzen, bemerkte die Fältchen um Augen und Mund. Er griff nach Helenas Flasche, schraubte den Deckel ab, nahm einen Schluck Whisky und fragte: »Du auch?«

»Nein. Nein danke.« Sie sah ihn nicht an.

»Einmal«, sagte er, den Blick geradeaus auf die leere Straße gerichtet, »hast du dich hinter den Vorhängen im roten Zimmer versteckt, und ich habe dich mit ins Bett genommen, um dich zu wärmen. Du hast nach Seife gerochen. Richtig gut. Ich weiß nicht, was es war.«

»Rosenpelargonie.« Sophie drehte den Kopf unwillig beiseite.

»Nachdem du eingeschlafen warst, habe ich dich in dein Bett zurückgetragen, erinnerst du dich?«

»Nein.« Sie schüttelte den Kopf. »Nein.«

»Lügnerin.« Er trank noch einen Schluck Whisky. »Ein komisches kleines Mädchen warst du damals.«

»Vor über fünfundvierzig Jahren«, flüsterte Sophie.

»Wir könnten die Zeit, die uns noch bleibt, zum Aufholen nutzen. Was hältst du davon?«

»Das geht nicht.« Sie sah ihn verzweifelt an.

»Warum nicht?« Er erwiderte den Blick, ließ sie sein schmales, von Falten durchzogenes Gesicht sehen, den zurückweichenden Haaransatz, die hellen, ganz leicht schielenden Augen.

»Ich habe schreckliche Angst«, sagte sie.

»Glaubst du etwa, ich hätte keine Angst?« Wieder hielt er ihr die Flasche hin. »Innendrin bin ich noch genauso wie damals«, sagte er trotzig. Er unterließ es hinzuzufügen, daß er vielleicht klüger geworden war. Er war gespannt, ob sie ihn auf Calypso ansprechen würde. Sie nahm die Flasche, setzte sie an die Lippen, trank einen Schluck. Er konnte sehen, wie es in ihrem Hals arbeitete.

»Ich fühle überhaupt nichts mehr«, sagte sie mit abgewandtem Blick. »Ich kenne dich gar nicht. Ich bin alt, und du bist es auch.«

»Ich gebe ja zu, daß unsere Beziehung eine erhebliche Lücke hat.« Darauf gab sie keine Antwort. »Falls du an Calypso denken solltest«, sagte er bitter, »das war, als hätte ich Greta Garbo oder Marilyn Monroe geliebt. Es war nicht wirklich, es war so was wie Masern.«

»Ein ziemlich langer Anfall«, entgegnete sie heftig.

»Also gut, ein ziemlich langer Anfall.« Oliver hielt seinen Ärger zurück und blieb geduldig, was ganz und gar nicht seiner Natur entsprach.

»Du hast mit ihr geschlafen.«

»Woher weißt du das?«

»Ich habe es mir gedacht.«

»Nur einmal. Sie hat mich deutlich spüren lassen, daß es ihr nicht gefallen hat. Es war demütigend.«

»Oh.« Sophie mußte niesen. »Tut mir leid, daß ich die ganze Zeit so niesen muß. Ich muß mich auf dem Friedhof erkältet haben.« Ihre Stimme klang spröde. »Als ich mir die Gräber angesehen habe.«

»Ich habe schon befürchtet, daß du gegen mich allergisch bist«, sagte er brummig.

»Aber *nein.*« Der Nachdruck war ungewollt.

»Dann fühlst du also doch etwas?« sagte er drängend.

»Einen Mordshunger. Ich habe beim Leichenschmaus keinen Bissen hinuntergebracht.«

»Also gut, dann machen wir uns auf die Suche nach ein paar Austern. Irgendwo auf unserem Weg muß es doch etwas geben, wo wir essen können.«

»Wir haben keinen gemeinsamen Weg«, rief sie gequält. »Wir wissen nichts voneinander. Da ist eine riesige Lücke von vierzig Jahren.«

Sie wandte ihm wieder das Gesicht zu.

»Dann wirf die verfluchte Karre an und laß uns überlegen,

was wir tun können, um sie zu füllen«, schrie er, nachdem er mit seiner Geduld am Ende war.

Sophie, die an ihrem plötzlichen Lachen beinahe erstickt wäre, fragte sich, ob das, was sie empfand, echt war oder nur eine Folge des Whiskys. »Wir laufen Gefahr, uns lächerlich zu machen«, sagte sie und schaltete in den nächsten Gang.

»Das Risiko gehe ich gerne ein.« Oliver war zufrieden, daß sie den Plural benutzt hatte.

Während Sophie in Richtung Helston fuhr, mußte sie voller Unbehagen an das alte Sprichwort denken: »Überlege dir gut, was du dir wünschst, denn es könnte in Erfüllung gehen.«